El Reino de Ooruhjso

Rafael Nucero

Años del último Baktun

Impreso en Victoria, BC, Canadá.

ISBN: 978-1-4269-0697-8 (Soft)
ISBN: 978-1-4269-0698-5 (Hard)
ISBN: 978-1-4269-0699-2 (e-book)

 www.trafford.com

Para Norteamérica y el mundo entero
llamadas sin cargo: 1 888 232 4444 (USA & Canadá)
teléfono: 250 383 6864 ♦ fax: 812 355 4082 ♦ correo electrónico: info@trafford.com

Primera Parte de Cuatro Narraciones:
Episodio de Historia Cosmológica sin fin, que deberá quedar
inconclusa por instrucciones y mandato del Padre Formador y
Creador del Universo, lo que así se hará y cumplirá según está
dicho.

Cuatro narraciones, que relatan los hechos del origen de la vida inteligente en el universo, expresados para ejemplo de nuestro entendimiento, sobre los diminutos planetas Intedba y Rohosem de donde proviene la herencia del pueblo Quiché y muchos otros pueblos, además de los que emigraron a otros confines del universo para forjar otras singulares civilizaciones.

Hechos ocurridos en los tiempos del no tiempo, cuyos ciclos han sido los gestores de los más grandes acontecimientos cósmicos, que siempre han fascinado; desde tiempos inmemoriales a todos los seres cosmológicos.

Sobre aviso...

Durante los tres años, cuatro meses y días que tardó la construcción de la presente obra, donde y cuando se han colocado palabra por palabra e insertado cada signo, punto y coma, como los ladrillos de una casa, amalgamadas cada una con la mezcla adhesiva de las ideas, las imágenes y los conceptos. Por todo el tiempo siempre construyendo con paciencia, profundamente reflexivo, pero a la vez emocionado, cuidando el sentido que podría tomar el significado de la palabra... y alcanzar por fin la gestación completa... Pero, justo ahora, que el momento del alumbramiento está cerca, lo he repensado por semanas... Y verdad buena, que página por página lo he revisado, una a una y en el escrutinio... Algo me detiene y el mismo algo u otro algo me reanima... Uno me dice que hay que borrar, destruir y reconstruir... y el mismo u otro, que no hay que borrar y continuar... dejar al juicio de los lectores, a la opinión contraria y al criterio abierto, la decisión de sepultarla para siempre o de mantenerla viva en el interés de todos.

El reconstructor sugiere que borre todo nombre, la mínima referencia y el menor de los datos, que tengan que ver con la maravillosa cultura Maya... que tan fácil es sustituirla por otra milenaria del oriente o del continente perdido... Que incluso en otros planetas y galaxias, las hay en abundancia... pero que no se inquiete la sabiduría del pueblo Quiché... No importa, si los signos hasta ahora descifrados sean o no bien interpretados... No importa, si lo que la tradición dijo para la Era del Quinto Sol, haya sido por conveniencia, para no contrariar la religión de los conquistadores y en su pesar se haya muerto la verdadera sabiduría de nuestros ancestros bendecidos... Porque, si en el tiempo de la conquista el objetivo fue el exterminio total... borrar de la mente, de los libros de la comunidad y de los monumentos, todo vestigio de la visión cosmológica de aquellos indios salvajes, con taparrabo y sin alma, llenos de herejía y devotos fanáticos de ídolos de piedra... Por lo que se avasallaron las mentes, se quemaron los libros de hojas plegadizas y se destruyeron los monumentos, hasta eliminar el último testimonio posible y encaminar a las almas a su salvación eterna... quehacer que se tomó mucho después de un largo debate para calificar, si los indios eran animales o humanos, veredicto que se otorgó, por la supuesta benevolencia de unos Reyes ajenos.

Si los conquistadores se hubieran propuesto comprender la sabiduría de los pueblos indios hubiera sido imposible, sencillamente por su enaltecido orgullo y su aberrante complejo de superioridad, como difícil lo es ahora y fue mejor que se borrara, para que renazca en otro tiempo, de mayor evolución intelectual y pueda ser comprendida...

Sólo un hombre tuvo el valor de contarlo, tal como fue, porque recogió de viva voz en viva voz, la tradición verdadera, pero aunque así quedó escrito, fue fácilmente desvirtuado el sentido de los hechos, por la similitud de su mitología, con la nueva religión y fue más a modo, para que la influencia de la Tradición se desvaneciera.

Fue una civilización adelantada en su tiempo... y aún lo es en el nuestro, cuando transcurren ya, los últimos años de su último baktun... para renacer a una Nueva Era. Por eso, se debe borrar toda referencia... porque podrá molestar a muchos, sobretodo si se ostentan como los guardianes y dueños soberanos de la insigne civilización... que no los verdaderos herederos, humildes y sencillos de corazón... que en su sabiduría comprenden que la verdad no se ha dicho cabalmente... y como no hay título alguno de erudición renombrado del autor, ni cuando menos uno de esos rimbombantes de alta alcurnia de erectus nobilis... Por eso... porque después de todo, ¿Qué puede decir un pobre mestizo moderno, inculto , sumido en el estrés y presa indefensa de la avaricia de las economías mundiales, como millones?... ¿Cómo, alguien común y normal se atreve a decir tanta barbarie junta... de un solo golpe?...

Pero el otro algo, el constructor, el entusiasta sugiere que no se borre ni el menor de los signos, antes bien, pide que se remarquen y enfatice su importancia. Que por todo lo anterior, más imperante es la razón para decirlo... Porque debemos saber, que la Historia no es como nos la cuentan... Que nuestros Héroes no han sido tan heroicos y nuestros Santos libres de pecado... Que pudieron ser villanos, corruptos o prostitutos... Que todos y cada uno han sido, antes que cualquier otra cosa, hombres de carne y hueso, con sus miedos e ilusiones, con sus defectos y virtudes, apasionados, maliciosos, pero también nobles, de enaltecidos sentimientos, inteligentes, visionarios, pero también arrogantes... presumidos...

Porque debemos saber que la Historia no es como nos la cuentan... Siempre hay hechos, relatos que se ocultan por conveniencia... Porque luego hay hombres enaltecidos de la nada y por todo, cuando otros son vituperados de todo y por nada... y debemos ser justos... Por eso... hay que saber que la Historia no es como nos la cuentan...

Y porque también debemos entender que la realidad supera a la más exagerada de las fantasías... y que aún la elocuencia de un lenguaje solemne y sombrío, perfectamente razonado, como la teoría científica, también nos sumerge en la más extrema de las fantasías, pues la magnanimidad del Universo supera cuanto podamos imaginar y la esencia de la Naturaleza nos deja sin aliento... Entonces... como no soñar, como no imaginar y forjar la realidad de un mundo que se renueva para nuestra enseñanza... Como no ilusionarnos con el objetivo primordial de la creación y formación de todo cuanto existe, porque lo hubo antes para que sucediera lo que hoy... y las causas y los efectos, se entrelazan para que después de todo... podamos subrayar nuestra nueva hipótesis: *Si el pasado no está vacío es posible también llenar el futuro...* lo que se logra; agudizando el sentido científico de la preincognición, basado en el conocimiento de los ciclos; campo científico, tecnológico y filosófico que los Mayas dominaban en grado superlativo y de lo cual, aún no hemos aprendido nada.

Por eso se debe decir lo que se tenga que contar... para quien lo deba de comprender... para quien lo desee contemplar... para quien lo desee criticar... para quien lo desee rechazar... para quien lo quiera ignorar.

En la presente obra, se hace apenas un bosquejo muy general de una serie de ideas nuevas, otras comunes y algunas hasta de corte cotidiano, por ejemplo; como en los versículos que narran la forma e importancia en el modo de comer, pero en todo momento, bajo un planteamiento diferente y se establece el compromiso de ampliarlas en narraciones posteriores, porque así lo demanda la estructura de la obra.

La presente obra se abriga en el marco esplendoroso de la cultura Maya, con mi más profundo respeto y admiración...

Porque debemos de saber que la cultura Maya es una cultura cósmica... intergaláctica, de las más avanzadas. Igual que otras culturas milenarias, que tienen a su cargo la dirección de un grupo de civilizaciones, asentadas en varios sistemas planetarios del cosmos infinito y deben cuidar que la vida inteligente se desarrolle en armonía con la Naturaleza.

Sus enseñanzas tienen la profundidad del Universo.

La verdadera sabiduría Maya está perfectamente visible, franca y abierta al entendimiento, pero el descubrimiento debe ser para una sociedad, donde impere la armonía, como ambiente fundamental para alcanzar la visualización correcta... Afortunadamente, los viejos sabios mayas ya están regresando y se facilitará el aprendizaje de sus enseñanzas. No es la primera vez que han estado en el planeta D'uUleu'us, ni su primer regreso... Porque tienen la virtud de la reducción de su expresión física a su expresión xsentlamlex elemental, lo que les permite viajar por el Universo a velocidades hiperlumínicas y desplazarse desde su actual civilización en el planeta Deuferusm del sistema solar binario Qwedrebkja de la galaxia Oderefhth a 4,770 millones años luz de distancia de la Tierra, ubicada hacia el profundo espacio cósmico en dirección a la posición actual de la constelación Ursa Major.

Cuando viajan realizan 72 escalas, visitando a igual número de civilizaciones cósmicas, siendo la penúltima, antes de llegar a nuestro sistema solar, su visita al sistema polisolar Gadherfodh, conocido como las Cabrillas, descendiendo en los diminutos planetas Ubunum, Xappen y Drofughusnun de su sistema solar Kivbfanum, conocido por nosotros como Alcione, a 439 años luz, hacia la constelación del Taurus, ya que existe una gran civilización hermanada a la nuestra, sino es que la más avanzada de las 600,100 que pueblan los planetas vivos de la Vía Láctea.

Nuestro sistema solar actual no se percibe en el universo, ni siquiera como una estrella de pequeña magnitud, ya que a los escasos 100 años luz se observa completamente desvanecida, solo que gracias a que nos encontramos atrapados por un hilo gravitacional nos pueden ver y amplificar desde las profundidades cósmicas y es por ello que también nosotros podemos ver un firmamento estrellado magnánimo e infinito sobre nuestras cabezas, aún a simple vista y mas ahora con los telescopios astronómicos más avanzados, que logran escudriñar hasta lo profundo del cosmos mismo.

La visión cosmológica del pueblo Quiché, sabe del origen verdadero del Universo y de las civilizaciones esparcidas en él... sabe de la creación y formación de los primeros padres y madres, aunque tuvo que decirse en sentido figurado... Saben que los seres humanos inteligentes de expresión xsentlamlex se han procreado y proliferado por el Universo entero, en y desde el principio, de la misma forma como nos multiplicamos hoy en día y que igual así, fueron concebidas las primeras Madres Reinas, de los hombres verdaderos, siendo ellas las primeras, de la primer generación, que desde entonces ya amamantaron a sus hijos y los forjaron en el arte de la vida... Luego nació el primer hombre... siendo el primer hijo varón de la Reina Madre y el segundo en la generación, junto con otros hermanos y hermanas... y de ahí las 144,000 menos dos, sucesivas generaciones futuras, marcadas con el signo de la herencia de la realeza cósmica... pero, por conveniencia nos han contado otra historia...

Por todo lo anterior... es que ahora tienes en tus manos, amigo lector; una obra rara e inusual, que para buena ventura no se corrigió, ni se desvió "j" alguna de la propuesta original.

Por fortuna, tiene la ventaja de que se ha catalogado como una obra de fantasía y así debe ser considerada, aunque algunos de los hechos narrados parezcan reales, porque sobrepasaron el límite y la brecha entre ambos se borró... Pero ciertamente, la mayoría de las ideas están fuera de toda mesura, impensables y desorbitadas hasta en su mínima expresión, que sólo pueden ser procesadas por una mentalidad diferente, razonada en la sinrazón del pensamiento de una nueva filosofía, por eso se ha enmarcado bajo la estructura de una leyenda inspirada, con igual valor literario que una novela costumbrista, histórica o de ciencia ficción y por lo que es justo, que sólo sea la obra de una mente fantasiosa, curiosa y enajenada de la sólida realidad de todos los demás... Por eso, sobre aviso... no hay engaño.

Que tu lectura sea fructífera y placentera, si has decidido tomarla... si no; no importa, aunque tarde o temprano deberemos atender el eterno reclamo de nuestros ancestros, el mismo que exigiremos a nuestros descendientes, cuando nos hayamos ido... *¡No nos olviden!*.

Rafael Nucero

Antes de empezar...
Léase lo siguiente:

1. Lo que a continuación se relata, nunca antes fue dicha, ni pronunciada palabra alguna... Nunca antes ni por los labios de nuestros tatarabuelos que contaban a sus hijos, ni por los hijos de nuestros abuelos, que fueron nuestros padres sabios, que también supieron y contaron con tanta fidelidad, respeto y veneración, las leyendas y tradiciones de nuestro añorado y místico pueblo Quiché.

Nunca, antes alguien ha escuchado, ni leído palabra alguna, porque no había sido revelado acontecimiento alguno.

Aunque, los hechos que aquí se narran ocurrieron mucho antes de que el ciclo del amanecer y de la ocultación sucedieran sobre el planeta Intedba, personificados por los dioses Xpiyacoc y Xmucané, formalmente decretado por el Padre Formador y Creador del Universo... Ni por eso fueron conocidos, por lo que tampoco fueron puestos en voces algunas, mucho menos en oídos atentos.

2. El planeta Intedba, fue nombrado por nuestro pueblo, cuando emergió la tierra de las aguas y éstas se confinaron en los mares: Uleu, pero al planeta como globo celestial completo le nombraron D'uUleu'us, (nombre que no llegó hasta nuestros días) y por los pueblos de los tiempos presentes es llamado: El planeta Tierra o Gaia.

3. ...Mucho antes de que fueran creados los primeros hombres de maíz y sus generaciones se multiplicaran sobre la Tierra y se engrandecieran así mismos y luego en la cúspide de su apogeo se extinguieran. Resurgieran y se volvieran a extinguir,

hasta quedar diezmados en una tribu sin fuerza, ni presencia
en el último Baktun del quinto sol o en el último grupo número
216 de los Ahaukatunes, pero dejando vestigios grandiosos;
testigos de su grandeza y sabiduría.

4.   Todo esto, así ha sido decretado por el padre Formador
y Creador del Universo y se cumple de acuerdo a su voluntad,
porque lo que aquí se relata nunca antes fue dicho, ni pronunciada palabra alguna. No se había cumplido el momento de decirlo; ni la forma de narrarlo. Pero, aunque así sea descrito,
tan clara y llanamente en un lenguaje moderno, signifique que
pueda ser comprendido.

5.   La comprensión será para aquellos que estén preparados para ello. Solamente los humildes de corazón y los sabios
Sotosglios conocerán de los mensajes verdaderos, siempre y
cuando permanezcan fieles a su encomienda.
    Pero, habrá grandes enseñanzas para todos los pueblos de
la Tierra. Se relatarán maravillas nunca antes dichas, increíbles para los soberbios y los ciegos de mente, pero llenas de
verdad y conocimiento para los sencillos. Así ha sido dispuesto
y así se hará.

6.   También es voluntad del padre Formador y Creador del
Universo, que el tal relato no sea producto de visión alguna,
farsa o fantasía ninguna, surgida de un estado de hipnosis, estado subliminal alguno por alucinógenos, estado mental altera-
do, embriaguez, relajamiento o por magia alguna, brujería,
predicción o charlatanería alguna, ni por viaje astral alguno,
ni chamanismo, ni santificación alguna o fanatismo, ni mucho
menos por un secuestro o arrebato extraterrestre.

7.   ...Ninguna forma, que no sea el producto de una serena
y profunda reflexión. Producto de la meditación de un ser común y normal, con capacidad sólo de repensar tres veces mínimo, antes de escribir la siguiente frase. Hacer sus cálculos, estimaciones y configuraciones con paciencia, borrar y reedificar
de nuevo si es necesario, cuantas veces lo demande el planteamiento del problema.

Producto de una reflexión, de un tal ser, habitante de esta tierra, un tanto ingenuo solamente, para que el relato no se manche de malicia alguna, de charlatanería o de frases con doble sentido, sino de sólo aquello que así deba ser dispuesto por conveniencia, pero de lo cual se dará siempre una clave para el entendimiento de los que merezcan conocerla. Cada palabra ha sido puesta así por voluntad, la que no; simplemente se ha borrado y allanada sin más, dejando libre el espacio para la que sí deba de escribirse.

8. Se dirán grandes cosas, que nos ayudarán a avanzar un poco mas en el entendimiento de la Naturaleza y de la esencia del Hombre, pero sobre todo de la vida inteligente esparcida por todo el Universo. Hechos, que nunca antes fueron descritos, ni impresos en glifos o signo alguno, aunque algunos ya han sido contados, porque así fueron develados a nuestro pueblo Quiché y es parte de su Historia.

Estas Nuevas harán referencias con las ya conocidas donde sea preciso, para que se encuentre la relación entre ellas, porque se escribieron cuando ya no estuvo con ellos el *ilbal re go vuh.*

9. Ha sido dispuesto también que el tal relato exprese lo más claro posible las circunstancias más sofisticadas e increíbles que suceden arriba, para entender como suceden abajo, porque como es arriba es abajo, puesto que en el Universo todo tiene su semejante, su imagen sin ser el semejante, sino ambos dos distintos. En la forma diferentes pero iguales en la esencia.

Como es arriba es abajo, en el sentido más amplio, ya que muchas culturas han desvirtuado el verdadero significado y solamente se establece una relación pobre, refiriendo únicamente los aspectos menos significativos de esta filosofía.

10. Para ello, se ha desviado la intención original del escritor, quien solamente pretendía establecer las reglas del juego. Luego diseñar y dibujar los planos de sus tableros y figuras, pero habría un grave error al dejarlo a la deriva, sin sentido, sin objetivo, que aunque ingenioso no iba a estar completo en lo fundamental, que es encontrar las claves codificadas, que

siempre han estado inmersas en la Naturaleza, pero que no hemos aprendido a ver, ni a palpar, ni a sentir. Ni hemos aprendido a intuir, a imaginar, ni analizar, aunque a diario tropecemos con ellas... Cuando incluso, algunos las consideran obstáculos impenetrables, motivo de sus problemas y desdichas.

También es fundamental comprender los signos escritos en los muros y pirámides de nuestras ciudades antiguas, el porqué de su construcción, del lugar geográfico, del estilo geométrico y hasta el porqué de su orientación astronómica.

11. Los hechos que se relatan en este libro y otros venideros, sucedieron, suceden y sucederán durante el desarrollo de los siete ciclos del tiempo del no tiempo, que son los ciclos de mayor involución y evolución de los procesos cosmológicos, por lo que serán acontecimientos de un gran significado, que ojalá podamos comprender.

12. ... Lo que a continuación se relata nunca antes se ha pronunciado palabra alguna, ni escrito signo, símbolo o palabra alguna en ningún lenguaje hablado, escrito o gesticulado, ni legendario, mucho menos moderno.

No, por lo menos en las principales civilizaciones que han poblado el planeta Tierra, en el curso de sus dos épocas cosmológicas.

13. Sólo una advertencia se nos ha dado y se debe cumplir en el sentido estricto que así lo dice, porque hemos de saber que la correcta interpretación de esta obra, no consiste en descifrar etimológicamente cada palabra, porque aún la misma no significa lo mismo. Debemos encontrar el código inscrito en lo más profundo de su noticia y descifrar el significado de las ideas, que no de las palabras; en su entorno, que mejor exprese la intención del pensamiento.

14. Así, una palabra común como "planeta", "estadio", "viaje", "sendero" o "cascada", no deben traducirse como tal, sino encuadrarlas en el contexto completo y según el sentido de la imagen. Igual, una cantidad como 144,000, 52 o 28 no se deben tomar literalmente, porque las mismas cifras tendrán diferentes significados o intenciones.

15. Esta advertencia que aquí se nos da, también aplica para los textos actuales, de la gran civilización Maya que han llegado hasta nuestros días y que hasta ahora, han sido la causa de las tantas y tristemente desatinadas desventuras en la comprensión de sus mensajes. No obstante, aún la traducción más miope e improfesional debe seguir el camino del análisis filosófico aquí propuesto, cuanto más los mágicos glifos todavía esculpidos con todo su esplendor en las murallas de sus pirámides, templos y obeliscos.

16. También debemos de saber, que habrá gran interés por muchas gentes e interpretarán a su manera cada uno para sí y para los otros y en nombre de los demás, desgranarán cada signo, palabra y predicción, hasta ahora supuestamente descubiertos y en alardes profetizadores, contarán grandes historias, mas no debemos descalificarlos, pues algo de verdad tendrán sus ingenuas hipótesis y no importan sus mentiras, porque parte del espíritu Maya ha tocado sus corazones y con el tiempo, con el poder de la alquimia espiritual trasformarán sus intenciones en una búsqueda esperanzadora de la verdadera sabiduría Maya.

17. Debemos de entender que la cultura Maya es una cultura cósmica y que por tan encumbrado motivo, no pertenece como tal a un sólo pueblo. Es por sobre todo una cultura universal y la manifestación de su presencia no sólo está en los templos, pirámides y plazas del sureste mejicano, península de Yucatán o Centroamérica.

18. La gran cultura Maya está sobre todo en la actitud del Gran Hombre Universal, fuente de un conocimiento armónico, profundo y solidario con una conciencia universal colectiva, que apenas se empieza a vislumbrar en las civilizaciones del planeta Tierra y por lo cual tratamos de luchar, pero apenas si se ha encendido la primera luz, que trata de mantenerse encendida ante tantos vientos rafagales atestados de odio, envidias y desamor. No obstante, con una luz basta, para encender otras, hasta que los ciclos de la razón regresen y resur-

ga de nuevo el esplendor de la cultura Maya, en un Nuevo Renacimiento. Pero, ahora sí. Un Renacimiento Universal, que compartirá su gran sabiduría con todos los pueblos de la Tierra, para el bien de todos y dar un gran salto en el proceso evolutivo de la inteligencia del ser humano.

19. Porque... también debemos de saber, que el movimiento entero del Universo se estructura en ciclos. Paradójicamente compuesto cada uno por ciclos más pequeños, siendo los más importantes los ciclos infinitesimales, imperceptibles para la mayoría de nosotros. Ciclos, forjadores de otros ciclos, pero sobre todo perfectamente engranados los unos a los otros.

20. Bajo este mismo criterio se forja el desarrollo de la Vida en el Universo, pero con una gran ventaja: Que su ciclo camina bajo la prerrogativa de la experimentación intencionada y ha preferido establecerse en ciclos de involución y evolución, lo que le permite resolver los errores del pasado o incluso volver a repetirlos.

Sin duda, ha habido muchos ciclos de involución – evolución, que han forjado la Gran Historia, por lo que estamos obligados a reconocerlos, para vivir todas sus circunstancias concientemente y con toda intensidad, en los ciclos futuros, que se repetirán.

21. Para la Vida todo ésto es una gran aventura y no nos sorprenda que en un ciclo futuro, la sumisa Gaia vuelva a ser poblada por los dinosaurios...

22. Por eso... Por eso; podemos escribir el principio de Nuestra Gran Historia como si fuera el presente...

23. Por eso... Lo que aquí se narra, nunca antes fue dicha ni pronunciada palabra alguna...

Primera Narración

Donde se relata sobre la construcción de la magna plaza y los preparativos para la gran celebración.

Organización de la Magna Celebración en el Reino de la Gloria

24. Recién se habían terminado los trabajos de la creación del Universo por el Padre Formador y Creador... Los dioses participantes regresaban desde los confines más apartados del universo. Regresaban jubilosos y satisfechos, platicando cada cual sus más extraordinarias experiencias. Pronto, el Reino de la Gloria se volvió a poblar como antes y revivió el bullicio, la algarabía en los hogares, las campiñas, los mercados, las plazas y las calles del Gran Reino.

25. El Padre Formador y Creador del Universo estaba plenamente satisfecho y para honrar tan gran acontecimiento convocó a todos los habitantes del Reino a una fiesta inolvidable, como ninguna otra jamás se pudiera celebrar y con ello; conmemorar por siempre el éxito obtenido en la creación del universo.

A su llegada, cada uno de los dioses fue recibido en medio de una expresiva ovación, donde se le felicitaba y se le extendía un saludo afectuoso por parte de todos los reunidos en la puerta principal de entrada al Reino.

26. Todos deberán acudir a la gran fiesta. Aún los habitantes más alejados serían invitados, por lo que había un gran entusiasmo y algarabía en todo el Reino.

Por tal motivo, el padre Formador y Creador del universo dispuso que se construyera una plaza magna en el valle de su preferencia, llamado el Valle de la Lirgeaa.

Tanto era su beneplácito, que dentro de sus planes, también se contemplaba otorgar premios y un reconocimiento especial a los dioses artífices que participaron en la creación del joven universo y que tuvieron que sortear dificultades extraordinarias y usaron atinadamente su ingenio para resolverlas.

27. Inmediatamente, fueron convocados los más destacados dioses diseñadores, arquitectos, ingenieros, calculistas y artesanos del Reino; para planear la ingeniería y construcción de la plaza magna.

Reunido con todos ellos, empezaron a definir la arquitectura de cada uno de los espacios y la forma como debería edificarse.

28. Después de todo; en el joven universo todo marchaba perfectamente. El Padre Formador y Creador había puesto en acción sus cuatro cualidades esenciales y los siete principios de sabiduría. Todos los principios habían quedado asociados a cada uno de ellos, impregnados y en acción constante en toda partícula y fenómeno elemental, lo cual aseguraba el funcionamiento del universo, por lo que no debería de haber problema alguno.

29. Se encontraba impregnado el primer imperfactor esencial: "Eseiaptonnm", que nuestros abuelos lo conocieron como el atributo: "Alom", también estaba en acción el segundo imperfactor esencial: "Duvantlo", conocido por "Tzacol", así como el tercer imperfactor "Aczocfiunaer", que constituye la fuerza formativa, parte de Tzacol, pero conocido como el atributo "Bitol". Por último también tenía impregnado el cuarto imperfactor esencial del padre Formador y Creador llamado: "Volgiunmeroodra", formado por el espacio vacío infinito, que como arca matriz germinadora, hizo brotar dentro de sí la acción de todos los universos, inus modus activo a través de todas sus partículas y energías elementales, por su sola palabra. Este maravilloso atributo fue conocido por nuestros antepasados como "Gaholom".

30. Debido a la gran afición del padre Formador y Creador del Universo por las matemáticas, a las que considera una herramienta de imprescindible valor, sumamente útil y maleable para aplicaciones en el desarrollo de fenómenos físicos y filosóficos, la construcción de la plaza del Valle de la Lirgeaa deberá incluir elementos matemáticos de gran significado. La plaza deberá levantarse desde el quinto punto cardinal central del valle y extenderse simétrica, armoniosa y majestuosamente hacia los seis puntos cardinales restantes.

31. En el Reino todos festejaban con entusiasmo y alegría, porque el magno proyecto equivalía a la creación de un nuevo universo.

32. La plaza magna recibirá el encomiable y singular nombre de "Plaza de Ooruhjso". En ella se construirá una pirámide trunca al centro, con una gran explanada circundando su base. Cuatro calzadas mas se extenderán hacia los cuatro puntos cardinales ordinarios, convergiendo en cada una de las cuatro caras de la pirámide y dividiendo a la plaza en cuatro campus. En cada uno de los campus se construirán siete estadios, donde se definirá el lugar que ocuparán todos y cada uno de los 144,000 invitados por estadio. Los cuatro campus serán circundados por una calzada también amplia, bien trazada, donde se erigirán monumentos conmemorativos sobre las hazañas más significativas de la creación del Universo.

33. La pirámide recibirá el nombre de: "Pirámide Ounfirt". La base será de 81 adritas por lado y 36 adritas de alto, construida en tres cuerpos. El primero será de nueve adritas de altura y rematará con una terraza de dos adritas de ancho circundando la pirámide. El segundo cuerpo se levantará sobre el primero y alcanzará una altura de 18 adritas, para hacer un total de 27, rematada también por una terraza de dos adritas de ancho, que circundará los cuatro lados. El tercer cuerpo se asentará sobre el segundo y se levantará a una altura de nueve adritas. La cima y sima de la pirámide será una plataforma de nueve unidades por lado y al centro se construirá un Trono Magnánimo, forjado en el material más preciado y puro que se

haya acrisolado en los núcleos de las hipernovas, llamado: "Alentleem", adornado por siete hojas de caña de maíz, como lenguas flameantes sostenidas por el hocico de un dragón de siete cabezas reverentes, fabricadas por el método de forja de fuego diamantino, para purificar la materia y transformarla en el metal más preciado, como lo harían los mejores alquimistas del universo.

34. Sobre los cuatro costados de la pirámide se construirán cuatro escaleras, que ascenderán a la cima y sima, desde donde descenderán hacia cada una de las cuatro calzadas que dividen la plaza en cuatro campus, sobre la calzada interior. Las escaleras se trazarán en espiral logarítmica, por lo que transitarán cada una en toda su trayectoria sobre dos caras de la pirámide, a la vez que se observarán dos escaleras sobre cada uno de los lados, pero cada una conduciendo a su respectivo flanco entre la plataforma superior y la base.

35. Sobre la terraza del segundo cuerpo se construirán siete tronos por cada lado, donde se sentarán siete ancianos, que observarán cada uno, a uno de los siete estadios del campus que les corresponde. Cada uno sostendrá un báculo con siete espigas de maíz, que se apoyarán en un tronco común, como palmera de hojas anchas.

Los ancianos serán los jueces incorruptibles, que señalarán y convocarán a los dioses que deberán ser galardonados. Sobre la pirámide no habrá nadie más y solamente el Padre Formador y Creador del universo hará acto de presencia sobre el Trono Magnánimo, cuando tenga que entregar un reconocimiento o presidir un evento especial.

36. El dios galardonado ascenderá a la cumbre de la pirámide por la escalera que le corresponda, hasta el momento en que sea nombrado. La ascensión, representa una prueba que deberá afrontar y culminará con éxito si logra llegar a la presencia del Padre Formador y Creador, quien lo esperará sentado en el Trono Magnánimo.

La prueba se describirá posteriormente, porque ascenderá en presencia de todos los invitados.

37. La explanada interior que circunda la base de la pirámide deberá medir 837 adritas de ancho, pero en eventos especiales deberá ensancharse lo necesario para dar cabida a toda la muchedumbre que se reúna. El espacio debe ser moldeable y abrirse al momento que un cuerpo físico o energético lo ocupe, así mismo colapsarse cuando el mismo cuerpo se desplace a otro punto. El espacio debe moldearse de tal manera que sea justo en toda su dimensión, no más; pero tampoco menos y adaptarse a la forma, volumen, peso y dimensión energética del cuerpo que lo ocupa. Deberá tener la capacidad de interactuar con su energía, de acuerdo a las Leyes Naturales, con el propósito expreso de mantener siempre y en todo momento la armonía del conjunto.

38. De la pirámide se trazarán cuatro calzadas: Una en dirección "Eronttpeism", que es el punto cardinal que ve hacia el ziorhtone color blanco. Nuestros abuelos lo llamaron: "Xaman". La siguiente calzada se trazará en dirección "Urstlaa", que es el punto cardinal que mira hacia el aktanziorhtone color amarillo. Nuestros abuelos lo llamaron: "Nohol". La tercera calzada se proyectará en dirección "Eeriontstee", que mira hacia el kinziorhtone color rojo. Nuestros abuelos lo llamaron: "Lakin". Por último la cuarta calzada se trazará en dirección "Eepniontse", que es el punto cardinal que mira hacia el aktankinziorhtone color negro. Nuestros abuelos lo llamaron: "Chik'in". Las calzadas deberán tener un ancho de 27 adritas e intercomunicar la calzada de circunvolución exterior de la plaza con la calzada de circunvolución interior. Las puertas de los estadios darán acceso a la calzada de circunvolución exterior y a las calzadas sobre los ejes de simetría a los puntos cardinales.

39. Las calzadas serán el único camino para llegar a la explanada frente a la pirámide, salir o entrar a los estadios, cuando alguien tenga que transitar entre estos lugares. No obstante, aunque los invitados estarán confinados en sus respectivos puntos de reunión, la fiesta podrá ser disfrutada en plenitud por todos, porque la visión será clara y completa hasta en los espacios más recónditos de la plaza.

40. La calzada de circunvalación exterior también tendrá 27 adritas de ancho y se erigirán 24 monumentos a lo largo de su vía. Se representarán en ellos y se relatarán tallado en bajo relieves y con letras *cursepsem*, sobre estelas monolíticas similares a los glifos registrados en las ciudades de piedra caliza de la tierra del Mayab, sólo que con mayor detalle y profusión, pues cada signo es símbolo de muchas palabras a la vez. Se relatarán los hechos más sobresalientes para memoria y enseñanza del Reino en tres tipos de temas principales, con siete variantes cada uno, mas tres dedicados expresamente a resaltar los valores del amor, sembrados en germen sobre los campos fértiles en las galaxias del joven universo.

41. Se dispuso que en los campus se construirán siete estadios, por lo que en la Plaza Ooruhjso habrá un total de 28 estadios. Cada estadio se identificará por un número y un nombre, que tomará de las regiones más importantes o provincias, quedando representado el Reino. El campus se nombrará por su posición geométrica en la plaza, pero representará las cuatro cualidades de la energía elemental en el sentido más amplio y puro del pensamiento filosófico logóstico, por lo que también recibirá por nombre completo un número y un nombre.

42. Los estadios son el espacio íntimo y de mayor elegancia, por lo que deberán construirse de acuerdo y en estricta concordancia como lo ha dispuesto el Padre Formador y Creador, ya que serán la estancia de todos y cada uno de los invitados a la gran fiesta, por un tiempo indeterminado todavía.

43. El Padre ha decretado y anunciado en todo el Reino, que la magna celebración se realizará durante los siguientes siete ciclos, mostrando así su total complacencia por el éxito logrado. Desafortunadamente, los siete ciclos del Reino son un tiempo del no tiempo, que nadie conoce, solo El. Sin embargo, el anuncio ha sido recibido con entusiasmo y ha incrementado el júbilo de todos los habitantes, porque un acontecimiento de esta magnitud nunca antes se había logrado y no importaba si la celebración se desarrollaba en un abrir o cerrar de ojos o permanezca en ferviente actividad por toda la eternidad. Como ello fuera, la fiesta será recordada por siempre.

44. El primer campus será nombrado: Nebilam y se ubica en el primer cuadrante de la plaza entre las direcciones de los puntos cardinales, Eronttpeism / Eeriontstee y recibirá el número Seab, por lo que el nombre completo será: Seab Nebilam. El segundo campus será nombrado: Dooariom y se ubica en el segundo cuadrante de la plaza entre y hacia los puntos, Eronttpeism / Eepniontse, recibirá el número Xeos, por lo que el nombre completo será: Xeos Dooariom. El tercer campus será nombrado: Urrpagaze y se ubicará en el tercer cuadrante, que se ubicará entre los puntos Urstlaa / Eepniontse, recibirá el número: Miaflia y su nombre completo será: Miaflia Urrpagaze. El cuarto campus será nombrado Zurcludosirda y se ubicará entre los puntos que señalan hacia el Urstlaa y el Eeriontstee, recibirá el número Gharo, por lo que deberá nombrarse: Gharo Zurcludosirda. Así ha sido dispuesto y así se ha cumplido.

45. Como muestra fehaciente de su gran complacencia, el Padre Formador y Creador también ha decretado, que se abrirán las bodegas del Reino, por lo que siempre habrá abundancia.

Las bodegas del Reino almacenan la más exuberante variedad de productos, traídos desde los más remotos y extraños parajes del Universo. Los granos son de excelente calidad, libres de plagas y se almacenan en grandes cantidades: El trigo, arroz, cebada, avena, centeno, amaranto, garbanzo, maíz, surcistasetaes, purkissasestocosisnos, kyyrtes, maffrwyl, fríjol, lentejas, almendras, cacahuates, soya, pewd, etc., etc.

46. También almacenan los más extravagantes variedad de frutas y verduras, en abundancia y lozanía que causa admiración la forma como se conservan, tal cual si fueran recién cortadas del árbol o cosechadas: Desde la manzana verde, roja y amarilla, hasta los jitomates en toda sus variedades, así como la más extensa variedad de chiles, cebollas, coles, alfalfa, nabos, tomates, pepinos, piñas, kiwis, sandias, peras, romero, albacar, pimienta, cilantro, guayabas, fresas, papas, camotes, berros, duraznos, melones, cerezas, uvas, tejocotes, manzanilla, hustise, vurdeserserys, maresjjhjin, faresgb, tregefvxtykkre, ñaadasdd, pubekuhhyn, haxa, bygke, etc., etc.

47. También, se ha dispuesto abrir las cámaras frigoríficas, donde se conservan la más extensa variedad de carnes, pescados y mariscos, así como lácteos, yogures, embutidos y las más exquisitas conservas en almíbar, suero y vinagre. Habrá carne en abundancia de ganado vacuno, bovino, equino, porcino, caprino, justesiste, horcos, ostestoeiis, pires, ñañostes kostus, oseren, krys, bsokus, jus, así como toda la variedad de aves, roedores y reptiles.

48. Y como premio máximo, se abrirán también las bodegas y cavas, donde se añejan los más exquisitos vinos, wiskys, rones, vodkas, licores y tequilas, donde maduran solazmente en barricas de roble blanco auténtico, hasta alcanzar la plenitud en su buque, cuerpo y aroma. Verificados y seleccionados personalmente por el más exigente catador del universo: El mismo Padre Formador y Creador. Los molinos de harina, los hornos, molinos de agave y alambiques vinícolas, cerveceros y tequileros, procesarán lo suficiente para mantener una existencia siempre basta y oportuna. Los hornos se mantendrán calientes para producir el pan y la tortilla suficiente, que permita alimentar a todos los invitados, durante los siete ciclos del tiempo del no tiempo, en los que se celebrará la gran fiesta.

49. Todo lo anterior, no estaría bien si no se dispusiera, que los mejores chefs del Reino se organizaran en equipos y fueran los encargados de preparar los alimentos, durante la festividad, por lo que así ha sido ordenado: Se formarán siete equipos de chefs y cocineros, que atenderán a los cuatro campus, con sus respectivos siete estadios. Así ha sido dispuesto y así se hará.

50. Cada estadio será construido idéntico a su semejante, por lo que sólo se definirá un diseño, que modelará a todos los demás. El diseño debe considerar que se albergarán un total de 144,000 invitados y la densidad de población no deberá ser menor a 4.14 ad^2 por huésped, pero no se restringe el límite superior, por lo que podrá alcanzar el infinito, si se desea.

51. El estadio se construirá en una superficie de 864 adritas por lado, pero la superficie útil será de un cuadrado de 486 adritas por lado, más cuatro áreas sobresalientes en cada uno de los lados de 486 por 189 adritas.

En total se utilizará una superficie de 746,496 ad^2, con 603,612 ad^2 útiles, que forman la cruz. Habrá cuatro áreas comunes de 189 adritas por lado, dando una superficie de 35,721 ad^2, que quedarán distribuidas en las cuatro esquinas del estadio. En estos espacios se ubicarán las cocinas, hornos de pan, y las barras para las cantinas, que distribuirán el agua y las bebidas.

52. El diseño del estadio deberá contemplar la distribución de 52 patios o jardines, en diferentes proporciones, de acuerdo a un arreglo especial de caminos celestes, que los dividirán. Los patios serán el lugar donde se hospedarán los invitados.

De acuerdo a la actividad programada, esta área se trasformará mágicamente y tomará las formas, las proporciones y la elegancia requeridas para dar la más encumbrada relevancia al evento.

53. Si el momento es para celebrar bailando, se abrirá al centro del patio una pista de baile, con una superficie tersa, cristalina y transparente, pero sólida; como el espejo de un lago maduro en profundo reposo. A los márgenes, se distribuirán mesas de centro con catorce sillones ergonómicos para permanecer cómodamente sentados.

54. Si el momento es para tomar los alimentos, se trazarán mesas alargadas por $1+ 13/21$ adritas de ancho y se colocarán sillas una junta a la otra por ambos lados y en sendos extremos de la mesa. Las sillas serán labradas en madera nughosumum, una de las maderas más fina y resistente, que se da en frondosos árboles en los bosques del planeta Puknghter, con cojín y respaldo aterciopelado color amarillo oro. Las mesas serán cubiertas con manteles blancos y sobrecubierta color púrpura y se dispondrán de un juego completo de cubiertos chapeados en oro finísimo, mejor que el de 24 kilates. La cristalería y los utensilios se acomodarán de acuerdo a las costumbres más re-

finadas tipo banquete. Se colocarán arreglos florales cada tres
adritas, conjugadas con bandejas colmadas de frutas. Se colocarán también palanganas con todo tipo de salsas y bocadillos
de entremés.

55. O si es para celebrar la festividad de una virtud de los
siete principios de sabiduría, de cada una de los siete elementos fundamentales, se modelará de acuerdo a las actividades
que se desarrollarán.

56. Lo anterior, lejos de ser aburrido, será todo lo contrario, ya que habrá una gran actividad durante el desarrollo de
la magna celebración, a tal grado que no habrá descanso, porque sencillamente no habrá cansancio y en todo momento se
tendrá la energía y la alegría para continuar bailando, conver-
sando, imaginando, jugando o descubriendo nuevas y fascinantes noticias. El evento promete que será profusamente dinámico, culturalmente brillante, deportivamente asombroso, científica y filosóficamente indescriptible, socialmente insospechado.

57. Habrá 13 grupos de cuatro patios cada uno, dimensio-
nalmente iguales. Los límites de los patios estarán delimitados
por ocho caminos celestes, que parten del centro del estadio y
llevan a la salida a través de ocho puertas. Los caminos llevan
una trayectoria de curva logarítmica. Los caminos se cruzarán
e intercomunican entre sí mediante 11 puertas anulares, haciendo un total de 50 cruces, mas uno de ellos que contiene 12
puertas, ocho para comunicar a los caminos celestes en su origen y cuatro mas para el acceso a los primeros cuatro patios.
16 cruces tendrán también puertas para ingresar o salir de los
respectivos patios, por lo que habrá siete puertas en ocho de
ellos y seis en los ocho restantes. Habrá 24 puertas sobre los
caminos que darán acceso a 20 patios.

58. A este singular diseño se le nombrará: "El laberinto de
la Rosa", así ha sido decretado para nuestro entendimiento.
Los caminos celestes son las únicas vías de ingreso y salida de
los patios, así como del estadio mismo. Los caminos serán
trazados sobre el eje del quinto punto cardinal Ecront, por lo
que siempre serán el centro del estadio sobre el plano Rizohon-

tla. El estadio y la pirámide se construirán conforme al tripla-
no Vorcu y se verá toda su magnificencia sobre el plano Jepseo
hacia los puntos cardinales sexto y séptimo: Rraaib y Joaab
respectivamente.

59. El arreglo de los estadios en los campus será de la siguiente forma: Tres se trazarán y según el plano Rizohontla,
quedarán en dirección Eeriontstee - Eepniontse, otros tres en
dirección Eronttpeism – Urstlaa, quedando uno de ellos como
el centro común de los cinco, formando una cruz y los otros dos
se levantarán sobre la diagonal opuesta del mismo plano a los
vértices del campus que coincidirán con la esquina de la pirámide y el extremo opuesto.

60. Los estadios se numerarán en cada campus de la siguiente forma: En el campus Seab Nebilam, el estadio seab será el primero que se encuentra a la derecha de la calzada que
va en dirección Eronttpeism – Urstlaa y en la parte inferior,
colindando con la explanada de circunvolución interior. El
estadio número xeos, estará al Eronttpeism del número anterior. El estadio número miaflia se ubicará al Eronttpeism de la
calzada que va en dirección Eeriontstee – Eepniontse y colinda
con la explanada de circunvolución interior en su lado Eeriontstee. El estadio gharo se Construirá al Eronttpeism del número anterior y el estadio ulepbo se construirá al Eronttpeism
del número gharo. El estadio número rraiet se ubicará también al Eronttpeism de la calzada que va en dirección Eeriontstee – Eepniontse y colinda con la calzada de circunvolución
exterior en su lado Eeriontstee. Por último el estadio número
oralig se ubicará al Eronttpeism del número anterior.

61. La ubicación de los estadios en los demás campus es
semejante al de campus Seab Nebilam, pero deben cumplir con
los ejes de simetría y espejo, dados por el plano Rizohontla, para configurar un cuerpo armónico y majestuoso. Así, los campus Xeos Dooariom, Miaflia Urrpagaze y Gharo Zurcludosirda
numerarán sus estadios de acuerdo al sentido de los ejes trazados por las calzadas, pero sobre todo proyectando la correspondiente simetría entre todos y cada uno de los estadios de los

cuatro campus. La identificación completa de los 28 estadios se implementará con el nombre, mas una clave de referencia al campus que pertenece.

62. La plaza magna tendrá una dimensión de 5,265 adritas por lado, incluyendo las calzadas, explanada y pirámide, dando una superficie total de: 27'720,225 ad². De los cuales 20'901,888 ad² corresponden a los estadios. La explanada de circunvolución interior tendrá una superficie de: 3'073,464 ad². La pirámide cubrirá una superficie de: 6,561 ad², por lo que las calzadas ocuparán una superficie total de: 3'738,312 ad².

63. Las calzadas y la explanada deberán ser construidas con polvo nebular fino, para que su textura sea la de un piso terso como alfombra, pero firme y perfectamente plano. El tránsito deberá ser peatonal, sin el uso de rueda, o bolsa de aire inflable alguna. Tendrá una franja de un color distintivo sobre el polvo nebular para dividir lo ancho de la calzada en dos partes, las cuales permitirán el tránsito en uno y otro sentido.

64. La plaza magna se construirá con los materiales más exóticos traídos de los más remotos y extraños parajes del joven universo. La actividad de las supernovas está en pleno apogeo, procesando materiales nuevos, cada vez más valiosos y abundantes; por lo que no habrá límite ni escasez alguna.

65. A pesar de que la construcción será con materiales sólidos. No se requerirá de soporte o cimentación alguna porque la misma estructura será el soporte de sí misma, al construirse bajo las leyes de los siete puntos cardinales. De hecho no existe problema alguno para el Padre Creador y Formador del Universo, pues basta su pensamiento y su palabra para que todo quede edificado de acuerdo a su voluntad, pero ha sido dispuesto hacerlo así, respetando y actuando de acuerdo a las leyes naturales de la gravedad, la antigravedad, la energía y la antienergía.

66. La ventaja es que el valle de la Lirgeaa es un espacio etéreo y la plaza quedará suspendida en el espacio, flotando co-

mo es arriba es abajo. Se verá hermosa, magnánima y majestuosa como las galaxias, las estrellas y los planetas.

67. Así ha sido dispuesto por el Padre Formador y Creador
del universo, para enseñanza nuestra, porque desea que comprendamos lo que sucede aquí abajo, porque la virtud de la
transformación mágica está también en la Naturaleza.

68. También, desea enseñarnos la importancia que tiene
cuando una cultura construye una obra magna y para que ésta
se considere como tal, debe incluir signos y claves matemáticos
de los procesos cíclicos de la naturaleza, de acuerdo al entorno
o medio ambiente donde se asiente dicha civilización.

69. La obra magna deberá ser majestuosa y sobre todo estar en armonía con la naturaleza, porque nada ni nadie puede
estar en contra o por encima de ella, porque emerger a la civilización es también un proceso natural. La construcción de la
obra magna deberá ser con alegría, porque ello significa que se
ha comprendido cuando menos una parte de los secretos de la
sabiduría universal.
La magna obra será el testimonio viviente por todos los siglos venideros, para que el tal pueblo sea considerado realmente un constructor sabio.

70. Una vez definidos todos los puntos del proyecto y ha-
biendo revisado minuciosamente los planos, alcances de obra y
la programación del proyecto, se levantó la reunión. Los planos
fueron guardados en planeros secretos, pues ya no se necesi-
tarían mas, porque cada uno de los dioses constructores, calculistas y artífices los han gravado en su memoria y estarán
siempre prontos a resolver cualquier problema o contratiempo.
El Padre Formador y Creador dio su beneplácito e instó a los
presentes a poner manos a la obra.

71. El pregonero oficial del Palacio Celestial dio la noticia
en todos los confines del Reino y anunció con bombo y pompa
de que se habían concluido los trabajos de ingeniería y diseño

de la plaza magna Ooruhjso, convocando a los habitantes que deseen asistir a la colocación de la primera piedra.

72. Tan pronto como fue posible, el padre Formador y Creador del universo se trasladó al Valle de la Lirgeaa y reunido con todos los asistentes, procedió a colocar la primera piedra, que daba el banderazo para el inicio de los trabajos de construc̱ ción de la plaza magna.

Se palpaba un ambiente de gran júbilo en todos los presentes.

El Padre Formador y Creador del Universo se inclinó reverente y majestuoso hacia la piedra y escribió sobre ella una palabra de gran significado, que se grafiteó solemnemente con un rayo de luz azulada sólida que salía de su dedo índice: *"GimsSodenaoS"*, expresión de un concepto universal de humildad, que quiere decir: "Seamos dignos". Así dijo que se dijera, para nuestro entendimiento y porque ello es la clave para el esclarecimiento de muchas otras, que aquí se escriben, pues solo habrá ésta y ninguna otra.

El dice que el pensamiento es universal y que sólo cambian los signos y sonidos como lo expresamos. Lo esencial no cambia, siempre se preserva.

73. Luego, trazó un signo extraño sobre la piedra, como tratando de explicar el secreto de otra gran clave: Colocó un punto. Sobre el punto trazó un arco de 90° de un radio igual a una adrita potenciada. Tomando como centro el punto contrario, trazó una circunferencia de dos adritas de diámetro. Del centro del círculo, trazó otro arco de 90° con un radio de dos adritas y sobre el punto extremo, trazó una circunferencia perfecta de cuatro adritas de diámetro. Del centro del nuevo círculo, trazó otro arco de 90° con un radio de tres adritas y del punto extremo trazó un nuevo círculo; pero ahora de seis adritas de diámetro. Del centro de este círculo, trazó otro arco de 90° de radio igual a cinco adritas y sobre el punto extremo, trazó otra circunferencia perfecta de diez adritas de diámetro. Del centro de este círculo, trazó un arco de 90° de radio igual a ocho adritas y en el punto extremo, trazó otra circunferencia perfecta de 16 adritas de diámetro. Del centro de esta circunferencia, trazó otro arco de 90° de radio igual a 13 adritas y sobre el punto extremo trazó por último otro círculo perfecto de 26 adritas de diámetro. El punto original lo tomó como centro y trazó una circunferencia perfecta de una adrita potenciada de diámetro. Todos observaron el trazo perfecto, pero nadie entendió si se trataba de un glifo, signo, clave o simplemente de su firma.

74. Hecho esto, bendijo la piedra y la colocó en el centro del espacio etéreo del Valle. La multitud entonó un canto solemne, un canto excelso, de múltiples voces todas acordes, aún las que deberían ir arrítmicas y disonantes encajaban perfectamente en el conjunto, entre los contraltos y las octavas, deleitando el más exigente de los oídos. Las voces tenían un timbre suave, tenue, terso y sumamente armonioso, como si todos los cantos, todos los ritmos y todas las exaltaciones supremas del universo se expresaran a la vez. Un canto hermoso, como ningún otro se pudiese escuchar, tanto que cualquiera se sumergía en un profundo éxtasis, deseando que no terminara jamás... Se cantaba el Himno de la Gloria. Una vez terminado, todos los presentes aplaudieron y exclamaron una jubilosa ovación.

75. La primera piedra quedaba al centro de gravedad, al centro geométrico y geográfico de la gran pirámide Ounfirt, por lo tanto también de la plaza magna Ooruhjso, lo que permitía hacer una construcción hacia los siete puntos cardinales a partir del quinto. Esta forma de construcción es clave en el universo entero.

Así fue dispuesto y así se hará. Los trabajos de construcción se iniciaban en este momento.

Organización Social de la Gran Fiesta

76. Tan pronto fueron iniciados los trabajos de construcción de la plaza Ooruhjso, el Padre Formador y Creador del universo, convocó a los dioses que se encargarán de la organización social de la gran celebración, porque la fiesta deberá ser dinámica, profusamente organizada en un sin fin de eventos, que deberán estar programados y cumpliéndose a plenitud cada uno de los requisitos, de tal manera que todos y cada uno de los invitados participen y queden plenamente complacidos.

77. La ocasión ameritaba levantar un censo del Reino de la Gloria. Aunque, todavía no había cambios en el aspecto poblacional del Reino, puesto que no se decretaban aún los procedimientos de perfeccionamiento y ascensión de nuevos pobladores, ni tampoco había emigración alguna por desacato o misión perenne, la población del Reino deberá ser constante. No obstante, sería interesante conocer el estatus de todos y cada uno de los habitantes del Reino. Así fue decretado y así se hará, según las instrucciones del Padre Formador y Creador.

78. Cada habitante recibirá una invitación personal con su nombre y rango. En la invitación, se le indicará el lugar que ocupará en el estadio y dentro del estadio en qué patio. Al inicio de la gran fiesta, se les dará la bienvenida a todos y a cada uno de los invitados de manera personal, por el equipo de los dioses encargados de la recepción y asignación del alojamiento.

79. Por primera vez, serán guiados a su lugar de residencia y serán instruidos para saber como moverse entre los caminos celestes del Laberinto de la Rosa y trasladarse dentro de los estadios y de la gran plaza. Se darán las reglas para el buen comportamiento y los procedimientos que se deben cumplir para llevar a buen término cada uno de los eventos programados.

80. Los asistentes deberán lucir sus mejores galas durante toda la festividad, por lo que no serán escatimadas las más extravagantes modas, siempre que sean originales, de buen gusto, del mejor ver, pero lo más importante del mejor ser. Algunas familias han empezado a tejer sus mejores modelos. Habrá concursos y un premio al traje más original, que reúna todas las virtudes del buen vestir, del buen ser y del bien estar, porque el vestirse debe considerarse como parte integral de la persona, tan íntimo y excelso; a tal grado, que por ejemplo, éste podría ser tan sólo un desnudo, pero vestido con una sonrisa serena.

81. El problema más grave que se les presentaba a los dioses organizadores era la asignación residencial a cada uno de los invitados. Se ha decretado que 144,000 invitados serán la población de un estadio, pero cada estadio tendrá 52 patios, de los cuales habrá 13 grupos de cuatro con iguales dimensiones. Pero, además se ha establecido que la densidad poblacional no deberá ser menor a 4.2 ad^2 por habitante.

82. Sumado a esto, el padre Formador y Creador del Universo ha establecido, que la asignación de los lugares deberá ser por familia, pero que cada patio sea integrado por un grupo de familias, de tal forma que sea siempre en número impar, pero además; que la suma total de los miembros por patio, hagan parejas precisas de ambos géneros.

83. Por las disposiciones anteriores, el Padre Formador y Creador del Universo, nos quiere decir la importancia que tienen estos tres puntos: En primer lugar se establece que la base de la distribución en los patios es la familia. La familia es elevada aquí al rango más alto de la organización social.

84. La familia es la fuente principal de creación y formación del universo, porque no basta *crear*, sino lo más importante es *formar*. La formación da el sentido y dirección correcta. Da la armonía y la seguridad a los miembros jóvenes, porque aprenderán a ser mayores y responsables al ver el ejemplo de sus padres y siendo niños, anhelarán ser adultos como ellos.

Esta visión de la formación se da en todos los niveles de la vida en el cosmos. Para crear basta una pareja, pero para formar se requiere de una familia. La familia se convierte así en un sistema trino unitario. Es decir: Tres en uno: Padre, Madre e Hijo: Una familia. El mismo Padre Creador y Formador del Universo nos revela aquí su esencia y comparte el don de la creación y de la formación. Ser trino en uno. En su momento, probablemente descubramos que el ser Padre, Madre e Hijo son en esencia lo mismo.

85. El siguiente punto que se resalta es la importancia de la democracia, como base política en cualquier organización social: Se establece que en los patios, siempre habrá un número de familias impar, con la finalidad de que las decisiones que se tomen sean consensuadas y la armonía del grupo familiar, ahora convertido en una pequeña, pero importante sociedad se conserve y permanezca siempre constructiva. Se elegirá una familia gobernante por votación. El padre de la familia gobernante asumirá la responsabilidad de coordinar las actividades de los distintos eventos y de conducir al grupo a la explanada principal, cuando se tenga que salir del estadio, para asistir a un evento mayor. Se acatarán las reglas de la votación, la opinión y el respeto a la palabra, pero las decisiones que afecten al grupo serán tomadas por todos. Se establece el Principio de Conciencia Colectiva. (Principio "CC")

86. El siguiente punto, que el Padre Creador y Formador del universo desea que comprendamos es el concepto del género. El género es en esencia uno y así son los habitantes del Reino de la Gloria, pero se ha decretado que cada cual tomará su género y hará pareja con el género opuesto, para demostrarnos que en realidad son uno. Cada ser lleva impregnados en su propio ser, las características físicas y energéticas de ambos géneros. Características, que nuestra pobre visión divide, porque sencillamente no alcanzamos a ver la totalidad. Nuestra percepción separa lo esencial en partes y decimos que hay bueno y malo, santo y perverso, cuando en realidad el bueno y el malo, el santo y el perverso son los extremos de la misma cosa. Para comprenderlo mejor, sólo se nos ha dicho, que en el Reino de la Gloria, estos conceptos se expresan en una sola palabra,

por ejemplo: *"Dooioryam"* que significa el amor supremo, atributo del padre Formador y Creador.

87. Dadas las premisas de organización, los dioses responsables se han dado a la tarea de hacer tablas de asentamientos e integrarles las listas de los invitados. Los patios más pequeños tendrán como mínimo 13 familias, con cuatro miembros promedio por familia, para hacer un total de 52 invitados, con 26 parejas. Las parejas incluyen a las familias que ya están establecidas, por lo que realmente se podrán constituir solamente 13 parejas nuevas. Los patios mayores no deberán albergar a más de 13,000 miembros y las familias se deberán distribuir con diferente número de miembros, cumpliendo siempre el requisito que en el total de la población, se puedan constituir parejas nuevas. El número de miembros por familia puede ser de 3, 5, 8 y 13 individuos como máximo, incluyendo a los padres. Las parejas nuevas se unirán por voluntad de ambos y no necesariamente tendrán que ser entre miembros del mismo patio. Los que deseen encontrar o formalizar su pareja, tendrán derecho de visitar otros patios, para establecer una relación de noviazgo.

88. En la distribución de los lugares se debe considerar también, que los equipos de los dioses organizadores, encargados de coordinar y conducir todos los eventos de la celebración, los dioses chefs, cocineros, cantineros y ayudantes, que ofrecerán los servicios de alimentación durante la festividad a los invitados, también deben tener asignado su lugar, familia y pareja, así que serán parte de los 144,000 huéspedes.

89. Otra importante disposición, que se ha decretado en último momento es que en el transcurso de los siete ciclos del tiempo del no tiempo, que durará la gran celebración, en cada patio se harán festividades participativas, donde se pondrán en práctica los 52 principios fundamentales por todos y cada uno de los invitados.

90. Los 52 principios fundamentales se asocian a las siete Virtudes, a las siete Invocaciones, a los siete Deseos, a los sie-

te Espejos, a las siete Imprecaciones, a las siete Plagas, a las siete Acciones y a los tres Mandamientos Mayores. Como el número de principios coincide con el número de patios, se celebrarán los 52 principios a la vez en el estadio y se rotarán a los distintos patios, hasta que en un patio se hayan celebrado los 52 principios.

91. Al llevar a la práctica los 52 principios fundamentales y en una sociedad tan avanzada como la del Reino de la Gloria es sin duda una gran lección, que el Padre Formador y Creador del Universo desea mostrarnos para nuestra comprensión.

Los 4'032,000 habitantes del Reino conocerán del calor y el frío, el hambre, la sed, la escasez, pero también de la abundancia, la saciedad y el derroche. Obrarán en la humildad y la soberbia, en la gula y el ayuno, en el odio y el amor, en la vida y la muerte. Cultivarán la envidia y el reconocimiento, la avaricia y el desprendimiento, el perdón y la intolerancia, el trabajo y la pereza, el triunfo y la derrota, la perseverancia y el desaliento, la lujuria y la abstinencia. Conocerán del premio y el castigo, de la adulación y el vituperio, del abandono y la compañía, del conocimiento y la ignorancia, de la malicia y la inocencia. Experimentarán en carne propia la salud y la enfermedad, la juventud y la vejez, el gozo y el dolor, el recato y la imprudencia. Disfrutarán de la libertad y el cautiverio, la alegría y la tristeza. Experimentarán vivencias de la armonía, la paz, la guerra y el holocausto. Todo esto y más, sufrirán y gozarán los habitantes del Reino para nuestra enseñanza.

92. Para coordinar estas actividades se integrará un equipo de 34 dioses, donde habrá cuatro coordinadores generales, uno por campus, mas 28, donde habrá siete por cada uno de los cuatro campus, para que la coordinación por estadio sea conducida por uno de ellos. Un dios será el coordinador en jefe de todos los demás y lo asistirá un dios secretario, quien llevará un registro minucioso de lo que acontece en todos y cada uno de 1,456 patios de la plaza. También llevará el registro de todos los eventos mayores donde se galardonará a los dioses merecedores al premio.

93. También se ha dispuesto, que la celebración de la unión matrimonial, entre nuevas parejas sea elevado al rango de ceremonia social, por lo que se organizará un gran baile a la que asistirán todos los invitados de la plaza.

Tanta importancia reviste la formación de una nueva familia, que será presidida personalmente por el Padre Formador y Creador del universo. La ceremonia se llevará a cabo en la cúspide de la pirámide, donde la nueva familia recibirá la bendición del Padre y les dará un mensaje nunca antes pronunciado, que será memorable para la nueva pareja.

94. Para llevar a cabo toda esta actividad, el Padre Formador y Creador del Universo ha expresado su voluntad de que se realicen todas las uniones matrimoniales posibles dentro de los dos primeros ciclos del tiempo del no tiempo, pues tiene grandes planes que serán dados a conocer en su momento.

Esto significa que al final del segundo ciclo deberán existir por lo menos 2'016,000 familias, entre las existentes y las nuevas.

95. Cada familia podrá forjar a 144,000 generaciones, que harán un total de 290,304'000,000 generaciones. Las generaciones tendrán todos los atributos de creación y formación. Conocerán de los 52 principios fundamentales y se prepararán para una aventura sin precedentes que el padre Formador y Creador les tiene reservada.

Esto sucederá después de que hayan concluido las festividades del tercer ciclo del tiempo del no tiempo.

96. Con tanta actividad, los dioses responsables de la organización tendrán que resolver varios enigmas antes de plasmar convenientemente el desarrollo de todos los hechos. Tendrán que inventar un calendario, que les permita programar y dar seguimiento a todos y a cada uno de los eventos. Un calendario en el Reino de la Gloria es algo inusual, porque ahí no se puede hablar de los ciclos del día y de la noche, como ahora lo hacemos nosotros.

Además, tendrán que inventar un sistema numérico, que sea consecuente con el calendario de actividades y trace las

cuentas tan cortas y tan largas, tan infinitas como se requie-
ran, porque nunca se sabrá cuando terminarán los siete ciclos
del tiempo del no tiempo, pero a la vez; que permita reconocer
y resaltar los hechos más sobresalientes en cada fecha de dicho
calendario.

97. Por lo pronto ya están pensando en desarrollar un sistema numérico base vigesimal, utilizando cuatro símbolos que
darán siete unidades básicas o de posición simple, mas trece
unidades compuestas, de las cuales siete unidades son de posición primera doble y las seis últimas de posición primera triple, para forjar la base vigesimal. Luego vendrán dos unidades,
una será de posición primera simple y la segunda también será
de posición simple elevada a la primera potencia, que representará al número 21 y así sucesivamente.

98. Los signos utilizados serán los trazos más comunes de
la cosmometría:

   a) El punto.
   b) La línea irregular.
   c) El círculo.
   d) La línea recta infinitesimal xsentlamlex.

Porque en el universo la línea recta solo puede existir en la
proporción infinitesimal. Para fines prácticos la línea recta no
es trazable en un medio cósmico, pero sí en la dimensión xsentlamlex. Así que los cuatro símbolos deberán tener como referencia la dimensión del nivel xsentlamlex que les corresponda.
   Se diseñará un calendario de 52 ciclos, numerado por las
13 unidades compuestas de la primera posición del sistema de
numeración e intercalados hasta sumar las 20 unidades, base
del sistema.
   Un ciclo se definirá por el número de eventos base, tallados
en signos de escritura *cursepsem* en una estela de dimensión
xsentlamlex de 13 x 20 casillas. Este primer gran ciclo, se convierte en el ciclo principal, con propiedades insospechadas, lo
que lo convierte en un ciclo mágico y sagrado, el cual será denominado: Draasog y se cumplirá cuando se realicen 260 eventos base. El evento base es un acontecimiento que debe tener

como característica principal la participación y el alcance supremo de todos los involucrados a un mismo estado energético
de conciencia colectiva.

En toda la plaza, se escenificarán 1456 eventos a la vez.
Pero en cada campus serán 364, los cuales representarán un
ciclo natural denominado: Uraantloañ.

99. El ciclo base debe combinarse con el ciclo natural del
campus, por lo que se debe usar otra estela, también tallada en
signos de escritura *cursepsem* de dimensión xsentlamlex con 18
x 20 casillas, mas cuatro eventos base implícitos, pero innombrables.

Así, el evento de tiempo infinitesimal es el primer ciclo
base elemental, el ciclo de los 13 x 20 eventos base, compuesto
por el primer ciclo es el segundo ciclo y el ciclo de los 364
eventos base, también compuesto por eventos del primer ciclo,
representa el ciclo del campus, encumbrándolo como el tercer
ciclo base, representando la primera unidad ínfima de magnitud cósmica, definidos sendos como eventos base elementales,
porque interrelacionados apropiadamente darán la clave para
una cuenta mas larga. En adelante la base de numeración misma define la secuencia de los ciclos, por lo que el siguiente será
un ciclo de 20 ciclos de campus.

100. Para simplificar decidieron dar nombres a cada grupo
de ciclos y así serán nombrados, en el entendido de lo que sig-
nifiquen al momento de ser enumerados: Al evento base se le
llamará: Coat. Al ciclo de los 20 eventos se le llamará: Liuan.
Al ciclo del campus se le nombrará: Untiv, el cual tendrá 18 Liuan, mas cuatro Coat innombrables. Al ciclo de los 20 Untiv, se
le llamará: Akt'untk. Al ciclo de los 20 Akt'untk, se le nombrará Akb'untk.

101. Al configurarse un ciclo de 20 x 20, se puede repetir
la estelegrafía base de los ciclos dados por 13 x 20 casillas del
calendario Draasog, por lo que esta cuenta será la base de una
cuenta larga, la cual será la única manera en la que se podrán
escribir las fechas. Los eventos tendrán un número y un nombre. Indescifrablemente el número deberá ser los 13 renglones

y el nombre las 20 columnas, aunque distinto del nombre del sistema de numeración, el nombre de los veinte deberá ser significativo y definir lo esencial del tipo de evento. La fecha se conocerá por un número y un nombre, pero se podrá describir en que momento ocurrió o en que otro deberá ocurrir tal o cual evento. El calendario verá el presente, el futuro y el pasado. Sólo faltará encajar el ciclo de los siete ciclos del tiempo del no tiempo, que durará la magna celebración, pero estiman que cualquiera que éste sea, el calendario aquí propuesto se acoplará sin duda, al ciclo de los siete ciclos del tiempo del no tiempo.

102. Esta será una cuenta que no podremos comprobar, porque se ha dispuesto, que no nos sea permitido llegar al final de la gran celebración, de tal manera que no sabremos cuando concluya o si ya terminó o si aún continúa festejándose. No se podrá relatar, ni decir palabra alguna sobre el final de esta gran fiesta, tan memorable y eso que todavía no empieza. Así ha sido dispuesto por el Padre Formador y Creador del Universo y así se hará.

103. Continuando con la organización de la magna celebración, ahora deberán integrar los equipos de chefs y cocineros. Se formarán siete equipos de cocina. Un equipo dará servicio a un campus durante un ciclo de los siete ciclos del Tiempo del no tiempo, por lo que habrá cuatro equipos en permanente acción y tres descansarán, de acuerdo a un rol.

El gran equipo estará conformado por: 52 dioses ecónomos, 343 dioses chefs, 2,401 dioses cocineros, 16,807 dioses ayudantes, 49 dioses capitanes de bar y 343 dioses cantineros. Así, un equipo estará integrado por siete ecónomos, uno por estadio. 49 chefs, siete por estadio. 343 cocineros, 49 por estadio. 2,401 ayudantes, 343 por estadio, siete capitanes de bar uno por campus y 49 cantineros, siete por estadio.

104. De los 52 ecónomos, 49 atenderán directamente la administración de los consumos, que se realicen en cada uno de los estadios durante su turno. Dos coordinarán las requisiciones de cada uno de los chef y las presentarán al adminis-

trador general de los almacenes del Reino, para su suministro, de acuerdo a las especificaciones de los productos.

Harán la procuración a tiempo de todo lo necesario, ante la administración general de la Hacienda del Reino y descalificarán el mal uso de los recursos, si los hubiere.

Uno de ellos será además, el tesorero general del Reino, quien controlará, administrará y mantendrá siempre el abasto de todos los almacenes, de la Hacienda del Reino. Será el ecónomo en jefe de la organización y todas las cuentas deberán ser autorizadas por él, auxiliado por los coordinadores de los equipos.

105. Los ecónomos de cada estadio llevarán las cuentas de todo lo que se consuma en grado escrupuloso y minuciosamente, porque se les pedirá un informe antes de iniciar su turno, que deberá coincidir con el reporte real de lo gastado al finalizar su turno. El informe servirá a futuro para tomar las provisiones necesarias y mantener un amplio respaldo en variedad y cantidad de productos.

Aunque las bodegas del Reino se autoabastecen, pues en cuanto sale un producto, inmediatamente se renueva y se recupera la cantidad extraída, no deberá dejarse al proceso cíclico de renovación de lo ya implementado, porque ahora puede fallar y así estaría previsto.

106. Los chefs, deberán implementar menús, donde se relacione la cantidad de productos, ingredientes y el tipo de energía que se utilizará en el proceso de cocción de los alimentos. Las listas de sus menús serán la base para que el ecónomo haga su plan de inversión en el estadio respectivo. Los chefs deberán proponer menús originales, de alta cocina.

Deberán utilizar su imaginación creativa y condimentar sus alimentos con el más alto sentido de valor nutrimental, cuidadosamente balanceado; de tal manera, que mantenga en alto la salud de todos los comensales.

La salud de un estadio será el único parámetro mensurable, que servirá como calificativo para considerar el posible mérito al reconocimiento, que podría recibir el equipo de chefs. Utilizarán los mejores ingredientes e impregnarán sus alimentos con todas las virtudes del buen comer y el buen beber, de tal manera que el platillo sea apetecible desde el sentido de la vista, el olfato, el tacto, la estimulación cerebral y sobre todo al sentido del gusto.

107. Tanta importancia reviste el hecho de comer y tomar los alimentos, que el Padre Formador y Creador del universo ha solicitado al dios chef del Palacio del Reino, se integre a uno de los equipos.

108. Y para que realmente entendamos el alto sentido que tiene el comer, el Padre Formador y Creador ha dispuesto, que cada evento de alimentación se convierta en un acto especial, reverente y solemne como ningún otro. El acto de comer es un acto de intimidad profunda consigo mismo y con la Naturaleza. Se comerá en absoluto silencio y mientras se mastiquen los alimentos se tornará en un acto reflexivo profundamente conciente.

El comer concientemente significa que todos tus sentidos actúan sobre el mismo acto, pero sobre todo descifran lo que cada uno aporta en un conocimiento inexplorado, jamás hasta ahora comprendido, sobre la diminuta gota de la vida, porque lo más importante es que el ser completo se fusiona con la Naturaleza.

Sólo cuando niños y solamente los recién nacidos comen concientemente. Los adultos hemos perdido el sentido de alimentarnos y si lo hacemos, lo trasformamos en un acto mecánico irreflexivo, lleno de prisa e inhibiendo el funcionamiento normal de todas las glándulas, que deben aportar los catalizadores necesarios para alcanzar una buena digestión. En su momento se instruirá a los comensales del Reino, sobre la forma y como se debe comer concientemente.

109. La importancia del comer y tomar los alimentos es tal, que el Padre Formador y Creador del universo ha dispuesto que no habrá restricción alguna para el comer ni para el beber, al momento que se realice dicho evento.

Cualquiera puede comer lo que desee y cuanto desee. Podrá beber lo que apetezca, en cantidad y en variedad, sin límite alguno, más que su voraz apetito y su insaciable hambre...

El único requisito es que sólo lo tiene que hacer de manera conciente y sin dejar desperdicio alguno, porque; aunque sea un Reino de abundancia, la falta más grave es el derroche y el menospreciar la riqueza que se disfruta. Tan grave es, que el que incurra en el menor de los actos del despilfarro será sometido a una severa lección: Ayunará durante los siguientes 40 eventos de alimentación. Pero se sentará a la mesa, igual que todos los demás. Sentirá el hambre y olfateará, verá a los alimentos en su máximo esplendor. Escuchará de sus compañeros el masticar y el atragantar de los alimentos, pero no podrá probarlos.

Y cada vez que sea la hora de comer, estará presente con un apetito cada vez mayor. Solo podrá tomar agua y nueve almendras.

110. Los chefs del Reino han recibido la encomienda con gran entusiasmo y para establecer el rol de turnos han propuesto un nombre a cada equipo.

El rol quedará de la siguiente manera:

Nivo	Ufoge	Als	Neptiami	Izam	Ocnomi	Gaua	Ciclo
■	■	■	■				1er.
■				■			2do.
	■	■					3er.
■		■			■		4to.
		■	■		■	■	5to.
■	■		■	■	■	■	6to.
	■						7mo.

Tabla 1.1.- Rol de turnos equipos de cocina.

111. Concluidos los acuerdos, todos los dioses organizadores se dieron a la tarea de iniciar los trabajos, elaborando tablas y levantando listados.

Se hará también un inventario real de las bodegas, almacenes, muebles y utensilios que serán necesarios para conducir sin problema y adecuadamente la magna celebración.

112. Por su parte el padre Formador y Creador del universo acudió a supervisar los trabajos de construcción de la plaza magna, que para entonces ya mostraba un gran avance. Todo marchaba de acuerdo a lo planeado.

Los materiales más extraños y exóticos llegaban desde los más remotos confines del joven universo y se iban colocando en la posición exacta, en el momento en que se debían colocar, pues si faltaba todavía su sustento o cimiento era imposible instalarlo. Pero había una sincronía precisa, de tal manera que los retrasos eran prácticamente nulos. La pirámide Ounfirt lucía majestuosa, solamente faltaban los detalles del ornato y acabados.

Estaban trazadas las calzadas y la explanada interior. Se iniciaba la construcción del primer estadio de cada campus...

113. Sumamente preocupados, los dioses organizadores se dieron a la tarea primero de definir la cantidad precisa de invitados, aunque los números eran claros, pues por algo el Padre Formador y Creador había establecido la cantidad de 144,000 invitados por estadio, que aseguraba la asistencia de todos los habitantes del Reino, incluidos ellos, así como los equipos de cocina y también a El mismo. Así entonces la cantidad de invitados deberá ser: 4'032,000. No más, no menos.

114. Se debatía una gran polémica entre los dioses organizadores, respecto a la cantidad precisa de invitados, cuando llegó el Padre y asombrado por tan terrible confusión, precisó categóricamente, que no habrá ni un invitado más, ni uno menos de los 4'032,000, incluyéndose El.

115. Para el más avispado de los dioses, quedaba una terrible duda, ya que no se mencionaba en ninguna de las listas la presencia de los 28 ancianos, ni la del mismo Padre Formador y Creador, por lo que se aferraba a la idea de colocarlos en alguna parte, lo que resultaba imposible, porque deberían estar dentro de un estadio, pero se había establecido de antemano, que solo permanecerían sentados en sus tronos en cada uno de los lados de la pirámide.

Así, que según él las cuentas verdaderas arrojaban un total de 4'032,029 invitados. Pero suponiendo que el Padre Formador y Creador no sea un invitado sino el Magnánimo Anfitrión, de todas maneras la cantidad total de invitados deberán ser: 4'032,028.

116. De nueva cuenta el Padre Formador y Creador precisó enfáticamente, que no habrá ni uno más, ni mucho menos, menos de los 4'032,000 invitados, incluyendo a los 28 ancianos y a El mismo si lo deseaban.

Esta polémica es verdadera y encierra una de las grandes enseñanzas que el Padre formador y Creador quiere que comprendamos...

117. Los 28 ancianos son la representación viva de los siete principios de sabiduría asociados a los cuatro atributos fundamentales del Padre Formador y Creador del universo. Por eso tienen la facultad de enjuiciar, del escrutinio y el otorgamiento del reconocimiento al mérito.

Los 28 principios de sabiduría mantienen el orden, el crecimiento y la armonía en todo lo creado y se contraponen a los opuestos de los 52 principios fundamentales, junto con los afines, para mantener el equilibrio en todos los universos y el Reino de la Gloria. Los cuatro atributos fundamentales ya fueron descritos en párrafos anteriores: El atributo fundamental: "Eseiaptonnm", que nuestros abuelos lo conocieron como el atributo: "Alom", también el atributo esencial: "Duvantlo", conocido por "Tzacol", así como el atributo: "Aczocfiunaer", que constituye la fuerza formativa, parte de Tzacol, conocido como "Bitol". Por último el atributo esencial llamado: "Volgiunmeroodra", formado por el espacio vacío infinito, que como arca matriz germinadora, hizo brotar dentro de sí la acción de todos los universos, por su sola palabra. Maravilloso atributo, conocido por nuestros antepasados como "Gaholom".

118. El Padre Formador y Creador del universo es:
El Todo.
Es todos los nombres por eso es *Innombrable.*
Es todos los calificativos por eso es *Incalificable.*
Es todos los números, todas las cantidades, todas las cifras por eso es *Incuantificable.*

Es todos los lugares, todos los espacios por eso nadie lo contiene. *El contiene todo.*

Contiene todos los cuerpos por eso es *Incorpóreo.* No existe nada ni nadie fuera de El, incluso la nada, por eso nadie, ni nada lo contiene...

"*Yo soy la Verdad...,*" interviene el Padre Formador y Creador; "*por eso soy Incomprensible.*

Yo soy la Vida..., por eso soy Eterno.

Yo contengo a la Naturaleza entera..., por eso soy Sobrenatural y nadie más lo es.

Soy el Amor supremo..., por eso soy el Creador y por amor comparto mi afición por la creación mental con ustedes.

Soy el Principio y el Fin, el Alfa y el Omega..., por eso soy Infinito.

Soy la Palabra, el Pensamiento y la Acción, la Causa y el Efecto..., por eso soy Impronunciable, Impensable y soy el Reposo Absoluto, para que pueda suceder lo que tiene fuerza y movimiento...".

119. Aclarado lo anterior, los dioses organizadores se dieron a la tarea de diseñar e imprimir las invitaciones para 4'032,000 invitados de honor.

Se conformaron los equipos de coordinadores de los eventos, guías e instructores. Se convocó para la formación de los equipos de cocineros, ayudantes y cantineros.

Segunda narración.

Sobre los ciclos de la Naturaleza

120. Mientras se concluyen los trabajos de construcción de la gran plaza y la organización de la gran fiesta es momento de hacer un alto. Un alto para reflexionar sobre algunos datos curiosos y enseñanzas de lo que hasta aquí se nos ha permitido narrar.

121. Lo que sucederá en la magna celebración, motivo del acontecimiento más maravilloso, que haya existido jamás, que es el de la Creación y Formación del Universo es una prueba para los habitantes del Reino de la Gloria, pero sobre todo una lección y advertencia para nosotros: Los habitantes del Universo.

122. Recién creado el Universo, millones de civilizaciones se desarrollaron en los más diversos parajes del joven universo. Muchas de ellas han permanecido fieles a su misión original y han crecido con sabiduría a través de los milenios.

Han legislado correctamente su quehacer.

Su tecnología y organización social se rige por los principios universales, de igualdad, libertad y fraternidad. Han cultivado el respeto mutuo y perfeccionado la profesión de una conciencia colectiva.

Se han inmerso con armonía en el medio ambiente natural donde les tocó asentarse.

123. Pero muchas otras se desviaron del más elemental de los principios naturales y han promovido la reacción de la Naturaleza para su exterminio...

124. No comprendieron la función de los ciclos de la naturaleza. No comprendieron los ciclos de abundancia, ni los ciclos de escasez y asustados ante las plagas, los desastres naturales propios del ciclo, su primera reacción fue sentir temor. Con el miedo, vino la inseguridad, con la inseguridad el desconsuelo, con el desconsuelo el fanatismo, con el fanatismo la idolatría, con la idolatría vino la guerra, con la guerra la soberbia, la envidia y la pobreza.

Con la pobreza vino la explotación del hombre por el hombre y de la naturaleza misma. Con la sobreexplotación de su medio ambiente se avecina irremediablemente el exterminio total.

125. Ninguna civilización, que se precie de ser sabia, atentaría contra su progreso y subsistencia, pero así ha sucedido en muchas culturas del cosmos infinito. Una de ellas es la nuestra, que se le ha dado en suerte asentarse en el planeta D'u-Uleu'us, uno de los preferidos por el Padre Formador y Creador del universo, tanto; que construyó en él su paraíso y se recreó sereno en sus momentos de mayor reflexión.

126. Los pueblos todos, fueron concebidos para crecer en armonía, en paz y no para la guerra y así fue desde el principio. Su inteligencia era suficiente para crear su propia civilización y desarrollar las bases de su ciencia y tecnología, que le permitiera entender los ciclos.

127. El esfuerzo de los pueblos antiguos de nuestro planeta por transmitir sus conocimientos ha sido gigantesco, pero se han perdido en alguna parte de la cadena generacional, por negligencia, ignorancia, soberbia o pereza de los responsables en algún momento de su historia y entraron en una recesión cultural sin precedentes, llegando algunos; incluso a la inmolación de su propia raza, a la guerra y la esclavitud con la supuesta intensión de aplacar la ira de sus dioses o agradarlos con el sacrificio para evitar los males a su pueblo o simple-

mente agradecerles un año de buena cosecha y grandes triunfos.

La zozobra de que ello no ocurriera, los condujo a un fanatismo cada vez más aferrado al supuesto buen resultado de sus ritos y ceremonias.

128. Todo ello oculto el verdadero proceso de lo que debía ocurrir en la naturaleza y por la ignorancia de ello, algunas sucumbieron bajo los cataclismos naturales.

129. El movimiento del Universo está estructurado por ciclos en una relación matemática precisa, que se autogestan mutuamente de manera maravillosa. Así, un grupo de ciclos, genera un ciclo mayor, que a determinado número de veces genera otro múltiplo de sí mismo y así sucesivamente, hasta integrar la totalidad del movimiento del Universo entero. Es un engranaje preciso en todo momento, aunque haya cambios catastróficos, pues su habilidad inercial-dinámica tiende al equilibrio y reajusta su maquinaria hasta precisar de nueva cuenta los ciclos. Esto quiere decir que no necesariamente los ciclos son estables, sino por el contrario son profusamente dinámicos, pero nos atrevemos a decir que son precisos porque se gestan en la profundidad de los ciclos de orden infinitesimal.

Cada partícula, cada molécula, cada cuerpo actuando como un todo, así como cada sistema, galaxia y grupo galáctico, cada uno actuando desde sus partes más ínfimas, hasta las más complejas y como un gran todo, tiene su propio ciclo, inmerso en el gran ciclo del grupo, molécula o cuerpo al que pertenece y que como parte infinitesimal actúa en el conjunto del movimiento, aportando su momentum al Universo entero. Por eso, de ahí la importancia de estar en armonía con el Universo.

Donde se discurre sobre el sistema binario y la primera fase cosmológica de la Tierra

130. La creación y formación del universo se hizo en la luz y para la luz. No proviene de la oscuridad, el silencio y la nada, como lo describen la mayoría de las principales ideas cosmogónicas de las civilizaciones más sobresalientes.

Este tipo de narraciones corresponden al primer renacimiento del planeta D'uUleu'us, después de que un cataclismo cósmico reconfiguró el sistema hoyar solar binario al que pertenecía.

131. El planeta Tierra es conocido como el planeta Intedba en el Reino de la Gloria. En el principio el planeta Intedba estaba iluminado en sus dos hemisferios por dos soles esplendorosos, de tal manera que no había noche, solo día. No había desiertos, ni polos congelados.

132. La vegetación crecía en abundancia, prolífera y sana en todas las partes que había tierra firme. Los océanos extensos, casi en la misma proporción que ahora, permanecían apacibles y contenían una exuberante vida, vegetal y animal.

La lluvia se esparcía por todas las áreas sembradas y con vegetación en la cantidad justa, como si fuera un sistema de riego perfectamente planeado y controlado.

133. Los habitantes crecían en armonía, fuertes y sanos. La naturaleza proveía en abundancia los alimentos, sólo se requería cuidarlos y cosecharlos.

134. El clima era excelente como en ningún otro planeta, pues se mantenía una temperatura casi constante en todas las latitudes, porque la humedad, la lluvia, las nubes y los océanos mantenían la energía en equilibrio isobárico e isotérmico, en la biosfera que lo envolvía.

135. Había tres continentes, uno de ellos, el más importante y extenso se partía en tres subcontinentes, pero en conjunto circundaban todo el planeta teniendo como centro el ecuador y hasta los paralelos de latitud 35° sur y 40° norte en promedio, aunque había zonas en donde se estrechaba hasta el paralelo 10°. Dos continentes pequeños estaban en los respectivos polos, casi de la misma extensión y simetría.

Había dos océanos, separados por el supercontinente central pero comunicado por los mares internos que dividían los subcontinentes: El océano septentrional y austral, aproximadamente simétricos en extensión y profundidad.

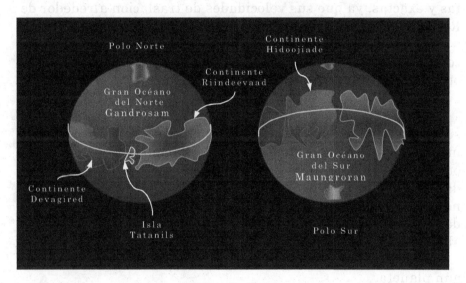

Fig. 2.1.- Planeta Intedba en su primera época cosmológica.

136. El planeta se suspendía bajo el bamboleo de una exigua fuerza, porque su centro de gravedad, su centro geográfico y su centro de masa casi era el mismo, por lo que su eje de rotación no tenia una inclinación realmente significativa respecto a su orbita perfectamente circular. Intedba era el primer planeta interior, que giraba alrededor de un hoyo negro.

El hoyo negro se llamaba "Reltadib". El sistema interior de planetas contenía además de Intedba como el primer planeta interior, a "Rohosem", como segundo y a "Ogitanas" como el tercero. En los planetas Intedba y Rohosem fue posible el desarrollo y la evolución de la vida en todas sus manifestaciones, pero en el planeta Ogitanas no, porque su orbita se veía afectada por el sistema binario de los dos soles y la temperatura de su atmósfera era sobre los 500 °C, promedio, por lo que era un planeta seco.

137. El sistema binario de soles era un sistema sin igual, prácticamente único en todo el universo, pues las estrellas indescifrablemente eran casi de la misma magnitud, pero lo más asombroso de todo es que giraban sobre la misma orbita y en la misma dirección, en posiciones siempre diametralmente opuestas y exactas, ya que sus velocidades de traslación alrededor de Reltadib, eran en todo momento iguales y proporcionales.

La mayoría de los sistemas binarios en el universo se configuraban por la supremacía de una estrella gigante sobre otra y el engullimiento de parte de su material.

138. Había un sol que se llamaba "Merohna", que contenía su propio sistema planetario. Dos planetas estaban perfectamente identificados. Uno de ellos se llamaba "Qopeuñe" y el otro "Llirbenta", pero en ninguno de ellos podía florecer la vida. Uno por carecer de atmósfera y el otro por el contrario, tener una atmósfera extremadamente densa en gases de dióxido de carbono, ácido sulfúrico, metano, amoníaco y otros menos abundantes, pero venenosos.

El otro sol se llamaba "Madgiodioper" y no contenía ningún planeta.

139. De esta manera el sistema conservaba casi un perfecto equilibrio entre todas sus fuerzas gravitacionales y de todos y cada uno de los movimientos interactuantes, que se presentaba como uno de los sistemas más armónico del universo.

Reltadib era un campo gravitacional en equilibrio y ejercía su dominio sobre el sistema con naturalidad. Sus unidades y celdas gravitacionales se distribuían uniformes en todo el plano Vorcu y su giro mantenía dentro del plano orbital a todos sus súbditos, de acuerdo a los rangos establecidos.

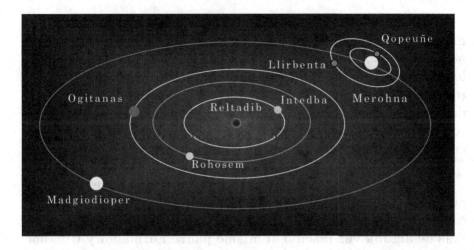

Fig. 2.2.- Sistema hoyar Reltadib solar y planetario de 3er. orden

140. El sistema Reltadib era muy famoso en el Reino de la Gloria y un modelo de sistema binario sin precedente alguno, del cual se auguraba una vida prácticamente imperecedera, si se mantenía bajo los mismos principios de equilibrio. Si no se diera una fuerza capaz de desestabilizar al sistema, éste permanecerá inalterado durante todo el ciclo cosmológico del universo.

Esto, le daba todas las garantías y oportunidades de inversión, a tal grado, que como se señaló en párrafos anteriores, el mismo Padre Formador y Creador construyó su jardín del edén aquí, aprovechando la señorial isla Tatanils ubicada justo en medio del gran canal, que se formaba de manera majestuosa, recibiendo las corrientes frescas de ambos océanos, dibujándose sobre el lejano horizonte, tanto al eronttpeism, como al eeriontstee el macizo del gran continente central del planeta D'uUleu'us.

141. Así, que en algún tiempo de su historia, el planeta Tierra fue, sin duda; casi el centro del sistema solar donde se asentaba y el lugar preciso del centro exacto del espacio infinito, cuando el mismo Padre Creador y Formador pasaba sus mejores momentos y vacaciones en ella.

142. La rotación del planeta y la simetría de los soles, generaban un fenómeno natural asombroso, indescriptiblemente bello: El ocaso y el amanecer al mismo tiempo de ambos soles, lo que sucedía cada 27 horas, del tiempo que usamos hoy. Pero todavía no podemos hablar, de que ello fuese un ciclo del día y de la noche, como lo es ahora, ya que en cuanto se ocultaba Merohna, destellaba por el oriente el sol Madgiodioper, permaneciendo siempre en la luz, los dos hemisferios de la Tierra.

143. Pero sin duda alguna, el fenómeno más hermoso e inigualable, que adquiría manifestaciones realmente asombrosas, como de un rito solemne hecho por la propia naturaleza, que mas de alguna vez fascinó al mismo padre Formador y Creador del universo, a tal grado; que después acudía a la cita, cada vez que ello ocurría era: El eclipse de los soles.

144. Cuando Reltadib se interponía en el plano orbital, entre uno de los soles y el planeta, se podía presenciar uno de los espectáculos astronómicos más fascinantes que jamás hayan existido. Al iniciar el fenómeno, a medida que el hoyo negro se cruzaba lentamente e interfería con los rayos solares, éstos quedaban atrapados y como si fueran un río de luz se iban vertiendo poco a poco en el hoyo. El sol parecía que era engullido por el hoyo negro y se deshacía en pedazos. Era como si un horno de fundición se vertiera sobre un molde insaciable.

145. El sol desaparecía del firmamento y la última gota de luz, se veía discurrir presurosa. Se podía ver y admirar la velocidad a la que viajaba, hasta sucumbir completamente en el hoyo, que aunque diminuto no lo satisfacía nada.

Era una carrera, variable entre 12 y 18 minutos, mínimo-máximo, dependiendo de la diametralidad entre las orbitas del sol eclipsado y el planeta.

Al momento en que la gota de luz desaparecía en el hoyo, éste era rodeado por un anillo de luz intensa. Un anillo de luz fascinante, seiscientas sesenta y seis veces más potente que el mismo sol. El anillo mostraba el paraje más maravilloso del disco de acreción del hoyo negro. El hoyo negro quedaba al descubierto y se podía ver todo su poder, su monstruosidad oculta. Todo el firmamento se iluminaba con la luz del anillo en un espectáculo sin igual de luces difusas algunas, tuenes y otras realmente intensas. La luz llegaba en oleadas hasta el borde del planeta. Era como si las ondas gravitacionales tuvieran luz propia y se pudieran ver. Eran realmente como un oleaje maravilloso en la intimidad de un mar cósmico inmenso, que infundía asombro y respeto.

146. De pronto, en un parpadeo desaparecía todo. El anillo, el sol y el hoyo negro desaparecían súbitamente. Por un breve instante todo era oscuridad absoluta. Por un instante el planeta sentía un escalofrío y un temor insoslayable se apoderaba de todos los seres vivos, incluyendo la vida inteligente. Al Padre Formador y Creador del universo le fascinaba sentir el frío helado y mirar las entrañas de la oscuridad. Realmente disfrutaba intensamente cada paso, cada instante y todos los detalles del fenómeno.

147. La oscuridad absoluta traía consigo otro enigmático espectáculo, tal que a los habitantes del planeta los dejaba boquiabiertos y completamente extasiados. El firmamento se poblaba con un número incalculable de estrellas, caminos de polvo interestelar y galaxias girando majestuosas en lo más profundo del espacio. Se podía observar el halo tenue iluminado del centro de la propia galaxia. Sin duda, un espectáculo maravilloso que solo se podía observar por breves segundos, pero que valía la pena y eran estos 729 segundos, que el padre Formador y Creador del universo, sin duda más gozaba. Este breve momento dejaba en claro, que el sistema Reltadib no era el único en el universo. No estaban solos, sino que había una infinidad de mundos más allá de este paradisíaco paraje, igualmente hermosos y misteriosos.

148. Apenas se habían sumergido en el embeleso de la oscuridad, cuando de pronto aparecía un destello fulgurante del centro del hoyo negro y se volvía a formar el anillo de luz intensa. Era como si el hoyo indigesto vomitara toda la luz, vomitara al sol que se había engullido y demás residuos de los que no había testigos.

Pero no era eso, sino que el sol cruzaba por el otro lado la interferencia del hoyo negro.

Un rayo de luz como saeta se desprendía del anillo de luz intensa que iluminaba el disco de acreción del hoyo negro y se miraba su velocidad que avanzaba presuroso hacia el sol. Ahora el río de luz corría en sentido inverso y el molde insaciable vomitaba y vomitaba sin cesar, enfermo de bulimia.

149. El espectáculo era tan maravilloso, que pareciera que se reconstruía el sol en pedazos, tal como fue aniquilado en el primer paso. El sol emergía esplendoroso y bien librado. Mientras tanto; en breve tiempo se reestablecían todas las condiciones de equilibrio climático y la vida continuaba su curso natural en el planeta Intedba.

150. El sistema planetario Reltadib se encontraba cerca al borde del halo del núcleo globular de la galaxia "Rroseñedaam", conocida ahora como la Vía Láctea, es decir; como a 21,000 años luz de los años actuales del centro de la galaxia, sobre uno de sus brazos espirales, llamado "Ivodaredi". En este punto del universo transcurrió la primera fase cosmológica del planeta Tierra.

Donde se describe la Propiedad de la Regencia

151. En el diseño de la plaza Ooruhjso se han utilizado una
serie de datos numéricos, que es interesante analizar. Primero
debemos saber de una propiedad que cualquier sistema de numeración puede desarrollar. La propiedad de la Regencia de
las Unidades. Esta propiedad establece que: *"Cualquier cantidad, no importa la magnitud que ésta sea, tiene como regente a
una de las unidades del sistema novecimal".* El sistema novecimal es una base numérica universal y esta propiedad de-
muestra además, que en la naturaleza el cero no existe.

152. Desarrollar la propiedad de la Regencia consiste en reducir a la expresión de la unidad cualquier cantidad por más
grande que ésta sea. La expresión unitaria es la mínima expresión de dicha cantidad y esa expresión unitaria es su regente.

153. Es tan verdadero este vínculo, que si se realizan ope-
raciones básicas con solo las unidades regentes unitarias, el resultado será otra unidad regente y sería equivalente a si se
desarrollara con la expresión de la cifra desglosada.
   Lo que se necesitaría es, estableciendo ciertas reglas, desarrollar solo una tabla de equivalencias matriciales, para encontrar las cifras desglosadas.

154. Para encontrar la unidad regente basta con sumar uno
a uno los dígitos que forman la cantidad, hasta que el resultado final sea cualquiera de las unidades del sistema novecimal,
es decir el 1, 2, 3, 4, 5, 6, 7, 8 y 9. Mediante este análisis se encuentran cantidades o cifras con un alto significado, realmente
asombroso. Es probable que se apliquen estos criterios en los
diseños de la naturaleza.

155. En el caso de la plaza Ooruhjso y en todo lo relacionado con la gran celebración, se tienen cifras enigmáticas, perfectamente relacionadas entre sí, gobernadas por una misma unidad regente demostrándonos que ni las cosas, ni el universo
entero se han construido al azar.

156. Cualquier cantidad que se tome de un mismo renglón,
la suma de sus dígitos será igual a alguna de las unidades de
la columna de la izquierda. Así, por ejemplo el 63 es igual a
nueve, el 45 también es igual a nueve y se encuentra en el mismo renglón que el 63, por lo que cualquier cifra que se encuentre en dicho renglón, la suma de sus dígitos será nueve.

En la tabla se podrán escribir todas las cantidades de números enteros posibles y siempre responderán al principio de
regencia. Ninguna cantidad tiene como regencia el cero. La regencia de las unidades del sistema de numeración base novecimal se describe en la siguiente tabla.

Unidad Regente	Niveles superiores de Regencia (Primeras 81 cifras).								
	1er.	2do.	3er.	4to.	5to.	6to.	7mo.	8vo.	9no.
9	18	27	36	45	54	63	72	81	90
8	17	26	35	44	53	62	71	80	89
7	16	25	34	43	52	61	70	79	88
6	15	34	33	42	51	60	69	78	87
5	14	23	32	41	50	69	68	77	86
4	13	22	31	40	49	68	67	76	85
3	12	21	30	39	48	67	66	75	84
2	11	20	29	38	47	56	65	74	83
1	10	19	28	37	46	55	64	73	82

Tabla 2.1.- Relación de los primeras 81 cifras y su unidad regente. La
tabla se puede extender hacia la derecha, hasta el infinito e indiscutible-
mente cada cifra corresponderá a la unidad regente de su renglón.

157. También se debe considerar las cifras que contengan
decimales. Para ello la cantidad decimal se considera como una
cantidad independiente y se obtiene la unidad regente igual
que las cifras de números enteros. La expresión de las unidades regentes de cantidades con decimales, será de dos unidades
separadas por el punto decimal. Por ejemplo. La cifra 3.1416...,
sus unidades regentes son: 3.3... y de la cantidad 18.6345... es
9.9... De la cantidad 234.89935... será 9.7...

El Reino de Ooruhjso

El Reino de Ooruhjso   59

158. Un estadio se construirá en una superficie cuadrada que tiene: 864 adritas por lado.

Ello da una superficie de 746,496 ad².

Sin embargo la superficie útil será solo de: 603,612 ad², que se obtuvieron de un arreglo en cruz de una superficie central de un cuadrado de 486 triadas por lado, mas cuatro superficies laterales a cada uno de los lados del cuadrado central de 189 triadas de lado.

La superficie restante de 35,721 ad² se destinará para áreas comunes. Si ordenamos tales cifras, quedaremos totalmente asombrados:

Unidad Regente	Cantidades					
9	189	486	864	35,721	603,612	746,496

Tabla 2.2.- ¡Todas las cantidades tienen como unidad regente al 9!.

159. Pero ahora veamos, que sucedió con el diseño de la plaza magna Ooruhjso.

La plaza se construirá en una superficie, también cuadrada que tendrá 5,265 adritas por lado.

Esta da una superficie total de 27'720,225 ad², de las cuales 6,561 ocupa la pirámide Ounfirt, 20'901,888 ocuparán los estadios, 3'073,464 serán para la explanada interior que circunda la pirámide y 3'738,312 ad² serán para las calzadas que dividen a la plaza en cuatro campus y la calzada de circunvolución exterior.

Si ordenamos tales cifras y sumamos los dígitos respectivos a cada una, quedaremos nuevamente maravillados:

Núm Reg.	Cantidades					
9	5,265	6,561	3'073,464	3'738,312	20'901,888	27'720,225

Tabla 2.3.- ¡De nueva cuenta todas las cantidades tienen como unidad regente al 9!.

160. En cuanto a los datos sobre la organización social de la celebración, tenemos que deberán ser 144,000 invitados por estadio, que en total harán 4'032,000 huéspedes de honor asentados debidamente en la Plaza Magna.

Todos ellos se constituirán en 2'016,000 familias, que procrearán a 290,304'000,000 generaciones, que se esparcirán por el universo entero.

Unidad Regente	Cantidades			
9	144,000	2'016,000	4'032,000	290,304'000,000

Tabla 2.4.- ¡Increíble, también todas las cifras tienen como unidad regente al 9!.

161. Otra de las unidades regentes preferidas es la unidad siete, que se observa en el arreglo general de los patios de cada estadio y la organización de los equipos de coordinadores y cocina. 52, patios, 34 dioses coordinadores, 2,401 cocineros, 1,456 patios en toda la plaza, desarrollando igual cantidad de eventos simultáneos de conciencia colectiva y 4'032,000 actos de conciencia individual. La unidad regente cuatro, contiene al 13 y al 364 que pueden representar los ciclos del programa y/o grupos de patios y así, podríamos encontrar la relación de cada cifra con su unidad regente.

162. Aquí, lo realmente interesante es que se integran cifras o cantidades que representen unidades físicas o no, de medición o cualquier otro valor a una unidad regente. Seguramente, un diseño así será más fácil que encuentre la armonía y la majestuosidad de una verdadera obra con valor cultural.

Donde se describe la unidad de medición utilizada en el Reino de la Gloria

163. La adrita es la unidad de medición longitudinal utilizada en el Reino de la Gloria. También es la base para la formación del universo y de la cual se ha hablado en todo lo relativo al diseño y construcción de la plaza Ooruhjso. La adrita está integrada por tres partes o submúltiplos de unidades. El concepto es mucho más amplio, aunque aquí se hace referencia y aplica a la experiencia sensorial de nuestro alcance intelectual. En realidad es una unidad potenciada, que está en referencia a cada nivel estructural de la naturaleza.

164. La primera parte que la constituye es el punto energético. El punto energético es una estructura elemental de valor, correspondiente a la posición 736ava., del sistema novecimal base trino, sobre cuya estructura se constituye la primera dimensión física mensurable del elemento espacio.

165. La segunda parte que la constituye es el gusano 90. El gusano está formado por una serie de 90 puntos energéticos, estructurado en 10 anillos de 9 unidades cada uno enrollados en una espiral sobre sí mismos, desde el valor inicial del uno simétrico, hasta el punto escalar de valor 90. El gusano 90 se convierte en una estructura elemental de la naturaleza porque su forja es sumamente estable.

166. La tercera parte la constituye la interacción del gusano 90 con otros gusanos 90 hasta formar una cuerda. Este singular arreglo, como tal puede alcanzar proporciones astronómicas, pero la adrita se limitará a una línea o cuerda de valor $9 \times Q^{(n-1)}$ donde Q es igual a la base del sistema novecimal y n = 7, como límite superior, tanto a la correlación de enteros, como a los infinitésimos. Es decir, igual a una estructura de gusanos 90 de valor correspondiente a la séptima posición. Esta estructura se considera la tercera dimensión real del elemento espacio. A partir de ella se originan las dimensiones ilusorias, hasta alcanzar la primera dimensión súper ilusoria llamada tiempo, que correspondería a la séptima dimensión de la naturaleza.

167. Así entonces, la adrita de valor $9xQ^{(n-1)}$, será igual a la unidad universal, sujeta al nivel estructural de nuestra experiencia. En otros niveles tiene el mismo valor, pero bajo otro marco de referencia, por eso se considera una unidad potenciada. En nuestro marco es equivalente a nuestra unidad el metro, referido al valor de la cantidad infinitesimal del espectro atómico de la partícula elemental xsentlamlex, del tiempo que tarda la luz en cruzar su núcleo, aunque debido al marco de referencia sobrepasará de la unidad en un poco más, pero sin alcanzar las 3 millonésimas. Para efectos prácticos se debe considerar igual a la unidad. El RecterSeab adritas es un múltiplo de la unidad por mil, equivalente al Km, de nuestro sistema de medidas.

Donde se discurre sobre la familia

168. En los planes de organización de la gran celebración, ha quedado de manifiesto el interés del Padre Formador y Creador del universo y la especial atención que dispensará a la familia, sobre todo en el marco de una nueva formación familiar. Cada acto matrimonial adquirirá una relevancia tal, que la plaza entera festejará la boda y el Padre en persona los ungirá con su bendición.

169. La nueva pareja ascenderá unida desde el pie de una de las escaleras que suben a la pirámide. Durante la ascensión recibirán siete pruebas, que mostrarán su fortaleza física, mental y social. Demostrarán su decisión inquebrantable de constituirse en una familia. Mostrarán su deseo de convertirse en padres y recibirán la prueba del desconsuelo, de la discordia y la perdición de sus hijos, para mostrar su capacidad de concordia y la inteligencia de su amor paternal para rescatar a sus hijos. En su deseo se fundirán en uno, mas no sólo en el acto más bello de la concepción, sino que así caminarán como uno, pensando y luchando como uno. Mirando ambos el mismo objetivo. Sabiendo que no está en uno solo, sino en ambos, dentro o fuera, cercas o distante.

170. Llegando a la presencia de los ancianos, uno de ellos les preguntará el nombre. Solo su nombre, ambos su nombre. Lo pronunciarán pausadamente y con alegría. La plaza entera los escuchará y vitoreará a la nueva pareja. El anciano les entregará una sortija a cada uno, labrada en un metal fino llamado: Neoter. La sortija es complementaria; una es parte de la otra, por lo que cada uno tendrá el complemento del otro. Cuando alguno de ellos se encuentre en peligro deberán unir las sortijas para liberarse o para que se desvanezca alguna grave amenaza, que se cierna sobre ellos o sus hijos. La sortija simboliza, que la familia es una unidad real en el complemento de sus partes.

171. La sortija es solo una representación de la auténtica personalidad de cada uno, que ha sido acrisolada desde el mismo acto de la concepción. Se ha moldeado impregnando las características y principios de ambos géneros: El masculino congeniando con su parte femenina y el género femenino conjugando su parte masculina. La realización se logra tan completa, que hay otra contraparte que moldeó de igual manera su personalidad y en su encuentro habrán de coincidir plenamente. La certeza de que una pareja ha sido elegida correctamente se obtiene al comprobar la coincidencia de las sortijas.

172. Para ascender hasta la cúspide de la pirámide deberán unir sus sortijas, siendo la última de las pruebas y si éstas coinciden los siete ancianos formarán una valla y la puerta anular, que comunica a los últimos peldaños de la escalera se abrirá y permitirá el paso a la pareja, ahora confirmada como tal.

173. La coincidencia de las sortijas en todas sus partes significa, que la pareja está destinada a ser una pareja auténtica, de mutua correspondencia, donde el uno es para el otro, sin mas enmiendas, lo que les permitirá alcanzar la plenitud de todos sus propósitos. Nada ni nadie impedirá, ni nada ni nadie perturbará siquiera su unión matrimonial y será una familia de éxitos rotundos.

174. Mágicamente en el acto serán arropados por un vestido largo de su talla. Una faja bordada en oro cinchará sus cinturas y un velo desde la frente se deslizará sobre la cabeza y entre el pelo de ella. Para él, una túnica ondeará majestuosa desde el cuello y se deslizará sobre sus hombros y su espalda. Todo el ropaje bordada en luz blanca cristalina azulada como el diamante, que no lastimará la vista al mirarla y por el contrario, resaltará la esencia y la hermosura de la nueva pareja.

175. La plaza entera se regocijará sobre manera y lanzará vivas, proferirá bendiciones y parabienes para la nueva pareja

y después de un prolongado aplauso, entonarán un canto alegre, poli sinfónico, rítmico como invitando a danzar el baile de la Idavoreent. Bailarán y se alegrarán en lo que la pareja llega a la cima de la pirámide y es recibida por el Padre Creador y Formador del universo.

176. Una vez en presencia del Padre Formador y Creador del universo, los tres permanecerán de pie, El colocará sus manos sobre sus hombros, una en cada uno y les dirá palabras de consejo secretas, pues solo la pareja las escuchará. Luego extendiendo ambas manos sobre las cabezas de la pareja, sin tocarlas les dirá con voz suave, pero precisa y clara: *"Robehm Jerum, rogesprousen floseleron noeld laed norca fiom aly acrieon. Derap, Darem tebidanssaen sadot cregnoseaien nafhtiallaes pedlotissoem dratesofuqia goriseun".* Permanecerán por breves instantes en profunda reflexión, tratando de gravarse y comprender el gran significado de las palabras recién pronunciadas por el Padre Formador y Creador. Luego contestarán:"Bericosim nuTod niesclerreom. Ginzodhanoss". Toda la plaza escuchará atento.

177. Ambos recibirán un abrazo paterno, realmente paterno como ningún otro, que solo el Padre Formador y Creador en su esencia puede expresar, porque el abrazo más tierno del universo sólo puede provenir de El y será la forma del ritual de como impartirá su bendición a las nuevas familias.

178. Los recién casados descenderán lentamente por la escalera, iluminados ahora por su propia vestimenta, que los distinguirá como una nueva familia. La plaza entera se dispondrá para celebrar con extrema alegría tal acontecimiento. Se prepararán tres eventos de tomar alimentos, profusamente dispuesto en toda la explanada, con los mas variados y exquisitos platillos, como el más regio de los banquetes.

Entre cada evento se bailará sin descanso y se dispensarán ofrendas de cariño y amistad a los recién casados. Se desarrollarán danzas de gran simbolismo y enseñanza.

179. El ambiente de la plaza se preñará de música celestial. Todos los ritmos, todos los temas y tipos de música se tañerán armónicos, al compás del latir de los corazones. Habrá torneos de cocina, donde cada chef utilizará su talento, fantasía y conocimientos culinarios, para ofrecer a sus comensales el platillo más exótico y balanceado en nutrientes, que sobrepase todas las expectativas y sea tentador a los sentidos, desde la vista, el tacto, el olfato y el gusto.

180. Terminada la fiesta, todos regresarán a sus respectivos estadios y por primera vez, la nueva pareja viajará sola por los caminos celestes del laberinto de la Rosa del estadio, que le ha sido asignado. El tránsito por el laberinto de la Rosa siempre será guiado por el padre de la familia y será el responsable de que todos los miembros de su familia caminen seguros y lleguen al lugar que les corresponde. Si algún miembro se extravía, la familia entera no podrá asentarse en su lugar y tendrá la obligación de buscarlo hasta encontrarlo.

181. Los caminos del Laberinto de la Rosa son caminos de transformación, donde el huésped tomará su energía esencial, porque sólo así podrá transitar por ellos y son tan intrincados, que comunican a muchos patios, a muchos caminos de otros estadios inclusive, por lo que se debe estar siempre atento y percibir en todo momento la leve onda de energía que le señalará siempre cual es la trayectoria que debe seguir. De lo contrario se perderá y andará por los siglos de los siglos, sin llegar al lugar que le corresponde.

182. Para tener una idea vaga de la naturaleza de los caminos del Laberinto de la Rosa, se dice que son similares a los anillos de haz de partículas que actualmente, se utilizan en los laboratorios aceleradores de partículas de alta energía, como en el CERN, pero sin la infraestructura de los aceleradores e imanes confinadores del haz de partículas. Así se ha dicho para nuestro entendimiento.

Posicionamiento clave del Valle de la Lirgeaa

183. Una de las más gratas sorpresas, que el Padre Formador y Creador del universo tiene reservada, para la complacencia de todos sus invitados y mostrando de nueva cuenta su propio regocijo por el éxito logrado en la magna obra del joven universo, recién construido es, que el Valle de la Lirgeaa ocupa un lugar muy especial y privilegiado en el Reino de la Gloria.

184. El centro del Valle es una lente astronómica poderosa, como el cristalino y retina de un ojo potente e infinito. Desde ahí se pueden observar todos los universos con lujo de detalle y no solo eso, sino asistir también a todas las épocas de su evolución y desarrollo.

185. Y en el centro del Valle se está construyendo la gran plaza Ooruhjso, por lo que no habrá duda de que todos y cada uno de los invitados, podrán disfrutar simultáneamente de este maravilloso paisaje. Tal escenario pondrá a prueba de cada uno de los invitados, su capacidad de asombro, la evolución y la madurez de su inteligencia.

Donde se discurre sobre la importancia y el modo de comer

186. Una de las disposiciones de mayor trascendencia que ha decretado el Padre Formador y Creador del universo es la de que todos los invitados deberán de comer de manera conciente. El comer concientemente tiene un profundo significado, pero se quiere escenificar en el acto físico de tomar los alimentos para hacerlo más fácil a nuestro entendimiento, porque nuestra esencia también se alimenta, nuestra forma del ser también come y nuestro pensamiento e inteligencia también se nutren.

187. En la organización de los equipos de cocina, no se consideraron meseros, lo que significa que será un autoservicio. Los dioses cocineros dispondrán los alimentos en sus propias mesas de trabajo.

Los invitados recibirán el menú del evento en curso, al momento de sentarse a la mesa e iniciarse el acto de comer. Antes que todo, cada uno dirá una oración en privado, donde bendiga los alimentos y a quienes los prepararon. Se sentarán a la mesa, uno junto al otro, formando ambas filas de igual lado de las mesas. Recibirán en sus manos el menú. Seleccionarán su platillo favorito. Lo colmarán con la abundancia que deseen y lo llamarán con el pensamiento. El platillo aparecerá en el acto ante sí de cada uno.

188. Una vez que el platillo deseado esté sobre la mesa, lo primero que deberán hacer los invitados es admirarlo, escudriñando todas sus formas y colores. Muchos de los secretos de la naturaleza y del universo se encuentran ahí: En los alimentos, en sus ingredientes, en su proceso de cocción y en el sazón de quien los ha preparado. Por eso la importancia de alertar los sentidos. Por eso la importancia de comer en un estado de conciencia tal, que nos permita sentir y entender con todos los sentidos concientemente el acto de mayor trascendencia para un organismo.

189. En esencia la energía vital se alimenta de la vida y su nutrición será mejor, será más sana y efectiva cuando se come de manera conciente.

190. La vista será el primer sentido que deberá descubrir las formas y colores. Deberá imaginar que el color se forjó desde la tierra, el aire y el sol donde floreció la planta que ahora es su alimento o del alimento que nutrió a la animal, de cuya carne ahora se nutre. Deberá encontrar la relación entre la textura de sus partículas y la difracción de la luz, como si ésta se exhalara en ondas de determinada frecuencia que le dan el color.

191. Luego deberá oler una y otra vez. Deberá percibir el aroma, el sabor del aroma. Deberá sentir el calor humeante del aroma y olfatear en su nariz el aroma de la tierra, del agua, del aire y del sol, que hizo florecer la vida en este alimento o detectar el olor del sudor durante la concepción y el parto, del agua, del sol, del alimento que nutrió al animal que ahora es su alimento. Deberá degustar el olor del sacrificio, cuando la sangre dejo de fluir y el cuerpo se congeló y la vida se fue a otro paraje, para modelarse en otra forma, dejando su obra plena de nutrientes.

192. A continuación deberá sentir la textura, palpar su contorno. Respetuosamente deberá rasgar con los cubiertos su forma en mas formas y sentir su dureza o su blandura, al mismo tiempo si hay un crujir o un chasquido imperceptible apenas, deberá escucharlo y sentir que esta forma y textura también viene de la tierra, el agua, el aire y el sol, que la hicieron florecer o el trabajo de mucho tiempo de la energía vital modelando la forma del animal, hasta madurarlo para que sirviera de su alimento.

193. Luego deberá hasta entonces llevar un bocadillo a su boca. Antes de tomarlo lo mirará detenidamente, sus glándulas

salivales se alterarán y excretarán los jugos para recibir el alimento. Una vez el bocadillo en la boca se paladeará suavemente, se masticará pausadamente y en lo que todo esto sucede, se adsorberá todo el sabor, se palpará toda la textura, percibiendo en cada masticada como cada vez se hace mas maleable, como su sabor se mezcla y se hace mas uniforme, pero una vez que se hubo degustado todos y cada uno de los ingredientes.

194. Se masticará el bocadillo por 16 veces mínimo, pausadamente y en el transcurso, se imaginará, que el sabor, la textura, el aroma provienen de la tierra. Que cada partícula que formó al alimento y ahora está en su boca, estuvo depositada en la tierra y subió por el torrente sávalo de la planta. Lo transformó la luz, floreció en un fruto, en una raíz o en una hoja. Cada partícula se aglutinó con otras partículas y forjó moléculas, dispuestas de tal manera que en el proceso de digestión, que se llevará a cabo dentro de poco tiempo, volverán a ser útiles.

195. Si es un alimento de trigo, imaginará el campo sembrado de semilla, luego el trigo brotando de la tierra y los días de sol, agua, viento, sol y agua, hasta el espigar de cada planta, hasta el madurar de cada espiga e imaginar el campo dorado del trigal ondeando por el viento. Si es un alimento de maíz, o un alimento de fríjol, avena o arroz, se hará lo mismo. Imaginará como se formó el grano, todo lo que contiene, su procedencia y la manera tan sabía como se produjo, para que ahora se encuentre en su boca, deleitando su paladar, excitando sus sentidos y sus glándulas gustativas.

196. Si su alimento es un trozo de carne, imaginará el animal desde el momento de su concepción, su parto y como la energía vital que se modeló en él, trabajó duro para darle vida. Lo hizo comer de la naturaleza. Seguramente algunas veces se enfermó pero lo curó y lo mantuvo vivo. Lo cuidó de otros depredadores, lo hizo crecer, lo hizo engordar. Tomó alimento de la tierra, del agua. Respiró el aire y se asoleó. Cada partícula de su cuerpo estuvo alguna vez en la tierra, en el agua, en el aire y en la luz y se estructuró tan sabiamente que se formaron tejidos, inmensos tejidos de moléculas, que recibieron su nutrición por el torrente sanguíneo para sustentar su metabolismo y rehacer, sustituir sus viejas moléculas por nuevas, para mantener viva la vida. Finalmente llegó el sacrificio y aunque murió, no acabó la vida. Este trozo de carne tiene impregnada los nutrientes que necesita la vida de un cuerpo físico y en parte también contiene secuelas de lo que alguna vez fue vida, para la vida. Así, se recreará el hábitat de cada tipo de animal, según sea el platillo que se esté degustando.

197. Al comer una manzana, se percibirá la generosidad del universo. Su color, su textura, su forma, su exquisitez brotará al desnudo. Desde el primer contacto con ella se llevará a la imaginación el color rojizo desplegándose desde la tierra y subiendo por el torrente sávalo del tallo y ramas del manzano. Recibiendo la luz, el agua y el aire, que con el calor y la humedad ver brotar la flor de azar y poco a poco, irse transfigurando en un fruto, donde el color rojizo se ha vertido transformándose del verde, al verde tierno, al verde amarillo madurando en un rojizo, apostado sobre una tenue película de cáscara mágica.

198. La manzana sobre la mano es una maravilla, un misterio, pero que no se podrá descubrir si no se observa, ni se percibe, ni se toca su intimidad concientemente. Menos si no se lleva a la boca y en una desgajante mordida no se paladea la vida oculta en ella. Menos si no se entiende que cada diminuta partícula sudorosa, apretadas tan fuerte como pueden, provienen de la tierra y han llegado hasta ahí, seleccionando su lugar preciso, en un proceso fecundo y sabio, imposible de describirlo aquí, pero que ensanchó el espacio sin más, de tal suerte que donde no había nada, hay ahora un torrente de vida. Menos si al masticar la vida y percibir que se deshace en la boca, continua tan viva como antes y que por mas masticadas que le demos, no se desintegrará, sino se convertirá solo en un jugo sumamente exquisito y armónico, pleno de sabor.

199. Menos si no se percibe el crujir de la mordida y sentir el desprendimiento de las partículas, mas no de su esencia.

Menos, si no se escucha el trueno que se hace al morder, como si fuera el detonar del sol o la explosión de una supernova, como si fuera el tañer de un hoyo negro o tan sencillo y simple como el balanceo de un mástil sobre la cubierta de un barco prehistórico.

200. Una vez, imaginado, percibido, palpado, olfateado y degustado todo eso, el primer bocadillo se atragantará. Al momento de ir descendiendo hacia el estómago, el cuerpo entero percibirá como se fusiona la energía en todos sus miembros, sentirá como se funde el color, sentirá como se integra su textura a la textura del propio cuerpo y el olor se impregna en los más remotos rincones. Las partículas, los nutrientes que llevan las vitaminas, los carbohidratos, los minerales, las grasas y las proteínas, que ahora se integrarán al cuerpo y ocuparán un lugar, para mantener su consistencia, su salud y su vida.

201. Una vez atragantado el primer bocadillo, se tomará el siguiente, continuando con el mismo procedimiento que se realizó con el primero y así sucesivamente hasta haber terminado de comer y beber.

202. El resultado será satisfactorio. Una comida sencilla, bajo este esquema será un gran banquete. El estómago se sentirá realmente satisfecho. El cuerpo entero se sentirá pleno y armónico. Comer de manera conciente hace más saludable los alimentos, porque en el fondo no sólo se ha nutrido al cuerpo físico, sino también a la energía primordial y esencial que nos modela.

203. El procedimiento de comer es sólo un procedimiento figurado, que se apega a lo que estamos acostumbrados a percibir con los sentidos físicos y porque es mensurable para nuestra forma de pensar.

Por lo pronto sabemos que nos es difícil relacionar con otro tipo de alimentación, que también necesitamos y que ni siquiera lo hacemos de manera inconciente, porque alguien nos alimenta, alguien nos sostiene, alguien nos cuida...

204. De lo anterior, lo que debemos obtener en claro es que tenemos la obligación de valorar más allá de su solo valor nutritivo a los alimentos que comemos.

En su momento la escenificación de esta forma de comer nos traerá grandes enseñanzas. Lo que aquí se ha dicho queda corto, miope e inconcluso, respecto a lo que veremos en la gran celebración de la plaza magna Ooruhjso.

Donde se describen los 49 principios elementales y los tres mandamientos mayores

205. Sin duda, la actividad que más ha dado trabajo a los dioses organizadores es la programación para la puesta en práctica de todos y cada uno de los 52 principios fundamentales, que deberán llevarse acabo durante los siete ciclos del tiempo del no tiempo que durará la celebración.

206. Los 52 principios se organizan en siete elementos principales, donde cada uno a su vez se desglosa en siete elementos característicos. De los siete elementos característicos: En promedio tres son dominantes positivos, tres dominantes negativos y uno es dominante moderado o inteligente.

207. El primer elemento principal se dedica al concepto universal de la **Virtud**, que contiene a los siete elementos característicos de las virtudes. La virtud, así como cada uno de los 52 principios elementales son un estado de energía resaltado, que rodea a la estructura energética de la esencia. Cuando la esencia se materializa, el estado de energía se hace conciente en cada una de sus partes, pero adquiriendo una conciencia colectiva, que la hace ver y sentir como una unidad entera.

208. - *Ser Agradecido*: Se debe ser agradecido con Dios, tu creador y formador, que en todo momento te sostiene, te mima y somete a lecciones para tu enseñanza, pero que nunca desespera por tu ingratitud y soberbia, antes te consuela y enaltece tu ego para que encuentres la verdad oculta, aún en lo más insignificante del universo. Se debe ser agradecido con la Vida. Agradecido con la Naturaleza que te prodiga el sustento y la satisfacción total de todas tus necesidades y hasta de la más absurda de tus fantasías. Agradecido con tus semejantes, los pequeños y los grandes, para que tu lugar sea bien merecido.

209. - *Ser Creativo*: Se debe engendrar, crear, construir, imaginar, desarrollar, formar, para sucumbir con dignidad.

210. - *Ser Piadoso*: Se debe ser compasivo, reflexivo, humilde, atento, para ser amado con dignidad.

211. - *Ser Justo*: Se debe ser justo, recto, sabio, recatado, para vivir con serenidad.

212. - *Ser Respetuoso*: Sentir admiración por los demás, tus semejantes, para ser recordado en los tiempos.

213. - *Ser Demócrata*: Se debe ser tolerante, inteligente, abierto a la opinión diferente y a las aspiraciones de los demás. Se debe ganar por la firmeza en el debate de las ideas y no por la intolerancia, el soborno y el engaño, para vivir en paz contigo mismo.

214. - *Ser Alegre*: La alegría es la fuerza que transforma la energía, para ser dignos de recibir los regalos del amor y de la vida, que nuestro mundo nos brinda a raudales.

215. El segundo elemento principal se dedica al concepto universal de las **Invocaciones**. Para lograr que un estado de energía se constituya en la característica sobresaliente se debe invocar con sabiduría, como si fuera un rito que nos comunica y pone en intimidad entre nosotros y el medio ambiente del universo entero. Cada solicitud debe tener un sentido logóstico. Los siete elementos característicos, de las siete invocaciones son los siguientes:

216. - *Invocación para la Glorificación*: La glorificación es para Dios y solamente a El se rendirá. Reconocerlo es digno para nuestra exigua naturaleza.

217. - *Invocación para la Bendición*: Bendecir lo que tienes, lo que eres, lo que te rodea y lo que no, para también ser bendecido.

218. - *Invocación para la Sabiduría*: Si no se obtiene la Sabiduría durante la vida entera, hay que morir antes. Morir para transformar nuestra prisa en paciencia, nuestro ruido estridente en silencio, nuestro odio en amor y nuestra realidad sólida en una fantasía.

219. - *Invocación para la Templanza*: Tener miedo al sufrimiento es también tener miedo a la vida, a la alegría, al amor, a todo. Asegúrate de sufrir con devoción, para que encuentres la felicidad, aún en lo más trivial e insignificante del mundo.

220. - *Invocación para el Perdón*: Perdonar nos acerca a la magnánima esencia del Creador y Formador del universo, pero que no nos invada, para no motivar nuestra soberbia. No perdonar es negarnos a nosotros mismos y cargar la espada del rencor cruzada en nuestro corazón. Después de todo, ninguna ofensa realmente nos aniquila, solo nuestra soberbia es mas devastadora.

221. – *Invocación para la Sanación*: La salud es un estado de armonía, no sólo para el cuerpo físico, sino también para nuestra esencia. Buscar la armonía, estar y ser un ser en armonía, nos dará la oportunidad de ser mas útiles y brindar prosperidad a nuestros semejantes, a nuestro mundo y a nosotros mismos.

222. – *Invocación para la Abundancia*: Nosotros mismos somos un ser creado en abundancia. En la abundancia del amor del padre Creador y Formador del universo. Construido en abundancia de estructuras multifuncionales, físicas, mentales, perfectamente ensambladas para darnos libertad y comodidad de movimiento, de inteligencia, de habilidades, de potencialidades inexploradas. Si algo careciera de abundancia, sería nuestra escasa imaginación.

223. El tercer elemento principal se dedica al concepto universal del **Deseo**. Los siete deseos son un estado natural, que todo ser vivo tiene, no importa su grado intelectual y su esencia. Es una fuerza creadora que promueve la superación, el cambio permanente, la interacción dinámica de la energía, capaz de trasformar la energía, la materia y la voluntad. Por ello es que se mantiene el movimiento en el universo. Los siete elementos característicos son los siguientes:

224.– *El Deseo de la Eternidad.* La Vida, nuestra vida en su esencia es eterna, pero la muerte de la forma del ser esconde su trascendentalidad y nos hace vacilar. Nuestra supuesta muerte real es imaginaria, pues no entendemos el significado de la trasformación y el amplio sentido que tiene. A la Vida no la aniquila ni el colapso final del universo entero.

225.– *El Deseo de la Perfección.* El verdadero sentido de la perfección asume primero la perfección de los demás, antes que la propia. La perfección es un derecho y una aspiración natural de todo lo creado. Cualquier otro sentido es vano, soberbio y marginal, porque... se puede degenerar. Tan fácil es perder el rumbo y sin saber, se puede descender en vez de ascender.

226.– *El Deseo del Poder.* La verdadera fuerza del poder reside en tus acciones que llenas de bondad son capaces de derramar tu verdadera riqueza sobre los demás, pero donde tus actos heroicos han quedado minimizados por la humildad de tu corazón. Sólo así tienes derecho al deseo del poder. Cualquier otra cosa es ficticia. Porque el poder que explota a los demás se sojuzga a sí mismo. Porque el poder que gobierna por la fuerza o usurpando el derecho de los demás es incapaz de gobernarse a sí mismo. Porque el poder que impera por miedo, por terror o esclavitud, al final su monstruosidad lo atemorizará mas y como la bola de nieve, sucumbirá bajo sus propias garras. El poder real es para los que sirven con humildad.

227.– *El Deseo de la Igualdad.* El sentimiento de la igualdad es el reconocimiento tácito de nuestro origen común. La igualdad se encuentra cuando en la diferencia de los demás, alcanzas a ver tus similitudes.

228.– *El Deseo de la Libertad.* No hay don más preciado en el Universo que la Libertad. Más invaluable es cuando eres libre de ti mismo y las ataduras de tu egoísmo han sido desgarradas. Cualquier otra cosa es demagogia.

229. *El Deseo de la Lujuria.* Siempre habrá un lado de ti que sobreponga el verdadero placer al deseo de la lujuria. El placer es un derecho natural, cuando es exactamente eso: Natural. Pero debes luchar para transformar la lujuria en una fuerza dignificante de tu esencia, así la intensidad del placer dará sentido y valor pleno a tu estado sobresaltado de conciencia, obscureciendo la malicia.

230.– *El Deseo de la Destrucción.* La destrucción es la reacción a la creación, a la edificación, a la formación, a la construcción. La fuerza de la destrucción es en realidad una fuerza de transformación, que la Naturaleza permite para darnos, cada ves que la utilizamos, una segunda oportunidad para hacer mejor las cosas. Es la fuerza de la reingeniería, del repensamiento, del volver a empezar y del perdón. Es el ciclo del nacimiento y la muerte, del amor y del odio, del bien y del mal.

El deseo de la destrucción debe aplicarse para sí mismo y no para los demás, porque el único que tiene la obligación de superarse, de crecer, de mejorar eres tú mismo. ¡Ay de ti si esta fuerza maravillosa la utilizas para destruir a tu semejante, al medio ambiente que te sustenta o a la esencia de los demás, porque no habrá clemencia para ti y el castigo será ejemplar!. Nuestro compromiso es saber utilizarla, de lo contrario ella misma nos destruirá irremediablemente, sin misericordia, sin renacimiento, con todo el odio y el mal.

231. El cuarto elemento principal se dedica al concepto universal de los **Espejos.** Los siete espejos son el reflejo de las imágenes, de las intensiones, de la energía oculta a unos ojos miopes, astigmáticos, daltónicos e incluso ciegos, incapaces de ver la forma precisa de su ser y de su esencia, a pesar de su encumbrada inteligencia. Los siete elementos característicos son los siguientes:

232.– *El espejo de la Luz.* La luz es la esencia del universo. Todas las cosas se pueden ver en la luz y la propia luz es su propio espejo, así que físicamente no se puede construir un espejo de luz, porque la luz no se reflejará a sí misma. Sólo nuestra mala imaginación puede construir un espejo para la luz, por eso lo llamamos espejo de luz y así conviene definirlo para nuestro entendimiento. De esta manera diremos que el espejo multiplica los universos, pero no la esencia. Multiplica la luz pero no su esencia, lo que nos debe poner alerta para distinguir la imagen de la esencia de la imagen. Nuestra percepción física del universo se cifra sobre una imagen igual a la real, procesada en un desarrollo intelectual, para que ambos mundos puedan existir idénticos sin entorpecerse mutuamente. Cuando seas capaz de ver la luz de los demás, podrás ver tu propia imagen reflejada en ellos y estallarás en alegría por haberte conocido.

233.– *El espejo de la Profundidad.* El espejo de la profundidad reconoce el principio, el origen del universo y del espíritu, así como el desenlace final, pero sobre todo el momento presente, el más difícil de percibir, el más difícil de colocar en nuestro conciente. Por lo general, siempre estamos lejos de nosotros mismos, en la luz del pasado o del futuro. Lo bueno que nuestra esencia viaja con nosotros, pero no es tan bueno del todo, ya que desperdiciamos la trasformación de lo que realmente está a nuestro alcance. Por eso, reconocer la profundidad del universo es vital para valorar nuestro espacio y momento inmediatos. Después de todo, si el pasado no está vacío es posible también llenar el futuro.

234.– *El espejo de la Verdad.* La verdad es un dilema. Paradójicamente es única, pero se multiplica en diversidad de imágenes, más no sólo eso, sino en un arreglo inmensurable de espejos, científicamente bien dispuestos, los más complejos, los más difusos e inalcanzables incluso. La verdad es una maravillosa aventura para la sabiduría. No cualquiera la ve, no cualquiera la percibe, ni con los ojos más perspicaces de la inteligencia. La verdad se recrea en el espejo de los humildes y sencillos de corazón.

235.– *El espejo de la Dualidad.* La dualidad es una propiedad misteriosa de la naturaleza y nos enseña la profundidad de su sabiduría. El espejo de la dualidad te permite conocerte, siempre y cuando seas capaz de extirparte a ti mismo. El espejo de la dualidad te permite conocer a los demás, siempre y cuando seas capaz de unificar sus partes. Pero sobre todo nos permite entender los conceptos universales: *Del género, del pensamiento logóstico, de los conceptos matemáticos verdaderos y elementales, de los fenómenos cíclicos naturales, del universo y el antiuniverso, la materia y la antimateria.*

El espejo de la dualidad es uno en dos para forjar cuatro, multiplicándose en potenciales increíbles de dieciséis, sesenta y cuatro, doscientos cincuenta y seis imágenes, etc., etc., hasta un infinito único e inalterable como la verdad del uno reflejado en otro uno, también verdadero. La dualidad es nuestro otro yo sobre el que se puede experimentar lo increíble, porque en realidad es el laboratorio más y mejor equipado, que pueda existir en el universo, con la tecnología más avanzada, incluso la que aún no se a desarrollado, porque no lo hemos permitido. Al final, si somos y permanecemos dignos y humildes, seguramente se descubrirá la unidad en la unidad y el objetivo primordial de nuestra existencia, así como el objetivo logóstico del universo.

236.– *El espejo del Dolor.* El espejo del dolor es la prueba más hermosa, que el Padre Formador y Creador del Universo ha decretado para verificar el avance y el valor intelectual real, que todas sus criaturas han alcanzado. Cuando el dolor no se concibe como sufrimiento, se transforma en conocimiento. Desafortunadamente para la mayoría es sufrimiento y se padece como tal. Se clava e inculca devotamente en todo el organismo, sencillamente porque así se ha aceptado. El espejo del dolor nos enseña a valorar nuestra esencia y establece la relación verdadera entre lo físico y lo espiritual. El espejo del dolor nos prepara para comprender mejor el dolor cuando éste se clave en la intimidad de nuestra energía esencial. Sufrir en nuestra esencia es el dolor real al que nos enfrentaremos tarde o temprano.

La enfermedad y la muerte misma no son nada, comparados con el dolor de nuestra intimidad esencial, pero aún éste podrá ser evitado si actuamos inteligentemente y si llegara a ser inevitable y lo soportamos con humildad y alegría, será fuente de innumerables conocimientos, que nos darán la madurez y calidad de un verdadero ser inteligente.

237.– *El espejo de la Fantasía.* El espejo de la fantasía es el don de la creación compartida por el Padre Formador y Creador del universo, para crear de la nada un todo, para crear de la nada un uno o para crear de la nada, una nada. La fantasía no es una invención, sino una realidad y su espejo nos ayuda a comprender cuan falsa es la mentira de lo no esencial. El espejo de la fantasía nos permite alcanzar la profundidad del universo y recrearnos en su magnificencia, tan maleable, perecedera o eterna como deseemos. La fantasía es la herramienta más valiosa, versátil y útil en todo momento dispuesta a nuestra voluntad, pero corremos el riesgo, si no sabemos usarla de ir en dirección opuesta y por lo tanto, destruirnos sin piedad, en actos profundamente inconcientes, sin siquiera saber el porqué de lo que nos sucede. Solo cuando comprendas que todo lo que parece físico y calificas de real es en esencia un producto de la fantasía, habrá un ápice de sabiduría en tu grandilocuente inteligencia, que habías supuesto era tan vasta y magnánima, que te ufanabas inmisericorde de ti mismo por ello.

238.– *El espejo de la Mentira.* El espejo de la mentira descubre la verdad oculta, porque la verdad se camufla, se disfraza de mentiras fantasiosas, inverosímiles algunas. Desafortunadamente es tan codiciada, que todo mundo la usa y nos engaña a todos. Es tan creíble que todos se complacen en atender chismes y mentiras y el que las pregona se ufana tanto de su engaño que se complace de su astucia: ¡Pobre iluso!. El que cree, que engaña a los demás, en realidad se burla a sí mismo, de la manera más humillante, pero como está embelesado en su falsa verdad, no siente afrenta alguna por la humillación.

Si la verdad nos hace libres, la mentira nos somete en esclavitud. ¿Qué será preferible?. La verdad es dura y difícil de conquistar, mientras que la mentira es placentera, parlanchina, fácil de propagar y hasta anidarse en la conciencia de una sociedad entera. Pero la recompensa es diferente. Mírate atento al espejo y en tus ojos, por tus ojos verás una diversidad de imágenes difusas sobre espejos en un arreglo científico de multiplicidad   incalculable: Es el potencial de la mentira, mientras que sólo un espejo de imágenes diáfanas será el potencial de la verdad. No obstante; el peso específico no tiene comparación. La verdad es por siempre la verdad y anula a mil, a un millón o un billón y mas mentiras.

239. El quinto elemento principal se dedica al concepto universal de las **Imprecaciones**. Las siete imprecaciones son rituales, la mayoría de las veces mal empleados, que se han quedado en la oscuridad, pero son una energía y como tal diáfana, capaz de interrelacionarse logósticamente y mantener el equilibrio, porque el mal no necesariamente es para el mal, ni el bien para el bien. El uso correcto solo lo logra el hombre sabio de grado logóstico, porque es una energía fuera del alcance de los simples chamanes, hechiceros, brujos o magos. Los siete elementos característicos son los siguientes:

240.– *Imprecaciones para el conjuro*. La invocación de fuerzas y energías para hacer el bien, le da grandeza a tu pequeñez, porque has posado tus pies sobre los hombros de un gigante, pero si infringes daño a tus semejantes, el gigante se erguirá sobre los tuyos y te aplastará irremediablemente.

241.–*Imprecaciones para la alabanza*. Honrar a tu creador. Honrar a tu formador, a tu padre y a tu madre, que fortalecieron tu niñez y guiaron tu juventud, para que tomaras parte conciente y activa de tus propias decisiones. Ofrecer tu vaso vacío para recibir los dones, los consejos, los regaños y una vez lleno, igualmente lo viertas sobre los vasos vacíos de tus propios hijos y de cuantos a ti se acerquen a tomar del agua de tu sabiduría... Sólo entonces, la alabanza habrá sido completada, porque has correspondido con equidad y sin engaño. La real alabanza que desea el Padre Formador y Creador del universo son tus acciones que te han hecho madurar en un ser virtuoso y no la algarabía, las altas voces o los lamentos y llantos convulsivos. No las formas ni las apariencias, que sólo sirven para escudar tus verdaderas intenciones o el fingimiento inescrupuloso para que todos te califiquen de bondadoso. Las buenas acciones llevan en sí mismas la fórmula mágica, el ritual o ceremonia de la alabanza, por lo que no necesita ser inventado rito alguno.

242. *Imprecaciones para la iniciación hermética.* El ritual de iniciación de cualquier sociedad que se autodenomina secreta dista mucho de la celebración, cuando un novicio ha expresado su voluntad de iniciarse en el conocimiento verdadero de la Naturaleza:

a) Primero, una iniciación así, siempre debe ser por voluntad propia.

b) Segundo debe recibirse y actuar con humildad, de tal manera que entre más asciendes el compromiso es mayor y tu orgullo convertirse en mansedumbre.

c) Tercero se debe garantizar el espíritu de servicio a tus semejantes, sin distinción de raza, sexo, ni condición económica o cultural.

d) Cuarto se debe enseñar a los demás sin restricciones o preferencias, siempre y cuando haya la disponibilidad del discípulo y de acuerdo a su evolución.

Una sociedad secreta que busca su propia hegemonía y el control del mundo, basado solamente en el poder económico y cultural, suplantando al poder político no es digna de tal designación. Será más bien una pandilla de avaros, corruptos y ladrones de cuello blanco.

Nadie podrá gobernar bajo ningún esquema de nuevo orden mundial, propiciando la guerra, el odio y la discordia entre los pueblos. Menos si se propicia el hambre, la miseria y desesperanza de más del 80 % de la población de un planeta. Cualquier sociedad que no tiene la capacidad de crecer en armonía, justicia e igualdad está destinada al holocausto.

243.— *Imprecaciones para la graduación.* La verdadera escuela hermética establece sus reglas de manera precisa. Las pruebas serán incorruptibles, exageradamente difíciles, pero reconfortantes cuando se hayan aprobado. El conocimiento será profundo y valorará al ser en todo su potencial físico, intelectual y espiritual. Las enseñanzas serán herméticas solo para los necios, ignorantes y soberbios, para todos los demás deberán ser expuestas, por lo que los códigos serán básicos y comprensivos para quien lo sabe interpretar.

El gran maestre será el ejemplo vivo de todas las enseñanzas y principios humanitarios que profesa su secta, así como todos los miembros que han ascendido.

La verdadera escuela hermética no utilizará señuelos, ni esconderá sus verdaderas intensiones para atraer a sus miembros, pero tampoco los discriminará por diferencias de razas, nacionalidad, religión, sexo e influencia económica, científica o cultural. Cimentará su fuerza en la igualdad, la justicia, el amor, el progreso armónico, la universalidad del pensamiento y propugnará por la práctica de una conciencia colectiva, que será capaz ahora sí de construir un nuevo orden mundial, sin guerra, sin hambre, sin ignorancia ni discriminación, porque será una obra de todos, para el bien de todos. Sólo así, una escuela hermética tendría razón de ser y su misión, sería plenamente justificada. Todas las demás serán copias borrosas de la verdadera Escuela Universal que la hubo mucho antes de que fueran formados los primeros hombres de maíz.

Mucho antes que fueran creadas nuestras cuatro primeras madres y padres, que dieron origen a nuestro pueblo Quiché, conocidos por nuestros abuelos por los nombres de: Cahá Palumá o agua que viene del cielo, esposa de Balam Quitzé, Chomuhá o laguna de las aguas brumosas, esposa de Balam Acab, Tzununihá o colibrí que anuncia la llegada de la lluvia, esposa de Mahucutah y Caquixahá o guacamaya del pantano, esposa de Iquí Balam y nuestros primeros padres cuyos nombres volvemos a decir: Balam Quitzé, Balam Acab, Mahucutah e Iquí Balam, creados del mismo material que ellas y a los primeros padres y madres de muchos otros pueblos, que habitaron el lejano horizonte de donde el sol sale y se extendieron hacia el norte y sur del planeta D'uUleu'us.

244.– *Imprecaciones para la trasgresión de los planos energéticos.* Indudablemente que tu ser es inmensamente maravilloso. Ha sido diseñado con la más excelsa sabiduría y se han seleccionado cuidadosamente los diferentes planos energéticos sobre los que debe interactuar. Cada plano es eleventas y su éxito consiste en cumplir cabalmente su misión en cada uno, sin transgredir los demás planos, superiores o inferiores.

Cumplida la misión en el plano actual, bajo un proceso natural se trascenderá al siguiente y se podrá retomar nuevamente con todo el entusiasmo el cumplimiento de la nueva misión.

No obstante, hay quienes osadamente pretenden navegar por planos energéticos superiores y precisan ritos, hechizos o hipnotismos para transgredirlos. El riesgo es grave si no se conocen las reglas y el daño a tu plano actual será irreparable. Sin embargo debemos reconocer que es un gran potencial, porque nuestra esencia está concebida como una unidad, envuelta en planos energéticos que nos protegen, pero a la vez nos brindan las herramientas para interactuar con otros semejantes nuestros y con el medio ambiente de cada uno de los planos.

En todo momento se deberá conservar la plena conciencia al plano real al que se pertenece y en los otros planos se deberá actuar según las reglas, el respeto, el reconocimiento, acogiendo con humildad cualquier enseñanza por simple que ésta sea. Después de todo es probable que no se recuerde nada de tales andanzas, al momento de regresar a tu plano actual y si así fuera será un don, por el que se deberá estar por siempre agradecido y obligado a utilizarlo para el bien.

245. *Imprecaciones para la conspiración y el complot.* La naturaleza del ser se ha desviado 180° de su estado original, donde los valores de lealtad, conciencia colectiva y trabajo en equipo eran primordiales para alcanzar el éxito cultural, científico, tecnológico y político de las sociedades. El ser era auténtico y pleno de sabiduría, que se transmitía de generación a generación con verdadera devoción, porque era el mejor legado que un antepasado debía dejar a sus descendientes.

Las riquezas materiales no eran importantes para trascender, sino el conocimiento y la práctica de los principios elementales del buen ser, del buen vivir y del bien morir. Sólo cuando el hombre concibió el dominio de los demás pueblos por la conquista, la esclavitud, utilizando la guerra como la herramienta predilecta, sobrevino también la envidia por el poder, la avaricia por las riquezas y la vanagloria, para proclamarse reyes y luego dioses iluminados o la esclavitud moderna, que utiliza nuevas formas mas sutiles, incluido el sojusgamiento financiero de los países pobres bajo el dominio de los países ricos.

La conspiración y complot es práctica común en una sociedad, que ha sentado sus principios en el progreso materialista y no en la evolución de los principios fundamentales naturales.

No obstante, como toda actividad del ser, el estado de energía alterada por la inspiración del complot puede trasformarse y dirigirse positivamente. Así en vez de consumarse en una fuerza de derrocamiento, se integra en una energía de conciliación y unificación de fuerzas. El progreso de una civilización que mide sus valores en el dominio de sí misma, por sí misma y sobre la naturaleza, difícilmente avanza, sino por el contrario es más viable que retroceda, aunque parezca que camina a pasos agigantados en el sentido material, científico y tecnológico, porque lo más importante y trascendental ha quedado olvidado: *La evolución de los valores intelectuales, morales y espirituales del ser como individuo y del ser como sociedad colectiva de la misma especie y como sociedad natural cósmica, que como parte y uno con la naturaleza han quedado truncados.*

246.– *Imprecaciones para la guerra.* Cuando un líder exclama el grito de guerra y sus soldados envalentonados marchan directos a la inmolación, en aras de una supuesta victoria. Cuando un soldado ofrece su valiosa vida por su líder, su rey o su país, indudablemente que ha habido un trabajo previo de sojusgamiento psicológico para que la respuesta sea inmediata e incuestionable. Se ha propiciado un devastador odio contra el enemigo, que a nivel personal es completamente desconocido, pero aún así profundamente odiado.

Igualmente, se ha minimizado el valor del ser en beneficio de la grandeza de su líder, rey o país, para que el soldado mantenga la convicción de ofrendar su vida, sin restricción alguna. Sólo con estos atributos, a cualquiera le dan ganas de matar y cualquiera pierde el miedo de morir. Y se hará sin miramiento alguno, cuando se encuentre frente a frente al enemigo o cuando tenga en su mano el gatillo para lanzar la bomba, desde un bunker o avión remoto, sin siquiera conocerlo.

La guerra es un grave error. En la guerra no hay victorias. En la guerra sólo hay derrotas. Los dos contendientes pierden.

Hasta que una sociedad entienda que en la guerra no hay victorias, solo vencidos, la brújula del entendimiento retomará el rumbo del verdadero progreso.

La verdadera guerra debe librarse contra uno mismo. Sé tu aliado incondicional, pero sobre todo sé tu acérrimo enemigo. Es la única manera de conocer el verdadero placer de la victoria y el dolor de la derrota.

247. El sexto elemento principal se dedica al concepto universal de las **Plagas.** Las siete plagas son un recurso elemental de la naturaleza, que utiliza de la manera más sabia, para mantener el preciso equilibrio de los fenómenos de germinación y crecimiento, incluida la energía vital y los procesos inteligentes. Las plagas son energías depuradoras de los vicios que se engendran y que sobre todo se han engrandecido maliciosamente, como si fueran lo más importante del desarrollo evolutivo e intelectual de las sociedades. Los siete elementos característicos son los siguientes:

248.– *La plaga de la ignorancia.* La plaga de la ignorancia es la más devastadora, la única capaz de retrazar el progreso de tu ser, de la sociedad a la que perteneces y hasta de la civilización entera. La plaga de la ignorancia corroe principalmente al individuo, quien es la célula elemental de la sociedad.

Aquí es importante aclarar que la ignorancia no es la falta de conocimientos académicos, porque alguien podrá ser un excelente profesionista, con maestrías y doctorados en las más encomiables disciplinas, pero ser un perfecto ignorante.

La ignorancia se recrea en la necedad de un orgullo soberbio e hiriente, capaz de menospreciar al más débil e indefenso de sus semejantes. Mas en otras veces se vanagloria ufano de su error, siendo el único que lo asevera como la verdad, sin mas ojos, sin mas oídos ni razonamiento alguno.

La ignorancia divide a la sociedad en estratos o castas, perturba el desarrollo intelectual y espiritual del individuo.

Sólo cuando empieces a ver a tus semejantes con el signo de la admiración y el respeto, cuando empieces a ver su grandeza y la fuente de su sabiduría, aún en la más extrema pobre-

za de los desposeídos o en la inocencia de su niñez o la lozanía
de su juventud o la prudencia de su ancianidad, el velo de la
ignorancia se irá desgarrando para tu buena ventura.
Entonces serás bendito.

249. – *La plaga del derroche*. La plaga del derroche surge de
la falsa percepción de la abundancia y el desconocimiento de
los ciclos de los tiempos de escasez y los de bonanza. En la
naturaleza la abundancia es igualitaria y justa para establecer el equilibrio, de tal manera; que en el sentido estricto no
hay abundancia sino armonía. Igualmente, la escasez también
es igualitaria y justa, para mantener el balance preciso entre
la gestación del alimento y la población de los depredadores.
Aumenta la bonanza, aumenta la población que se debe alimentar. En el periodo de la escasez disminuye la producción y
desciende la población. Los recursos controlan automáticamente la población.

Pero, en el caso de las sociedades inteligentes no es lo mismo, porque el control lo establece la capacidad de almacena-
miento y la tecnología de la producción. Esto borra prácticamente la brecha entre los ciclos de abundancia y escasez, ello
es bueno; pero sólo en escalas pequeñas.

Cuando la actividad productiva sobreexplota los recursos
se atenta contra la supervivencia de la población a una mayor
escala, que traerá consecuencias devastadoras, pues se ha mo-
dificado la secuencia natural de los ciclos de la abundancia y la
escasez equilibrantes, para llevarlos a los ciclos catastróficos
de abundancia y escasez de orden mundial, que comprenden
periodos mas largos y de magnitud mayor, afectando a múltiples ecosistemas.

Cuando se comprenda la verdadera misión sobre la Tierra
y que no son las riquezas materiales que te llevas, cuando
mueres; sino los tesoros de tu sabiduría y la evolución intelectual de tu esencia, solo entonces seguramente tomarás sólo lo
que necesitas para alimentar a tu cuerpo físico y tus esfuerzos
se dirigirán a aumentar los tesoros verdaderos.

Sólo entonces y hasta entonces la Gaia suspirará con alivio.

250. – *La plaga del fatalismo.* La plaga del fatalismo es mágica, en cuanto todo lo dispone a la fatalidad. Una ley simple es que si no la llamas, ésta no se presentará.

251. – *La plaga de la avaricia.* La plaga de la avaricia se contagia por el egoísmo del ser y entre mas egoísta, mayor será su avaricia. En una sociedad de avaros, el menos quiere ser el más y el mayor más que él mismo. Se crea un círculo vicioso, hasta que revienta y al final el suculento avaro muere de pobreza y soledad.

252. – *La plaga de la enfermedad.* La plaga de la enfermedad es una bendición. Nos muestra cuán delicado es el equilibrio energético y físico que nos mantiene sanos. A pesar de ello, cuantas pruebas de honestidad, fidelidad y auto regeneración nos prodiga nuestra forma del ser o cuerpo físico, de tal manera que no se rinde hasta que se hace insostenible el descuido y el poco amor que le profesamos.

La enfermedad que nos aqueja es un grito desesperado de nuestra esencia para poner en alerta nuestros sentidos y pedirnos mas atención a la herramienta física más valiosa con la que contamos en nuestro plano actual. En una sociedad atenta a ello, todos mueren de vejez o una vez que se ha cumplido la misión.

253. – *La plaga de la indiferencia.* Cuando no tienes compasión, en el sentido más amplio de la palabra. Cuando has dejado de maravillarte por las cosas simples o complicadas, como el florecer de los lirios en los pantanos o el atardecer de un día mas y cuando no te asombra ni el más catastrófico fenómeno, entonces sobrevendrá la plaga de mayor ingratitud que puede sufrir una sociedad: La indiferencia.

La indiferencia se transmuta en tu propia indiferencia y si tu mismo no te estimas con valores, mucho menos lo que te rodea.

Ser honesto contigo mismo es el principio o la actitud primera que puede diluir la indiferencia. Lo demás se recibirá por añadidura.

254.— *La plaga de la riqueza.* Cuando la riqueza se gana por el trabajo arduo y negociaciones honestas es buena y el derecho de disfrutarla con alegría es justa. Pero, si se ha obtenido con el trabajo sobreexplotando a sus semejantes, sin cubrir siquiera el pago justo de un salario o con tratos deshonestos, corruptos y ventajosos es la plaga que lacera la posible grandeza de una sociedad. Es una verdadera plaga, si la riqueza de un país está en las manos de una minoría.

Se debe considerar como la minoría de un país a la porción de manos no mayor al 1% de su población. Para que la plaga de la riqueza se transmute en una energía positiva, el 99% mínimo de la población de una sociedad deberá tener distribuida proporcionalmente y en las mismas condiciones de igualdad, la riqueza de los recursos naturales y el resultado del producto interno bruto, de tal país, incluida su riqueza espiritual.

255. El séptimo y último elemento principal se dedica al concepto universal de las **Acciones**. Las acciones son los estados de energía más determinantes en la posible trayectoria que sigue la construcción de una obra.

Algunas acciones aparentemente no contienen la fuerza transformadora, pero son las energías más sutiles que dan la belleza, la verdadera arquitectura a las obras físicas y espirituales, a la forma del ser y a la valoración real, que lo cataloga como un verdadero ser creativo e inteligente. Los siete elementos característicos son los siguientes:

256.— *La acción del amor.* El amor es la fuente de la vida y su accionar la hace correr a raudales por los ríos, los campos, los mares, las ciudades y por el universo entero. Tanto se ha hablado del amor, que otro tanto y más se seguirá hablando... Y así cada vez, en cada lugar del universo, donde nazca un nuevo ser, porque traerá dentro de sí su propio concepto del amor y de la vida. El amor es eterno... y afortunadamente nunca acaba.

El amor es el crisol que nos renueva y por él estamos aquí y en todas partes. Su fuerza, su energía es la mayor del universo, por lo que todos los temores, todos los vicios, todas las ofensas pueden ser borradas por su simple acción.

257. *La acción del pensamiento y la palabra.* La acción del pensamiento y la palabra es la gestación del verbo. Todo se creó por la palabra, porque la palabra tiene la energía de la simiente, de la mitosis, del esperma, del cigoto y la voluntad. El pensamiento y la palabra ponen en acción lo intangible para hacerlo germinar en el raudal de formas que se consolidará en un ser, en un fenómeno o en un simple acto de formación.

258. – *La acción de la fe.* La acción de la fe da la fortaleza en los momentos más difíciles. Su energía amplifica la minusvalía en magnificencia, sin otra razón más que la fe misma.

La fe es la visión que perdieron nuestros primeros padres y madres, cuando todo lo veían. Tenían el privilegio de que sin moverse miraban con claridad los confines más apartados del universo. Nada quedaba oculto ante ellos y su capacidad intelectual lo sabía todo. Grande era su conocimiento y humilde su sabiduría. Miraban lo grande y lo pequeño del cielo y la tierra. Sólo que los dioses creadores: Caculhá Tepeu, Gucumatz, Uqux Cah o Corazón del Cielo, Huracán, Chipí Caculhá, el viejo Xpiyacoc y la vieja Xmucané disertaron en consejo y no les pareció bueno tanta sabiduría. Luego Corazón del Cielo les echó vaho en los ojos y se los empañó, igual como cuando se sopla un espejo que éste se empaña. Por eso la fe nos enseña a ver lo que no podemos ver con los sentidos y su sabiduría nos ha sido heredada desde nuestros primeros padres, que sí vieron la fe. Sólo que la sabiduría de la fe tiene que cultivarse, de lo contrario permanecerá empañada.

259. – *La acción de la caridad.* La acción de la caridad debe surgir del corazón y transformarse en un acto de amor. La caridad es la ofrenda de una ayuda física y espiritual, que se da a un semejante o a una sociedad entera, que la necesita para su desarrollo, sin el interés de recibir una recompensa a cambio, ni siquiera la gratitud. Pero cuidado, se puede confundir la acción de la caridad verdadera y desmembrar uno a uno sus campos energéticos, en la conciencia de un supuesto ser caritativo. La verdadera caridad no consiste en repartir tu riqueza entre los pobres, sino en enseñar a los desposeídos a forjar su propia riqueza, igual como lo haces con tus valores, porque no

por dar amor te quedas sin amor, no por compartir tu
sabiduría y tus conocimientos te quedas sin ellos.

260. – *La acción del trabajo.* El trabajo es la enseñanza más
sabia que hemos recibido desde nuestra concepción y formación. Esta enseñanza nos la da el Padre Formador y Creador
del universo y es su ejemplo, porque desde entonces aún continúa trabajando, con un inagotable entusiasmo, con nuevas ideas, con adelantadas tecnologías, pero siempre construyendo
formas nuevas para las renovadas esencias.

La acción del trabajo es una energía inteligente transformadora en todos los sentidos. El trabajo es una bendición y lo
debemos tomar con alegría.

En el universo todos los seres vivos y no vivos trabajan.
Porque la evolución de los procesos naturales deben continuar
sin parar hasta completar sus ciclos y al final, renovarse y continuar en el siguiente ciclo, así hasta el final de los tiempos,
donde seguramente se renovará un segundo ciclo de tiempos o
destiempos.

No lo sabemos. El trabajo en el sentido más amplio de la
palabra es el sistema motriz que te hará llegar a la plenitud de
tus éxitos, tanto materiales como espirituales.

261. – *La acción de la gestación.* La acción de la gestación
es uno de los dones que el Padre Formador y Creador del universo ha deseado compartir con nosotros. Por ser un don invaluable tenemos el compromiso ineludible de ser plenamente
responsables de su uso, porque desafortunadamente se gesta
en una encrucijada de corrientes convergentes de energías, que
se prestan a excusarnos en la confusión o la ignorancia.

La acción de la gestación se da en un acto sexual, que puede estar inducido por las energías del amor o de la lujuria o el
morbo, del deseo pasional, la malicia o incluso el machismo,
siendo el más desfavorecido el nuevo ser que inicia su ciclo de
encarnación y desarrollo intelectual.

Pero igualmente la sexualidad es un don natural debido a
nuestro género. Su energía es extremadamente fuerte y de matices tan variados, debido precisamente al don de la gestación,
por lo que se debe tener derecho a disfrutarla, pero tomando en

cuenta el riesgo de la concepción, sobre todo cuando no se desea.

Esto nos lleva al dilema de la elección entre estos dos dones, usarlos ambos adecuadamente dará noticia de nuestra madurez intelectual y autogobierno corporal.

262.– *La acción de la esperanza*. La acción de la esperanza es la energía de mayor valor, porque fortalece siempre con entusiasmo la más exigua, débil y maltrecha estructura, que ha llegado hasta el fondo del pantano y del cual espera levantarse y erguirse enhiesta hasta la cima.

Así, entonces no hay poder que se resista a su energía que podrá transitar ufana de la sima a la cima, con sólo su voluntad y su febril deseo de superación, en contra aún de todo lo que se oponga. Un dicho de mi pueblo dice que: *La esperanza muere al último*, pero en realidad primero muere el esperanzado y la acción de la esperanza continúa. La esperanza es una energía que acompaña por siempre a la esencia de las formas y nunca muere, por eso los ciclos se renuevan, por eso las generaciones se suceden y los universos se transforman.

263. Hasta aquí se han descrito los 49 principios elementales y se han nombrado de la manera más sencilla, dejando de lado el nombre verdadero, tal como se nombran en el Reino de la Gloria, pero ha sido voluntad del Padre Formador y Creador, que así se explique para nuestro entendimiento y solo se resalten las características más sobresalientes de cada uno sin mencionar las palabras rituales, ya que implicaría la exposición de un tema demasiado amplio, para el propósito del presente escrito.

264. Falta dar una exposición breve de los tres mandamientos mayores, para completar los 52 principios elementales. Estos tres mandamientos giran alrededor de uno, que es fundamental para obtener la armonía en la naturaleza y emanan de los cuatro atributos: "Eseiaptonnm, Duvantlo, Aczocfiunaer y Volgiunmeroodra", forjadores de los 27 principios de sabiduría del Padre Formador y Creador del universo.

265. Primer mandamiento mayor: *Amarás a tu enemigo como a ti mismo.* La conciencia del amor por ti y para ti mismo es primordial para amar a tus semejantes. Mas debes comprender que el amor no proviene de ti, sino que está en ti como lo está el agua en un recipiente, pero para que sea pleno debes contenerlo y mantenerlo en un acto siempre conciente, porque el amor proviene del Padre Formador y Creador del universo y está en ti porque eres el cascajo de una fuente, que se torna rebosante por el amor divino vertido ahí sin condiciones.

Amar a tu prójimo, a los que te rodean, a los que te quieren no tiene mérito alguno, ¡No! Ama a tu enemigo, al que te odia y seguramente correspondes con igual o mayor odio. Ama al que te humilla y vitupera e igualmente desprecias... Si conquistas a tu enemigo y lo sojuzgas con las armas del amor, tu victoria será verdadera y el pacto de paz eterno.

266. Segundo mandamiento mayor: *Honrarás a tu padre y madre.* Si honras a tu padre y a tu madre, quienes engendraron tu esperanza y dieron fortaleza a tu formación hasta el impulso decisivo para hacerte Hombre de provecho y de buenos principios, que servirán para forjar el grupo social al que perteneces en el largo proceso de su desarrollo físico e intelectual.

Si eres agradecido y por lo menos los reconoces con amor y los bendices a cambio de tantas bendiciones que ya has recibido de ellos, entonces estarás en ventaja para cumplir con el tercer mandamiento.

267. Tercer mandamiento mayor: *Amarás a Dios, por encima de ti mismo, más que a tus padres y por sobre todas las cosas.* Paradójicamente no hay nada que explicar, porque finalmente todo retorna al origen...

La pluralidad a la unidad... la diversidad a lo elemental...

El amor al Amor...

Tercera Narración

Donde se describe la inauguración de la gran celebración en el Reino de la Gloria. El acomodo de los 4'032,000 invitados y el primer evento. Datos curiosos, anécdotas y hechos interesantes.

El registro y recepción de los invitados

268. Por fin llegó el momento por tanto tiempo esperado. La gran plaza Ooruhjso estaba lista y se levantaba majestuosa e indescriptiblemente bella, flotando en el diáfano espacio etéreo del valle de la Lirgeaa.

269. Los estadios se erguían soberbios, con una arquitectura armónica que propiciaba la admiración de todos los que iban llegando. La pirámide dorada, con realces de un azul cristalino resplandecía como un sol ignoto, pero increíblemente benévolo, con características inigualables, de los pocos soles que se hayan formado en el universo.

270. No era una fuente de reacciones nucleares, ni de vientos y explosiones, sino solo de una luz amigable, radiándose a una frecuencia tal, que influía y mantenía la armonía de todo y en todos los que se encontraran dentro de la gran plaza.

271. Ciertamente era el sol central y en lo sucesivo tendrá la función de sincronizar las frecuencias de todas las entidades energéticas que ingresen a la plaza.

272. Las calzadas resplandecían magnánimas y el polvo nebular se balanceaba como una alfombra aterciopelada, por la que daban ganas de caminar y caminar. Las cuatro puertas de

ingreso a la gran plaza ya estaban abiertas y sus arcos profusamente incrustados de ornamenta en trazos bajo relieve, contenían anagramas, dichos y hechos históricos que estaban por
suceder, claves e instrucciones breves, pero sobre todo un enigmático glifo, que al parecer pronunciaba el dios portero, cuando alguien se presentaba a la puerta: "Nutaven Nibesa Dacio",
pronunciaba pausadamente, con voz grave pero agradable y reverente. Inclinaba levemente la cabeza y los invitaba a pasar.

273. A doce pasos más adelante se encontraban dos mesas
de registro, donde deberían anotar el nombre de la familia, su
nombre y su lugar en la familia y la provincia del Reino de
donde provenían. Esta información era transferida inmediatamente y de manera automática al centro de registro, que se encontraba en una sala especial construida en el quinto punto
cardinal de la pirámide y tan pronto eran registrados se daba a
conocer por altoparlantes dispuestos estratégicamente en toda
la plaza, ovacionando a la familia recién llegada.

274. Poco a poco la plaza se fue poblando de asombrados invitados, que no se cansaban de admirar tanta belleza y armonía juntas, como nunca antes habían visto.

275. De las puertas de ingreso se deberían dirigir a la explanada central, que rodea a la pirámide Ounfirt, ingresando
por las cuatro calzadas.

276. Ahí, se dará inicio a las festividades con el pronuncia-
miento inaugural por parte del Padre Formador y Creador y todas las actividades inimaginables de gran interés y colorido,
que se llevarán a cabo en perfecta sincronía. Luego, les será señalado su lugar en los estadios, transitando por primera vez en
el Laberinto de la Rosa. Aunque el lugar ya ha sido asignado
con anticipación y con su ingreso y registro en la gran plaza solo ha quedado confirmada la tan ansiada reservación.

277. Los altoparlantes daban cuenta del ingreso incesante
de los invitados a la gran celebración, como nunca antes se había organizado alguna en el Reino de la Gloria. Sobre las paredes de la pirámide se esculpía el nombre de cada una de las

provincias a medida que el primero de sus habitantes se había registrado, anunciando a su familia y nombres en los altoparlantes.

278. Así, una a una de las familias fue nombrada, ovacionada y el nombre de la provincia escrita en la pirámide.

279. "Honorable familia Oristuset, de la honorífica provincia de: Serest., honorable familia Urist, de la regia provincia de: Ammam., honorable familia Precostess, de la eriont provincia de: Gisoresto..."

280. Inigualable y pródiga Provincia de Vorgesor.

281. Las mil veces grande provincia de: Kortesint.

282. La enigmática y laboriosa provincia de: Lob.

283. La sin igual y señorial provincia de: Xintrum.

284. La postrérima y envidiable airosa provincia de: Postonion.

285. La hija consentida, sin rival y honorable provincia de: Nokom.

286. La paradisíaca provincia de Yazto.

287. La bien nacida e inmaculada provincia de Mersene.

288. La bella y mil aromas de flor provincia de: Arbo.

289. La entre ríos y manzanares provincia de Brod.

290. Los mil formadores, leal y fiel provincia de: Dinzum.

291. La entre montañas y nevados nardos provincia de: Pkang.

292. La de los mil cantos y algarabía de voces provincia de: Fintragne.

293. La de la piel esculpida en glifos de sabios, provincia de: Cunif.

294. La de la voz del agua y el viento entre las casadas provincia de: Hirgodno.

295. Donde el cielo se repite provincia de: Odnise.

296. La sin temor a su soledad y destellos de sabiduría, provincia de: Enid.

297. Las mil veces mil, pies y mas manos, pero sobre todo gran corazón provincia de: Iogost.

298. La pequeña, pero por su amor puro y sencillo se irguió como una gigante, provincia de: Jers.

299. La apacible e inmensurable rica provincia de: Lamsam.

300. La atrevida, inquieta y progresista provincia de: Quinpros.

301. La grande entre las grandes, la honorable entre las honorables provincia de: Tlalottl.

302. La quintaesencia de los sueños y la verdad provincia de: Zorquinsamu.

303. La portadora de los secretos y los indescifrables conocimientos del saber, provincia de: Itzan.

304. La prodigiosa y piedra angular del pensamiento logóstico, provincia de: Widwew.

305. Los dioses formadores que participaron en la creación y formación del joven universo eran los más entusiasmados y

acudían gozosos a participar en la gran celebración. Especial aclamación recibieron los seis principales dioses formadores de la galaxia Rroseñedaam y sobre todo por sus trabajos y astucia aplicados en la formación del planeta D'uUleu'us, donde se ha asentado una civilización muy avanzada y por las características de su sistema hoyar, que involucra dos subsistemas planetarios en un arreglo binario solar de tercer orden.

306. "Honorable familia Histar de la provincia de Dinzum. Ugia, padre ejemplar y arquitecto talentoso e inigualable, de grandeza oculta, diseñador y constructor de la galaxia Rroseñedaam, con sus millones de estrellas, brazos y planetas, destacando la formación del sistema Reltadib, el sin igual sistema hoyar binario de dos soles y sus planetas bulliciosos de vida Intedba y Rohosem."

307. El honorable dios Ugia será conocido por nuestros ancestros como uno de los formadores más importantes de la creación, como el de la grandeza oculta, gran sabio y de gran entendimiento: Tepeu.

308. "Nutaven Nibesa Dacio, familia Histar. Xapyoram digna esposa de Ugia. Igres, Hdostor, Mwasgio, gallardos jóvenes hijos de Ugia."

309. "Honorable familia Miztt de la provincia de Hirgodno. Tzamnim, abnegado padre y creador incansable, germinador de la simiente en el pantano, la tierra, el aire y el sol. Incansable consejero, diseñador y constructor de la galaxia Rroseñedaam, compañero inseparable de Ugia."

310. El honorable dios Tzamnim será reconocido por nuestros abuelos como el germen oculto en las aguas, que brotan por la voluntad del padre Formador y Creador del universo con su sola palabra. Gran sabio y de gran entendimiento: Gucumatz.

311. "Nutaven Nibesa Dacio, familia Miztt. Yedim, honorable esposa de Tzamnim. Piver, Hort, Kydnis, Oghy, Resma, Jir-

se, Pabgui, Beff, Ñida, Arwaf, Tokkgie, Ursad y Emsord insignes hijos e hijas de Tzamnim."

312. "Honorable familia Voltoyog de la provincia de Xintrum. AfatmiQuc inigualable esposa de Jedvid, manifestadores ambos de la voluntad del Padre, de fantasías inagotables, buenos amigos y profesionales en el trabajo de equipo. Corazón y trueno ungidos en la tarea común de sus compañeros Ugia y Tzamnim."

313. La mil veces honorable diosa AfatmiQuc ocupará un lugar especial en las memorias de nuestros abuelos, pues recibirá el tierno nombre de: U Qux Cah o Corazón del cielo y el dios Jedvid será nombrado Huracán o Torbellino en un solo pie, pero quien trasmitirá la voluntad de U Qux Cah en tres manifestaciones. La primera será de Caculhá Huracán. La segunda manifestación será de Chipí Caculhá el más pequeño y la tercera será de Raxá Caculhá, el rayo verde. Será la forma como se comunicarán la diosa madre con Tepeu y Gucumatz, cuando tomen concejo y decisión alguna. Así fue comprendido por nuestros abuelos y así fue dicho de boca en boca hasta que fue escrito y luego vuelto a escribir cuando se perdió el libro del consejo original. Libro sagrado que contenía las sabias enseñanzas.

314. "Nutaven Nibesa Dacio, familia Voltoyog: Xibvri y Gaem, honorables hijo e hija de Jedvid y AfatmiQuc."

315. "Honorable familia Gavfesd de la provincia de Itzan. Potpoc sempiterno esposo de Klujib, ambos la expresión ineludible de la paciencia y la sabiduría. Consejeros intachables, rectos y justos. El amanecer y la ocultación de los ciclos. Grandes sabios, compañeros incondicionales de Ugia, Tzamnim, AfatmiQuc y Jedvid, colaboradores incansables."

316. El dios Potpoc será venerado por nuestro pueblo como el amanecer y recibirá el nombre de Xpiyacoc, el viejo de la suerte del tzité y Klujib será la vieja adivina del sol Xmucané. Luego serán los que darán los ciclos del amanecer y la ocultación. Pero en el consejo responden a su sabiduría, por eso es

que nuestro pueblo, profesó un profundo respeto a sus ancianos porque es donde, fuera de toda vanidad se resguarda la verdadera sabiduría.

317. "Nutaven Nibesa Dacio, familia Gavfesd. Ofhul, Vitf, Jamsarda, Sigfha y Plusnaman honorables hijos e hijas de Potpoc y Klujib."

318. Así se fueron nombrando a todos y a cada uno de los invitados a la gran celebración al momento de ir ingresando a la gran plaza Ooruhjso y concentrándose en la explanada interior.

319. "Honorable familia Bescrost, de la provincia de Yazto, Parsecd, padre sin igual, amoroso y enérgico a la vez, siempre dispuesto al sacrificio y a la predica con su ejemplo. Formador incansable, gran sabio y de manifestaciones grandes. Consolidará la creación y forjará el orden y la justicia entre los soberbios."

320. El dios Parsecd fue el arquitecto, diseñador y constructor de otras galaxias, una de las cuales conocida en el Reino de la Gloria como la galaxia Axliastister y conocida en los tiempos modernos del planeta Tierra como la galaxia Andrómeda.

321. El dios Ofhul será recordado por nuestro pueblo como el gran Hun Hunahpú, así como su hermano gemelo Vitf, conocido como Vucub Hunahpú, hijos de Potpoc y Klujib. Ofhul tendrá a su vez dos hijos gemelos, forjadores de la justicia y se personificarán como el sol y la luna, después del colapso del sistema Reltadib que ocurrirá sobre el primer tercio de la segunda época cósmica.

322. Los hijos de Ofhul son los dioses gemelos Pewfabnim y Llisyernem, que serán conocidos en la mitología del pueblo Quiché como los hermanos Hun Ahpú y Xbalanqué, vencedores del soberbio Vucub Caquix y sus hijos Zipacná y Cabracán, que también se dejaron envilecer por su altanería y soberbia.

Vencieron a los del reino de Xilbalbá en el juego de pelota y a sus envidiosos tíos Hun Batz y Hun Choven. Vencieron la muerte resucitando al quinto día e hicieron grandes prodigios.

323. "Honorable familia Mixvwiu, de la provincia de Arbo. Suerfder, padre ejemplar, dispuesto siempre al socorro, al auxilio y a la ayuda por las cusas justas. Abuelo paterno incuestionable. Formador insigne."

324. El dios Suerfder toma parte en la mitología de nuestro pueblo, junto con su esposa Jusbfij, como los abuelos Zaquí Nim Ac y Zaquí Nimá Tziz, que ayudarán a los hermanos Hun Ahpú y Xbalanqué a engañar y vencer a Vucub Caquix.

325. Así sucedió mucho antes, para que sucediera lo que ocurrió después y así se dice para nuestro entendimiento ya que es imposible dar santo y seña de todo. Lo importante es que las causas y los efectos estén perfectamente relacionados y nuestro pensamiento lo entienda, porque nombrar a 4'032,000 invitados, todos igualmente ilustres, honorables e insignes no es tarea fácil.

326. Sin embargo, en el Reino de la Gloria está a punto de cumplirse la meta. Al mismo tiempo que se verifica el censo poblacional, todo sucede de manera automática: Se registra, se coteja, se asigna el lugar, la distribución de géneros por patio, por pareja, por el número impar de familias. Todo con absoluto orden, sin prisas, sin dudas ni confusiones.

327. A punto está de iniciarse el primer ciclo del tiempo del no tiempo y será justo en ese momento que se celebrará en acto solemne la inauguración de la Gran Fiesta. Para ese momento todo debe estar listo, todos presentes, todos dispuestos. No se retrazará ni se adelantará un nano segundo siquiera, por lo que no debe haber excusa alguna.

328. Pero, la señal no está dada todavía y los invitados continúan arribando a la plaza magna. La pirámide luce esplendorosa. Los nombres de todas las provincias ya están inscritos, lo que indica que ya han llegado los pobladores desde todos los rincones del Reino y que solo faltará completar el registro.

329. Las calzadas que convergen a la explanada interior, teniendo como centro la gran pirámide van congestionadas de invitados maravillados, que poco a poco van ocupando los espacios de la gran explanada.

330. "Honorable familia Zempydge, de la provincia de Serest, Gadber gran maestre, insigne cuidador de los secretos de la naturaleza. Arquitecto y artífice prolífero, que diseñó y construyó, forjando un gran equipo de ingeniería, con otros dioses creadores y concluyó con éxito la creación de los sistemas universos, motivo de la presente celebración. Leal, sabio y obediente ciudadano universal, ejecutor incondicional de la voluntad del Padre Formador y Creador."

331. "Nutaven Nibesa Dacio familia Zempydge. Cavnaxi, abnegada esposa de Gadber y Unabum hija primorosa de Gadber." Se escuchaba en todos los confines de la plaza por medio de los altoparlantes.

332. Después de una breve pausa, se volvió a escuchar: "Nutaven Nibesa Dacio, diosa Unabum, honorable princesa. Con su llegada estamos 4'032,000 invitados presentes en la plaza magna Ooruhjso. Alegraoooos!!!".

333. La provincia de Jers era el centro cívico, cultural y de gobierno del Reino, donde se asentaba el Gran y Real Palacio Celestial, así que aunque pequeña era la más importante. Y el valle de la Lirgeaa se encuentra en la provincia de Tlalottl, paradójicamente el centro tlalottlgráfico del Reino y sobre todo el valle etéreo, hasta ahora secreto, que fungía como un ojo superpotente cósmico. Una lente astronómica sin igual, desde cuyo punto se podrá observar el universo entero.

334. Las cuatro puertas de ingreso sobre la muralla que circunda la gran plaza han sido cerradas y los últimos invitados van caminando poco a poco para llegar a la gran explanada. Las provincias del gran Reino han quedado deshabitadas, pues todos sus pobladores se encuentran ahora vestidos de fiesta y reunidos en la plaza magna Ooruhjso.

335. La algarabía aumentaba y en el ambiente se respiraba un halo de gozo, expectativa y profunda admiración, porque boquiabiertos ven las innumerables galaxias con sus incalculables sistemas estelares, algunos con sus múltiples sistemas planetarios. Puedían observar con devoción y profundamente extasiados la creación de nuevas estrellas, la implosión de hoyos negros y la explosión de supernovas, esparciendo sus ricos materiales en grandes extensiones del espacio intergaláctico. Seguramente, que la fiesta en el universo ya tenía tiempo que había comenzado.

336. La actividad en el universo semejaba una gran fiesta pirotécnica de juegos interminables. Deshechos de pronto y renovados tan luego era posible. La bóveda universal se podía observar desde los seis puntos cardinales. Era como si estuvieras de pie sobre un diminuto átomo perfectamente esférico, de tal manera que con un solo paso se podía cambiar de dirección. Así de estar hacia el punto cardinal Rraaíb, al siguiente paso encontrarse con toda naturalidad hacia el punto Joaab, por lo que era como encontrarse en el centro de una esfera cósmica, ver arriba igual como ver abajo y el horizonte como una soberbia línea continua hacia los otros cuatro puntos cardinales ordinarios trazados sobre el plano rizohontla.

337. En la plaza Ooruhjso todo tenía luz propia. Los mismos invitados eran seres de luz, pero una luz suave, armónica que permitía ver a los demás y sobretodo verse a sí mismo. Una luz resplandeciente pero respetuosa de los demás. Aunque todos eran unas celebridades, nadie sobresalía por encima de los demás, porque su sentido de igualdad y fraternidad los hacia justos y la frecuencia de radiación de su luz se mantenía con un alto sentido de conciencia colectiva.

Inauguración de la gran celebración

338. Por fin el último de los invitados llegó a la gran explanada y tan pronto se posó en ella, un rayo color violeta intenso iluminó la plaza entera y descargó toda su fuerza sobre la cima de la pirámide. Un rayo brillante, sólido que emergía desde el oriente, entre el ojo de una mancha oscura, de tal manera que parecía provenir de un punto mas lejano y no, porque la lente cósmica del valle lo acercaba sin realmente estarlo.

339. En ese mismo instante el Padre Formador y Creador apareció en la cima de la pirámide, resaltando su paternal figura a contra luz del rayo. Él mismo pareciera ser parte del rayo o si deseaba parecer distinto también lo era, por lo que se establecía un juego de luces y contrastes con un ritmo sincronizante difícil de comprender, pero que embargaba en anhelo y alegría a todos los presentes. El primer instante del primer ciclo del tiempo del no tiempo comenzaba...

340. Del oriente, emergiendo de la mancha oscura, se levantaba majestuosa e imponente el resplandor indescriptible de una galaxia. Era el amanecer galáctico en algún punto remoto o no del universo...

341. Al mismo tiempo el Padre Formador y Creador extendía sus brazos en señal de su paternal bienvenida y cada uno sintió que efectivamente lo abrazaba... y cada uno escuchó como si en persona le hablara... Los altoparlantes estaban mudos y sin embargo todo mundo escuchaba... Así se había dispuesto y así se hizo: *"Nutaven Nibesa Dacio"*. Dijo con voz solemne, dirigiéndose a todos y cada uno de los presentes. *"SiogJresonome"* continuó diciendo. Todos escuchaban atentos. *"tsepore motneom Oosithcri. Niaciihyo setnurone Riote. Brhaaon ulgia root. Algasero!. Esna intedbos. Nohory ilgora.*

Anvvi orocanm daacoun ledos vosetne. Tifsea arepse edutses, olorp equem lopcacem Rraacled Mesolemnetnem Giadrosaun Jesfoset aest Ganam Beleccriano. ¡Esna intedbos!"

342. En el espacio etéreo de la plaza, había un gran silencio, pero en el pensamiento de cada uno se escuchaban las palabras del Padre Formador y Creador, con reverente solemnidad. Una vez que se declaraban inaugurados los festejos de la gran celebración y que el Padre Formador y Creador había terminado de pronunciar la última palabra, la plaza continuó en un profundo silencio.

343. Nadie se atrevía a perturbar tanta paz y así permanecieron por breves instantes, hasta que el tañer de 28 trompetas, tocando en diferentes tonos perfectamente acordes en octavas arriba, octavas abajo, semitonos, en tiempos perfectamente sincronizados desde las semicorcheas, cuartos, medios y hasta en tres notas blancas, daban una polifonía nunca antes escuchada por ninguno de los presentes. Las fanfarrias inaugurales de la gran celebración se tocaban por primera vez y daban un matiz especial a la fiesta y eso que apenas comenzaba.

344. Terminadas las fanfarrias, la plaza entera irrumpió en vivas, aplausos y gritos de alegría. Mientras ello sucedía desde los seis puntos cardinales se lanzaban juegos pirotécnicos de verdad, cuetes de trueno y pompa, cuetes de luces multicolor y potentes reflectores daban un festín con sus haces de color entrecruzándose sobre la pirámide. Múltiples rayos láser se levantaban de los estadios, apareciendo en el espacio etéreo del valle como un laberinto de caminos de luz.

345. Los juegos pirotécnicos continuaban sin interrupción por breves momentos mas. Mientras tanto el ojo de la mancha oscura se había cerrado y el rayo color violeta intenso y sólido desapareció y con él también el Padre Formador y Creador del Universo, por lo menos de la cima de la pirámide.

346. De pronto, como si el ojo de la mancha oscura hiciera un guiño, un nuevo rayo como centella se posó sobre la pirámide y en el instante quedó encendido un gran peletero, alzán-

dose una flama majestuosa. El peletero permanecerá encendido durante los siete ciclos del tiempo del no tiempo que durará la magna celebración.

347. De la cima de la pirámide descienden luego 28 antorchas, como bolas de fuego con cauda y encienden al peletero que se encuentra en el centro de cada uno de los estadios. Del peletero de cada estadio descienden 52 antorchas, que a su vez encienden a 52 peleteros menores, que se encuentran en el centro de cada uno de los patios. Así, el fuego sagrado ha quedado encendido en cada lugar en el que habrán de reunirse los invitados para desarrollar las actividades de la gran celebración.

348. El oriente se aclaraba cada vez mas con el resplandor del amanecer galáctico… y los juegos pirotécnicos cesaron, porque ya no podían ser admirados, pues la claridad del amanecer los opacaba y en el Reino de la Gloria hay una ley inquebrantable, que dice *"Si algo no puede ser admirado o ha cumplido con un propósito específico debe cesar inmediatamente"*.

349. En la explanada central donde se encuentran reunidos todos los invitados, se abre una amplia valla, que circunda la pirámide. De manera ordenada y perfectamente secuenciados desfilan una policromía de carros alegóricos.

El primer contingente de 28 carros tiene alusiones representativas de cada una de las provincias del Reino. El segundo contingente representa cuadros plásticos de los 49 principios elementales y los tres mandamientos mayores universales y el tercer grupo representa a los 28 principios de sabiduría, propiedades de los cuatro atributos del padre Formador y Creador del universo.

350. Cada uno de los carros alegóricos fueron profusamente ovacionados, pues era tanta la enseñanza que transmitían, que bastaba solo observarlos con atención para quedar maravillado de tanta sabiduría. Pareciera un desfile interminable, pero sumamente emotivo, que algunos acompañaban al carruaje en un buen trayecto para poderlo observar un poco mas.

351. Se unieron al contingente del desfile los siete equipos de chefs y cocineros, todos ataviados con su vestimenta y utensilios más usuales de cocina. Algunos de ellos tañendo rítmicamente sus cazuelas, ollas, platos y cubiertos. También fueron profusamente ovacionados.

352. También participaban en el desfile los dioses organizadores del evento y era tanta su alegría y actividad que realizaban toda suerte de actos malabáricos y tablas gimnásticas, que causaban mucha admiración.

353. Cerrando el gran desfile inaugural avanzaba cadenciosa la gran orquesta sinfónica del Reino de la Gloria y el coro de los niños cantores del Gran Palacio Celestial. La orquesta sinfónica y el coro tienen una especial admiración en el Reino, por lo que fueron profusamente ovacionados. Al finalizar el gran desfile la orquesta y el coro se posaron sobre la primera terraza de la base de la pirámide, cubriendo el total de su longitud a los cuatro lados.

354. Sobre la segunda terraza se encontraban los siete tronos, por cada lado de la pirámide, donde estaban ya sentados los 28 ancianos.

355. Por el oriente amanecía inevitablemente y por fin emergió la majestuosa galaxia. La plaza se iluminó con una luz diamantina suave, que no proyectaba sombras, como si el cúmulo globular de la galaxia abarcara por completo el centro de la gran plaza.

356. Pero sobre el horizonte solo se veían emerger los brazos espirales. La galaxia se veía esplendorosa pues se proyectaba con una inclinación de 36° respecto al plano rizohontla del valle, por lo que se podría ver en toda su magnificencia.

357. La plaza entera presenciaba maravillada el gran amanecer. Justo el desfile había terminado, por lo que toda la atención se centro en la galaxia. El mismo Padre Formador y Creador se había reunido con ellos en la plaza y admiraba extasiado al igual que todos ellos, pero Él sentía un especial y profundo

regocijo por el fenómeno natural. *"Nutaven Nibesa Dacio Rro-señedaam"*, musitó en voz apenas perceptible *"intedbassae"*, concluyó; como haciéndole una atenta invitación a la gran celebración.

358. Y todos comprendieron que era el amanecer de la galaxia Rroseñedaam. Por ahí alguien identificó al brazo espiral Ivodaredi y trataba de señalar el punto astronómico donde posiblemente se encontraba el sistema solar Reltadib. Otros más buscaban e identificaban a las estrellas más brillantes y a los recónditos y diminutos puntos luminosos en plena formación, futuras estrellas y posibles sistemas planetarios.

359. Era un espectáculo sin igual, indescriptiblemente hermoso. Se veía su gran actividad, por siempre en movimiento, por siempre en la luz y en las sombras. Se podría observar lo inmenso y lo pequeño. Lo incalculable y lo contable. Lo predecible y lo impredecible. Lo gélido y lo ardiente. Lo continuo y lo discontinuo... Todas ellas sensaciones nuevas, a las que los habitantes del Reino de la Gloria, no estaban acostumbrados.

360. Durante la ascensión de la galaxia sobre el horizonte; la orquesta sinfónica ejecutaba la treceava sinfonía del gran maestre Dese Susje Um decano director de la orquesta y compositor prolífero. La treceava sinfonía había sido escrita especialmente para este momento. Era una música tan excelsa e infinitamente bella, que parecía que la misma galaxia transmitía desde sus más diminutos puntos los acordes, hasta conjuntarlos y dar timbres, tonos y tiempos que lo llenaban todo, de manera plena y armónica, mostrando al mismo tiempo la magnificencia de lo infinitamente pequeño y la sobria sencillez de su gran totalidad y grandeza. Motivar una sensación así, era un logro invaluable; nunca antes obtenido en la acostumbrada solemnidad del Reino de la Gloria.

361. La combinación simultánea de la ejecución de la sinfonía y la ascensión lenta de la galaxia sobre el horizonte, resaltaba la fantasía del más escéptico de los dioses, porque a medida que crecía la magnificencia de una, la melodía se engrande-

cía en intensidad, en acordes, hasta en pautados espacios de silencio, que contrastaban y por un momento fue tal el arreglo, que los silencios fueron acordes precisos, siendo las notas más valiosas de algún instrumento mudo, aún así percibido por todos los presentes, igual como si fuera la partitura de una flauta, oboe, primer violín o violonchelo.

362. Todo mundo vivía un momento inolvidable. Inmersos en un profundo éxtasis. De estos momentos en los que ruegas por el ser más querido, que no acaben jamás. Por fin la galaxia se mostró integra. Emergió sobre la mancha y no sólo eso, sino que la opacó, la borró por completo. Inmensa, esplendorosa, adosada de tantas maravillas, que pareciera no se daban abasto para admirarlas.

363. Y así, en su más álgido esplendor de pronto... desapareció, sólo se puedo observar, que como un proyectil se retractaba sobre la profundidad del universo a una velocidad de recesión increíble. Luego sólo se puedo observar como un punto luminoso distante, que centellaba rítmicamente entre oleadas de luz y sombras.

364. A todos los presentes les embargó una profunda tristeza, algo que tampoco habían sentido antes. La sinfonía también terminaba con sus acordes más tristes, pero solemnes que jamás se hayan escrito sobre pentagrama alguno. No obstante, dejaban una sensación de victoria. Una sensación de paz, de misterio descubierto, porque a partir de ahora podrás imaginar que en cualquier punto de luz, existe realmente un universo inmenso y pleno de maravillas y milagros.

365. La lente astronómica del valle de la Lirgeaa, había dejado de enfocarse a la galaxia Rroseñedaam y ahora la gran explanada regresaba a la normalidad, algunos todavía extasiados por el gran acontecimiento, porque habían podido asistir al amanecer galáctico de una de las galaxias de mayor renombre en el Reino de la Gloria.

Primeras actividades de la Gran Celebración

366. En los peleteros ardía la flama sagrada, legada por la galaxia por lo que parte de su majestuosidad también asistía a la gran celebración y ello causó gran alegría entre todos los presentes.

367. Sobre el borde exterior de la explanada, se levantaron inmensos corredores, que iban de una calzada a la otra. Así circundaban a la gran explanada, dejando libre la pirámide. Sobre el lado interior se edificaron cientos de arcos, que daban al primer corredor y al frente de la gran explanada. Al centro se erguía majestuosa la gran pirámide. En el segundo corredor que corría paralelo al primero, hasta el fondo se instalaron espacios donde se establecieron infinidad de tiendas, puestos y aparadores.

368. Cada tienda, aparador y puesto, debía tener en exhibición algo de todo lo que se había creado en el universo. Se exhibían todos los tipos de vida exuberante y prolífera que existía en el universo. Todos los tipos de líquidos, de minerales, de fuego, de reacciones, de procesos físicos. Había microbios, organismos unicelulares, multicelulares, mamíferos, reptiles, aves de mares, tierra y aire. Toda la variedad de flora, todos los tipos de plantas, árboles, arbustos, pastos de mar y tierra, de todos los tipos de atmósferas extremas, venenosas, gélidas y ardientes.

369. Los habitantes del Reino empezaron a caminar alrededor de la plaza, sobre los corredores para observar cada uno de los puestos y de nueva cuenta quedar maravillados por tanta belleza creada, por tanta diversidad de formas y manifestaciones que eran tantas e inconmensurables, que daba gusto y admiración estar junto a ellas.

370. En diversos puntos de la plaza se alzaron una diversidad de juegos mecánicos, de profuso colorido, que daban ganas de subirse en ellos y dejar que el aire etéreo rozara con un poco de mas fuerza los contornos del cuerpo de luz. Había desde la montaña rusa, para los más intrépidos, el círculo invertido, la rueda de la fortuna, los ola, las sillas voladoras, los cohetes estelares, la rueda centrífuga, el martillo, el cañón, el tirabuzón, la caída libre, los carros chocones, el túnel del tiempo. El castillo de los fantasmas, la mansión del terror, la casa de los chivos con dos cabezas...

371. Entre la explanada se instalaron cientos de kioscos de golosinas, globos, algodones, tiro al blanco, ruletas, mesas de billar, máquinas tragamonedas, loterías, merolicos con la solución a todos los problemas de salud y la buena suerte para el amor y el dinero, yerberos, los que habían encontrado la piedra filosofal. Olorosos puestos de cenadurías de tacos, malteadas, jugos, paletas, nieve de sabores y aguas frescas.

372. En las cuatro esquinas de la explanada se levantaron tiendas con palcos y redondeles para la pelea de gallos y la presentación de artistas universalmente reconocidos. En otra esquina se instaló una carpa de circo de tres pistas. En la siguiente esquina se instaló una plaza para el toreo y el jaripeo de animales salvajes y en la cuarta se instaló un gimnasio para el juego de pelota, que se adaptaba en todas sus modalidades: Si se jugaba un partido de béisbol, baloncesto, balompié, voleibol o atletismo.

373. En contra esquina, cerca de las esquinas de la pirámide se levantaron otros cuatro espacios para el juego y el esparcimiento. En una de las contra esquina se levantó un auditorio para la gimnasia artística y patinaje sobre pista de hielo. En la siguiente se instaló un auditorio con alberca olímpica y otra para clavados. En la tercera se erigió una arena para el boxeo y la lucha libre. Por último en la cuarta contra esquina se instaló un magnánimo teatro. Todos presentaban eventos de gran interés.

374. Había todo tipo de alimentos, para quien quisiera degustarlos, lo hiciera sin problema alguno. Todos los puestos, carpas, gimnasios y los juegos mecánicos representaban a la forma y usanza de cómo se festejaban las fiestas más renombradas en el universo y ello era una muestra para el entendimiento de los de arriba, quienes mas pronto que tarde se identificarán plenamente con dicha usanza. Todo mundo se divertía a raudales e iban y venían alrededor de la pirámide sobre la explanada y los corredores prolíferos de aparadores.

375. Nunca antes había habido tanta actividad bajo un mismo espacio en el Reino de la Gloria, ni el afloramiento de tantos sentimientos encontrados: Alegría, admiración, asombro, tristeza. Ni el anhelo de ver, oír y conocer tanto, porque en verdad, era tanta la sabiduría que se encontraba plasmada en cada uno de las representaciones, que daba la sensación de que no iba alcanzar el tiempo para comprenderla, pues sólo sobre una de las más sobrias exhibiciones, podrían escribirse miles de volúmenes y volúmenes y no bastaría. Era tanta la información en franca y plena exposición, que probablemente ésta era la única oportunidad que había para tratar de empaparse un poco de tal conocimiento.

376. Los secretos más sutiles, los más entrañables e indescifrables del universo, se encontraban ahí, completamente expuestos, descifrados y desnudos. Bastaba sólo con acercarse y contemplarlos reflexivamente. El mecanismo de la vida inteligente también se encontraba expuesto en una de las salas y podía verse el trabajo del gran orquestador de los ensambles vitales. Se podía observar de manera clara, la secuencia de su logóstica, paso por paso y el resultado en su gran obra.

377. Indudablemente que se trataba de una exposición universal, como ninguna otra se pudiera montar. Pero Oh! Maravilla!. Pobre nuestra inmadurez intelectual!. Aún expuesta tan clara y llana, difícil sería nuestra comprensión, porque no sabemos discernir en el ilogismo, si acaso un poco en el logismo y nula nuestra percepción es sobre el logostisismo.

378. Pero, observar el proceso evolutivo de la gestación del universo y de todos y cada uno de los fenómenos que se desarrollan incesantemente en todo momento es sin duda uno de los privilegios, que no se deberían dejar pasar, por lo que la mayoría de los invitados abarrotaron principalmente los estantes que representaban la evolución del universo.

379. Lo esencial del universo es la energía. La materia es sólo una forma de ella. La materia en realidad son los desechos de la energía. La materia son los escombros, que ya no sirven más en los procesos energéticos primarios del universo. Son las heces fecales, la contaminación del universo desde el punto de vista energético. La materia no tiene esencia por eso se transforma y no tiene existencia porque está en constante cambio.

380. No obstante, hay procesos inversos de regeneración de materia en energía. Por eso el universo funciona, porque la materia física es poca. Si queremos concebir el funcionamiento del universo a partir de la materia y sus manifestaciones materiales, no nos cuadra. Nos hacen falta variables o nos sobran constantes.

381. La creación y evolución del universo, de todo cuanto contiene en forma y en esencia está cimentado en cuatro pilares o principios fundamentales.

382. Se nos ha dado autorización para comentar brevemente los conceptos básicos de estos principios, ya que la explicación íntegra nos llevaría a redactar decenas de libros de gran volumen.

383. Antes, se deben aclarar algunos conceptos, que nos han mantenido en el error y desviados de la verdad.

384. *Primero.* El concepto de creación se debe tomar como un proceso de formación, donde necesariamente hay diversas etapas del proceso. La mayoría de las etapas comprenden periodos cósmicos, que tardan en trascender millones de años, aunque su cambio y evolución imperceptible suceda en cada segundo. Contrario al sentir general, crear no es construir al ins-

tante. No es crear de la nada, sino de la experimentación del Todo, pero sin alterarlo porque es la acción de la conciencia mental del Todo.

385. *Segundo.* La transformación se da en la forma y no en la esencia.

386. *Tercero.* La forma es perecedera, cambiante, el único vestigio de sus secuelas es el proceso de transformación.

387. *Cuarto.* La energía verdadera no es visible, ni mensurable con herramientas forjadas de materia, sino con instrumentos forjados por un proceso de energía inteligente. La fuerza electromagnética, la fuerza atómica de cargas débiles y cargas fuertes, la fuerza gravitacional son sólo efectos secundarios de la gestación de algún proceso energético.

388. *Quinto.* La vida no es de la forma, aunque se manifiesta en ella. La verdadera vida no muere. La vida es uno de los pilares del universo, sino; no tendría sentido la formación de tanta belleza. La vida es para vivirla, jamás para entenderla. El universo entero se ha creado y formado precisamente para que la vida se recree en él, sin limitación alguna más la que le impone su forma.

389. *Sexto.* El concepto de un Creador, Dios y Padre de la creación. Juez severo, vengador e intolerable. Rey del cielo y del universo, eterno, magnánimo, pero implacable o iluminado y sereno para otros es lo más próximo a lo verdadero. Tal vez la única verdad que creemos conocer, porque es lo más abstracto que ha alcanzado nuestra insipiente imaginación. No obstante lo falsificamos con mucha facilidad y volvemos al oscurantismo, a la zozobra e idolatría. Comprender a Dios es imposible. Admirarlo es más sencillo, es más cercano y hasta se hace mensurable, físicamente sólido pero maleable y la mayor ventaja es que se encuentra presente en todas partes.

390. *Séptimo.* La Ley Natural es la Ley y nadie puede ni debe estar por encima de ella. Por eso el universo funciona. La

ley inventada por la supuesta inteligencia es falsa, porque la utilizan de acuerdo a los intereses de quienes la interpretan, por lo que no hay comparación alguna. El primer principio de sabiduría, probablemente sea: Aceptar con humildad el no tratar de interpretar las leyes de la naturaleza, sino acatarlas sin reservas ni condición alguna. Las leyes de la naturaleza son justas logósticamente, mientras que las leyes inventadas son injustas, aún en su aparente benevolencia.

391. *Octavo.* La evolución es un cambio necesario, que permite alcanzar la madurez en la complejidad, para que al final podamos comprender la magnificencia de su sencillez.

392. *Noveno.* Las preguntas sempiternas seguirán, porque es difícil almacenar las respuestas en una parte tan ínfima de memoria. Se requiere de toda la Sabiduría, de la Inteligencia completa... hasta del Amor total... y sólo somos una parte insignificante. Grandioso!... porque después de todo... ¿ Qué haríamos sin preguntas?.

393. *Décimo.* El universo se ha creado de acuerdo a una ecuación matemática y su evolución varía de acuerdo a ella. Es una estructura energética ensamblable y desensamblable, capaz de construirse y reconstruirse a sí misma. Todo tiene su número, su límite, su estrato, su nivel, su hegemonía y su agonía.

394. *Decimoprimero.* La inteligencia es una virtud sin duda, siempre y cuando no la opaque la soberbia, la intolerancia, la necedad y el fanatismo. La inteligencia es el lazarillo de la sabiduría, pero no es lo mismo, sin embargo; los tropiezos de una serán mortales para la otra.

395. *Decimosegundo.* El universo tiene su ciclo y tarde o temprano se reencontrará con su principio, pero no se preocupen; porque probablemente nos adelantaremos y estaremos ahí para recibirlo.

396. *Treceavo.* La vida inteligente no tiene ninguna prerrogativa sobre las cosas creadas en el universo, por lo que se debe sujetar a sus leyes si quiere cumplir con su verdadera misión y vivir en armonía, así como vivía de donde proviene. Después de todo, las verdaderas limitaciones son de la forma del ser, pues tan libre es la fantasía de la forma, que no se detiene, por ejemplo; al interponerse un río o se interrumpe por la oscuridad de la noche.

Los pilares de la creación y formación del universo

397. La sala donde se exponía el punto de inicio del Universo, donde se recreaba el momento preciso de su gestación y su pausada evolución, estaba completamente abarrotada de dioses y diosas profundamente admirados.

398. La creación del Universo fue en un momento singular, en un punto singular. Emanó de la imaginación del Padre Formador y Creador del universo, donde los cuatro pilares de su construcción convergieron, lo que permitió que el punto fuera creciendo paulatinamente en intensidad, en concentración de energía, hasta alcanzar el estado de una singularidad potenciada, que es el germen físico de la gestación cosmológica de cualquier proceso de formación, así sea desde una simple y silenciosa mitosis, que en apariencia para nuestros sentidos no abriga las condiciones de un big bang, pero que en su intimidad es un proceso idéntico, como la formación del universo.

399. Pero no había problema, porque ya estaban sembradas en germen los cuatro atributos esenciales. Si el punto hubiera aumentado su energía sin los pilares básicos, la gestación del universo hubiera sido un fracaso. Pero, ahora podría florecer de la manera más catastrófica si se deseaba y aún así conservaría su equilibrio.

400. El Padre Formador y Creador del universo no hizo más. Sólo sembró las simientes de las Leyes Naturales que deberían gobernar la evolución del universo y no más.

401. En lo sucesivo todo proceso deberá ocurrir de manera espontánea, en un vaivén de equilibrios y desequilibrios, pero siempre bajo el procedimiento en tiempo y forma de las Leyes Naturales.

402. En adelante, aún la voluntad mental del Padre Formador y Creador del universo deberá sujetarse a las Leyes Naturales, si deseaba intervenir en algún proceso, porque como buen legislador era el primer obligado en respetar sus propias Leyes. Así lo hizo y así se ha hecho hasta la fecha.

403. La base sobre la que se ha erguido el universo entero es la energía primaria. La energía elemental primaria es un sistema trino. La energía primaria es la esencia del pensamiento del Padre Formador y Creador, que contiene todos sus atributos. La energía primaria se integra por la interacción de tres tipos de energía, que en esencia son lo mismo, pero en diferente escala o rango: La energía Real, la energía Antireal y la energía Incrona.

404. Las tres energías se bifurcan en sus respectivos signos, por los que darán las características físicas de: Carga eléctrica-nuclear, gravitacional y filosófica a la materia, a la fuerza y a la inteligencia respectivamente.
La energía Real tiene polaridad positiva, negativa y neutra. Así como la energía Antireal también tiene polaridad positiva, negativa y neutra. La energía Incrona a su vez tiene polaridad positiva, negativa y neutra.

405. De la energía, se desprenden los diferentes matices que darán la diversidad de formas y procesos, que sucederán en el universo, además de ser el gran basamento de los cuatro pilares sobre los que descansa todo el proceso de gestación del universo.

406. Así, la energía real y la energía íncrona promoverán en conjunto la gestación de los procesos inteligentes y de la energía manifiesta.

407. La energía antireal dará origen a los procesos físicos de la formación estructural de la materia y la fuerza en una interacción estrecha con la energía íncrona. A su vez, la nueva plataforma de la fase anterior, servirá para la gestación y de-

sarrollo de otras propiedades, necesarias a medida, que la evolución del universo se hace mas compleja.

408. Un resumen se representa a continuación, donde se observa la estrecha relación y secuencia de la formación de las propiedades naturales del universo.

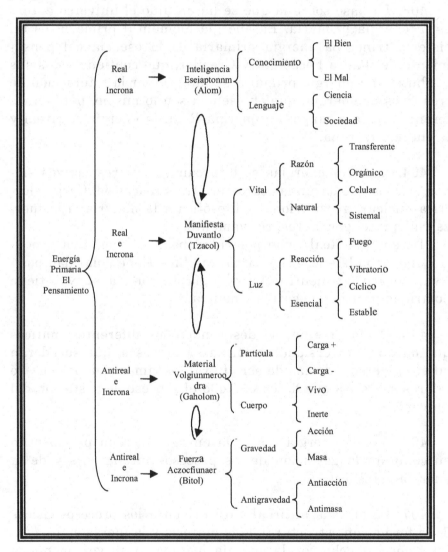

Tabla No. 2.2.- Cuadro sinóptico de la energía primaria y sus manifestaciones real y antireal.

409. Uno de los pilares es la fuerza. La fuerza potencia la acción. La fuerza proviene de la voluntad, del deseo de ser. En la Naturaleza esta fuerza se manifiesta en las fuerzas gravitacionales y antigravitacionales. Ambas son de la misma naturaleza. Las dos son fuerzas de atracción ante sí mismas. Son inseparables, pero incombinables, es decir; el efecto de una es la causa de la otra y viceversa. En los extremos se atraen mutuamente y al centro se repelen entre sí. Así, el universo y el antiuniverso es uno mismo. Ambos se desarrollan paralelos y sólo así la ecuación matemática tiene sentido. Los números y los antinúmeros se conjugan en simetría para sostener la magna estructura del universo.

410. Todo en el universo está sujeto a las leyes de gravedad y antigravedad. Entre ellas se establece un preciso equilibrio y desequilibrio, que en algunas fases cosmológicas se desajusta y son causa de cataclismos, pero luego tienden al reestablecimiento del orden. Sin embargo, las tendencias son contrarias. En su fase final la gravedad tiende a la implosión y la antigravedad a la explosión.

411. El desarrollo del universo se debió a la culminación de un ciclo ZufareGilarunS, donde la antigravedad tenía supremacía y reventó en una gran explosión, agigantando el diminuto punto de energía pura. El crecimiento fue acelerado en los primeros instantes y se fue difumando poco a poco en un largo proceso antigravitatorio, gestando con ella la materia, quien contrajo la tendencia al desarrollo inflacionario desmesurado, por la contra fuerza gravitacional de la materia.

412. La única forma de transformar la energía de antigravedad en energía de gravedad es transformando energía primaria en materia, y ello ocurre en los largos procesos de explosiones de cuerpos de energía primaria súper densos, similar a las explosiones de hipernovas en el lado materializado de la energía.

413. Así entonces, la gravedad se ajusta principalmente a los modelos materializados de la energía y la antigravedad a

los modelos de energía primaria. Los procesos de energía primaria no son mensurables desde la perspectiva de la energía materializada. Sólo se puede deducir por sus efectos, como la actual velocidad de recesión de las galaxias, por lo que el universo se encuentra todavía en una fase de expansión, tal como ha sido definido por la ciencia moderna.

414. La fuerza se traduce en acción. La acción es la fuerza liberada, puesta en movimiento. Si la fuerza no entra en acción no sucede nada, no hay cambios, no hay evolución, no aumenta ni disminuye el universo. La acción está presente desde la fuerza misma y si no tiene movimiento o energía liberada, se va almacenando y potenciando su accionar, para sucumbir en un evento mas violento. La acción es la transformación de la energía en energía o materia. Es el movimiento del universo entero. No obstante la acción está gobernada también por las leyes de la energía de gravedad y antigravedad, gobernada por las leyes de los cuerpos de energía y partículas físicas materiales.

415. El atributo de la manifestación de la fuerza se reconoce en el Reino de la gloria como energía del atributo Aczocfiunaer.

416. Otro de los pilares es la inteligencia, como energía creadora, diseñadora, pero sobre todo como energía legisladora de todos los tipos de proceso, incluidos los procesos inteligentes. La inteligencia es la acción del pensamiento. Por eso la creación y formación del universo surge como una realidad en el pensamiento, en la imaginación y se sostiene por esta energía. El universo es mental, desde el punto de vista del creador. Porque el creador debe ser absoluto y eterno. No puede ser creado. No puede ser aumentado, ni disminuido. Todo lo contiene, por eso nadie lo posee. La única forma como puede existir el universo es en la mente del creador, porque el pensamiento no le quita ni le pone. Por eso la energía esencial del universo es el pensamiento y su acción la inteligencia y la energía es codificada como energía real. El atributo se define como la energía Eseiaptonnm.

417. De la inteligencia emana el conocimiento, para discernir entre el bien y el mal y forjar el pensamiento logóstico de la naturaleza, que conduce al encuentro de la verdadera sabiduría. También emana el lenguaje intelectual como forma codificada de interrelación y permite concebir la ciencia, para la búsqueda del conocimiento y la tecnología. También configura el concepto social de las especies. El resultado debe ser la gestación de una gran civilización, pues están sentadas las bases.

418. Así entonces; la tarea de la inteligencia es sustancial para que la formación del universo tenga éxito, porque desde nuestro punto de vista el universo es verdadero y físico, tan real y físico que es esencial para la evolución de nuestra especie y de todos los múltiples sistemas de vida y fenómenos físicos, que en cada instante reaccionan, accionan e interaccionan entre sí, desde los más simples y sencillos, hasta los más complejos y de amplitud cosmológica.

419. Para tratar de entender nuestra procedencia, no se debe quitar mérito a ninguna de las posibles hipótesis, pues tanto vale una como la otra. Lo que debemos hacer es interpretar según el punto de vista, de acuerdo al plano sobre el que se plantea el problema y converger, hacia uno u otro, según convenga, porque se ha de saber, que todos los planos están estrechamente relacionados. Lo que sucede en uno sucede en el otro. Como es arriba es abajo.

420. La energía íncrona interacciona con las demás formas de energía de manera mas consistente, mientras que la interacción entre las energía real y la antireal se realiza mediante la intersección de la energía íncrona, pero sí es importante dicha relación, ya que permite la incursión de la vida inteligente en la materia y las formas. De lo contrario no existiéramos, ni evolucionaríamos como lo hemos hecho hasta la fecha.

421. Debido a esta interacción tan estrecha, la manifestación del pensamiento elemental es posible, de tal manera que toma forma y se modela en la materia, dándole energía de índole real, además de la energía propia antireal. Así la energía

manifiesta se erige como otro de los pilares de la gestación del universo. La propiedad de manifestación se convierte en una de las actividades de mayor estrategia y abundancia en todo el universo, a tal grado que prolifera en los lugares más recónditos, aún bajo las condiciones más extremas, dando origen a la vida y a la luz. La atribución se la da la energía Duvantlo, que es el atributo de la creación por excelencia, pues encierra la manifestación pura del amor, porque todo lo creado y formado debe ser manifiesto sólo por la acción del amor, como el motor germinador de la creación. El atributo de la energía Duvantlo impregna a todos y a cada uno de los seres con la fuerza de voluntad para existir como una entidad conciente de su individualidad, única e irrepetible, que por ello es a su vez capaz de interactuar aportando su estado de conciencia individual en la gestación primordial de la conciencia colectiva, condición vital para el funcionamiento armónico del universo. Impregna a los seres con la fuerza de la trasformación y la creación, razón fundamental que justifica todo el esfuerzo de la Creación.

422. Un cuerpo vivo es sólo el armazón de la energía Duvantlo, constituida en un quantum de energía vital, que ha sido capaz de camuflarse en la forma y expresarse en la materia física, para interactuar en el medio ambiente local de la prolífera diversidad del universo. La experiencia de la energía manifiesta en un medio físico es excitante, por eso tiene tanta predilección esta forma de manifestación.

423. La experimentación física de la energía manifiesta en la forma tiene varias facetas, que bajo el principio del libre albedrío se han desviado del propósito original. Una de ellas es tratar de dirigir la evolución de las especies. De tratar de influir en la gestación de las características y tendencias de un medio ambiente. De experimentar en forma propia la acción de las Leyes de la Naturaleza y la más atrevida es la de tratar de desafiar dichas Leyes y pasar por encima de ellas, pero hasta la fecha nadie lo ha logrado.

424. La verdadera misión de la expresión de la energía manifestada en las formas físicas, utilizando los elementos materiales es la de coadyuvar al desarrollo y evolución del universo.

De impregnar de los conocimientos logósticos, a las formas que han tomado una expresión física, para que el universo evolucione hacia un ser de energía esencial del pensamiento y pleno de armonía sucumba con colosal violencia al concluir su ciclo cósmico ZufareGilarunS, reestableciéndose al tiempo las condiciones, para iniciar otro nuevo.

425. La luz esencial difiere de la luz física que conocemos, ya que la luz original es la iluminación elemental, que integra a toda entidad vital inteligente.

La luz de las estrellas y galaxias se debe a la emisión vibratoria de la actividad de la energía interna de la materia, que se desarrolla en el proceso de una reacción termonuclear y solo puede ser desviada por un campo gravitacional intenso. A la emisión de ondas de alta frecuencia le acompañan una diversidad de variantes, que manifiestan otras variables físicas, como el calor, la radiación, el color o rangos vibratorios, la presión, intensidad, viento radioactivo, enriqueciendo sustancialmente en cualidad y cantidad al medio ambiente.

426. Mientras que la luz esencial se manifiesta por el pensamiento y no genera ninguna variante secundaria, pues se mantiene en estado quántico. No genera frío, ni calor. No se desvía por campo gravitacional o fuerza física o electromagnética alguna. Viaja poco en el espacio y si lo hace no tiene límite su velocidad. No genera sombras, pues tiene la capacidad de atravesar los cuerpos, formas y estructuras sin alterarlos. Es maleable y dócil para quien la sabe manejar. El universo está pleno de esta luz, pero no la podemos percibir con nuestros instrumentos físicos, pero es una de las variables más activas, propuestas firmemente en alcanzar el desarrollo logóstico del universo.

427. De la energía del quantum vital se deriva la energía del pensamiento manifestado como razón, que es una fase primitiva de inteligencia, cuando ésta se ha vestido con una forma física. La expresión intelectual balbucea sus primeros ejercicios de logísmos e ilogismos, aunque la torpeza es de la forma y no de la esencia.

428. Una vez que la razón se ha manifestado en la forma, ésta servirá de plataforma para desarrollar la siguiente fase, donde se constituirá un sistema mas complejo, dando un proceso transferente como el más avanzado o un sistema orgánico, también complejo, pero mas torpe y con una velocidad de evolución mas lenta. En ambos tiene actividad el pensamiento o la inteligencia manifestada en un proceso de razonamiento, que debe motivar a un gran número de células orgánicas, para poder balbucear siquiera sus enaltecidos sentimientos. El enlace e interacción entre millones de ellas debe ser perfectamente secuenciado para que pueda suceder la más leve gesticulación inteligente.

429. Del quantum de energía vital también se deriva la vida natural, carente de razonamiento, pero no de inteligencia, ya que el pensamiento es también su raíz generatriz. Esto quiere decir; que todos los animales: Pequeños, grandes, unicelulares, bacteriales y todos los vegetales, de todas las condiciones ambientales y tamaños, esporosos o no, marinos, polares, desérticos, pantanosos, junglosos, de alta tecnología, in Vitro o no, todos; absolutamente todos son seres vivos inteligentes, de igual importancia y valor cosmológico que el ser humano.

430. Todos los seres vivos naturales, excepto el hombre; viven según los principios de sabiduría natural decretados por su inteligencia, por eso perciben los signos de la naturaleza e interpretan acertadamente sus mensajes. Cumplen su misión sin discernir ni objetar sus destinos, pues siempre se mantienen en armonía con ella. Sus códigos de comunicación elemental están ocultos y son desconocidos para el hombre, porque debemos entender, que el éxito de cualquier proliferación y multiplicación de formas de vida se debe a un lenguaje natural de comunicación entre la interacción de las entidades vitales elementales.

431. La comunicación es elemental para constituir sistemas más complejos. Si ésta no se da por ejemplo entre átomos y células, no se podrán constituir tejidos, ni órganos con funciones específicas, en consecuencia no se podrá construir un cuerpo. Un cuerpo extremadamente complejo, debe su éxito a la parte más ínfima que lo compone: Sus células. Si a este nivel todo funciona bien, el cuerpo entero funcionará sin duda a maravilla, sin enfermedad alguna, sin pesadumbre ni nostalgia alguna. Todo lo contrario se mantendrá rebosante de energía, de vitalidad y armonía.

432. Si la inteligencia de éste cuerpo le alcanza para entender, que si atiende cuidadosamente la salud de sus células sin someterlas al estrés, al desgaste y sobre carga. Si le alcanza para entender que con sólo mantenerlas sanas y en armonía interna y externa, este cuerpo no envejecerá, porque serán ellas las que una vez cumplida su misión, morirán para renovarse y conservar al cuerpo por siempre joven.

433. La energía de la luz tiene su fuente en la energía real manifiesta y de ésta se deriva la luz proveniente de una reacción física, como efecto secundario de la luz verdadera, ya que sus características palidecen ante la luz esencial. Sobre la luz de reacción antireal física se erige la plataforma del fuego y otra de luz vibratoria física. La luz esencial por el contrario es la base de la luz cíclica energética y de la luz perenne o estable.

434. Otro de los pilares es la materia, que proviene de la interacción entre la energía antireal e íncrona, bajo el influjo de los procesos de transformación de energía primigenia, manifestada en la acción de la gravedad. La materia es la forma física de la energía elemental y se gesta en un proceso primario de interacción debido al atributo Volgiunmeroodra, donde convergen todos los demás atributos portadores de la inteligencia: La voluntad y la fuerza de la acción, para configurar un espacio infinito singular, un espacio matriz necesario, donde se puedan gestar sin restricción alguna la total irrealidad del universo.

435. Para que el universo sea evolutivo, como motivo principal de su experimentación se hace necesario insertarlo en un ambiente matricial de energía antireal y su forma debe cambiar constantemente para que pueda manifestar su inexistencia.

436. De ahí surge una tentadora aventura entre lo esencial y la forma. Lo esencial desea experimentar la forma y promueve fuertemente la gestación de ésta, por lo que el universo crece y se desarrolla poderosamente mediante procesos cósmicos, algunos de ellos sin precedentes.

437. De la energía física elemental surge la plataforma de partículas primigenias, con propiedades físicas de carga, fuerza y energía. Pero la forma más preciada es el cuerpo físico material integrado majestuosamente por partículas elementales en sistemas ensamblados y estructurados en ríos de vida o no, sumamente complejos, capaces de contener un sin número de subsistemas específicos, con funciones definidas y especializadas para interactuar entre sí, para interpretarse entre sí, para transferir energía e información inteligente o no, entre todos y cada uno de sus miembros, de tal manera que se conserva una ecuanimidad física, que mantiene la manifestación más frágil de la energía: La conciencia colectiva, que da cuenta del concepto universal de la unidad, como sistema numérico.

438. Los cuerpos son tan pequeños o grandes, según su parecer y su proceso cosmológico. Los cuerpos pueden ser desde un sistema infinitesimal, como la estructuración atómica del hidrógeno, hasta el sistema medio de un sistema solar o la estructura magna de una galaxia. Cualquiera tiene tiempo cosmológico, por lo tanto su proceso es incuestionable para manifestar la inexistencia del universo, pues lo transmutan constantemente en la forma.

439. La energía de la materia es en esencia energía derivada de la energía elemental, que promueve la gestación de la energía de espacio y tiempo, por la interacción de la energía primaria antireal e íncrona. Como el espacio se puede reducir a la nada, al momento en que dejen de actuar las tres fuerzas fundamentales de los atributos, será la misma suerte que tendrá la materia y todas sus formas.

440. De la constitución del cuerpo físico se catalogan las formas de cuerpos con vida o inertes y con ello la pluralidad del universo, tan basto y prolífero, que nadie tiene la capacidad ni el tiempo para contarlo.

441. La acción de la fuerza tiene especial preferencia por las partículas y cuerpos materiales y junto con ellos cuantifica su poder en esquemas gravitacionales y antigravitacionales. De hecho, la acción es una constante entre todos los atributos y es por ésta, que los procesos se dan y hasta son capaces de conjugarse en interacciones indeseadas a veces, pero todo ello es parte de las leyes naturales, porque aún lo no deseado se realiza por un acto de la voluntad.

442. Debemos aprender a ver al universo desde dos perspectivas, pero que se subtienden sobre una misma plataforma: La energía primordial. El universo esencial está constituido por la energía primordial del pensamiento, interactuando en modo de energía real e íncrona, donde se gestan los procesos de la inteligencia, mediante la voluntad, el deseo y la visión logóstica, integradas por el verbo o la palabra pensada y la energía esencial de la manifestación en la forma física de la materia.

443. Con ello se incluyen todas las posibles variantes de un sistema universal antiuniverso - universo, de tal manera que tiene presencia lo existente y lo inexistente. Así el Universo holístico comprende a lo real y lo irreal, a lo posible y lo imposible, a lo pensable y lo impensable, al todo y a la nada, a lo vivo y lo inerte, a lo perecedero y lo eterno.

444. Lo que nosotros vemos es sólo una ínfima parte del universo, no por el rango de nuestra capacidad a la distancia, sino por lo que está manifestado. En el universo el 94.5% de su composición energética no la percibimos, porque es la energía esencial todavía no manifestada en la forma de la materia y las propiedades energéticas de ésta. En párrafos anteriores se ha descrito a la materia como los desechos de los procesos de la energía primigenia y así es, por eso la materia tiene capacidad reactiva.

445. Nuestra visión del universo es pequeña todavía, si lo analizamos desde el punto de vista material, pero se comporta como un gigante, razón por lo que nos cuesta trabajo entenderlo. El universo verdadero contiene todos los planos energéticos y todas las estancias y medios ambientes, desconocidos e indescifrables a nuestra evolución intelectual actual. El Reino de la Gloria es parte del universo y todo lo que ahí sucede en el tiempo o sin él.

446. Seguramente, algún día lo comprenderemos porque sus secretos no están ocultos, ni son engañosos, ni son excluyentes, ni complejos. Por el contrario, son claros y sencillos, sólo que su aparente complejidad nos asusta y desalienta. La majestuosidad del universo verdadero cabalga sobre la montura de su corcel indomable e incorruptible: La ley universal de la atracción.

447. Todo atrae a su semejante para el bien o para el mal, para el ensamble o la desintegración, para la acción y la reacción.

448. Después de todo, el objetivo es llegar al punto generatriz del origen de todo lo formado, desde el futuro supuestamente incierto e inexistente, porque el fin no tiene fin, sino principio, pues las fuerzas del origen se repiten en todo momento y en cada instante es principio y fin.

449. Todo atrae a su semejante y el principio atrae a su fin y el fin inquiere a su principio, en una mutua interacción. Esta simbiosis es de gran fuerza y nos da la más severa de las enseñanzas, pero a la vez nos la reviste de una subliminal magia, que cualquiera que la entienda habrá encontrado una de las claves más importantes de la Naturaleza: **El tiempo**.

450. El tiempo, pero no el tiempo histórico, ni el tiempo cosmológico siquiera. Ni tampoco el tiempo de una coordenada o parámetro físico, sustentado en una curva de dimensión espacio-tiempo. No, sino del tiempo fugaz, imperceptible apenas, jamás atrapado en el pasado o concebido en el futuro, jamás tangible, pero el único tiempo real: **El presente**.

451. En el presente se manifiesta siempre esta ley universal y el principio y el fin se encuentran aferrados el uno al otro, repitiéndose incesantemente en ciclos infinitesimales, atraídos irremediablemente. Si este proceso no fuera así, no habría sucesión de los procesos o mejor dicho no habría procesos.

452. El presente... el único tiempo real, tan real que solo él puede viajar en el pasado o en el futuro. El único que puede dilatarse en el espacio para mostrar el presente de los procesos distantes de cuando iniciaron y de cuando finalizarán.

453. Cuando tengamos la capacidad de comprender el tiempo real y verdadero de los ciclos infinitesimales del presente, habremos dado un gran salto en nuestra evolución intelectual, porque el presente es el estado sostenido del pensamiento, que se mantiene en todo instante en una actividad frenética, siempre profusa y dinámica como ningún otro tipo de energía.

454. Todo esto se encontraba manifestado, tácito y claro en la gran exposición de la formación y creación del universo. Desde el ínfimo punto de ignición, que propició la gran explosión del sistema singular, hasta el gran colapso hacia el mismo punto, donde el mismo rayo apagará la misma chispa que inició la ignición.

455. Se mostraba diáfano el razgamiento de su rayo, que en una singular reacción concatenó a todo el gran punto quántico, ampliando su horizonte en proporciones astronómicas, aún antes de su primer segundo de existencia.

456. Los habitantes del Reino de la Gloria, observaban atentos y asombrados todas las salas de exposición. Fue un andar lento, pausado, reflexivo y pleno de emociones. No había detalle que no desearan conocer.

La manifestación de la vida

457. Había salas que contenían un compendio meticuloso y sumamente extenso, que incluía muestras de todos los tipos de formas de vida y de la manera como habían evolucionado en los parajes más recónditos e insólitos del universo.

458. Probablemente todo estaba ahí y aún no sucedía, por lo que algunos intuían que se encontrarían ahí, participando activamente en el enriquecimiento de la diversidad del universo. Por el momento era tiempo de aprender, de capacitarse y seguramente la gran celebración sería el foro idóneo para experimentar el andar torpe de la manifestación de la esencia vestida en la forma física de la materia.

459. Discernir sobre la vida en todas sus facetas, no es posible en el presente escrito, porque se requerirían decenas de millones de páginas, por lo que sólo enunciaremos los conceptos fundamentales, que nos sean permitidos y bajo el enfoque conveniente para nuestra comprensión.

460. En el concepto de la vida debemos distinguir dos planos: Uno es el plano de la forma y el otro es el plano de la esencia. Ambos están estrechamente relacionados, pues finalmente es un solo plano. La vida solamente se multiplica en la forma y se somete a un proceso evolutivo por ella.

461. La esencia es única en unidad, en inteligencia, por lo tanto no se multiplica ni evoluciona. La esencia contiene a todos los múltiplos y submúltiplos, a todas las formas de evolución y nada queda a la deriva, ni como eslabón perdido. Por eso la presencia de la esencia está en todas las formas. Aunque las contiene no es la forma, sino lo contrario; en el conjunto total se hace la unidad.

Aún las formas más sutiles, como los seres de luz del Reino de la Gloria, se multiplican y evolucionan, porque su forma es la energía, que está en los planos más elevados de la escala universal y por lo que estamos viendo, también tienen un ápice de asombro, de curiosidad y de malicia.

462. Lo que constituye al universo cosmológico son las formas. En el proceso actual, el 5% es de las formas de energía, pero esta relación irá cambiando y aumentará en favor de las formas en su dimensión material, hasta alcanzar una leve supremacía del 51%, entonces el universo podrá revertir su tendencia.

463. La composición actual del universo alcanza apenas el 5.5% de materia, el 27% de procesos potenciales de transformación de energía primaria en materia, conocida por los científicos como energía oscura. (Aunque para la ciencia el 94.5% es energía oscura y el 5.5% restante es materia). En realidad 27% actual de la energía oscura, todavía no emerge en su calidad de materia, pero tiene iniciado un proceso de transformación que se irá condensando con las eras cosmológicas. El 67% es energía primaria pura y el 0.5% es materia oscura, que ha sobrepasado la densidad de la materia.

464. Las formas de energía inteligente tienen predilección y una febril tentación por las formas materiales, por lo que probablemente el universo alance una proporción 1:1, cuya relación dará uno de sus puntos de mayor equilibrio y armonía.

465. En las formas de energía también existen formas de energía inteligente y no inteligente. La energía inteligente se manifiesta en la energía inerte, por su forma y evolución. La energía inerte subtiende el basamento donde prolifera y se manifiesta la energía inteligente y toma de ésta, los elementos para amalgamar y modelar su propia forma, tan diversa y vasta, que el universo material, al que pertenecemos se queda ínfimo y tan pequeño como una manzana.

466. Así entonces, la fuente de la vida para el universo material y físico, es el universo de las formas de energía, donde existen cuarenta y nueve escalas de evolución. La fuente de la vida para el universo de las formas de energía es la esencia única y total, que reside en el pensamiento creador y sostenedor de todo, cuanto hay y existe en el universo: La esencia del Padre Formador y Creador del universo, fuente de la vida y de las formas, de la energía y la materia.

467. En el universo material existen trece escalas de evolución, que sumadas a las cuarenta y nueve del plano de energía dan un total de sesenta y dos. Toda unidad de vida debe transitar por las sesenta y dos escalas de ida y vuelta, si es que desea experimentar la complejidad de la evolución.

468. Con ello, la evolución se configura en un gran ciclo. Afortunadamente, cuando la unidad vital inicia su proceso de experimentación proviene de un estado superior, mas no por eso es más astuto y versátil, pues en cada escala su desarrollo inicia desde el principio y sujeto a las leyes naturales que gobiernan al medio ambiente que lo sustenta. Visto así, la manifestación de la forma por su evolución siempre irá en sentido ascendente.

469. En una de las salas se mostraba de manera clara y precisa que la interrelación de la energía, cualquiera que fuera su grado de evolución y complejidad, su estatus, categoría o predilección, ésta debería discurrir sobre los principios naturales y sujeto a las leyes de los fluidos.

470. La energía misma era el constituyente fundamental del fluido y se transportaba a sí misma en un torrente, capaz de inundar las formas, las sustancias o las estructuras con las que deseaba interactuar. Así se gestaba: El fluido energético primigenio, los fluidos vitales, los de energía intelectual, los sanguíneos, los sábalos, los acústicos, los informáticos, los nucleares, los lumínicos, etc., etc.

471. Todos y cada uno permitiendo y facilitando la interacción entre estructuras y partículas, entre cuerpos y sistemas,

entre interlocutores, entre pensadores, entre experimentado-
res, entre reactores y actores, entre fuerzas e inercias, entre
amigos y enemigos, forjadores de la guerra y la paz, de la vida
y la muerte, del amor y el odio.

472. Así entonces, todo proceso se desarrolla gracias a las
leyes universales del fluido, mecanismo elemental para la interacción. El fluido deberá ser el transportador de los paquetes
de energía y debe ser el constituyente principal del medio ambiente, que pueda contener a todos los cuerpos y sistemas, llegando a todos y a cada uno de ellos.

473. El fluido intelectual se mostraba magnánimo y como
tal sumamente inteligente. En uno de los laboratorios se exponía la forma como uno de los dioses Creadores y Formadores
del Universo, modelaba la manifestación más compleja y bella:
La vida.

474. Utilizando los materiales más extraños para la mayoría de los espectadores, forjaba la base de la forma del ser.

475. En una pieza diminuta, tangible apenas, imposible de
manipularla, aún con los instrumentos más delicados, vertía
su flujo intelectual, su pensamiento, imaginación y fantasía.
Sólo de esta manera se veía que realmente la manipulaba y
unía o desunía, cambiaba de lugar o fijaba las piezas maestras,
una a una, con sumo cuidado, revisando cada ensamble, cada
material. Anotando en un plano la secuencia, la posición de cada parte, su significado y trascendencia.

476. Ahí se mostraba como se escribía el código genético
para la manifestación de la vida en el universo: El ADN y todas sus derivaciones. El código se insertaría en la unidad vital:
La célula. Así, el sentido fundamental de la vida no está en los
cuerpos, sino en las células y es por éste sentido y conciencia
colectiva de las células, que un cuerpo toma conciencia de su
existencia y se convierte en un torrente de intelectualidad. El
cuerpo luego pasa a ser la célula de otro cuerpo mayor o sociedad y de igual manera, de su conciencia brota la intelectuali-

dad de la sociedad o civilización a la que pertenece. Así sucesivamente.

477. El código genético será la instrucción fundamental para la evolución de las formas de la vida en el universo, pero el flujo intelectual modelador sigue proviniendo de la esencia, es decir; de la energía real.

478. Este tipo de actividad se continúa desarrollando hasta la fecha, de tal manera que los científicos aún no entienden el porque de los cambios y mutaciones, donde observan que existen condiciones que cambian o switchean los eslabones de la cadena ADN, como si se tratara de una memoria hereditaria. La manipulación de los genes se debe al flujo intelectual de la entidad esencial que ha decidido trascender en la forma y debe respetar las leyes de la herencia de la familia cósmica.

479. Las leyes de la herencia cósmica son marcas energéticas que deben prevalecer y permitir la identificación familiar original en todas y cada una de sus 144,000 posibles generaciones futuras.

480. Pero lo más complejo de la vida no es la creación, ensamblado, unión o desunión de las células o los cuerpos, con conciencia individual o no. Ni siquiera la construcción de pueblos y grandes civilizaciones o si se alcanza la gestación de todas las generaciones autorizadas o ninguna.

481. Lo más preocupante y complejo es: ¿Qué van a hacer todas estas individualidades, sociedades o civilizaciones, una vez que estén creadas o transformadas?. ¿Cómo van a actuar, dónde van a desarrollarse?. ¿Cuándo empiezan y dónde terminan?. ¿Cuál es su propósito o el objetivo de ser y transformarse?.

482. Se han seleccionado cuidadosamente tres campos principales, pero estrechamente interrelacionados entre sí. Uno será la habilidad impresa en el propio código genético de cada individuo. Otro estará impreso en la información plural del me-

dio ambiente y el más importante de todos, está impregnado en la inteligencia de la unidad vital esencial.

483. La habilidad impresa en el código genético potencia los factores de subsistencia, vivencia natural y vivencia superior, que promueven las facultades evolutivas para un desarrollo más armónico, propiciando las mutaciones más convenientes. El código genético es una herramienta de la evolución y no algo que deba permanecer inmutable. Aún en la forma, el objetivo es alcanzar la perfección y la herencia es un archivo perfectible.

484. El objetivo fundamental, único e insoslayable de la creación es **la felicidad**. La felicidad de los creados y la felicidad de los creadores.

485. Por ningún otro motivo, habría razón para buscar, luchar y alcanzar la perfección en lo creado. Por ningún otro motivo habría que acatar y desarrollarse en armonía con el medio ambiente. Por ningún otro motivo se desearía ser sabio en el amor y uno en la unidad.

486. La información plural impresa en el medio ambiente es donde se desarrollarán todas las actividades de interacción. Donde correrán los fluidos. Donde se trazarán los caminos y las fuerzas de la voluntad y el pensamiento. Propiciarán los sucesos generatrices de la unión y la desunión.

487. El medio ambiente resguardará y ejecutará sin piedad todas las Leyes Naturales, porque su esencia proviene de ellas. Nadie estará por encima de ellas. El medio ambiente lo contendrá todo y sus características dependen de las propiedades intrínsecas de todos los que lo constituyen, por lo que se gestarán innumerables y diversos medios ambientales.

488. El objetivo del medio ambiente es sustentar a todos los elementos contenidos en él y evolucionarlos y evolucionar con ellos, aún en las condiciones más adversas, logósticamente hablando.

489. En el medio ambiente participan todos los procesos, inteligentes y no, por lo que su exhuberancia se magnifica y es responsabilidad de las entidades inteligentes de convivir en armonía, de no transgredir sus leyes, sino por el contrario; sustentarse en ellas para trascender.

490. El medio ambiente se constituye así en el principal promotor de la evolución en la forma y en la esencia, en el pensamiento y en la acción. Se integrará con la pluralidad de las opciones. Opciones físicas de materia, de energía, de acción y reacción. Las opciones propuestas e impresas en la topología del medio ambiente son sumamente importantes, porque permitirán el entrelace del tercer campo forjado por la energía de los procesos inteligentes.

491. En el medio ambiente se establece todo el potencial de las opciones y se fija de manera precisa el sentido, dimensión y característica de cada opción. El medio ambiente se parecerá entonces a un gran tejido, con infinidad de nodos estructurados como un telar, que comunica uno a uno y entre todos en una multiplicidad de nodos, de tal manera que lo que afecta a uno, también a todos, cumpliéndose el principio de continuidad.

492. Una vez constituida la telaraña del medio ambiente y puesta sobre bandeja, entra en acción el tercer campo, quien utiliza inteligentemente las opciones propuestas por los caminos del telar y dar paso al desarrollo de los procesos inteligentes.

493. Paradójicamente, también los fenómenos físicos se desarrollan en ésta maravillosa telaraña, tomando el sentido y dirección, que su dimensión y características físicas y energéticas le señalan.

494. Generalmente, el desarrollo de un fenómeno físico sucede siempre bajo la acción de las leyes naturales, sin más opción, por lo que es posible predecir su magnitud y dirección.

495. Caso contrario es el de los fenómenos inteligentes, donde existe la opción y por tanto la elección para arribar al si-

guiente nodo sin saber aún su posible ubicación, hasta en tanto no se haya tomado la determinación de su avance, retroceso o espera.

496. La actividad y desarrollo de los fenómenos físicos e inteligentes son sumamente dinámicos y en cada instante infinitesimal se están tomando decisiones, concientes o no para la forma del ser, por lo que no hay tregua, pues el universo entero tiene que avanzar.

497. Los cambios más importantes se dan en la base y al nivel estructural más ínfimo elemental y auto sustentable, por lo que no son perceptibles a simple vista. Sólo hasta que su magnitud ha aumentado estratosféricamente y adquiere como conjunto la capacidad de alterar o afectar el telar de su medio ambiente, provocando un cambio repentino, casi siempre devastador respecto a su estatus anterior.

498. Las opciones se agrupan de tres en tres opciones por plano. Sobre el plano Rizohontla se pueden trazar tres grupos, de las cuales ocho opciones tienen dirección y sentido y una opción no tiene decisión, por lo que en total habrá nueve opciones. Pero si se considera su eje vertical, se obtendrá otro plano con igual número de opciones.

499. Sobre el plano Vorcu, las opciones se potencian a un sistema de numeración base 54, por lo que la velocidad de procesamiento debe ser muy alta. Los procesos inteligentes de la energía esencial y los fenómenos de escala astronómica se gestan sobre esta base.

500. Toda opción parte de un estado inicial, que le confiere un nodo en particular. El siguiente paso significa que se tiene que avanzar al siguiente nodo. La elección se centra en los tres grupos de tres opciones, pero sólo se puede tomar una opción a la vez.

501. Un grupo de tres opciones permite clasificarlas en esquemas mas precisos y particulares, pero en general el grupo

sirve para determinar las propiedades fundamentales, que son:
Las tres opciones tienen propiedades logósticas, pero en este
momento, una debe ser en un sentido y la otra en sentido
opuesto, no importa si es buena o mala, positiva o negativa,
neutra o positiva, neutra o negativa, fría o caliente, real o ire-
al. Pero invariablemente una de ellas debe ser una señal inteligente.

502. Así del nodo, dos grupos de tres se integran cabalmente y uno de los grupos tiene la opción de no tomar decisión,
ya que una de sus opciones no puede relacionarse con ninguna
ruta, que le permita ser una opción, no obstante se convierte
en una opción sin decisión.

503. Lo importante es que del nodo parten ocho caminos o
rutas, que llegan a igual número de nodos vecinos, formándose
el primer nivel de comunicación. Cada nodo vecino extiende a
su vez ocho caminos a otros nodos vecinos entre sí y al nodo
inicial, estableciéndose por lo menos una ruta de ida y vuelta
entre ellos y él.

504. Los ocho nodos del primer nivel se enlazan con dieciséis nodos a su vez, que formarán el segundo nivel de comunicación. Cada nodo conserva su opción de no decisión y a la vez
se va entrelazando con opciones de ida y vuelta. Los dieciséis
nodos a su vez se enlazan con veinticuatro nodos nuevos. La
secuencia continúa así hasta el infinito bajo un esquema de numeración de base nueve para las opciones efectivas. Así para el
segundo nivel habrá 72 opciones y 144 para el tercer nivel,
pero efectivos solamente nueve por nodo y una sola opción activa, indicador inequívoco de su presente infinitesimal.

505. Cada nodo es único e irrepetible. Así se trama la más
maravillosa de las telarañas, que llena la totalidad de cualquier medio ambiente en particular y permite la multiplicidad
de opciones, que los sustentados pueden seleccionar para gestar con toda libertad el éxito o fracaso de su evolución.

506. El nodo es el punto topológico preciso en el que se encuentra y de manera maravillosa también es el momento, el

instante auténtico del presente de su evolución, por lo que cada nodo ocupado se instaura como el centro de sí mismo y de su visión del universo. Las condiciones iniciales son en cada instante iniciales, pero impulsoras de los orígenes y los finales infinitesimales.

507. Así, los pasos de una partícula, de un cuerpo o un sistema se pueden trazar sobre la telaraña y ver las opciones que ha tomado en el tiempo y maravillarse del potencial y las posibilidades que puede tomar en su futuro.

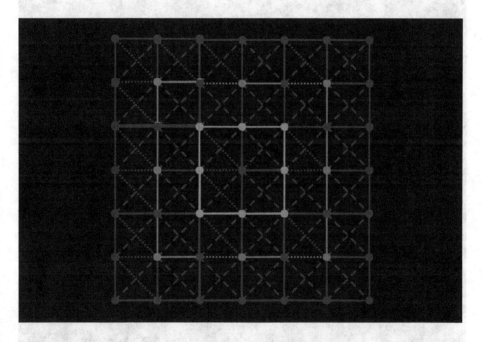

Fig. No. 3.1.- Telar del medio ambiente, niveles de comunicación.

508. Cada nodo es un paso, donde se han establecido las condiciones necesarias, para dar el siguiente paso. Las condiciones varían al recibir ocho estímulos de entrada, de otros tantos nodos vecinos, que aceleran, retardan o apaciguan su respuesta para seleccionar a su vez entre las ocho rutas de salida y responder a las nueve opciones posibles.

509. La trayectoria de una partícula, cuerpo o sistema queda perfectamente definida a través de todas las decisiones que ha tomado a lo largo de su evolución, marcando con precisión sus características pudiendo evaluar el cómo, dónde, cuándo, qué y con quién ha interactuado, así como definir sus dimensiones físicas y su magnitud energética. Si ha crecido o disminuido, si se ha mutado o inmutado.

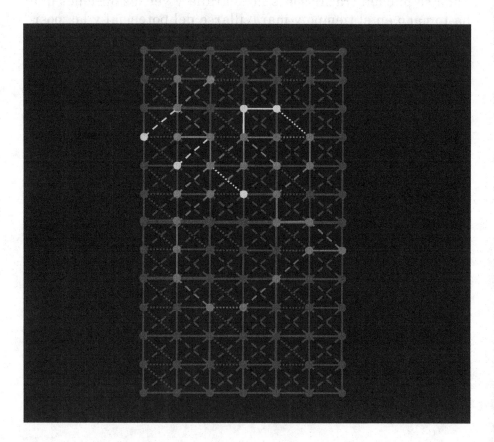

Fig. 3.2.- Camino aleatorio de una partícula, cuerpo o sistema en un telar de medio ambiente.

510. Una de las elecciones más sabia que ofrece este tipo de interacción es que propicia la opción de volver a encontrarse en un nodo anterior, donde ya se estuvo y de manera tácita ofrece la opción de corregir un error, si lo hubo en la toma de decisión anterior o incluso de volver a cometerlo.

511. Sólo que las condiciones no son las mismas, pues al encontrarse en el nodo anterior, éste se verá afectado por la experiencia obtenida en los pasos que se dieron en el futuro.

512. La propiedad de la regresión es una herramienta valiosa, puesta en práctica por los lenguajes hereditarios, que permite mantener el avance evolutivo de la estructura, median te un análisis de reingeniería e incluso de prevenir condiciones ambientales futuras, por lo que se anticipa y construye sus nuevas generaciones, con mejores ventajas para adaptarse con más facilidad a los cambios.

513. Bajo este esquema, nada queda a la deriva y el desarrollo de cualquier fenómeno y estructura no está cien por ciento sujeto a un destino preconcebido, pero tampoco cien por ciento al azar, sino que se opta por la elección, promotora de la libertad, la cual se debe manejar con sabiduría.

514. Porque la libertad puede mal entenderse y en su nombre cometer graves errores. La libertad tiene un precio muy alto y es producto de las decisiones tomadas cuando se han presentado las nueve opciones y se tiene que elegir una.

515. Con todo lo anterior se crea una gran plataforma, capaz de sostener la actividad del universo, con toda su dinámica, todas las energías, con todas sus formas y expresiones. Capaz de contener la inagotable fuente de todos los fluidos del pensamiento, la voluntad, la palabra y la acción.
Capaz de tejer y entretejer la prolífera, diversa y exuberante telaraña de un medio ambiente universal jamás concebido, como el terreno topológico, fértil e inextinguible de las interacciones de las formas y la esencia, conteniendo el medio ambiente intelectual y físico, en constante y profusa interacción.

La energía de gravedad y antigravedad

516. En otro de los salones se exponía de manera sencilla, pero difícil de comprender el principio de atracción universal, tomando como ejemplo la fuerza de gravedad y antigravedad, una de las fuerzas más importante y activa en la formación del universo, bajo la cual se desarrollan todos los fenómenos físicos de la materia y la energía.

517. El principio de atracción universal establece que el semejante atrae a su semejante. La atracción se realiza por tres motivos:

   a) La atracción del semejante para la conglomeración de unidades de las mismas características físicas.

   b) La atracción del semejante para la complementación y la integración de la energía.

   c) La atracción del semejante para la adecuación, según los signos de energía y propiedades físicas de interacción.

518. La atracción del semejante para la conglomeración permite integrar complejas estructuras, teniendo todos los integrantes las mismas propiedades, en carga eléctrica, quantum de energía, peso, volumen y propiedades físicas. Así las nubes intergalácticas, los elementos y los compuestos, como las sales, los minerales, las proteínas, las células, las poblaciones, los planetas, las estrellas y las galaxias pueden constituirse en grandes conglomerados.

519. La atracción del semejante para la complementación es una atracción mas íntima y en cada nivel actúa sobre la parte más elemental. Aplica principalmente para los signos de las cargas, donde las partículas con igual signo se repelen y con signo contrario se atraen. Estas fuerzas de atracción y repulsión son complementarias y sirven para formar el flujo de interacciones necesarias para la gestación precisa y con éxito de las reacciones de tipo químico. La polaridad es sobre la misma escala sólo que en puntos extremos, por lo que el positivo y el negativo es la misma propiedad.

520. Pero su aplicación más importante está en la atracción de los géneros, donde el masculino atrae al femenino y viceversa. La característica fundamental de la atracción del semejante para el complemento es que se convierte en el mismo elemento, el mismo ser, la misma estructura.

521. La atracción del semejante para la adecuación permite la coexistencia de múltiples sistemas, constituyéndose como el medio ambiente íntimo, promotor y actor de las interacciones de aglomeración y complementación de los semejantes.

522. Así, el medio ambiente no se crea de la nada, sino por la presencia misma de cada componente, recibiendo sus dotes de gestación y germinador, que lo hacen distinto, pero con una estrecha relación mutua, de tal manera, que ambos se complementan.

523. Un medio ambiente es afectado por la presencia y actividad de todas las estructuras que habitan en él y a su vez, cada estructura es afectada por los cambios del medio ambiente. Por eso todo lo que sucede en el universo afecta a todo y a cada uno de sus habitantes y estructuras.

524. La fuerza de gravedad y antigravedad corren paralelas, separadas por una membrana infinitesimal, con propiedades energéticas indescriptibles, porque ninguna de las fuerzas podrá colisionar sobre la otra, sino sólo interactuar como un sistema acoplado.

525. El sistema acoplado permite desarrollar y catalizar uno de los fenómenos de transferencia de energía más importantes y elementales, extremadamente complejo y maravilloso, por lo mismo difícil de explicar en este espacio.

526. Este sistema propició la gran explosión, que dio origen al universo y es el mismo arreglo gravitacional que continúa propiciando su evolución hasta el presente.

527. La transferencia de energía esencial primaria en materia másica es un proceso aún desconocido en nuestras civilizaciones del planeta D'uUleu'us.
La fuerza de gravedad y la de antigravedad son semejantes que interaccionan para complementarse entre sí y mantener el equilibrio de sus fuerzas, las cuales se manifiestan en movimiento y peso.

528. La carga de gravedad se une a otra carga de gravedad para conglomerarse, lo que la carga de antigravedad se une a otra carga de antigravedad en el mismo sentido. Pero una fuerza de gravedad, frente a una de antigravedad se repelen para complementarse. Paradójicamente, ambas son inseparables y la existencia de la una tiene implícita la existencia de su complemento.

529. La gravedad y la antigravedad están estrechamente unidas y a la vez desunidas por la membrana quántica. La supremacía de la una sobre la otra se traduce en eventos de proporciones cosmológicas, pero la tendencia inmediata es reestablecer el equilibrio, modificando severamente las condiciones y configuración del universo si es preciso.

530. La transferencia de energía esencial en materia, solamente se logra a través de la membrana quántica que separa a las cargas de la antigravedad y de la gravedad. Del lado de la energía esencial tiene su dominio la antigravedad y todas las estructuras, partículas, elementos, compuestos, células, cuerpos, planetas, estrellas y galaxias constituidas con las propiedades de energía esencial primaria y se sujetan a sus leyes. Mientras que las estructuras y el universo constituido con las propiedades de la materia se sujetan a las leyes de la gravedad, porque ésta es su imagen y semejanza.

531. Pero el conjunto integral del universo energético y el universo material, se sujeta a las leyes de ambas fuerzas, propiciando un conjunto armónico y equilibrado.

532. La interacción de las cargas de gravedad y de la antigravedad hacen posible la sustentación del universo material, incluso de lanzarlo a un proceso de evolución bajo esquemas de libertad, que le ofrecen una inagotable plataforma de opciones, que le permiten constituir la proliferación de formas y fenómenos inconmensurables. Sin esta interacción tan estrecha, el universo material, tal como lo vemos y lo concebimos desarrollando sus fases evolutivas infinitesimales no podría existir.

533. Esta misma interacción permite la sustentación del universo de la energía esencial, que al igual que el universo, desarrolla paralelamente su evolución y hace posible la existencia del Reino de la Gloria y muchos otros, inmersos en lo más oculto del cosmos.

534. La carga de gravedad crece en proporción ligeramente menor a la cantidad de energía esencial transformada en materia másica, debido a un efecto energético secundario, que se manifiesta en una dilatación del espacio, además del efecto propio de la carga gravitacional.

535. La carga de antigravedad disminuye en la misma proporción y con las mismas consecuencias, pero el efecto dilatorio será positivo en el lado del universo material másico y negativo en el lado del universo energético, manteniéndose el equilibro del conjunto cósmico sin alteración alguna.

536. La transformación de energía esencial en materia másica es promovida por el campo antigravitacional. Esta es la fuente de energía, pero esta fuente no brota porque sí y sin orden entrópico, aunque así parezca.

537. Nosotros podremos conocer de la antigravedad solamente a través de la gravedad, su semejante y es así que ahí se mostraba su mecanismo. La fuerza de gravedad es el efecto de

la presencia energética de un cuerpo masivo, cumpliendo con el principio de atracción.

538. La fuerza de gravedad se proyecta hacia el centro de manera radial, independientemente de la forma geométrica del cuerpo, pero su acción se acentúa a medida que se aproxima, por lo que su efecto es inversamente proporcional al cuadrado de su distancia, lo que es perfectamente comprensible hasta el momento.

539. No obstante el centro gravitacional del cuerpo no se posa sobre algo material, por lo que no lo podemos experimentar, ya que sería teóricamente la anulación de todas las fuerzas de gravedad y sería un perfecto vacío de un uno simétrico natural.

540. El centro gravitacional trasciende hasta un centro cosmológico real, donde convergen todas las fuerzas holísticas gravitacionales de los múltiples sistemas de universo – anti-universo.

541. Se mostraban las celdas cuánticas gravitacionales y el arreglo radial, que se proyectaba más allá del límite físico del cuerpo masivo, lo que estratificaba al sistema como un campo mucho más extenso. Así, el horizonte gravitacional alcanzaba en algunos casos hasta cientos de millones de veces el diámetro de la dimensión material del cuerpo.

542. Esta visión explicaba de manera sencilla y clara, que las cargas gravitacionales se extendían como un gran campo y que los cuerpos eran nada mas y nada menos que la condensación de las cargas gravitacionales y entre mayor su concentración, mayor sería la fuerza ejercida en su horizonte de influencia.

543. Para que sucediera la materialización de las cargas gravitacionales, se habrían de forjar y establecer ciertas condiciones, que fueran capaces de crear un centro gravitacional, por lo que no cualquier punto del campo gravitacional se podría constituir en cuerpo. Sólo un punto con propiedades de

centro gravitacional podría ejercer el principio de atracción y de esta manera alcanzar proporciones materiales mas significativas e importantes.

544. Una de tales características era el momentum adquirido por un punto del campo gravitacional, porque no cualquier punto lo adquiría. El movimiento del campo y la actividad dinámica general de las cargas cuánticas gravitacionales aún no atrapadas. Esta actividad al final propiciaba la configuración de gotas cuánticas de materia, imperceptibles desde el punto de vista físico, pero fehacientes y reales desde el punto de vista energético. Es la primera fase de transformación de la energía primaria en energía oscura.

545. Las celdas gravitacionales aparecían como resortes en espiral diagonal, que a medida que se acercaban al centro gravitacional se comprimían más y más, hasta conglomerar a las partículas elementales y luego integrarse en átomos, moléculas y cuerpos cada vez más densos. Caso contrario, hacia el horizonte se ampliaban, siendo mas holgada su compresión. La energía gravitacional circulaba por el resorte de las celdas en una escala cuántica, como perlas en un tobogán de flujo energético, descendiendo literalmente hacia el centro gravitacional.

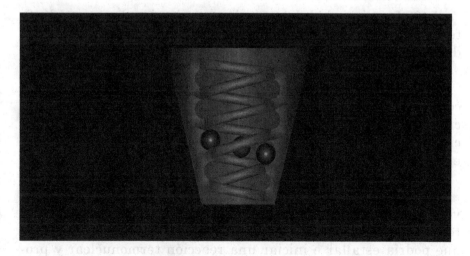

Fig. 3.3.- Cargas gravitacionales en un campo de celdas gravitacional.

546. El arreglo de celdas gravitacionales es extremadamente profuso, pues convergía en cada punto infinitesimal y se
estrechaban adjuntas unas a otra sin mas influencia que lo que
permitía el acomodo espacial de las mismas, pues cubrían todo
el espacio tridimensional del cuerpo y del horizonte.

547. Aquí se demostraba que las fuerzas gravitacionales no
ejercían influencia alguna sobre las cargas vecinas del mismo
plano, sino solo sobre el eje radial, por lo que en cada plano podría establecerse la equivalencia y constante gravitacional perpendicular a dicho plano. El plano deberá ser curvo y geocén-
trico, como cáscaras envolventes geodiséacas, similar a las ca-
pas de una cebolla.

548. Una vez establecida la hegemonía de un cuerpo con
capacidad de campo gravitacional propio, podría continuar su
desarrollo siempre y cuando, pudiera ejercer el principio de
atracción de manera real, es decir; aunque por derecho tiene la
capacidad de atracción, ésta tiene sentido cuando realmente se
ejerce y ello sucede simplemente cuando hay material compati-
ble para atraerlo y retenerlo, donde de hecho es atraído y atrapado, sumándose al cuerpo e incrementando su potencial gravitacional.

549. La propiedad de atracción gravitacional no tiene límite como tal, por lo que un cuerpo puede crecer desproporciona-
damente, siempre que haya material disponible por engullirlo.

550. La concentración de las cargas gravitacionales traen
como consecuencia el desarrollo de otros fenómenos, que se in-
crementan en intensidad a medida que aumenta su concentración. La respuesta de tales fenómenos está, paradójicamente
en la mecánica de las mismas cargas gravitacionales.

551. Así, la reacción a la concentración gravitacional se envolvía en una contrapresión. En el surgimiento de un efecto
terciario de la energía, denominada energía de estado cuántico,
que podría estallar e iniciar una reacción termonuclear y pro-
mover una gran explosión o una reacción auto controlada, la

cual propiciaba de manera mas estable la trasformación de las
moléculas en otras de propiedades diferentes y muy diversas.

552. Todos los eventos catastróficos tienen el propósito de
reestablecer el equilibrio entre los sistemas de cuerpos y galaxias. Esta es la dinámica de los procesos gravitacionales y el
verdadero límite a su voraz apetito, ya que el principio de
atracción no cesa.

553. Finalmente, todo debe implosionar o explotar. Sucumbir bajo su propio campo gravitacional es parte de la dinámica
del proceso.

554. Por la interacción de la gravedad y la antigravedad,
las celdas gravitacionales se ensanchan en los espacios intergalácticos y se contraen en los centros de alta densidad. Ello
permite desarrollar puntos con momentum. Estos puntos con
energía de movimiento interno o espin son la simiente para el
surgimiento de las posibles galaxias, las estrellas y de los sistemas planetarios.

555. La celda gravitacional o antigravitacional se constituye en un quantum, donde se transportan las cargas gravitacionales de un extremo a otro, ejerciendo un impulso en cada uno,
cuyo resultado se traduce en un movimiento bamboleante cuán
tico del campo gravitacional.

556. A gran escala este movimiento es el resultado, cuyo
efecto proyecta el movimiento de rotación de los planetas, las
estrellas, las galaxias y del universo entero, además de la
ganancia en el impulso de interacción entre dos cuerpos y la
fuerza resultante del sistema holístico del universo, que
promueve el movimiento de traslación y el más importante, la
interacción antigravitacional – gravitacional, promotora de la
expansión, ensanchando el horizonte a límites insospechados,
para que los procesos de implosión y explosión del universo
puedan suceder sin limitación alguna.

557. De manera espectacular, el movimiento bamboleante cuántico del campo gravitacional se amplifica en proporción directa al producto de las masas de los cuerpos interactuantes, al intercambiar sus líneas de fuerza gravitacional. Así, un campo gravitacional es un campo con líneas de fuerza logarítmicas en escala cuántica.

558. La organización de las líneas de fuerza, interactúan con el medio ambiente y establecen un plano de acción, para dar sentido y dirección a la influencia de su fuerza gravitacional. Esta línea divisoria generalmente es el plano de rotación, cuando esta velocidad es significativa, pero en el sentido estricto puede ser cualquier plano que corta su centro.

559. Así, un cuerpo que se aproxima a él, formará una curva parabólica según el ángulo de incidencia. La velocidad se incrementará a medida que cae a un campo gravitacional más fuerte. A cada corte del plano se ejercerá una fuerza de atracción, pero si su velocidad es mayor, pasará de largo deflexionando su trayectoria solamente.

560. Al escapar se imprimirá un impulso, restaurando su energía cinética y probablemente incrementándola un poco más, ya que el efecto antigravitacional, de pronto se sentirá liberado.

561. Si por el contrario, queda atrapado en el campo, pero sin colisionar con el cuerpo masivo, llegará a una zona de equilibrio llamada zona orbital y permanecerá orbitando por siempre, si su estatus cinemático lo permite, de lo contrario paulatinamente irá descendiendo, pues la fuerza resultante entre la fuerza de atracción y la centrifuga de la velocidad de escape, irá incrementándose a favor de la fuerza de atracción.

562. La formación de la zona orbital, va a permitir la integración de sistemas de acreción, algunos perfectamente constituidos con planetas, sistemas solares, nubes galácticas y la configuración de la mayoría de las galaxias.

563. En el campo se entretejen las múltiples celdas gravitacionales, cada una reconociendo a su propietario, a su atractor, pero a la vez registrando la influencia del grupo y participando de la gestión social del centro gravitacional. Esto nos muestra la gran sensibilidad de las fuerzas gravitacionales, a tal grado, que es por ello que el universo se consolida como una entidad, que tiende al equilibrio, pero que también se puede dar el lujo de restaurarse con eventos catastróficos, cuando éstos se requieren.

564. Cuando un campo gravitacional se integra por múltiples cuerpos, el centro gravitacional del conjunto se localiza en alguna parte, a veces fuera de los propios cuerpos masivos, lo que nos da cuenta, de la gran sabiduría de la naturaleza, pues el centro gravitacional adquiere aquí su verdadera dimensión y para sorpresa nuestra, esta dimensión no es material.

565. Así, tácitamente la gravedad no es la materia en sí misma, pero sí la promueve y la hace realidad, a tal grado que se manifiesta en ella, por lo tanto la gravedad es la manifestación de la energía que corresponde al mundo físico.

566. Actualmente concebimos la gravedad y la materia como elementos inseparables y atribuimos a la concentración de la materia la intensidad de su campo gravitacional, lo cual es correcto, pues esencia e imagen no pueden estar separadas y la manifestación gravitacional aumenta a medida que se constituye en materia, lo que también es verdadero, sólo que debemos reconocer que el orden es inverso.

567. Antes, que la materia y la antimateria, existe la gravedad y la antigravedad como energías físicas y esencia de energías respectivamente, imperceptibles para una entidad material, pero palpables para una energética. El crisol de la formación de la materia se desarrolla en el proceso de transformación de la energía pura o primaria en energía oscura, donde la gravedad y la antigravedad toman la imagen de su esencia.

568. La organización estructural del universo se funda en su base elemental, que es un conjunto de partículas y energías vinculadas entre sí. La aplicación del principio universal de la atracción constituye nuevos elementos, que serán la base para cada uno de los niveles de su organización.

Así, el átomo es la partícula elemental del universo actual, pero existen universos dentro del Universo, que se sustentan en sus elementos fundamentales para darles funcionalidad.

569. Por lo tanto, las estrellas son el elemento para un universo de galaxias, las galaxias son el elemento para un universo de cúmulo de galaxias, así como los elementos atómicos son la base de un universo de moléculas y células. Las células son el elemento de un cuerpo más complejo, que compone a un cuerpo vivo, quien a su vez es el elemento de un planeta vivo. Un planeta vivo es el elemento de un universo vivo, inmerso en el universo físico.

570. Todo estaba expuesto ahí, desde el proceso singular de una mitosis, hasta el desarrollo astronómico de la gestación, evolución y explosión de una supernova. El tiempo en el presente, pasado y futuro se podía descorrer como un telón de un gran escenario y retroceder si algo no se había comprendido cabalmente.

La admiración de los invitados crecía y se maravillaban a cada paso.

El reacomodo de los 4'032,000 invitados

571. La emoción no paraba y a medida que los visitantes recorrían uno a uno las fases y exposiciones de la formación y creación del universo, comprendían mejor la razón de a cuanto se le ha dado forma. Comprendieron la importancia de la creación y que la gran obra no sólo merecía un reconocimiento universal, sino de cultivar y preservar lo más posible su desarrollo. Preservar tantas y tantas facetas, que alentaban la imaginación y fantasía de cualquiera, hasta la predicción de lo posible y de lo imposible, de lo perecedero y lo eterno.

572. Algunos, experimentaban en su forma incluso, las sensaciones más triviales como el soplo del viento etéreo sobre su rostro al correr en una pista de carreras o al subirse en la Rueda de la Fortuna. No había momento para el sosiego, porque se acercaba el instante en que todo lo expuesto desaparecería o mejor dicho; cambiaría de dimensión, para continuar con el siguiente acto.

573. No obstante, la mayoría había alcanzado a echar un vistazo a todo lo creado y formado en el universo. El asombro y alegría, que experimentaban por primera vez, todos y cada uno de los invitados era indescriptible, pero quedaba una sensación de satisfacción inconclusa y no, como si todo aquello fuera realmente una invitación para continuar la edificación del universo.

574. La mayoría rumiaba en su imaginación y pensamiento, todo lo que podrían ver, sentir y construir en el joven universo y... cuando su éxtasis era más profundo y se encontraban inmersos en una fantasía colectiva... de pronto, el espacio etéreo de la plaza manga Ooruhjso se llenó del atronador llamado de las 28 trompetas.

575. Los estantes, los inmensos corredores, juegos, teatros, kioscos de alimentos y bebidas, arenas de toros y jaripeos, gimnasios, pistas y cuantos habían sido expuestos, mostrando la magnificencia del universo... Todo desapareció en un abrir y cerrar de ojos.

576. Ahora, se encontraban frente a la pirámide y delante de los 28 ancianos se manifestaron 28 jóvenes alados, cubiertos por una túnica de luz áurea. Sus rostros profundamente serenos, sencillos y libres de maquillaje, mostraban la virtud de la mansedumbre. Pero lo más asombroso era que se podía percibir en ellos su figura perfectamente palpable y corpórea. Los rasgos de su rostro eran perfectos, nariz y mentón afilados, ojos grandes, profundos y de mirada apacible, boca pequeña pero bien proporcionada, labios semigruesos esbozando una mueca de alegría interna imperceptible apenas. Su cuerpo se erguía incólume en actitud marcial.

577. Sus proporciones eran perfectas y en su conjunto se percibían como una obra perfecta, armónica y admirable, que bien podría invitar a la soberbia, a la autoadulación y a la arrogancia. No obstante su inigualable belleza deberá irradiar y manifestar con toda la fuerza posible a un ser humilde en toda la gama de su esencia y de su forma.

578. Los 28 jóvenes alados tomaron sus trompetas y entonaron las fanfarrias de la segunda llamada.

579. Esta sensación llegó a todos los invitados, que ya rodeaban la pirámide y se acercaban cada vez. Sin duda que ellos representaban un mensaje o una clave, que el Padre Formador y Creador del universo deseaba mostrarles, no tanto porque no entendieran, sino porque seguramente se enfrentarían a una situación, que les demandaría mansedumbre, como virtud principal para alcanzar el éxito.

580. Al pie de la pirámide, se abrieron cuatro puertas, una en cada uno de los cuatro costados. En el interior se veía un escenario maravilloso. Para entonces, ya todos los invitados estaban a la expectativa del siguiente suceso.

581. Los 28 jóvenes alados alzaron sus trompetas y con precisión pautada tocaron las fanfarrias de la tercera llamada.

582. Todos fueron invitados a entrar al interior de la pirámide y ocupar el número de asiento en el palco y la ubicación de éste que tenían asignado en el boleto, el cual recibían al momento de cruzar la puerta. Por las cuatro puertas ingresaron todos y cada uno e inmediatamente se encontraron en salones amplios y bien señalados, que indicaban la trayectoria del laberinto de pasillos, bien trazados, con escaleras que subían o bajaban, conduciendo a cada uno de los palcos.

583. En el interior de la pirámide se alzaba una gran bóveda esférica, que llenaba toda la dimensión de la pirámide hacia sus siete puntos cardinales y sobre su superficie interna se encontraban los palcos, alineados radialmente hacia el centro de la esfera. Había 448,000 palcos, con nueve asientos cada uno, simétricamente distribuidos en toda la superficie, excepto en la parte superior e inferior, donde se dejaba un claro y se podía observar en su profundidad un hueco de tres adritas de diámetro.

584. El diseño arquitectónico del magno salón era excepcional y cumplía con todos los criterios de ingeniería, con todos los detalles de funcionalidad, belleza y magia. Cada palco se había diseñado con todas las comodidades, que aseguraban el confort de los espectadores. Se incluían equipos climáticos monitoreados con una sofisticada red de sensores de humedad, temperatura, turbiedad, olores, tal que garantizaban la calidad del medio ambiente. Todos los posibles contaminantes se extraían por ductos y pasaban por tratadores del medio ambiente y la restitución de la calidad del medio etéreo se mantenía por inyectores de éter fresco.

585. El diseño evitaba contaminar el medio ambiente interior de la gran esfera, por la presencia de los 4'032,000 invitados, que por primera vez se reunían bajo un mismo techo. Seguramente, resulta extraño pensar en consecuencias contaminantes debido a la presencia de seres vivos, como los habitantes del Reino de la Gloria, pero es ley natural que cualquier tipo de ser vivo, aún los más avanzados, estructurados por pura energía tienen un intercambio activo con su medio ambiente e igualmente ponen en acción y reacción sus fluidos. Así, cualquier tipo de ser, sustentado en cualquier tipo de medio ambiente del universo - antiuniverso y reinos debe considerar la potencialidad contaminante de su presencia.

586. El espacio completo de la esfera daba una gran sensación de espectacularidad, que aunque se encontraba vacío, se percibía un halo mágico y de misterio. Al otro extremo, arriba y abajo, al lado derecho e izquierdo se podían ver a cada uno de los invitados, que poco a poco iban ocupando su lugar. Las voces y los murmullos se ahogaban en el gran espacio vacío de la inmensa esfera.

587. Por primera vez los invitados estaban sentados frente a frente. Por primera vez se observaban y se veían el uno al otro. Por primera vez sentían que se conocían o que pretendían conocerse. Esto fue algo que de manera sorprendente estaban descubriendo y los mantenía inquietos, pero a la vez; plenos de entusiasmo, de anhelo por estrechar al semejante. El sentimiento de solidaridad se manifestaba por primera vez en ellos y daban gracias al Padre Formador y Creador por reunirlos ahí y embargarlos con tan nobles sentimientos.

588. De manera espontánea alguien empezó a cantar solemne, con voz nítida de barítono, cuidadosamente afinada y excelsa: "Giiiimsooodeeenaaaaaos". Al momento se le unieron otras voces y en poco mas, todos los invitados cantaban, profundamente solemnes y emocionados. Se pusieron de pie y entonaron con toda la emoción su canto. El espacio vacío se llenó de voces y cantó con ellos: "Giiiimsooodeeenaaaaaos" "Giiiimsooodeeenaaaaaos" "Giiiimsooodeeenaaaaaos".

589. Mientras, un rayo de luz descendía lentamente desde el hoyo negro de la cima, como una gota de fuego intensa y radiante, pero sin lastimar las miradas. Llegó hasta el centro espacial de aquel imponente recinto y desde ahí, suspendido de manera natural, resplandeció con más fuerza, iluminando armoniosamente todo el escenario. El canto cesó.

590. Luego, la gota de luz se bifurcó en un laberinto de senderos. Con imágenes holográficas descifró paso a paso la forma como estaba construida la gran plaza Ooruhjso.

Escenificó la forma como estaban contruidos los estadios y los patios, las puertas anulares de ingreso y salida a cada uno, así como la ubicación precisa, donde cada uno de los invitados sería hospedado, para los siguientes siete ciclos del tiempo del no tiempo que durará la magna celebración.

591. Cada uno de los invitados deberá tomar nota de su destino y conocer sobre todo, la forma como debe transitar por el Laberinto de la Rosa de su respectivo estadio, para que pueda llegar a su lugar, con el menor de los contratiempos.

592. Cada uno recibiría un código secreto, único e inteligible solo por él, el cual señalará las puertas y su estado energético para abrirla, cerrarla o inhabilitarla si fuera preciso. Este código estará en su mente y se activará por su voluntad, dirigida por su pensamiento, para que realmente tenga fuerza y se traduzca en acción.

593. El código será estrictamente personal, pues involucra vibraciones de su entidad energética, que lo hacen único en el Reino de la Gloria, no obstante se han tomado las previsiones para que no ocurra la posible usurpación por una entidad ajena a él, ya sea por error o deliberadamente.

594. Sobre el espacio etéreo del gran recinto, se escenificaba total e íntegramente la gran plaza y cada uno de los invitados pudo observar la clave, que identificaba el lugar de su residencia en lo sucesivo. Esto no lo podría olvidar jamás durante todo el tiempo que durará la celebración. La clave solo él la miraba, solo él la identificaba, nadie mas; aunque todos observaban todo, la clave no la veía nadie, mas que el interesado.

595. Una vez que todos memorizaron su clave y comprendieron la estructuración de la magna plaza. La forma como deberían conducirse en los laberintos, se establecieron tres reglas principales: Primera: Se permite la ayuda de un primer guía, quien debe ser el padre de la familia. Segunda: Se permite la ayuda de un segundo guía, que debe ser el jefe político del patio. Tercera: Pero el único responsable de su éxito o extravío será cada uno.

596. Si un miembro de una familia se extravía en los laberintos, la familia deberá ayudarlo. Se le permitirá al padre salir en su búsqueda y se considerará que ha tenido éxito, hasta el momento en que se encuentre unida y a salvo en el lugar que le corresponde.

597. Todo esto así se ha dicho y repetido enfáticamente, porque los invitados aún no saben lo que significa transitar por el Laberinto de la Rosa.

598. De pronto, la imagen holográfica de la gran plaza se desvaneció y quedó la gota de luz sobre el centro geométrico del gran recinto. Permaneció por breves instantes en absoluta quietud. Nuevamente, todos los invitados se podían ver entre sí y sorprendidos notaban un cambio súbito en sus estados de energía. Era como si de pronto se encontraran ansiosos de entrar en combate, aunque alegres, nítidos en su ser de luz, pero expectantes por algo desconocido, pero sin que ello les causara angustia o zozobra alguna.

599. De la gota de luz, se desprendió un rayo y se posó sobre la entidad de uno de los invitados, luego otro rayo de color diferente al primero se proyectó y se posó sobre otro, otro rayo a diferente frecuencia sobre otro y así sucesivamente hasta que 4'032,000 rayos de luz, todos distintos uno de los otros, se posaron sobre la respectiva identidad de cada uno de los invitados.

600. Se había inscrito el código secreto sobre cada uno. Ahora, ya tenían las llaves para ingresar y egresar al lugar de su residencia.

601. Los 28 jóvenes alados, manifestores de la virtud de la mansedumbre descendieron en siete grupos de cuatro, girando en caída libre sobre un eje central imaginario, de tal manera que dibujaban una danza ritual. Llegaron hasta la gota de luz y la rodearon. Formaron una pirámide de base 14, con cuatro cuerpos de siete, cuatro, dos y uno y en su cúspide posaron la luz y la ascendieron, sin que realmente lo necesitara, sino sólo porque era parte del ritual.

602. En su asunción desplegaron de su base, 496 rayos, que a corta distancia se bifurcaron en 8,128 gotas, simulando una gran corona y ascendieron lentamente, hasta que salieron del magno recinto. Todo lo sucedido y la forma como ocurrió tenia un gran significado.

603. Los habitantes del Reino lo habían comprendido y solamente debían permanecer unos instantes mas en el gran recinto, para luego iniciar la marcha hacia los estadios.

Estos breves momentos que se les pedía, aunque nadie se los dijo eran sumamente importantes, pues la hora de meditar y autoevaluarse había llegado. Enfrentarse ante sí mismos y hacer un proyecto de vida, para los siete ciclos del tiempo del no tiempo, que estaba por iniciarse debía concretarse ahora.

604. El gran recinto quedó en completa oscuridad y en su profundidad sólo se podían observar la tenue luz de la esencia de cada uno de los invitados, que se proyectaba en la lejanía sobre la bóveda, como el resplandor de las estrellas tildando en una noche negra. Era como si de pronto el magno escenario se hubiese convertido en el embrujo de una noche profundamente oscura, para mostrarnos la magnificencia del universo, desde algún punto remoto.

Se percibía la sensación de estar suspendido en medio del campo de un espacio infinito. El silencio era absoluto, lo que encumbraba mas la sensación de soledad; pero la soledad que ayuda a encontrarse consigo mismo.

605. Ensimismados, absortos y profundamente reflexivos, pasó el tiempo, nadie sabe cuanto, pero sí mucho tiempo; del

tiempo como lo comprendemos, pero no mucho de aquel tipo de tiempo.

606. Y en efecto, el universo entero se había metido en el gran recinto o el recinto en el universo, eso no importaba. Lo verdaderamente creíble es que la manifestación del universo estaba ahí, mostrando su inmensidad, su belleza, su silencio absoluto en la profundidad de la oscuridad, para maximizar la grandeza de sus estrellas, nubes galácticas y galaxias.

607. Pero no, ello era solamente una ilusión para encontrar la clave en un cielo estrellado, porque igualmente podría ser que cada uno fuera el mismo universo o el pensamiento, la acción o tan solo la imagen del verdadero universo.

608. En el momento de mayor quietud, en el que probablemente se había descifrado el enigma y por tanto la meditación llegaba a su clímax, un espectáculo súbito y sin igual rasgó sin piedad la engreída oscuridad de la noche, hasta entonces dueña y señora del universo inmenso.

609. Desde un punto muy lejano, porque nadie se percató de donde provino, pero llegó y desvaneció por completo la oscuridad.

El resplandor de más de 1'000,000 de soles estrecharon la inmensidad del universo, ocultando lo inmensamente lejano y dio luz a lo próximo.

610. La explosión de la hipernova Efrewndefi sucedía con toda su fuerza y su luz llegó hasta la gran plaza y entró por los huecos inferior y superior de la gran pirámide e iluminó su recinto. Su resplandor opacó cualquier otro tipo de luz y develó la grandeza de su magnanimidad, tal como era.

611. Los invitados salieron de su mutismo y atónitos observaron el fenómeno de la magna explosión. Ahora, se podían ver los unos a los otros con gran claridad y detalle. Se alegraron tanto, porque conociendo a los otros se conocían a sí mismos y daban gracias al Padre Creador y Formador del universo.

612. La explosión de la hipernova Efrewndefi era la clave para iniciar el camino hacia las explanadas de los estadios, por lo que todos los invitados se levantaron y salieron del magno recinto de la pirámide. La luz de la gran explosión los guiará durante su travesía por el Laberinto de la Rosa.

613. En el exterior, la explosión de la hipernova era indescriptiblemente bella y atemorizante a la vez, pues se podía observar en toda su magnitud. Todos los invitados se detuvieron por breves instantes para admirarla con detenimiento.

No había duda de que era un espectáculo sin igual y su fuerza duraría algún tiempo, probablemente el tiempo suficiente para llegar a los patios respectivos de cada uno, cruzando los senderos del Laberinto de la Rosa. Por lo que de alguna manera, ello también era una premura iniciar cuanto antes el camino a los estadios.

614. Aprovechar la claridad de la estrella era prioritario, pues seguramente el camino sería mas preciso al andarlo. Descubrir la clave en las bifurcaciones del laberinto, también sería mas fácil bajo su resplandor. De lo contrario, si alguien se encontraba todavía en el laberinto cuando su luz se extinguiera, encontrar la salida correcta, para ingresar al patio correcto iba a ser más difícil y un posible error, lo podría llevar a parajes inhóspitos y completamente adversos a su identidad. Reingresar al laberinto sería doblemente difícil y podría permanecer extraviado por toda la eternidad.

615. Todas estas inquietudes las iban deduciendo a medida que avanzaban por las calzadas hacia las puertas de ingreso a los estadios respectivos. *"Sí, lo más probable es que los caminos del laberinto sean realmente senderos intergalácticos. Por eso, los fenómenos del universo están estrechamente relacionados, hasta lo que ahora ha sucedido y muchas de las claves se encuentran ahí".*

616. *"Sí, seguramente el Reino de la Gloria estaba inmerso en el universo mismo o el universo en el Reino, pero ambos dos y todos en uno. Así es. Sí, seguramente uno dentro del otro o el*

otro dentro del uno, para ser el todo en uno solo... Sí, segura-mente". Reflexionaban...

617. Ensimismados, la multitud avanzaba por las cuatro calzadas. Sentían una profunda emoción, pero a la vez un dejo de temor los inquietaba un poco. Sentimientos encontrados, los cuales nunca antes habían experimentado. Ahora los mantenía con un pulso acelerado, pero reflexivo y contemplativo, lo que a su vez; no permitía un desbordamiento de pasión, ni los sometía a una obstinada sugestión. De cualquier manera lo que estaban a punto de iniciar era una gran aventura.

618. Un poco mas reanimados, todavía se dieron tiempo para echar un vistazo a la magna plaza, que iluminada por la gran estrella se levantaba exuberante y soberbia, belleza sin igual de lo que no se habían percatado. La flama del peletero de la pirámide aún así sobresalía tenue pero bien dibujada sobre el fondo iluminado del espacio etéreo del valle, ondulando suavemente ante un leve viento, que soplaba imperceptible en el espacio intergaláctico.

619. El polvo nebular de las calzadas resplandecía diáfano con un color blanco cristal, porque la luz estaba dentro de él. Era como si la estrella hipernova se hubiera metido en el polvo y resplandeciera hacia fuera de sí y no para sí. Era como si caminaran sobre el polvo de la estrella y en su ondular aterciopelado guiara sus pasos al lugar preciso.

620. Cada familia se dirigió al campus que le correspondía y una vez frente al campus se dirigieron a la puerta de su estadio. En cada una de las ocho puertas de ingreso al campus se desplegaba el glifo y nombre que identificaba a cada uno de los siete estadios correspondiente a dicho campus. Luego a pocas adritas de distancia del camino se bifurcaba, en siete puertas majestuosas sobre la que se señalaba nuevamente el nombre de cada uno de los estadios, lo que indicaba el rumbo preciso, que cada invitado debería de tomar.

621. El campus Seab Nebilam, era el primero que se nombraba y sus siete estadios hacían referencia a él. Así los nom-

bres de cada estadio estaban perfectamente identificados y relacionados con su campus.

622. ● **Nalibem**, era el glifo numérico y nombre del primer estadio. La puerta majestuosa e imponente parecía infranqueable pues su exuberante tallado estilo barroco, obligaba a cualquiera a detenerse para observar asombrado todo lo que ahí estaba esculpido, finamente tallado, con incrustaciones de uno de los materiales más preciados del universo, llamado eluntleempro y madera fina. Más no solo debía detenerse para admirarla sino para interpretar los códigos e instrucciones, que ahí se escribían. De su buena interpretación y memoria dependía el éxito de la travesía por el laberinto de la Rosa.

623. ☽ **Elibnam**, era el glifo numérico y nombre del segundo estadio. Igual que el primero, en su puerta se esculpían los códigos y detalles más importantes para alcanzar el éxito en la travesía del laberinto.

624. ○ **Lambeni**, número y nombre del tercer estadio.

625. ◉ **Biamlen**, glifo y nombre del cuarto estadio.

626. ☉ **Iblanem**, número y nombre del quinto estadio.

627. ◎ **Almenbi**, número y nombre del sexto estadio.

628. ▬ **Minbela**, séptimo estadio.

629. El campus Xeos Dooariom, era el segundo que se nombraba e igualmente sus siete estadios hacían referencia a su dominio. La primera puerta que permitía el acceso a las majestuosas puertas de ingreso a los estadios, se alzaba imponente, construido en un arco trebolizado hacia los siete puntos cardinales. A pocas adritas de la entrada se imponía la magnificencia de las siete puertas que bifurcaban el camino hacia los respectivos estadios. Las instrucciones y códigos estaban escritos en el mismo lenguaje enigmático e indescifrable para nuestra

inteligencia, pero precisos e invaluables sin duda para lograr una travesía exitosa por el laberinto.

630. ♨ **Oiamodor**, era el glifo numérico y nombre del primer estadio.

631. ͗ **Diomaroo**, segundo estadio.

632. ͝ **Irodmooa**, tercer estadio.

633. ͝ **Adomorai**, cuarto estadio.

634. ͝ **Rooiomad**, quinto estadio.

635. ͝ **Modoroia**, sexto estadio.

636. ͝ **Omoarodi**, séptimo estadio.

637. El campus Miaflia Urrpagaze, era el tercero que se nombraba. La relación con sus siente estadios era igualmente estrecha y de completo dominio. Las ocho puertas de ingreso eran idénticas, pues representaban el interés común de todos los invitados, aunque para simplificar hemos hecho referencia como si sólo fuera una. Así es en todos y cada uno de los campus. Como el campus tiene perfectamente delimitados siete estadios. Las puertas de ingreso son de un diseño especial, de tal manera que permiten el transitar por ellas en doble sentido, pero solo actúan regulando el ingreso. El ingreso a un estadio se hará por un camino directo y alterno a los senderos del laberinto. El camino recto permitirá el acceso al centro de cada estadio y a partir de ahí se entraba a la encrucijada indescifrable de los caminos del laberinto hasta llegar al patio respectivo.

638. Cuando se ingresaba a los estadios desde la plaza Ooruhjso, este camino era como un atajo que facilitaba llegar inmediatamente al centro de cada estadio, para luego emprender la verdadera odisea, hacia los patios.

Cuando el andar sea desde los patios hacia la plaza, se transitará por los senderos del laberinto y se podrá salir por

cualquiera de las ocho puertas, Aunque solo cuatro comunican
directamente a las calzadas de la plaza. Las otras cuatro se intercomunican con los estadios contiguos entre sí.

639. $\overset{\bullet}{=}$ **Gapzarreu**, primer estadio.

640. $\overset{?}{=}$ **Epazarrug**, segundo estadio.

641. $\overset{\bigcirc}{=}$ **Parrzugea**, tercer estadio.

642. $\overset{\circledcirc}{=}$ **Zerragapu**, cuarto estadio.

643. $\overset{\textcircled{\tiny 2}}{=}$ **Apezagurr**, quinto estadio.

644. $\overset{\circledcirc}{=}$ **Urrepgaaz**, sexto estadio.

645. ●● **Rrapuzage**, séptimo estadio.

646. El campus Gharo Zurcludosirda era el cuarto campus
que se nombraba, con sus siete estadios y sus enimágticas
puertas, profusamente talladas en glifos codificados e inverosímiles instrucciones, que daban cuenta y seña de todos los cui-
dados que deberán observar durante la travesía por los senderos del laberinto.

647. ● ? **Srduzorcaludi**, primer estadio del campus
gharo.

648. ●○ **Ucordudirszal**, segundo estadio.

649. ●◉ **Rudulcrazdiso**, tercer estadio.

650. ●② **Ozirladusdurc**, cuarto estadio.

651. ●◎ **Liuscrudodzar**, quinto estadio.

652. ●— **Zdardesiroluu**, sexto estadio.

653. ●⠢ **Isludieracuzd**, séptimo estadio.

654. Los primeros invitados llegaron ante la puerta de su respectivo estadio, y poco tiempo después todos los demás. Esperaron pacientes y mientras esperaban admiraron y estudiaron sus códigos e instrucciones. La puerta permanecía cerrada, pero ellos intuían que todavía no era el momento de intentar abrirla y esperaron.

655. Por primera vez, solo por ésta vez, la puerta debía ser abierta por la más insigne manifestación del anciano resguardador del estadio. Y así se hizo.

656. Finalmente, la puerta se cimbró sobre sí misma y lentamente desplegó sus dos hojas colosales. Todos permanecieron silenciosos y expectantes, conteniendo el aliento. Del lado interior, al centro, frente a ellos se erguía la figura iluminada de un anciano venerable, expresando en contraste una actitud juvenil. Su halo infundía respeto, pero a la vez una absoluta confianza.

657. Sin mas preámbulo, con un ademán de bienvenida, invitó a pasar a la primera familia. Los bendijo y de alguna manera, verificaba la clave inscrita en ellos, cuando el rayo de luz se posó sobre su esencia, durante los eventos en el salón magno de la pirámide Ounfirt, que les aseguraba su lugar en ese estadio. Con ello se evitaba cualquier error o confusión.

658. Una vez confirmado, que la familia se hospedaría durante los siguientes siete ciclos del tiempo del no tiempo, en dicho estadio, el anciano se acercaba al padre de familia y lo ungía, colocando sus manos sobre la cabeza, al mismo tiempo que le daba un mensaje. *"Groseala!!!. Iugaeleutscre, Ilpareleutscre miafliatedu. Yosladau shata nilafle!!!"*, decía con voz solemne, pero en susurro de tal manera que sólo el padre de la familia lo escuchaba.

659. Lugo, la familia junta desaparecían en la profundidad de un túnel, que no se le veía fondo, ni luz alguna, solamente el tildar breve de la luz propia de los miembros de la familia, que en un abrir y cerrar de ojos se desvanecían. Mientras tanto el anciano invitaba a pasar a la siguiente familia. Así, hasta

que un total de nueve familias fueron recibidas. Una vez que la novena familia se desvaneció en el túnel, la colosal puerta se volvía a cerrar.

660. Para esto, ya habían llegado mas invitados. Para los recién llegados y para los que ya se encontraban presentes era la oportunidad de volver a admirar, pero sobre todo para descifrar e interpretar correctamente los códigos e instrucciones, profusamente tallados en la gran puerta. Verdaderamente era algo que tenía que mirarse con atención y hacer uso del más encumbrado ingenio para su comprensión y cabal entendimiento. Y eso que todos los invitados eran los seres más inteligentes de la creación. No había en el universo entero seres superiores a ellos, aún así; se les dificultaba, por lo que habría que dar oportunidad, tras oportunidad, cuantas veces fueran necesarias, porque el objetivo primordial de todo lo que acontece en el universo es alcanzar el éxito, la perfección y la eternidad, incluido el Reino de la Gloria, porque si no logras el éxito, no obtendrás las simientes para cultivar la perfección y en consecuencia tampoco se puede aspirar al más leve esbozo de la eternidad.

661. Nosotros, ni el más insignificante signo pudríamos descifrar, por lo que no tiene caso aventurarnos en tal intento. Nuestra frustración sería rotunda e inmediatamente palpable.

662. Lo que estaba profusamente tallado en la colosal puerta era un mensaje personal para cada invitado, por lo que cada quien lo debía interpretar para sí. Ello evitaba de manera magistral que se establecieran consultas, comentarios o liderazgos entre los invitados. El mensaje era preciso solo para cada uno, por lo que se evitaban las malas interpretaciones, al tratar de influir en la forma de entender o en la visión de los demás. Si algo pudiera comentarse entre ellos, carecía de sentido, por lo que no sabrían entre sí de qué estaban hablando. Así, la misma gran estela, de talle encomiable tendría 144,000 significados, pero sobre todo interpretaciones distintas, paradójicamente verdaderas.

663. Para tener una vaga idea de lo que representaban los glifos y signos tallados profusamente en la gran puerta, se nos ha dicho, que ahí están escritos 729 libros, divididos en tres grandes secciones. En la primera sección se encuentran los 400 libros, donde se describen los códigos propios y procedimientos que deberían seguir cada uno de los 144,000 invitados a la magna celebración, que se hospedarán durante los siete ciclos del tiempo del no tiempo en dicho estadio. De ellos 14 libros compilan normas cívicas y de urbanidad generales de estricta observancia. En la segunda sección están tallados 243 libros de gran interés común, donde se describen los diferentes medios ambientes y las condiciones que prevalecen en ellos, sus leyes y la forma como deberán de integrarse con sabiduría en los diferentes medios ambientales, a los que se habrán de enfrentar durante los ciclos del tiempo del no tiempo. En la tercera sección se describen los 72 libros sagrados de sumo interés común, donde se describen los 52 principios elementales y los 28 principios de sabiduría, que conllevan la armonía del universo entero.

664. De ahí, que el procedimiento de verificación e ingreso a los patios de cada estadio sea tan minucioso y pausado, como se ha descrito.

665. Al poco tiempo, la gran puerta se volvió a cimbrar sobre sus goznes y se abrió de par en par, apareciendo de nuevo en el lado interior la magnánima silueta del anciano de actitud juvenil, bañada en luz, extendiendo sus brazos para recibir a la décima familia. Después de recibir a la dieciochava familia, la colosal puerta volvió a cerrarse.

666. Este procedimiento se aplicaba al unísono en las puertas de entrada de todos los estadios, así que simultáneamente ingresaban 252 familias por turno.

667. El túnel que comunicaba a la colosal puerta de entrada a cada estadio y el centro del mismo, tenía un diseño único en el universo. La familia, como una sola unidad viajaba en él a una velocidad increíble. A una velocidad mayor incluso que la velocidad de la luz, de tal manera que en un abrir y cerrar

de ojos se encontraban al final del túnel en una gran sala circular, con doce puertas anulares, simétricamente distribuidas sobre los muros del recinto y una al centro, bajo el piso de donde habían emergido.

668. A pesar de tal velocidad y tal vez por ella misma es que cada uno de los seres experimentaban la realidad más irreal, que jamás hayan contemplado. Podían sentir la gran fuerza asida a sus esencias. Podían percibir la incorruptibilidad de la energía más pura y excelsa del universo: El Pensamiento. Se adentraron en el pensamiento, tanto que sintieron su Verdadera Presencia. Sin duda: Era la energía auténtica del pensamiento del mismísimo Padre Formador y Creador del universo, que en persona los transportaba, hacia su destino. Era un fluido de energía tan armonioso, a pesar de su exhuberancia fantasiosa como ninguna. Armonioso, a pesar de su frenética e incesante creatividad.

669. Viajar en el pensamiento del mismo Padre Formador y Creador del universo era un lujo, un privilegio, que debía aprovecharse, para empaparse de toda la armonía posible, para sentirse en plenitud, verdaderamente grandioso y tocado por la gran fuerza de cada uno de los cuatro atributos elementales, más encomiables del universo entero. Palpar, estar y ser parte del Pensamiento del Padre Formador y Creador no tiene paralelo alguno, aunque; desafortunadamente por su misma esencia sea incomprensible.

670. Esto era el túnel que enlazaba la puerta colosal del estadio a su centro. Una línea fugas, extremadamente fina, aparentemente frágil, pero no; porque era el hilo energético irrompible del pensamiento del Padre Formador y Creador. Viajar en estas circunstancias lo hacia a todas luces placentero, seguro y cualquier trayectoria por extensa que ésta fuera; se sentirá breve, tan extremadamente corta, que la mayoría de los invitados difícilmente se han enterado de ello.

Las puertas a los patios.

671. De nueva cuenta, se encontraban ahora ante otro dilema. Había que elegir entre las doce puertas anulares. Las puertas tenían una superficie líquida, sumamente tersa, cristalina, casi transparente, pero se percibían cerradas por el momento. Una vez que sensaron la presencia de los primeros invitados, se encendieron y empezó a descorrer un listado de glifos numéricos y nombres. Se descorrían como si fueran los créditos de una cinta cinematográfica o el programa de vuelos de una terminal aéreo puertaria cósmica.

672. Pero, Oh!!! Desventura, las doce puertas exponían exactamente los mismos glifos y nombres, lo que dificultaba la elección y no. No, porque se podría elegir cualquier puerta y sí, porque seguramente todos los senderos celestes del laberinto de la Rosa, comunicaban a todos los patios, sólo que algunos tendrían más obstáculos o el camino sería mas largo, con mas encrucijadas y la posibilidad de cometer graves errores.

673. No obstante, un análisis cuidadoso daba la clave para elegir la puerta correcta. De ello, solo el padre de familia podría percatarse, si intuía que debería esperar una señal y coincidir con ella en el momento preciso y ante la puerta asignada. Esta clave era única y descifrable solo por él, así aunque hubiera la presencia de mas padres de familia en la sala, no podrán advertir la señal de otro, sino sólo al que correspondía.

674. Las doce puertas se convirtieron así en doce pantallas fluorescentes, como de televisión de plasma líquido y publicaban sus mensajes a la usanza de la edad de piedra de las telecomunicaciones. Si acaso lo que les adelantaba un poco era la expresión de la clave sólo legible por el destinatario y que fueran traspasadas sin ser físicamente abiertas.

675. Los nombres de cada uno de los patios del estadio se rolaban en las pantallas de las doce puertas al mismo tiempo.

676. Cada patio tenía una relación estrecha a su estadio y así se describía para el entendimiento de los invitados. Los 52 patios del estadio Nalibem se describían por su glifo numérico y nombre, más un sufijo para la referencia del estadio.

677. • $\overset{\jmath}{\underline{}}$ Bnid-Na, número y nombre del 1er patio.

678. • $\underset{\overline{}}{\text{O}}$ Almrix-Na, número y nombre del 2do patio.

679. • $\underset{\overline{}}{\text{\textcircled{o}}}$ Mab-Na, número y nombre del 3er patio.

680. • $\underset{\overline{}}{\text{\textcircled{o}}}$ Ibe-Na, patio 4to.

681. • $\underset{\overline{}}{\text{\textcircled{o}}}$ Emne.Na, patio 5to.

682. • $\equiv$ Ninb-Na, patio 6to.

683. • $\overset{\bullet}{\equiv}$ Ynmi-Na, patio 7mo.

684. • $\overset{\jmath}{\equiv}$ Sotna-Na, patio 8vo.

685. • $\overset{\text{O}}{\equiv}$ Pdocae-Na, patio 9no.

686. • $\overset{\text{\textcircled{o}}}{\equiv}$ Toans-Na, patio 10mo.

687. • $\overset{\text{\textcircled{\jmath}}}{\equiv}$ Bodia-Na, patio 11avo.

688. • $\overset{\text{\textcircled{o}}}{\equiv}$ Dolbai-Na, patio 12avo.

689. ꝰ• Prwl-Na, patio 13avo.

690. ꝰꝰ Ixun-Na, patio 14avo.

691. ꝰO Toddqw-Na, patio 15avo.

692. ꝰ⊙ Killku-Na, patio 16avo.

693. ☽◎ Crum-Na, patio 17avo.

694. ☽◉ Zssus-Na, patio 18avo.

695. ☽— Qxiqu-Na, patio 19avo.

696. ☽• Loryid-Na, patio 20avo.

697. ☽² Zaptix-Na, patio 21avo.

698. ☽○ Dosha-Na, patio 22avo.

699. ☽◉ Hodnu-Na, patio 23avo.

700. ☽② Girz-Na, patio 24avo.

701. ☽◎ Zwhr-Na, patio 25avo.

702. ☽= Pzka-Na, patio 26avo.

703. ☽• Jrak-Na, patio 27avo.

704. ☽² Yomm-Na, patio 28avo.

705. ☽○ Xuap-Na, patio 29avo.

706. ☽◉ Otl-Na, patio 30avo.

707. ☽② Libst-Na, patio 31avo.

708. ☽◎ Franti-Na, patio 32avo.

709. ○• Wodrw-Na, patio 33avo.

710. ○☽ Xam-Na, patio 34avo.

711. ○○ Dil-Na, patio 35avo.

712. ○◉ Ubvo-Na, patio 36avo.

713. O⊚ Chuht-Na, patio 37avo.

714. O◎ Mokrok-Na, patio 38avo.

715. O— Esthu-Na, patio 39avo.

716. O⋅ Ajhwrd-Na, patio 40avo.

717. O$\overset{2}{-}$ Iwi-Na, patio 41avo.

718. O$\overset{\underline{O}}{}$ Shqochu-Na, patio 42avo.

719. O$\overset{\underline{\circledcirc}}{}$ Lupan-Na, patio 43avo.

720. O$\overset{\underline{②}}{}$ Tokhip-Na, patio 44avo.

721. O$\overset{\underline{◎}}{}$ Fallukw-Na, patio 45avo.

722. O≡ Hoodin-Na, patio 46avo.

723. O$\overset{\cdot}{=}$ Qixxtan-Na, patio 47avo.

724. O$\overset{?}{=}$ Grudzi-Na, patio 48avo.

725. O$\overset{O}{=}$ Niss-Na, patio 49avo.

726. O$\overset{◎}{=}$ Rhotl-Na, patio 50avo.

727. O$\overset{②}{=}$ Kutt-Na, patio 51avo.

728. O$\overset{◎}{=}$ Jasszj-Na, patio 52avo.

729. Así, uno a uno en los 28 estadios se iban rotando los glifos y nombres de los 364 patios por campus, hasta quedar publicados los 1,456 patios, que contenía la plaza. Todos perfectamente bien identificados, de tal manera que no había otro igual en toda la plaza, ni en número ni en nombre, lo que evitaba posibles confusiones.

El Goiner Chunil de una gran civilización
y
El viaje por los senderos del Laberinto de la Rosa

730. Un dato interesante lo señalamos aquí, porque es de gran importancia para nuestra civilización. En el estadio • • en sus doce puertas se desplegaba el gran glifo numérico y nombre siguiente:

⸖ ☰ • **Reltadib**-Rra, patio 1,053 avo.

Frente a la séptima puerta anular se encontraba la insigne familia Histar del dios Ugia. Estaban reunidos y atentos, todos juntos; su esposa Xapyoram y sus tres gallardos hijos: Igres, Hdostor y Mwasgio.

731. Un rayo sincronizador, como un guiño; se desprendió del centro de la gran pantalla y se posó directamente en el dios Ugia. El comprendió la señal y con un ademán solemne invitó a su familia a traspasar la puerta líquida. Todos avanzaron serenos y sin temor alguno.
Se iniciaba la travesía por los senderos galácticos del Laberinto de la Rosa.

732. Al otro lado de la puerta resplandecía en toda su magnitud la hipernova Efrewndefi. Por un momento quedaron suspendidos en el espacio, con el propósito de que pudieran observar el imponente escenario del universo entero y se dispusieran a viajar por el sendero que deberían tomar, para llegar al patio Reltadib. Tenues hilos de luz se entretejían en todas direcciones y se veían que llegaban a incontables parajes, tanto cercanos como astronómicamente remotos.

733. En un acto de profunda reflexión su ser se redujo a lo elemental y entraron en un hilo de energía, que como un paquete cuántico fluyó a gran velocidad por el laberinto.

Y en ese mismo acto de profunda reflexión sostenida y conciente se trasportaron y por ello pudieron ver, palpar las más inverosímiles cosas y sentimientos que sentían, mientras permanecían viajando en los senderos.

734. Este acto de profunda reflexión nos dice claramente, que la reducción de nuestra forma estructural hasta lo elemental, no afecta la integridad de nuestra esencia, siempre y cuando se conduzca de manera conciente.

735. Para estructuras fuertemente asidas al plano material es sumamente difícil entenderlo, por lo que generalmente; este tipo de transportación se realiza sin problema alguno en estructuras de energía, no obstante es posible hacerlo cuando se asciende sobre la materia, siendo aún materia y desprendiéndose de ella sin nostalgia ni temor alguno.

736. Esto se logra mediante el sometimiento a una severa disciplina, con inquebrantable constancia, para realizar por mucho tiempo, la rutina de un ejercicio sublimado de reflexión, encadenando los instintos materiales a la materia y cultivando los atributos más excelsos de energía al pensamiento logóstico, para que nos permita entrar en el laberinto del pensamiento verdadero.

737. Viajar en su forma elemental, pero consiente de su esencia, te lleva a un mundo mas que maravilloso. No hay palabras para describir tanta belleza, para comprender tanta magia, tanta armonía, ni palabras para contar de los más indescifrables fenómenos, que suceden infinitesimalmente a tan profunda escala.

738. Pero si tan solo imaginamos, que es la base de todo lo que a partir de ahí se estructura, hasta la construcción del mismo universo y cuanto hay en él, sin duda nos brotará un to-

178 Rafael Nucero

rrente de fantasías, ingenuas unas, pero seguramente incisivas otras.

739. Esta ha sido la intención del Padre Formador y Creador del universo, para que los invitados a su gran celebración vean a vuelo de pájaro y desde la profundidad de los cimientos, como ha sido levantado el universo.

740. La familia del dios Ugia viajaba extasiada. Reducidos a su esencia pero sintiendo, palpando y viendo con los ojos de su conciencia, mas vivos que nunca y menos miopes que antes, todo lo que a su paso sucedía. Difícil entender, imposible contar, por lo que lo mas adecuado era dejarse llevar y sólo percibir todas las intensidades, todos los deslumbramientos, los gozos y de todo cuanto se les impregnara a su elemental energía.

741. No obstante, también estaba en su conciente el cumplimiento de una misión, por lo que al mismo tiempo permanecían alertas y atentos a cualquier señal sincronizante que les indicara la puerta anular de ingreso al patio Reltadib.

742. Embelezados por tanta belleza, de pronto se suspendió la velocidad y quedaron frente a una encrucijada. Cuatro caminos, por alguno de ellos habían llegado hasta ahí, pero ya no sabían cual. Había que elegir uno... Ninguna señal. Las cuatro puertas anulares iguales.

743. El dios Ugia decidió esperar un poco. Se concentró mas profundamente en su acto reflexivo. Algunos los alcanzaron y tomaron su sendero, se veían que avanzaban presurosos. En el espacio intergaláctico el resplandor de la gran estrella se desvanecía poco a poco, aunque todavía era fuerte su claridad.

744. Inútil, no había señal alguna. Había que tomar una decisión y era bajo su propio riesgo. No era cosa que lo asustara, pero nunca antes lo había hecho estando en juego la seguridad de su familia, por lo que lo mantenía mas alerta.
En un acto innovador según él, exclamó un grito para ver si recibía algún eco. Esto era algo que le fascinaba hacer cuando se encontraba entre las montañas de los planetas Rohosem

o Intedba y de pronto pensó que en el Laberinto de la Rosa pudiera funcionar, pero no, ni siquiera puedo exhalar sonido alguno.

745. Había que utilizar y agudizar su intuición, así que tomó una decisión y condujo a su familia por uno de los senderos. El sendero guiaba en dirección hacia de donde provenía el resplandor de la gran estrella Efrewndefi.

746. Nuevamente impelidos por el sendero a gran velocidad, encontraban a su paso una infinidad de estrellas y en lo más profundo veían, porque lo podían ver; a las galaxias, girando majestuosas e indescriptiblemente bellas.

747. El sendero era preciso y sin duda, era una ruta de energía, que permitía viajar por el universo y más allá. Se podía llegar a todos sus parajes en una dimensión incomprensible para nuestra inteligencia, pero posible y real para los seres más avanzados. Tal era dicha velocidad donde el tiempo no tenía valor alguno. El tiempo no era la referencia de tal movimiento.

748. Pero lo mas correcto es, no hablar de velocidad, distancia o movimiento, sino mas bien de un estado de conciencia, profundamente reflexivo, capaz de reducir, como ya se mencionó en párrafos anteriores, a la esencia hasta su parte más elemental, pero conservando todas las atribuciones de su sabiduría e inteligencia.

749. Para tratar de entenderlo lo diremos con nuestras propias palabras y luego como es definido en el Reino de la Gloria.

750. Para nosotros viajar implica necesariamente la idea del movimiento a cierta velocidad y su relación con el espacio y el tiempo. Allá es lo mismo, pero aquí lo debemos definir, para entender de cómo es allá, que no es viajar al futuro, ni al pasado, sino sólo y sencillamente es viajar al presente.

La región de los Xsentlamlex

751. En el Reino de la Gloria, viajar es reducirse y zambullirse en el océano de los elementales, la región más profunda
de todo lo construido en el universo, incluido el Reino.

Los elementales son la base fundamental de todo lo que se
puede ensamblar y desensamblar, energética, material e inte-
lectualmente y llenan todo el universo holístico. Existe un uno
elemental y de ahí se bifurcan las cuatro manifestaciones fundamentales. La manifestación de la energía, la antienergía, la
materia y la vida. Los elementales reciben el nombre genérico
de: Xsentlamlex.

752. En el medio ambiente elemental todos los xsentlamlex
interactúan como uno solo y se transmiten todas las manifestaciones energéticas y físicas, al mismo tiempo como un gran
cuerpo. Magistralmente así sientes y ves, que te encuentras
presente en todo el universo y que eres uno con él. El sentimiento de ser uno en la unidad es una interacción extremadamente fuerte. Así, con esta gran visión, lo que verdaderamente
viaja es tu parte esencial, lo que verdaderamente se mueve a
velocidades increíbles, según tu voluntad es tu pensamiento y
sin duda es el que camina por los Laberintos de la Rosa...

753. Ver el universo desde la profunda raíz de los elementales lo hace inmensamente infinito, pero; paradójicamente, la
más ínfima de sus partes tiene la ventaja de sentirse uno con
él, agigantando su pequeñez hasta igualarlo con él.

754. La región de los elementales es conocida en el Reino
de la Gloria, como la zona Zimeraptasae, la más profunda del
cosmos y donde todas las raíces y cimientos de los elementales
estructurados se hunden hasta ahí. Por lo que se encuentran
en completa convivencia todas las conciencias, todas las energías y las manifestaciones. Cada nivel estructural del universo

tiene sus elementales, pero sus raíces provienen desde el medio ambiente elemental primigenio o zona Zimeraptasae. Nuestros ancestros nombraron a esta región el inframundo de Xibalbá, pero los bosquejos que nos llegaron no son representativos reales de su gran conocimiento, porque no podían contar mas y habría de parecerse a la imagen del infierno impuesta por la nueva religión, cuando tuvieron que escribir la versión corregida de su verdadera sabiduría, antes de que fuera exterminada e injuriada porque se consideraba una descomunal herejía, ya que el pueblo conquistador se proclamaba el salvador y dueño absoluto de la verdad en estas tierras.

755. Un esbozo breve se describe a continuación: Los xsentlamlex de la energía y antienergía son tres: El elemental de la iluminación, de la luz y la gravedad-antigravedad. Ello permite construir el siguiente nivel, donde se constituyen los xsentlamlex de la materia y la vida. En los elementales de la materia, hay una partícula premodina, llamada Nuossoun, similar a la definida por el medio científico como Priones, a partir de las cuales se estructuran los quarks, los gravitones, los electrones y los fotones. En su siguiente nivel se estructuran los xsentlamlex, como la célula y la molécula, que son la base para constituir cuerpos más complejos como los xsentlamlex de sistemas solares y planetarios. Luego éstos serán la base para constituir los xsentlamlex galácticos, los cuales a su vez, darán forma y aportarán la magnificencia del universo.

756. Por todo ello es que se puede tener una visión radiográfica del universo, pero lo más asombroso que esta visión fluye a través de todos sus niveles, siendo mas espectacular y bella. Sólo desde ahí se puede observar lo infinitamente grande y lo infinitamente pequeño, precisamente porque eres xsentlamlex, que se integra a la unidad del todo, por lo que al mismo tiempo eres pequeño y grande. En ningún otro lugar del universo se alcanza tal privilegio. Ni siquiera en el Reino de la Gloria, sólo cuando un haz de los senderos cruza por el valle de la Lirgeaa o cuando el Padre Formador y Creador enfoca la potente lente de su ojo cósmico sobre algún paraje inalcanzable del universo.

757. Con la estructuración de partículas y moléculas, viene el concepto del tiempo y el espacio, como elementales de las dimensiones físicas del universo.

758. Los xsentlamlex de la vida se impregnan sin dificultad en la multiplicidad de formas que pueden tomar y acrisolan las manifestaciones de la energía del amor, la sabiduría y odio. Con ello proyectan su desarrollo para culminar en el atributo principal, motivo de un férreo objetivo, por lo que lucha la creación entera e involucra a todo lo creado: **La perfección**.

759. Así, existe un xsentlamlex de la vida, que se desarrolla en un sinfín de formas. Algunas a su vez, evolucionan para integrar el xsentlamlex de la vida inteligente. A este tipo de elemental pertenece la esencia de los invitados a la gran celebración. En realidad, la vida inteligente dispersa en el universo entero, proviene de este tipo de esencias, a través de las 144,000 generaciones que serán autorizadas para los 2'016,000 familias, por el Padre Formador y Creador, aunque ellos todavía no lo saben.

760. Por lo anterior es que los invitados a la gran celebración podían ver el universo entero en todo su esplendor, mas no solo a través del tiempo sino, también sin el tiempo y viajar por todos sus senderos, pero sólo si permanecían dentro de ellos y en su elemental quántico, porque si se salían de ahí se enfrentarían a ambientes ignotos y abrumadoramente hostiles.

761. El sendero que había elegido el dios Ugia, se fue desviando de lo que él había imaginado al momento de elegirlo y cuando reaccionó ya viajaba con la estrella Efrewndefi a su espalda, pero debía de continuar ya que no había opciones que tomar. El resplandor iba disminuyendo poco a poco, lo que presagiaba, que en poco tiempo se desvanecería por completo.

762. Atento y tratando de percibir el mínimo cambio de energía, que le diera una señal, continuó su viaje sin mas alternativa. Le empezaba a preocupar el que no pudiera alcanzar la puerta de ingreso al patio Reltadib, antes de que se extinguiera el resplandor de la gran explosión. Su familia confiaba

ciegamente en su pericia y sin duda estaría con él hasta el final, lo que lo hacia sentir mas comprometido y profundamente responsable del éxito o del posible fracaso. Eran sentimientos que nunca antes había experimentado, tal vez porque no se había sometido a pruebas, que pusieran en riesgo la seguridad de su familia.

763. Ensimismado en sus pensamientos, de pronto se encontró ante otra ignota bifurcación de los senderos. Suspiró con alivio, era la oportunidad que buscaba, pero igual; al poco rato se sintió presionado, porque debía tomar una nueva decisión. No había señal, solo cuatro puertas anulares idénticas. Finalmente decidió continuar con el mismo rumbo que venía y tomó el sendero que lo alejaba del resplandor de la gran estrella.

764. Intuía que de alguna manera se volvería a reencontrar con ella. Entró de nuevo en su estado de reflexión profunda e inició el gran viaje, junto con su familia. Ahora, con un poco de más experiencia en esta forma de transportarse por los senderos galácticos. Tomaron más conciencia de su esencia y buscaron la respuesta en el prolífero medio ambiente de los xsentlamlex. Si todos eran uno y se encontraban en todo el universo, seguramente de igual manera se podría identificar la más ínfima parte del mismo. Dejaron de lado la observación placentera y el irresistible embrujo del majestuoso universo y se concentraron en la búsqueda de su patio.

765. De nueva cuenta se interpusieron otras cuatro puertas anulares. La estrella Efrewndefi se veía más lejana y a punto de apagarse. Su resplandor apenas si iluminaba el contorno de las puertas. No había señal alguna.

Seres de la oscuridad

766. Prácticamente en el siguiente suspiro, la estrella se extinguió por completo y se perdió en la profundidad del universo. El diminuto espacio de la encrucijada se sumió en la más perfecta oscuridad. Era un punto especial en todo el universo, único; con propiedades energéticas indescifrables, tan difícil de comprender que estando ahí, dentro de él no se podía generar ningún tipo de luz. Y si alguien tenía luz propia, ésta también era borrada. No obstante, tenía la propiedad de permear cierto tipo de luz del exterior, pero dentro de él, cualquier tipo de luz era aniquilada.

767. Se quedaron estupefactos, sumidos en la más profunda oscuridad. No se veía nada. Ni el más poderoso rayo de luz del universo entraba al ínfimo punto. Sabían que estaban ahí, pero no se veían. Era como si de pronto hubieran caído en un hoyo negro sin fondo y en su inmensa profundidad se ocultara todo. El contorno de las puertas era imposible de ver, ni de percibir siquiera.

Atónitos, suspendidos en un descomunal asombro. Ugia no sabía que hacer. Lo primero que se le ocurrió fue unirlos y aunque sin verlos los abrazó a todos. El temor que empezaban a sentir se fue calmando poco a poco, lo que evitó trascender a las vibraciones del pánico.

768. Los puntos de bifurcación de los senderos del laberinto eran sin duda un punto inigualable y singular, más que cualquier otro. Magistralmente enlazaban a todos los senderos entre sí, porque mágicamente los unían y permitían la comunicación entre los diversos parajes del universo, remotos o cercanos.

769. *"Si éstos tipos de lugares existen en el universo"*, reflexionaba Ugia y en el pensamiento se comunicaba con su esposa e hijos, *"es porque igual que el universo también deben ser hermosos, también deben ser magnánimos... Si en vez, de asustarnos y rechazarlo, lo aceptamos como son y nos asombramos de su hermosura y nos embelezamos con su magia y junto con él nos alegramos de su existencia, seguramente nos ayudará a cumplir nuestra misión..."*. Continuaba reflexionando. *"Este es el lado oscuro de la luz y si hemos aprendido a vivir en la luz, también debemos ser capaces de vivir en la oscuridad, porque es igual de hermosa que ella..."*

770. La oscuridad absoluta, tan intensa que enceguecía a cualquiera que estuviera dentro de ella, imposible de imaginar siquiera, pero así era aquel ínfimo punto del universo. Fuertemente abrazados, esperaban que poco a poco se adaptaran a la oscuridad infinita de aquel punto singular y así permanecieron por mucho tiempo, no se sabe cuanto, pero sentían que transcurría mucho tiempo o que éste se alargaba tanto que casi se detenía.

771. Trataban de ver la oscuridad profunda, pero no le encontraban formas, ni silueta alguna. *"Seguramente así es también la luz absoluta, la luz profunda..."* Rumiaba en su pensamiento Igres, el hijo mayor de la familia. *"El universo lo podemos ver porque es un contraste de luces y sombras"*, decía. *"Pero la luz y la oscuridad absolutas son imposibles de ver..."*.

772. Las sensibilidades poco a poco se agudizaban e iban comprendiendo el gran significado de aquel singular punto. *"Percibo una gran presencia..."*. Hilaba en su pensamiento tal idea, Xapyoram; la insigne esposa de Ugia. *"En realidad, estamos inmersos en el origen mismo del universo y de su matriz florece todo lo creado... Brotar de la oscuridad a la luz o de la luz a la oscuridad son procesos del renacimiento eterno e infinito... La luz profunda está a un paso de aquí y en el límite entre una y otra se engendra la más extraordinaria de las aventuras que nos da la existencia... En esta diminuta gota singular de oscuridad profunda cabe el universo entero..."*.

773. Un poco mas relajados, extendieron su mirada en busca de alguna señal, pero no había ninguna. Solo la oscuridad profunda, que daba la sensación de ensancharse a veces hasta el infinito o de encogerse en otras hasta la asfixia, pues no se podía percibir distancia alguna o límite entre espacio alguno. Así, el punto ínfimo ya no era el punto ínfimo, sino ultra finito a veces o infra ínfimo en otras.

774. Vencer el temor y la zozobra de encontrarse por primera vez en un ambiente totalmente desconocido, iba generando confianza en la familia, donde se demostraba que la unión de sus miembros era fundamental para desarrollar la armonía, a pesar de encontrarse inmersos en un ambiente tan hostil. De pronto se dieron cuenta, que la comunicación fluía entre ellos y aunque no se veían, sabían que estaban ahí, juntos, serenos, pacientes, a pesar de la bestial tormenta de oscuridad que se cernía sobre ellos.

775. *"Casi siempre luchamos para vencer y nunca para trascender".* Intervenía Hdostor   el segundo hijo de la familia. *"Cuando luchas para vencer, tus fuerzas se contraponen al otro y ambas se aniquilan. La supuesta victoria es falsa. En cambio cuando luchas para trascender, tus fuerzas se unen al otro y ganan ambos en poder y fuerza, porque se multiplican. La oscuridad debe ser nuestra aliada y nosotros sus amigos incondicionales".* Pensaba convencido. *"Vean que hermosa es, porque la podemos ver si queremos y extasiarnos en su belleza sin igual. Esta es una oportunidad única que nos debe dar grandes enseñanzas...".*

776. Y... paradójicamente la vieron y la miraron encima y por dentro de ellos, de tal manera que desvanecía por completo la luz de donde venían. Ahora, ya no eran seres de luz, sino seres de oscuridad profunda y... se sintieron mejor. En ese momento eran los seres de la oscuridad más hermosos, que hayan existido jamás y se alegraron tanto de ser seres oscuros...

777. Solo podemos decir que ello encerraba una gran enseñanza. Habían descubierto un gran secreto, una clave oculta de invaluable valor. Su esencia se fortalecía con la sabiduría de

sus dos faceteas y comprendieron la infinita magnitud del Gran Uno.

778. *"El bien no necesariamente está en la luz, así como tampoco el mal en la oscuridad..."* Reflexionaba profundamente pensativo Mwasgio, el hijo menor de Ugia y Xapyoram. *"El bien y el mal está en tu corazón que debe caminar entre la luz y las sombras, pero no por el simple hecho de caminar en ellos, debes ser bueno o malo. Ello es una decisión que se toma en libertad y bajo el influjo conciente de todas tus facultades..."*.

779. Ahora sí, podían ver la oscuridad porque eran seres de oscuridad profunda y vieron su gran esplendor magnánimo. No había palabras para decirlo, para explicarlo, sólo bastaba sentirlo y extasiarse con su gran poder, porque efectivamente, ahí cabía el universo, pues ahí tuvo su origen y de ahí se exhalaba todavía el humo de sus cenizas.

780. Sin duda todos los puntos bifurcados del laberinto eran los centros infinitamente concentrados, que con su gran poder enlazaban a todas las sendas capilares galácticas de energía y eran los remanentes de la gran gestación del universo.

781. Se estableció una armonía sin paralelo entre el punto infinitesimal negro y la familia Histar. Lo que en un principio parecía hostil e intolerable, ahora era amigable y confortable, a tal grado que no cesaban de maravillarse de cuanto veían y fue en este éxtasis, que el dios Ugia pudo recordar, que el último rayo de la gran estrella Efrewndefi se había reflejado intensamente, en un instante imperceptible apenas, como de un suspiro, en la puerta oeste del laberinto y recordó con precisión su posición.

Sin pensarlo mas, se lanzó junto con su familia sobre ella y salieron del punto oscuro ínfimo.

La puerta anular al patio Reltadib

782. Entraron al sendero impelidos a gran velocidad, reducidos a su elemental, pero concientes de su esencia y pudieron ver el universo nuevamente, pero no a la gran estrella. Sintieron gran nostalgia, aún así; debían continuar su viaje.

783. Ugia se concentró mas en la búsqueda de la señal, que le diera la clave de la puerta de ingreso al patio Reltadib, por lo que disminuyeron la velocidad a un poco menos de la velocidad de la luz, que se desplaza en el universo. Es decir como a un 97% de este tipo de velocidad. Para ellos era como ir a paso lento, pero era mejor, pues corrían el riesgo de volver a caer en otro punto ínfimo y ahora sí; iba a ser difícil salir de él o de encontrar una clave. Aunque ya se habían familiarizado con este tipo de medio ambiente, si todavía debían de cruzar un punto de encrucijada, seguramente habrían de tener una señal predispuesta ahí, porque aún no había sido activada, pero si caían por error, no habría nada que los pudiera sacar, más que su propia pericia.

784. Probablemente ya la gran fiesta había empezado y ellos todavía no llegaban. Quien sabe cuantos mas se encontrarán todavía en los senderos. A lo mejor solo ellos. Lo cierto es que de la gran plaza ya todos los invitados habían partido a sus respectivos patios. La mayoría de los patios ya habían recibido a sus invitados y sólo faltaba alcanzar su ocupación total.

785. Los peleteros de cada patio y de cada estadio iluminaban profusamente toda la plaza. Parecía un mini universo pletórico de galaxias y estrellas, que se diseminaban simétrica y armoniosamente en todo el espacio etéreo del gran valle. Cada uno de los estadios se erguía majestuoso suspendido en el espacio, como una colosal y ostensible galaxia, señorial, pero amigable, coqueta y parlanchina.

786. Avanzando lentamente continuaron esperanzados en encontrar su señal y así viajaron por mucho tiempo, más del que hubieran utilizado al avanzar a la velocidad hiper lumínica normal. Paso a paso y atentos, sumamente atentos caminaban, sometidos por la capilar dimensión del sendero. No obstante desde su dimensión elemental, el camino era amplio y profusamente bello. Sus paredes nano nano tubulares, cristalinas y tersas permitían la más singular de las visiones del universo.

787. Su diseño permitía la supervivencia de cualquier tipo de elemental, porque proveía el tipo de medio ambiente demandado por tal y solo por él y para él lo proveía, ya que respondía al principio de la acción y la reacción, en su más amplia expresión y sensibilidad. Así, la sola presencia de un elemental provocaba la reacción de iguales características que él. De esta manera se entablaba una relación estrecha de producción y desuso, equilibrando la oferta y la demanda.

788. Al cruzar una parte del camino, en su pensamiento escucharon un eco imperceptible apenas, pero pasaron de largo. Era un eco desconocido para la mayoría de los miembros de la familia, solo para Ugia tenía un gran significado, pero su predisposición estaba centrada en recibir la señal en algún tipo de luz y frecuencia, por lo que puso poca atención al eco. No se volvió a escuchar.

789. La sin igual sensibilidad de Xapyoram, esposa de Ugia, guardó en su pensamiento el eco y al poco caminar puso en su energía del fluido intelectual, su atinada observación *"Ugia, amado esposo, una voz como la tuya llegó a mi pensamiento, pero sé que no fuiste tú en este ahora, sino en un remoto presente... ¿Significará algo para nuestra familia?".*

790. Pararon su marcha de súbito *"Sí, sí, cierto!".* Exclamó, brincó y lloró de alegría. Los abrazó, los besó a todos y con ellos dio gracias al Padre Formador y Creador del universo. Efusivo y visiblemente reanimado los invitó. *"Vengan, vamos, hhuuurraaa!".* Retomaron el camino de regreso, más profunda-

mente reflexivos y atentos. Su corazón vibraba con mas intensidad a medida que se acercaban al punto del sendero donde se había permeado en los pensamientos el eco de la voz aquella.

791. Paso a paso llegaron a la puerta anular, que no se veía en ninguna parte, pero intuían sin vacilar que ahí estaba, dibujada apenas con imperceptibles trazos de energía singular, la cual permitía transitar a otra dimensión. Ugia fue el primero en llegar y percibir la señal distintiva y única para la familia Histar. En cuanto estuvo dentro del cuerpo anular de la puerta, escucho el eco singular "Aaaauuuyyyeeediiineee". Sí, era el grito que él mismo le fascinaba ulular entre las montañas del planeta Intedba, sobre todo cuando se interponía una profunda cañada entre dos montañas y el eco se repetía decenas de veces a medida que rebotaba entre los acantilados perpendiculares, cuesta abajo y cuesta arriba. Bien, ahora estaban en el punto preciso y esperaban la respuesta... pero no pasó nada, mientras tanto el eco se repetía.

792. Llegaron todos. Estaban todos, pero Mwasgio, el hijo menor no escuchaba el eco. Para que la señal se convirtiera en respuesta todos deberían escuchar el eco. Así, se reacomodaron sobre una línea circular en diferentes puntos a lo largo del perímetro de la puerta anular, que imaginaban ahí estaba. Pero no, alguien estaba todavía afuera del cuerpo anular y la señal no podía activarse.

793. Volvieron a reacomodarse, estrecharon sus posiciones y llenos de júbilo todos escucharon el eco: "Aaaauuuyyyeeediiineee, Aaaauuuyyyeeediiineee". No había duda de que ahora sí iban a ser extraídos de su dimensión elemental y recuperar cuando menos su dimensión normal o cualquier otra nueva expresión xsentlamlex. Pero no, no pasó nada.

794. Ugia se paseó profundamente melancólico, cabizbajo, con el pensamiento hendido entre sus manos e involuntariamente caminó paso a paso por todo el perímetro concéntrico de la puerta anular. Y oh!. Sorpresa!. Se percató de que cada 72° de la circunferencia se escuchaba una diferente intensidad del

eco, haciendo un total de cinco puntos. Pasó de súbito del áni-
mo triste al de la euforia e inmediatamente, ahí en esos puntos
colocó a cada uno de los miembros de su familia y se colocó él
mismo en uno de ellos y formaron un pentagrama de cinco puntas...

795. La puerta anular parecía una cápsula similar a una
moneda, pero de dimensión súper cuántica. Giró completa sobre un punto, rasgando por ese instante el sendero nano nano
tubular. La cápsula quedó expuesta al espacio exterior, pero
llevando en su interior todas las características propias de su
medio ambiente y todavía la expresión xsentlamlex, correspondiente a la región zimeraptasae de los ocupantes.

796. Si alguien cruzaba por ese punto, mientras la puerta
estuviera abierta caería a un abismo sin fondo e irremediablemente su trasgresión será irreversible, porque no ha seguido
los caminos de la transformación pensada.
   Cuando una puerta anular estaba abierta se alertaba a los
que se aproximaban a ella y debían esperar hasta que se resta-
bleciera el puente. Si la alarma cesaba, significaba que la
puerta se había cerrado.

797. La puerta se iluminó y brilló como una estrella. En su
interior se gestaba un alumbramiento extraordinario y singular. Cada uno de los miembros de la familia como fetos, provenientes de un homocigoto extremadamente fuerte, se desarrollaron con rapidez sorprendente. La burbuja anular se había
dilatado tan solo en su primer segundo, prácticamente hasta
en un billón de billones de veces su tamaño, pero ante tal avalancha de encomiable crecimiento, no aguantó más y explotó.

La forma Xsentlamlex humana inteligente.

798. De esta singular explosión surgieron los cinco miembros de la familia Histar y sorprendidos se veían unos a otros, profundamente conmovidos y a la vez ansiosos de experimentar su nueva expresión xsentlamlex. Nacer de una expresión ínfima, que explota por su rápido e incontenible crecimiento tiene un gran significado.

799. Absortos contemplaban sus rasgos indescriptiblemente hermosos. Su esencia había gestado una de las formas de expresión xsentlamlex más sobresalientes de la Naturaleza: La forma Humana, que unida a la energía elemental de su esencia se constituía en una forma xsentlamlex humana inteligente, elevando a la expresión xsentlamlex de la vida animal de la especie humana, al rango de un xsentlamlex inteligente.

800. Por primera vez sintieron la suavidad de su piel y vieron con sus ojos, sus propios ojos. Y se dieron cuenta, que sus pensamientos se podían expresar en voces. Atentos escucharon su nombre, que aunque todavía fluía en sus pensamientos, la expresión era distinta, porque resonaban en una energía vibratoria que modulaba voces diferentes y hablaban, cantaban, musitaban, oraban, aullaban y plenos de júbilo saltaron sobre la hierba y vieron que sus pies podían caminar. Pronto, después de su primeros pasos torpes, se dieron cuenta que también corrían, que se podían alejar, acercar, dejar caer, levantarse, acostarse, hacer malabares, piruetas y sudar agua color cristal transparente.

801. El dios Ugia radiaba una expresión regia, pero a la vez suavemente juvenil. Su rostro de facciones finamente afiladas, lo cubría una barba todavía corta, pero tupida, sobresaliendo las comisuras de los labios de su boca, dibujando una leve sonrisa que delataba sin duda una profunda expresión de felicidad. Su cuerpo estaba dimensionado bajo la regla de las proporciones divinas, por lo que se veía perfecto, simétrico y armónico en todos sus miembros. En él se representaba la simetría de los diez círculos de oro, subscritos en un pentágono convexo, que se integraba al conjunto, para quedar inscritos al final por un círculo de proporción dorada. El pelo de su cabeza caía levemente ondulado hasta sus hombros, terso, brillante, de un color castaño sin igual y dejando el margen señorial para mostrar su frente ancha. Toda su expresión física xsentlamlex reflejaba una gran personalidad, que inspiraba respeto, pero también confianza, seguridad y sabiduría.

802. Pero la expresión más soberbia y de singular belleza, sin igual en el universo, se congratulaba en la excelsa personalidad de la diosa Xapyoram, esposa de Ugia, donde se mostraban todas las virtudes y señuelos del incomprensible género femenino. Sus ojos de un profundo color verde esmeralda, resplandecían hermosos, pero a la vez amorosos, compasivos y plenos de ternura, como sabedores de que serán los portadores por siempre de la gran calidad y calidez maternal del universo, signo que nunca madre y mujer alguna ha dejado de cargar sobre sus hombros.

Su cuerpo entero era el símbolo de una inquietante sensualidad, de piel tersa, tendiendo a un color dorado tenue, que daba un matiz especial a la seducción. Su pecho resaltaba el signo de la maternidad, con dos ubres perfectas y de sin igual belleza, por donde habría de brotar el manantial de la vida y fluir para el alimento de los hijos. Sus caderas perfectas se balanceaban coquetas y seductoras, resguardando el recinto sagrado matricial de la concepción y la gestación inicial de lo que significa crear y multiplicarse. Su pelo largo, ondulante y perfectamente alineado caía hasta la mitad de su espalda. Su cuello delgado y un poco alargado, realzaba su personalidad a un verdadero rango de Reina de reinas. Su nariz pequeña y afilada, armonizaba con su boca también pequeña y de labios delgados pero bien dibujados. Todo ello daba a su rostro una expresión de belleza sin igual. Sin duda una obra perfecta, acrisolada por el pensamiento del Padre Formador y Creador del universo. Un cuerpo perfecto para seducir al amor y nunca dejar de admirarlo, viendo y reconociendo en él, la acción y la magna presencia de su formador.

803. La expresión xsentlamlex humana de los tres hijos de Ugia y Xapyoram, manifestaba a plenitud la excelsitud de la más ágil criatura, juvenil, gallarda y profundamente bella. La alegría y fuerza de su ser se radiaba a raudales. No había otra expresión mas destellante que ellos, que parecían gráciles guerreros. Ya los padres, desde ese momento los admiraban con orgullo y les caía en gracia, cuanto hacían, decían y gesticulaban.

804. Sin duda; la familia disfrutaba de su nueva identidad y complacidos de contar con tan gran fortuna, festejaban sin cesar cada nuevo descubrimiento.

Así, fueron conociendo de sus habilidades, de sus sentimientos, de la forma como se debía intuir el razonamiento, para alcanzar juicios inteligentes. Pero sobre todo, estaban profundamente maravillados por la forma física de sus cuerpos, hechos tan perfectos, que tenían todas las ventajas de cualquier otra forma, ya que era sumamente flexible, ágil, pero a la vez resistente, duro, pero sensible, compacto, difícil de quebrantar, porque actuaba como un todo de los pies a la cabeza. No había lugar o extremo alguno de aquel cuerpo, que no sintiera e inmediatamente todo el cuerpo lo supiera.

805. Los cuerpos fueron formados con los siete sistemas fluídicos, lo que les permitía alcanzar la versatilidad para adaptarse a cualquier circunstancia que habrían de enfrentarse, pero lo más importante es que tenían implantados los nueve sensores elementales, capaces en total plenitud, de percibir las señales de las diversas fuentes, provenientes tanto del medio ambiente físico, del medio ambiente intelectual o del medio ambiente energético.

La interacción entre los siete sistemas y los nueve sentidos, forjaban un conjunto armónico, lo que hacia que la expresión elemental xsentlamlex humana inteligente, fuera proveeída con las herramientas más genuinas y versátiles de la naturaleza.

806. Embelesados todavía por la belleza de sus cuerpos y la grácil curvatura de sus formas y extremidades, no se habían dado cuenta del escenario que los rodeaba. El más encumbrado asombro que habían sentido al descubrir su cuerpo, ahora se quedaba corto.
Cuando se dieron cuenta de ello prorrumpieron en expresiones de sincera admiración.
Un extenso jardín de flores se esparcía a su alrededor. Los múltiples perfumes de inigualable aroma llenaban el ambiente. Las formas más sutiles se dibujaban y trazaban la delicadeza de tallos, hojas y sobre todo los delicados pétalos de la más extensa variedad de flores, reunida ahí de manera expresa, para forjar el ramillete floral de bienvenida.

807. Complacidos se internaron en el jardín y acariciaron las flores, las besaron y dejaron que ambos cuerpos se sintieran al tocarse mutuamente. Admiraban y palpaban una a una, hincados junto a ellas o recostados para quedar mas cerca. Rodaban por el pasto, jugueteando como niños incansables. Y así, recostados sobre el pasto, luego descubrieron un profundo cielo azul, armoniosamente iluminado por un sol benévolo. Se quedaron quietos, impasibles, absortos contemplando la inmensidad del azul profundo. Su muda expresión lo decía todo, pues no había palabras para describir la multiplicidad de sentimientos encontrados que divagaban por sus pensamientos.

808. Durante los trabajos de edificación del joven universo, el dios Ugia había estado inmerso en medios ambientes increíblemente bellos, pero nunca tuvo la menor de las sensaciones. Todo lo veía impasible, profundamente calculador e igual que el más escéptico de los científicos, nunca nada se conmovió por algo, porque le faltaba la capacidad sensorial de un cuerpo. Así, que ahora daba rienda suelta a su capacidad de asombro, a su aparente flaqueza, que le infundía la más encomiable fortaleza contra sus miedos, a su sensación inexplorada apenas, pero ansiosa de tocar, oler, saborear, ver para admirar, escuchar, pensar y discernir. La más leve simpatía por el eco de sus gritos entre los valles, ahora quedaba minimizada, pues la amplificación de todas sus emociones no tenían comparación.

809. De alguna manera todos estos atributos se han venido cimentando en sus esencias desde que fueron convocados por el Padre Formador y Creador del Universo a celebrar el más grande acontecimiento, pues ya desde que ingresaron a la gran plaza Ooruhjso empezaron a notar su capacidad de asombro, sus alegrías, tristezas y un cúmulo de sensaciones raras sobre los deseos, el apetito y la curiosidad, pero aquí; bajo la expresión xsentlamlex humana inteligente han alcanzado el clímax, el grado más alto.

810. Ensimismados ante un mundo exuberante e infinitamente bello, no se dieron cuenta que los demás invitados del patio Reltadib los observaban, compartiendo con ellos su magno descubrimiento y sintiéndose solidarios y profundamente conmovidos por tanta alegría que destellaban a su alrededor.

811. Aprovecharon la quietud en la que se habían quedado inmersos, los rodearon...

812. ...Paulatinamente salieron de su asombro y se encontraron con otro mayor. De prisa se pusieron de pie y al momento se vieron rodeados por otra multitud de cuerpos físicos similares a los suyos, vestidos con una túnica blanca, de los hombros a los tobillos de los pies, que calzaban unas sandalias doradas. Su reacción primera fue de esconderse o salir corriendo, pero un profuso aplauso los contuvo y pudieron mirar los rostros que les sonreían y exhalaban pensamientos de bienvenida. Se sintieron más reanimados y cayeron en la cuenta de que habían llegado y se encontraban en el patio Reltadib.

813. *"Nutaven nibesa dacio, Ugia e Xapyoram"* dijo una voz pausada, precisa y clara, que se transmitía por y en el pensamiento de todos *"Nos alegramos de recibirlos. Nutaven nibesa dacio Igres, Hdostor y Mwasgio, hijos insignes de nuestra preciada familia Histar. Bienvenidos a esta su casa, por los siguientes siete ciclos del tiempo del no tiempo, para congratular y dar complacencia a nuestro Padre Creador y Formador, por el éxito logrado en la edificación y formación del joven universo, que se ha dignado mostrarnos y maravillarnos con su inigualable belleza"* dijo la voz y después de una breve pausa

"Los acogemos con imponderable gozo, ya que los hacíamos perdidos, por lo que es doble nuestro regocijo y ahora, sin pesar alguno sobre nuestros hombros, podemos iniciar la gran fiesta... Bienvenidos".

814. Ugia trataba de reconocer a aquel nuevo hombre, que en otra dimensión le parecía familiar, pero aquí le causaba más dificultad reconocerlo.

815. Se acercaron y uno a uno los fueron abrazando. Sintieron la calidez de sus cuerpos y el palpitar de sus corazones plenos de alegría. Arroparon sus cuerpos, hasta entonces desnudos, con una túnica blanca y calzaron sus pies con sandalias color dorado también y descendieron por una colina a un hermoso valle, donde se habían construido unas residencias con una arquitectura sin igual, perfectamente diseñadas, con grandes espacios, todos llenos de luz natural y profusamente adornadas con jardines floridos interiores y exteriores.

816. Camino cuesta abajo de la colina, el dios que les dio la bienvenida se emparejo a Ugia y caminaron juntos en silencio por un momento. Luego se agachó y cogió una piedra del camino y la lanzó contra el tronco de un árbol que se encontraba distante, impactándola justo en él. El rostro de Ugia se fue inundando paulatinamente de un gozo indescriptible, pues en esta acción había reconocido a su incondicional amigo de toda la eternidad. *"¡Tzamnim, hermano!. No te reconocía con tan hermoso atenduo"* Dijo lleno de emoción. *"Tu familia es contigo, bendito seas".*

817. *"Sí hermano, estamos todos los amigos, esposas e hijos de los dioses que ayudamos a consolidar la armonía del universo y que nos tocó en ventura trabajar juntos teniendo como base el sistema solar Reltadib. Ahora, estamos aquí en la expresión singular que no tuvimos en aquel entonces y de cuya experiencia no supimos nada, hasta ahora que la hemos tomado. Realmente es hermosa y mi familia como la tuya nos maravillamos cuando recién entramos a esta dimensión".*

818. *"Sí, recuerdo de aquellos tiempo tantas cosas y tu pertinaz intento de asestar golpes con piedras del camino a los troncos de los árboles, cuando después de una jornada agitada regresábamos a casa entre los bosques. Mala puntería, porque nunca asestaste un certero golpe".* Dijo Ugia. Y rieron a carcajadas.

819. *"Sí, las cosas se ven diferente ahora, pues hemos tomado la dimensión y vamos en la misma dirección de las cosas, por eso las alcanzamos. En aquel entonces, estábamos con ellas, pero en una dimensión diferente, por eso nuestras trave- suras no tenían gracia, ni causaban daño alguno a nuestros adimensionados, sino sólo lo que estaba dispuesto por la voluntad del Padre Creador y Formador del universo".* Continuó. *"Nosotros sólo gestábamos las condiciones ideales del experimento e insertábamos en la memoria del medio ambiente natural nuestras prácticas mentales, para verificar la realidad, pero ahora nos falta vivirlas y percibir a través de las formas, todos y cada uno de los efectos en los siete medios fluídicos, bajo la lupa de los nueve sentidos físicos, activados hasta la excelsitud del más puro estado de conciencia".* Reflexionó unos segundos y continuó diciendo. *"No obstante, nuestra voz; tal como la escuchamos ahora, todavía proviene de nuestro pensamiento, al dirigirlo de manera intencional a nuestro interlocutor y cuando es preciso a todo un público, pero; nos tienen reserva- das grandes sorpresas, sólo que antes debemos dar el primer paso en la adaptación de nuestra nueva expresión. Luego ven-drá el segundo... Por el momento sólo debemos experimentar con los primeros cinco sentidos físicos elementales, la total plenitud de las condiciones del medio ambiente de este paraíso. Bienvenido seas amigo, tú y tu insigne familia".*

820. *"Aquí estamos todos, nuestras esposas, nuestros hijos e hijas. Mi esposa Yedim, mis hijos Piver, Hort, Kydnis, Beff, Arwaf, Ursad y Emsord. Mis hijas Oghy, Resma, Jirse, Ñida y Tokkgie."* Continuó explicando a su gran amigo Ugia.

821. *"También está con nosotros la familia Voltoyog, de nuestro insigne amigo Jedvid y su adorable esposa AftamiQuc, con su honorable hijo Xibvri e hija Gaem. Nos enorgullece tam-*

*bién contar con la presencia de la familia Gavfesd, de nuestro
colaborador incansable Potpoc y su esposa Klujib, sus aprecia-
bles hijos Ofhul, Vitf y Plusnaman y la singular belleza de sus
hijas Jamsarda y Sigfha. También está con nosotros la honorable familia Mixvwiu, del dios Suerfder y su abnegada esposa
Jusbfij, que por el momento no tienen hijos, pero igualmente
respetados por todos nosotros por su gran sabiduría."*

822. Mas reanimado Ugia posó su brazo sobre el hombro de
su amigo y junto se echaron a correr por la colina cuesta abajo,
como si fueran dos adolescentes, hasta la entrada del valle.
Era algo que les encantaba hacer cuando estuvieron en el
planeta Intedba, aunque ahora les pesaba la gravidez y llegaron jadeando, pero aún; así reían a carcajadas.

823. Toda la villa se alegró por la llegada de los últimos
huéspedes y su felicidad era visible. A la puerta de la villa se
habían concentrado todos los habitantes y esperaban ansiosos
a la comitiva que había salido en la búsqueda de la familia
Histar. En cuanto llegaron fueron recibidos con vivas y aplausos. Inmediatamente fueron conducidos a su nueva residencia,
se instalaron y descansaron un poco, porque a la brevedad debía de iniciarse el banquete de bienvenida.

824. Para entonces, ya todos los invitados se encontraban
instalados en sus respectivos patios. Infinidad de historias y
anécdotas graciosas se contaban en todos los rincones de la
plaza magna. La aventura de haber viajado en los senderos del
Laberinto de la Rosa, había sido espectacular, nunca antes habitante alguno había tenido una experiencia igual.

825. En un sentido metafórico, cada estadio representaba a
cada una de las galaxias más significativas del universo y sus
52 patios los parajes y su imponente escenario, de los planetas
más sobresalientes de dicha galaxia, que albergaban la vida inteligente, en las manifestaciones más prolíferas e inimaginables siquiera, que se encontraban esparcidas por todo el universo. El peletero del estadio tenía la grandeza y fuerza, como
el centro mismo de una galaxia y el peletero de cada patio, con-

tenía la benevolencia y severidad de los soles de cada sistema planetario. Todos perfectamente sincronizados entre sí y con el peletero principal, flamante e imponente apostado sobre la cima de la gran pirámide Ounfirt.

826. Los medios ambientes de cada patio, simulaban en plenitud el medio ambiente real y actual del mismo planeta, incluyendo hasta la más insignificante variante. Era tal su similitud y realeza, que no se podía distinguir con certeza si realmente te encontrabas en el planeta mismo o dentro de las dimensiones de la gran plaza Ooruhjso. Para el pensamiento del Padre Formador y Creador del universo esto no significaba problema alguno y seguramente El lo sabía. Solo El lo sabía.

827. Todos los patios tenían las representaciones de la vida inteligente en sus más variadas expresiones xsentlamlex, por lo que internarse en cada uno era encontrar las formas más inverosímiles de la vida, expresada ahí sin más tabúes, sin más misterios, con la capacidad de manipular sus propios pensamientos, sus deseos, sus virtudes, sus pasiones... su ineludible evolución. Capaces de engrandecer sus sistemas científicos, sociales y tecnológicos. Capaces de configurar sus modelos económicos de productividad, ganancia y placidez, basados en la justicia. Y si la tal sociedad es justa, en consecuencia es recta, veraz e igualitaria. Por ende es abundante y rica, porque está en armonía con su propio medio ambiente.

828. Cada uno de los 4'032,000 invitados habían experimentado ya su transformación y permanecían profundamente absortos en su inigualable belleza, porque sin duda; cualquiera que fuese la expresión xsentlamlex que hayan adoptado es hermosa por sí sola, ya que encierra el tesoro más preciado del universo, que es la vida, pues por ella es que ha sido creado, tan magnánimo y prolífero como ningún otro.

829. Esto era algo que debía quedar claro, pues el universo mismo se multiplicaba en todas las opciones posibles, desde las más inhóspitas, hasta las más amigables y benignas, con tal de ofrecer a la vida el mejor ambiente posible, para su solaz y fructífero desarrollo.

Así, la vida debe florecer en los ambientes exclusivos, donde de antemano se ha podido establecer una plataforma completa de formas básicas vitales, para el sustento de la vida inteligente. Estos medios ambientes deben permitir la circulación de los siete fluidos elementales e integrarlos a los siete sistemas que formarán la estructura física de la forma vital. Se sujetarán también a la capacidad perceptiva de los nueve sentidos, a las nueve leyes naturales elementales de supervivencia, que permitirán el desarrollo físico y energético de la entidad vital.

830. Así, el sistema planetario debe proporcionar el flujo fotónico, que le da calor. El flujo gaseoso y líquido, que regularán y mantendrán las condiciones climáticas del medio ambiente y transportarán las estructuras moleculares que darán mantenimiento al cuerpo de la forma. El flujo sólido, que le brindará el soporte, el refugio y la seguridad, además de contener todos los ingredientes más pesados para permitir el renacimiento de las formas básicas vitales, conjuntamente con los estados gaseoso y líquido. El fluido vibratorio, con capacidad para cimbrar los demás medios físicos para que transite la señal de la comunicación, cualquiera que sea su expresión. El fluido del pensamiento y la inteligencia, para que se pueda diseñar y planear la evolución de las especies. Por último, el fluido de la energía transformada, que permita la eyaculación fructífera de la energía esencial y encuentre el campo fértil donde se desarrollen los procesos cuánticos infinitesimales, que finalmente son el gran basamento de todo fenómeno, de todos los tipos de procesos tanto físicos, como vitales, que suceden a cada nano segundo en la Naturaleza entera.

831. Este es el gran panorama que debe prevalecer en cada sistema planetario capaz de sustentar la vida en su medio ambiente y es por lo que el universo evoluciona y trata de alcanzar tales condiciones.

El amanecer y la ocultación de ambos soles

832. El patio Reltadib se veía espectacular y grandes espacios se explayaban entre las residencias que parecían complejos arquitectónicos vacacionales, sobre el fondo de un campo aterciopelado tenuemente oscuro. Sin duda, el patio Reltadib era la representación exacta del sistema planetario binario de los soles Merohna y Madgiodioper. Las aldeas habitadas se encontraban asentadas en los planetas Intedba y Rohosem.

833. Los habitantes del planeta Rohosem fueron convocados para reunirse en la Gran Villa del planeta Intedba para celebrar conjuntamente el primer evento social en su expresión xsentlamlex humana.

834. La Gran Villa recibió el significativo nombre de Edripaaosen y se asentaba sobre un valle circundado por dos cadenas montañosas que se erguían paralelamente en dirección Este – Oeste. En el lado Este se alzaban dos picos montañosos en la parte más extrema, sobresaliendo apenas a la vista desde la villa sobre el horizonte, las dos majestuosas montañas. Al pie y al centro de las dos montañas tenia lugar el nacimiento de un manantial de agua clara, que descendía hacia el valle, formando un río serpenteante, que se hacía cada vez mas caudaloso a medida que recibía el afluente de otros manantiales, que igualmente descendían por los costados a lo largo de las dos cadenas montañosas. Al oeste sólo se alcanzaba a visualizar en el fondo un pico elevado, escarpado de base muy estrecha, porque a los costados las dos cadenas montañosas se desvanecían en la lejanía. Al pie de la montaña de un solo pico se encontraba un gran lago, que en su parte más ancha media hasta 18 RecterSeab adritas y su máxima longitud de 36 RecterSeab adritas, donde desembocaba el río, para luego continuar, desbordando por el costado norte de la montaña, formando otro río, hasta desembocar en el mar interior, frente a la pequeña

isla de Listtanatibg, quien forma parte de un archipiélago singular, donde en su isla mayor se asentará una de las civilizaciones futuras más sobresalientes del planeta.

835. El valle media sobre los 97 de ancho por unos 205 recterseab adritas de largo, dividido a la mitad por el río de agua
cristalina, serpenteando entre las hondonadas de las pequeñas
colinas, que daban un matiz espectacular al valle, ya que su
enana estatura se perdía entre el exuberante follaje de los mas
diversos tipos de árboles frutales, árboles de preciadas maderas finas, de raíces, tallos y flores espectaculares sin igual. En
algunos lugares el río desbordaba y formaba ensenadas. Magistralmente se entretejía entre los altibajos del terreno formando
una red de canales naturales abovedados por frondosos árboles.

836. En el interior de aquella singular selva, por debajo de
las copas de los árboles y aún por encima de ellos, emanaba la
más prolífera variedad de formas de vida jamás vista. Aves
multicolores, multiformes en tamaño, plumaje y cantos. Reptiles camuflados o sin camuflar de la más extensa variedad y
costumbres. Criaturas trepadoras, extremadamente hábiles
para desplazarse entre las ramas y otros visiblemente melan-
cólicos, pero sólo en apariencia. Criaturas excelsas de la más
diversa y exuberantes formas y tamaños, de dos, tres y cinco
patas, usando todas para caminar o solo una, dos o cuatro si
les placía.

837. Pero la más expresiva forma de vida se placía en gratitud con las innumerables formas de insectos, microorganis-
mos y bacterias, que llenaban todo el ambiente. Miles de billones de billones pululaban sin descanso en la selva, cual si fueran obreros de incansable trabajo, pues no cesaban un instante
en gestar su vida, hasta alcanzar la plenitud completa, pues su
frenesí natural los impulsaba a completar su ciclo, casi siempre tazado en breves instantes, pero de un valor incalculable,
todavía incomprendido y desatendido científicamente en nuestros tiempos. Ellos son la riqueza fugaz, son la sal, el abono y
el sustento oculto de la tierra.

838. En la villa Edripaaosen, todo estaba listo para el gran banquete. Los habitantes de la villa asentada en el planeta Rohosem ya se encontraban en el magnánimo jardín donde se habían dispuesto las mesas y las sillas. Las mesas del banquete se dispusieron de tal manera, que formaban un gran círculo.

839. Uno a uno los comensales empezaron a ocupar su lugar. El dios Ugia y su familia fue avisada de que todo estaba ya dispuesto para iniciar el banquete por lo que deberán de tomar su lugar y así lo hicieron. Llegó también la familia del dios Tzamnim, Jedvid, Potpoc y todos los demás. Todos acudían y tomaban su lugar sin que nadie lo dijera u organizara, pero en perfecto orden. Era como si todos intuyeran el rito de la celebración o algo interno, dentro de sí, así lo dispusiera.

840. El hecho era que todos sentían por primera vez la necesidad de comer y tomar algo. Su cuerpo apetecía algo, para llenar un vacío que no atinaban donde se encontraba. Sentían que les faltaba energía y que necesitaban recuperar fuerzas. Algo o seguramente algunas glándulas de su cuerpo daban la alarma y lo cernían para manifestar este tipo de sensación: El hambre.

841. Esto era lo que realmente estaba ocurriendo y el pensamiento de algunos dioses dispusieron, sin saber si era apresurado o no la celebración del gran banquete.

842. Todos estaban listos, dispuestos. Sentados en perfecto orden y esperando la señal para recibir los alimentos, pero no. No pasaba nada, por el contrario la sensación aquella, de vacío, de hambre se fue agudizando. Se miraban unos a otros en silencio, pero con la expectativa de que alguno de ellos supiera lo que estaba pasando. Pero no, nadie lo sabía, ni nadie se atrevía a comentar algo.

843. No obstante permanecieron en su lugar, sintiendo cada vez más, que su propia hambre se los tragaba. Esta sensación ya había alcanzado su estado de conciencia colectiva, de tal manera que era un sentimiento generalizado entre todos los

comensales y no había duda que en el pensamiento de todos y cada uno aclamaban algo para comer.

844. Pacientes, saboreando su propia hambre, permanecieron en silencio aún así y sumidos en la desesperanza, entre el éxtasis de este frenético razonamiento... Sobre el horizonte del gran valle, por el lado oriente, justo entre las dos montañas, apareció un sol esplendoroso, al mismo tiempo que sobre el horizonte opuesto del valle, sobre el pico de la gran montaña del poniente descendía el otro sol.

845. Todos los comensales se pusieron de pie y observaron maravillados desde su lugar el amanecer y la ocultación de los soles: Merohna y Madgiodioper.

846. Desde la posición de la villa y sobre todo desde donde se había dispuesto el banquete, se podía apreciar con lujo de detalle, la ocultación y el amanecer de ambos soles. Poco a poco el sol Merohna, que era el sol que se ocultaba iba perdiendo su disco luminoso tras la montaña, proyectando sobre el firmamento una luz rosada de intensidad fuerte pero extremadamente bella. En el cielo perfectamente limpio, sin nube alguna, el color se iba difumando hasta cubrir la cuarta parte de la bóveda celeste, donde se perdía en una tonalidad rosada, como el color de un salmón, diluyéndose suavemente sobre el fondo azul.

847. Por el oriente el sol Madgiodioper se levantaba poco a poco, aunque su resplandor y calor era más tenue y benévolo, que el del sol Merohna. No obstante era profundamente bello, ya que su luz se difundía precisa y llana en todo el planeta. Su disco solar emergía como una gran bola de fuego color rojizo, que poco a poco tendía a un color de fuego blanco y la luz que proyectaba se dispersaba por el espacio entre un trazo de nubes, que en ese momento se asentaban sobre el horizonte, que las pintaba de un color dorado intenso y descendiendo en rayos dorados entre los pequeños espacios de las nubes.

848. En el ciclo actual del planeta Intedba, el sol Merohna se encontraba más cercano al planeta, mientras que el sol Madgiodioper se encontraba al otro extremo de la orbita, por eso sus efectos de luz y calor eran más tenues.

849. En cada ciclo orbital del planeta uno de los soles quedaba más cercano a éste, para en el siguiente ciclo orbital quedar en la posición opuesta. Mientras que el que había estado en la posición lejana, ahora quedaba cerca. Así, medio ciclo orbital de los soles, acompañaba al planeta Intedba en un ciclo orbital completo de éste y la otra mitad en su segundo ciclo orbital. La relación 2:1 se había mantenido inalterable dentro de los últimos 1000 años, de los 3,000 millones de cuando se formó, después de que la galaxia Rroseñedaam había colisionado con la pequeña galaxia Wwiqaddress, tardando estos tres mil millones de años, bajo un largo y activo proceso de ajustes cósmicos para estabilizarse.

850. Así era la relación de los ciclos orbitales entre los soles y el planeta Intedba, pero respecto a los planetas Rohosem y Ogitanas, que también eran los planetas interiores del sistema Reltadib, tenían una relación diferente.

851. De 1 ½:1 sobre el ciclo de Rohosem y de 8/9:1 respecto al planeta Ogitanas, quien prácticamente seguía de cerca, atrapado por uno de los soles por muchos ciclos, pero orbitando al rededor de Reltadib.

852. La ocultación y amanecer de los soles, mitigó un poco el hambre de aquellos seres, ahora convertidos en seres humanos. Era la primera vez que percibían esa sensación y también era la primera vez que iban a comer, lo que los mantenía entre la zozobra y la curiosidad. Mantenían el interés de experimentar estas nuevas sensaciones, pero a la vez preocupados por sus posibles reacciones, que de igual manera iban descubriendo, pues algunas de ellas brotaban sin su control o por lo menos sin el conocimiento pleno del porqué o para qué.

853. Sobre los horizontes se ocultaba y se alzaban perfectamente sincronizados los dos soles. Aunque el espectáculo más hermoso ocurría en la ocultación del sol Merohna.

854. La montaña de un pico partía al sol en dos, como si lo desgajara. El gran disco de fuego se perdía poco a poco tras la montaña, hasta que se miró que descendía por sus costados. Finalmente se contrajo como en dos gotas sobre la base de la montaña y un resplandor más intenso resaltó la majestuosidad de la montaña y del horizonte todo. La luz rosada intensa se fue palideciendo poco a poco, hasta quedar en un contorno levemente oscuro.

855. Para ese momento el disco solar de Madgiodioper ya se había levantado sobre el medio círculo, que formaban los picos de las dos montañas y lo cubría todo, como si se encontrara posado a horcajadas sobre su silla de montar. Desde ahí, parecía que observaba de frente al valle, pero sobre todo a cada uno de los comensales. No obstante su calor y luz eran profundamente benevolentes, por lo que se podría tomar el reto de también mirarlo sin recibir afrenta alguna. El ciclo del medio día, que ahora iniciaba, prometía ser sumamente agradable.

Banquete de Bienvenida

856. *"Gimosdenaos, gimosdenaos intedbos smerohna"* dijo el dios Tzamnim y todos se sentaron y dieron gracias al Padre Formador y Creador del universo. Cada quien bendijo los alimentos que han sido preparados para su alimentación y en silencio, cada uno a su manera; se comunicó en oración con el Creador y lo bendijeron también.

857. Al instante, cada uno recibió en sus manos una carta con el menú del banquete y empezaron a hojearla y a ver admirados lo que veían. Afortunadamente, casi todas las recetas se ilustraban con excelentes fotografías, por lo que facilitaba el entendimiento de la forma como estaban preparados aquellos suculentos platillos. Fue un momento de profusa algarabía, pues todos comentaban lo que significaba tal o cual receta.

858. En la plaza Ooruhjso todo estaba dispuesto para iniciar el gran banquete de bienvenida. Los equipos de cocina y cantineros ya lo tenían todo dispuesto, cada cual en su respectivo patio.

859. El sol Madgiodioper se levantaba poco a poco sobre el horizonte y su calor benevolente esparcía gran placidez en todo lo que alumbraba, por lo que un banquete al aire libre, entre el perfume de las flores del campo, el trinar de las aves y la mirada complaciente de algunos animales salvajes era el mejor lugar para celebrarlo. Así se había dispuesto y así se hizo.

860. *"Ugia, mira el color rojo de éste fruto"* decía Xapyoram en su pensamiento dirigido, con visible alegría. *"Se ve hermoso".* *"Sí, es una cereza, pero mira cuantos mas hay, todos igualmente maravillosos".* Le contestó. Sus glándulas se estimulaban cada vez más, a medida que veían los variados platillos y en mas de alguna vez daban tragos de saliva, enjugados en sus bocas.

861. Todos habían repasado por mas de alguna vez el gran menú y ansiosos esperaban la llegada de los alimentos, que más habían hecho sudar a sus glándulas gustativas, estimuladas por el sentido de la vista y eso que tan sólo habían percibido sus formas y colores en aquellas fotografías.

862. Finalmente, desde la cumbre de la pirámide los 28 jóvenes alados hicieron tocar sus trompetas y en acordes precisos daban la llamada para el comienzo del gran banquete. Inmediatamente, sus instrumentos se transformaron en otro tipo de instrumentos musicales e iniciaron el primer movimiento de una sinfonía singular, que tocarán durante la celebración del banquete. Sus acordes llenaban todos los patios de la gran plaza. Todos los comensales guardaron silencio y en silencio, en un acto de reflexión profunda y conciente, deberán tomar sus alimentos.

863. Sobre las mesas se dispusieron al instante doradas bandejas, plenas de toda la diversidad de frutas y ensaladas. En jarrones de vidrio transparente se vertieron toda la variedad de jugos, de las mismas frutas, legumbres y raíces o de agua cristalina acrisolada en un proceso de condensación prístino. Cada quién recibió una dotación de platos, vasos y cubiertos para el entremés.

864. Para ese entonces, el hambre estaba a punto de desbordarse, por lo que nadie esperó más y al unísono todos empezaron a tomar sus porciones de fruta.

865. No obstante la intolerancia del hambre, que parecía no se extinguiría con nada, todavía se dieron tiempo para palpar, sentir en sus dedos, en sus manos la tersura y suavidad de las frutas. Olieron su esencia, observaron detenidamente su textura, color y formas. Después de conocerla en parte, se la llevaron a la boca y sintiendo su dureza, desgarraron su forma. Sus jugos se derramaron en sus bocas y saborearon el manjar

dulce o agridulce de aquellos frutos. Masticaron y el perfume todavía fresco se impregnó en su ser, se fundió a través de todos los tejidos de sus células y llegó hasta ellas.

866. La diosa Xapyoram, tomó un racimo de uvas color verde y una a una las palpó con sus dedos, sintió su textura. Olió su perfume fresco, prácticamente inodoro, percibiendo apenas el olor del viento y la tierra. Tomó una y poco a poco se la introdujo en la boca. Indecisa la mantuvo en su boca por un tiempo, moviéndola dentro de ella sin atreverse a masticarla. Sus glándulas salivales se deshacían en torrentes de saliva, cuando accidentalmente la mordió y un jugo agridulce, pero exquisito llenó su boca. Ella se sobre saltó un poco, pero luego sus glándulas gustativas se excitaron sobremanera e irradiaron una gran energía explayándola en todo su ser. Todas las células de aquel hermoso cuerpo festejaban con gran euforia tanta delicia. Inmediatamente, se llevó a la boca otra uva y poco después casi la totalidad del racimo. Al poco tiempo aquello era un gran festín. Grandes buches de uvas se deshacían en la boca de la gran diosa y los atragantaba, descendiendo hasta el hambriento estómago.

867. Todos los demás hacían lo mismo, prácticamente nadie se había quedado inactivo y cuanto más saboreaban, más se engolosinaban. Grandes cantidades de frutas y ensaladas se consumían, pero al tiempo se reponían sin demora alguna.

868. Como niños hambrientos, tocaron todo, metieron la mano en los jugos, sorbieron grandes tragos y eufóricos comían sin cesar a manos llenas. Ninguna regla de urbanidad era respetada, porque era tanta la sed, tanta el hambre de experimentar las delicias expuestas ahí y por primera vez, que no había paciencia para el protocolo del bien comer. Eso sí, se cuidaba sobre manera el no desperdiciar o derramar siquiera migaja alguna de los manjares aquellos.

869. Potpoc y su esposa Klujib, sus hijos Ofhul, Vitf y Plusnaman y sus hijas Jamsarda y Sigfha, se engolonizaban embargados en profunda reflexión todo lo que estaba a su alcance. Era sólo cosa de mirarlos, para percibir de sus expre-

siones xsentlamlex humanas toda la alegría interior aquella que sin poder evitarlo se desbordaba por sus rostros.

870. Yedim y Tzamnim, sus hijos Piver, Hort, Kydnis, Beff, Arwaf, Ursad y Emsord e hijas Oghy, Resma, Jirse, Ñida y Tokkgie, todos sin excepción se atragantaban desbordados de emoción cuanta fruta, ensalada y jugo quedaba a su alcance. Con los ojos, con sus manos y la plenitud de su conciencia puestos sobre el alimento, les permitía fusionarse con toda la fuerza de las esencias, ahora expresadas en aquellas prolíferas formas, en un acto de intercambio de energía único y uno de los procesos más generosos que se ha permitido existan en el universo.

871. Por eso, al comer se le ha dotado de un gran complejo de sensibilidades, para propiciar el gozo, el placer y con la capacidad para palpar el bienestar de todo el cuerpo, por lo que la inteligencia nos debe permitir escudriñar lo invisible, lo impensable, lo evolucionable y en la alegoría de este singular acto, alcanzar la visión de nuestra verdadera comunión. Después de todo, en el universo todas las expresiones xsentlamlex se conjugan en un proceso de intercambio de energías, algunos más placenteros que otros, pero con un objetivo preciso e insoslayable, que se debe cumplir.

872. De vez en cuando, levantaban la vista furtivamente sobre su presa, pero sin soltarla, para ver lo que ocurría a su alrededor, pero sobre todo para ver si los demás los miraban. Afortunadamente, todos estaban embebidos en el gozo de sus primeras experiencias alimentarias. La familia Voltoyog, de nuestro insigne amigo Jedvid y su adorable esposa AftamiQuc, con su honorable hijo Xibvri e hija Gaem estaban profundamente ensimismados, comiendo sin cesar el manjar de los frutos aquellos.

873. La diosa AftamiQuc, había tomado entre sus manos una ensalada especial, combinada con las hierbas más exquisitas del planeta y los aceites vírgenes mejor degustados por el mismo Padre. Era una combinación de hojas verdes, finamente

cortadas, que en abanico se iban difumando hacia un color amarillo. Sobre ellas había trozos de otras legumbres, frutos y raíces, amalgamados con una sustancia lechosa, como si estuvieran enmielados. Sobre éstos se desplegaban una serie de trozos alargados, que en conjunto formaban una rueda multicolor: Naranja, verde y púrpura, cuyo centro remataba en el centro del platillo. Sobre el centro del platillo se levantaba un trozo de otro de los tubérculos más exóticos. Se había ahuecado, para que su interior se rellenara con un manjar de un caldillo espeso, prolífero en un sin número de trozos de mas hierbas, algunas de ellas de exquisito olor y de cuadritos de frutas, nueces, almendras, alcaparras, aceitunas, mango, de tal forma que desbordaban simulando la erupción de un volcán. El platillo lucia espectacular y las glándulas salivales de la diosa AftamiQuc casi enloquecían.

874. No obstante, con paciencia acercó su nariz al platillo y lo olfateó todo, saboreando cada uno de los olores de las verduras, frutas, tubérculos y de aquel caldillo singular, todavía humeante que explayaba el más exquisito de los olores. El sentido de su olfato descubrió una mezcla de olores que armonizaban con lo que en textura y colores se veía. Los aromas centraron más su atención en el acto aquel, que estaba a punto de iniciar y todavía saturada de tan deliciosos olores, tocó suave y delicadamente con las yemas de sus dedos, cada una de las hierbas de hojas anchas y verdes, los trozos de frutas y cereales. Hundió sus dedos en el caldillo espeso y de todo sintió su tersura, rigidez y frescura. Con los dedos embarrados de caldillo se los llevó a la boca y los lamió uno a uno, sintiendo una profunda admiración por el alimento y agradeciendo a quien lo había preparado con tanta pasión y esmero.

875. En ese instante todo su cuerpo se cimbró de emoción. Las células de su cuerpo vieron con beneplácito que llegaba la hora del festín y así fue. En un abrir y cerrar de ojos, la boca estaba llena de la ensalada aquella y pausadamente masticaba cada hoja, cada trozo de fruta, legumbres y cereales. Los jugos se vertían generosos y con la saliva formaban un bocadillo más exótico aún... El proceso de digestión se iniciaba. Una vez que el bocadillo alcanzó su mezcla perfecta, fue atragantado y reci-

bido en el estómago con gran euforia. Inmediatamente, otro gran bocadillo se preparaba en la boca y pausadamente la diosa iba saboreando, sintiendo cada crujir, cada voltereta del alimento, que la lengua removía de un lado para otro en la cavidad bucal. Las energías se fusionaban en estrecha relación y se veía su excelente armonización, en la expresión de extrema placidez y emoción, que difundía e irradiaba el rostro de la gran diosa AftamiQuc.

876. La familia Mixvwiu, del dios Suerfder y su esposa Jusbfij, también estaban profundamente embelesados. En sus rostros se veía una alegría inocente y traviesa, como niños inexpertos, pero a la vez ansiosos de tocar, morder y saborear.

877. El dios Suerfder tomó entre sus manos una manzana de un color rojo brillante. La sostuvo primero en la palma de una mano. La abrazó con todos los dedos y la sintió firme, consistente y fresca. Luego se la pasó a la otra mano y la palpó con toda la sensibilidad de que era capaz. La tomó entre las dos manos y la observó serena y pacientemente. Después, se la acercó a la nariz y olfateó el perfume mágico. Era un perfume exquisito que dilataba las glándulas salivales y le pareció incomparable y profundamente mágico, pues pudo percibir con su séptimo sentido que el olor almacenado en ella, había brotado de la tierra, conjugándose con el aire y la luz de los soles, para exhalarse en esta singular maravilla.

878. Sin esperar más le propinó una desgajante mordida y al momento, a cada masticada se fue diluyendo en un jugo delicioso sin igual. El cuerpo se cimbró todo y en una inexplicable sensación de exacerbado júbilo percibió que la energía vital de la manzana se impregnaba en la sensibilidad de todas sus células. Con toda la reverencia y respeto de que era capaz fue mirando con plena conciencia, como la manzana desecha por las masticadas permanecía en su esencia íntegra y mientras lo sentía imaginaba, que su inigualable sabor había subido de la tierra, desde las raíces profundas del manzano y ascendió por los capilares, en un torrente sávalo, hasta el lugar donde se izó

la fístula, que con el tiempo, la magia del sol y el aire convirtieron en flor.

879. De la flor, brotaba después una pequeña protuberancia, que magistralmente se iría convirtiendo en fruto, donde se almacenaban de manera ordenada y simétrica, cada una de las moléculas minerales, las moléculas de agua y almidones, que subían de la tierra y de su diversidad se fraguaban, como en el mejor de los laboratorios: Vitaminas, azúcares, colores y germinó su propia simiente, resguardándola en su centro, como señalando el valor tan encumbrado de su esencia.

880. Percibió como los fotones habían excitado los cloroplastos de las hojas del manzano y esta señal se irradiaba a lo largo y acho de su frondoso follaje, haciendo posible la generación de la más real de las energías, pero sobre todo que ésta quedara atrapada en sus frutos y que ahora, aquí en su boca se liberara. Otra mordida y de nuevo un lento masticar, para degustar en profunda meditación el elixir de su jugo, que a cada bocado propiciaba una excitante fantasía. La meditación conciente del comer se atrevía a eso y más. Después de todo era una de las formas para integrarse en comunión a la vida por la vida.

881. Los acordes de la magistral sinfonía continuaba y llegaba a todos los confines de la plaza con gran nitidez y apreciación, pues la plaza estaba en profundo silencio. La sinfonía se había escrito especialmente para esta ocasión, como la mayoría de ellas, pues antes de la magna celebración en el Reino de la Gloria, no se precisaba de utilizar el ingenio de nadie. La sinfonía fue escrita por el dios Tzamnim. El deseó describir la epopeya de la enigmática galaxia Rroseñedaam, resaltado la importancia de las tres épocas cosmológicas que han de desarrollarse durante el transcurso de su existencia, así como la formación del brazo espiral Ivodaredi, uno de los más prolíferos gestores de la vida, cuando en los inicios del universo sucedían colisiones catastróficas entre las galaxias.

882. Recién formadas las galaxias, el principio de atracción las mantenía peligrosamente cercanas unas de otras, por lo

que poco a poco entre ellas mismas fueron despejando el espacio intergaláctico al fusionarse entre sí.

La intensidad ascendente de la sinfonía describía el momento cosmológico en que la pequeña galaxia Wwiqaddress se acercaba lenta pero irremediablemente sobre la galaxia Rroseñedaam. Se iniciaba una danza ritual, de cortejo mutuo, pero con mayor dominio de la Rroseñedaam. Poco a poco, forcejeando el idilio ineludible, permanecieron inconquistables por breves momentos cósmicos, hasta que desgarraron sus horizontes y desnudas se fusionaron en un frenético abrazo, que sacó chispas y explosiones cosmológicas.

883. El colosal impacto proyectó cuatro grandes brazos principales, que atrajeron tras de sí una gran cantidad de estrellas y polvo globular. Se encendió la chispa que desintegró el hoyo negro central de la galaxia Wwiqaddress, esparciéndose en gran cantidad de diminutos hoyos, que afortunadamente se distribuyeron simétricamente entre los cuatro brazos, dejando casi intacto al hoyo negro central de la galaxia Rroseñedaam.

El sistema Reltadib es uno de los millones de hoyos enanos, surgidos de esta colisión entre las galaxias, dejando registros imborrables y cuyo resultado ha sido de un valor invaluable para el universo.

Desde entonces la galaxia Rroseñedaam ha alcanzado una de sus épocas de mayor esplendor y se convirtió de galaxia globular en una galaxia de brazos espirales, hasta que en un futuro muy lejano nuevamente colisione contra la galaxia Axliastister en uno de los eventos cosmológicos sin precedente alguno y sin igual pero majestuoso, de tal magnitud; que trasformará al universo entero, a partir del cual habrá un cambio cósmico profundamente significativo.

884. Todo esto relataba la intrincada combinación de acordes de la sinfonía y marcaba los espacios-tiempo en los tres movimientos de sus tres epopeyas. Así, en el primer movimiento se dibujaba el surgimiento del brazo Ivodaredi de una benéfica colisión con la galaxia Wwiqaddress.

Este colosal fenómeno sucedió en los albores de la creación y alcanzó su plena armonía hasta los 3,000 millones de años después, tiempo en el que se consideraron concluidos los trabajos de formación y creación del universo y momento en el que se convocó a la magna celebración que aquí se narra.

En la segunda parte se descifraba y llegaba al primer clímax con la gestación de la vida y la inteligencia. La segunda fase es la época cosmológica actual llevando hasta el presente 4/9 partes de su ciclo.

Al alcanzar su máxima armonía la galaxia Rroseñedaam fue propicia para desarrollar una infinidad de medios ambientes benignos para el sustento de la vida y profusamente placenteros para la vida inteligente, por lo que grandes e innumerables civilizaciones se han asentado en sus millones de planetas vivos. Con ello ha cumplido a raudales con el propósito fundamental de su creación y formación.

En la tercera partitura se profetizaba el súper clímax infinito alcanzado por el efluvio agónico en la colisión devastadora entre Rroseñedaam y Axliastister. Inimaginable e indescriptible, que cualquier esbozo de exaltado asombro queda ínfimo, ante la colosal hecatombe que se avecina y de la cual ya se estan precanonizando los ritos solemnes de acercamiento entre ambas galaxias.

Cabe aclarar que los dioses diseñadores del universo conocían la ecuación matemática natural, que gobierna su evolución, por lo que sabían de antemano lo que debía suceder en el momento presente, en el pasado y en el futuro.

885. Mientras tanto, todas las ensaladas, frutas y jugos se habían agotado, quedando las mesas vacías. Los comensales ensimismados, pero atónitos a la vez, veían que no había quedado morusa alguna, no obstante ellos se sentían algo satisfechos, pero sinceramente no bastaba. El apetito aumentaba en momentos pero luego se calmaba. Permanecieron sentados reflexionando en silencio, escuchando la magna sinfonía, que realzaba sin más la menos creativa de las fantasías.

886. Estaban atentos y disfrutando de manera conciente todavía del sabor, color, olor y textura de lo que habían comido, cuando fue puesto ante sus ojos un nuevo platillo con un caldi-

llo lechoso, humeante aún. En su interior se veían pequeños trozos de pan tostado crujiente, parcialmente hundidos en el caldo, algunas hojas verdes y cuchareando en el fondo había trozos de tallos verdes.

El olor se impregnó en el ambiente y mucha de la esencia de aquel platillo se difumaba en él. Las glándulas gustativas enloquecieron de nuevo.

887. Los dioses y diosas olieron, hundieron sus dedos y percibieron su calor, su textura lechosa y con los dedos chorreantes se los llevaron a la boca y saborearon una deliciosa crema de champiñones. Tomaron el platillo entre ambas manos y sin más protocolo sorbieron poco a poco, sin desperdiciar gota alguna. Incluso, limpiaron la crema que se había adherido al plato con los dedos y chuparon sin cesar hasta que quedo el plato completamente limpio.

888. Para ese momento el sol Madgiodioper se levantaba como a 13° sobre la línea del horizonte. Su luz brillaba tenue, amigable y generaba un calor acogedor, agradable, benevolente cual ninguno.

889. Los comensales del patio Reltadib se habían dado cuenta que el planeta Intedba giraba y que en su ciclo había dos hechos importantes. Durante un medio ciclo estaría sobre sus cabezas el sol Merohna y durante el siguiente medio ciclo lo estaría el sol Madgiodioper. Al ciclo completo le nombraron O'kuinn. Al medio ciclo, cuando el sol es más potente le llamaron Snudoliaiom y al medio ciclo del sol benévolo le nombraron Snederiao, equivalente al día y la noche de nuestro ciclo actual. Aún no sabían como sucedería el ciclo alrededor de Reltadib, pero ya estaban tomando medidas y referencias para conmutarlo.

890. Un viento suave y fresco soplaba en el gran valle, haciendo más placentera la estancia de los comensales. Los platos quedaron vacíos y fueron retirados volando por el aire, tal como habían sido puestos ahí, debido a la acción del pensa-

miento de los chefs y cantineros que por esta vez, ordenaron el menú del gran banquete.

891. Inmediatamente otro platillo fue puesto sobre la mesa. Todos estaban gratamente sorprendidos. La admiración se hacía cada vez mayúscula. El plato en sí era una enigmática pieza de orfebrería, grabada con signos y esquemas indescriptibles, resaltados en un imperceptible bajo relieve sobre la fina superficie de color dorada. Tenia la proporción elíptica divina. Se gravaban dos círculos, tomando como centro ambos focos con líneas precisas y de igual espesor, incrustado con un material semejante al zafiro. En cada círculo se encontraba tallado un glifo codificado, sobre el que convergían toda una serie de signos y geometrías, que cubrían toda la superficie del plato sin dejar espacio vacío.

892. Los glifos estaban tallados en combinaciones magistrales de obsidiana, ópalo y esmeralda. Los signos se rasgaban en un hilo jeroglífico en zafiro y un ojo vivaz e inquisidor se esculpía sobre uno de los triángulos de lados curvos formado por los perímetros de las dos circunferencias y el perímetro de la elipse del plato, con su pupila color verde esmeralda y su cristalino de diamante puro. Pero lo más importante no era el plato sino lo que contenía, porque toda su magnificencia era para resaltar y armonizar con su energía al alimento que contenía.

893. Extendido cuan largo era, un rebosante y jugoso salmón rosado, de escamas levemente ennegrecidas, doradas por el fuego del horno, aún caliente; humeaba un delicioso sabor de hierbas y especias olorosas. En el extremo derecho del platillo un montículo bien formado de arroz horneado blanco, entremezclado con trazos de color naranja, verde, amarillo y blanco, enjugaban los diferentes sabores de cada uno, para de todos forjar uno nuevo. Sobre el montículo una rama de hierba verde con tres hojas remataba esplendorosamente. Del lado izquierdo, alrededor del salmón una ensalada cruda con rebanadas finamente cortadas de otros tallos, hierbas verdes y lechugas moradas, mezcladas con nuez moscada, almendras y pasas, combinadas con largas tiras de pepino, jícama, manzana verde, aderezados con aceite de oliva, pimienta molida y una guarni-

ción agridulce preparada especialmente para este platillo. El salmón estaba bañado con una salsa acaramelada como la miel, pero de un sabor sin igual, que tenía la capacidad de separar toda la intensidad de la dulzura y de la acidez en el mismo bocado, volcándose en un vaivén de estimulaciones. Todo ello lo hacía irresistible.

894. Acompañaba al platillo una copa de cristal cortado, tallada en bajo relieves, que representan a siete estrellas de cinco puntas, llena hasta los 5/9 de vino tinto. El color y olor de la copa resaltaba su exquisitez. El vino tinto es uno de los procesados con las uvas de inigualable calidad, con el mejor procedimiento de cultivo, crecimiento y seleccionado, desarrollado en el universo. Las uvas cristalinas color azul, variedad Yijhad se cosechan en el planeta Pridxim del sistema solar Ughresgh de la galaxia Ozdafy, actualmente ubicada en el extremo opuesto del universo. Su proceso de destilación y añejamiento es uno de los más eficientes, preciso y natural, por lo que toda la sabiduría de la naturaleza se ha vertido en él.

895. Antes que oler, sentir, palpar y saborear el magno platillo del salmón, dieron un soberbio sorbo a la copa de vino. Su exquisito sabor los obligó a buchearlo en la boca por largos momentos y fueron sintiendo que purificaba sus glándulas. La lengua se les adormecía suavemente dejándoles una sensación de frescura y resequedad en toda la cavidad bucal. Vieron que el placer les venia de la tierra, estallando en cada gota de vino. Embelesados, finalmente lo atragantaron y una sensación de hambre nueva se palpó en su ser. Ahora estaban listos para iniciar el ritual de comer el salmón rosado.

896. Era un acto solemne, de comunión mutua entre el salmón y los comensales. El salmón de manera intencional se presentaba en aquel platillo en tamaño natural, cuan largo era, con todas sus escamas, sus aletas, íntegro con sus grandes y hermosos ojos, pero fina y delicadamente cocinado y se mostraba sereno, como si no hubiera muerto, porque sabía que así estaba prescrito. Morir para vivir, porque eres el alimento de otro y en la intimidad del otro vivir. Cada transformación con-

duce al mismo fin: Preservar la vida. La vida en eterna juventud...

897. Al comerlo se vivió la vida del salmón, que en verdadera comunión se integró a la vida misma. Reflexionaban, sobre su gestación prolífera y como desde ahí la vida encontró a otra fuente de vida de forma más diminuta, pero no por ello de menor valor. Imaginaron al salmón comiendo del plankton, de la sal del mar y fueron creciendo con él en una frenética alegría por la vida, para nadar incansable por el vasto océano, juguetear con tantos amigos salmón, crecer juntos, sanos y vigorosos, revolotear, encontrar el amor en el amor de otro su semejante, desovar y luego al final estar dispuesto al sacrificio y alcanzar el pináculo de la existencia en este suculento platillo.

898. Comer de manera conciente se debe convertir en un ritual de profunda comunión con la Naturaleza, como parábola de la verdadera alimentación, pues es en la expresión física en la que se puede alcanzar la juventud cíclica eterna, si alcanzamos el grado superlativo de esta conciencia.

899. El plan original para la Creación y Formación de la Vida Inteligente en el universo, bajo su expresión física xsentlamlex es conservarla en eterna juventud. Por eso el exacerbado énfasis de lo que aquí se relata.

Sin embargo, se debe aclarar que el proceso de la juventud cíclica eterna no es fácil porque es un camino único, cuyo responsable de su fracaso o éxito es cada quien. En el camino no hay guías ni maestros, porque es tan diverso; tanto cuantas unidades de energía vital existan.

También se debe aclarar que el concepto de eterna juventud, el que aquí se refiere y en todos los términos sucesivos, se relaciona a un estado de energía que permite a la forma física del cuerpo preservarse con todas sus características materiales, durante todo el proceso evolutivo del universo. Es decir, que se vivirán todas las edades cosmológicas, tal como le será permitido a la materia, porque el cuerpo está constituido con los mismos materiales producidos en los procesos cósmicos del universo.

La esencia de la Vida por Naturaleza es eterna y sobrepasa a la juventud cíclica eterna cósmica.

900. La unidad de energía vital se cohesiona en una estructura con principios de matemática natural, que le da la propiedad de funcionalidad. En la naturaleza lo que no funciona logósticamente, simplemente no puede existir.

901. Para alcanzar la armonía de un campo de energía, capaz de preservarse en eterna juventud, bajo la expresión física xsentlamlex inteligente:

    a) Se requiere de una capacidad de reflexión profunda.

    b) Se requiere de la comprensión y práctica logóstica de los 52 principios elementales del universo.

    c) Se requiere de realizar prácticas y pruebas de humildad capaz de desterrar cualquier ápice de egocentrismo y cuyos resultados sean contundentes.

    d) Se requiere cultivar y practicar una incondicional conciencia colectiva.

902. El proceso para alcanzar el estado de armonía inductora de una juventud cíclica eterna tiene cuatro etapas principales.

La primera etapa se inicia a los siete ciclos de edad, si tomamos como referencia el marco de nuestro tiempo, será a los siete años. Edad a la que se supone el individuo empieza a hacer uso de la razón. El primer paso es tomar plena conciencia de su propio ser en su ser y preservarse como tal y sólo se logra cuando la forma física xsentlamlex inteligente se ha relacionado con la forma xsentlamlex de la energía esencial.

La definición de cual es la misión en la actual forma se alcanza en este periodo. Esta interacción de conciencia se debe cultivar y practicar sostenidamente hasta los 16 ciclos solares, para fijarla y a partir de entonces, continuarlo durante toda la existencia.

903. La segunda etapa va de los 16 a los 30 ciclos solares. Esta es todavía una etapa de preparación, que consiste en alcanzar los tres estados de pureza de la forma y expresión física xsentlamlex inteligente. Las prácticas de meditación, alimentación física y espiritual deben permitir liberar al cuerpo de los tres factores principales que promueven, aceleran su envejecimiento y la muerte.

   a) Primero, debe ser libre de enfermedades.
   b) Segundo, debe estar totalmente libre de vicios
   c) Por último, debe quedar libre de complejos.

904. La tercera etapa va de los 27 a los 45 ciclos y es la etapa en donde se alcanza el estatus de una posible juventud cíclica eterna, siempre y cuando se sostenga en la armonización de la energía, la conciencia y la esencia.

   Dentro del tercer periodo, entre los 30 y los 34 ciclos se recibirá la primera prueba: Es la prueba de la transfiguración.

905. La cuarta etapa se inicia al alcanzar el primer siglo Maya, es decir a los 52 años civiles haab, incluyendo sus dias innombrables del mes uayeb.

   Han de transcurrir 73 ciclos completos, más trece kines del calendario tzolkin maya o 18,993 días.

   Si la edad biológica de la expresión física xsentlamlex es de 36 años haab o 13,149 días se ha iniciado con éxito la posible carrera hacia la juventud cíclica eterna.

   La siguiente prueba se debe tomar a los dos siglos Mayas, es decir cuando hayan transcurrido 104 años civiles haab o 37,986 días.

   Si la edad biológica de todas las estructuras del cuerpo se conservan entre los 36 y los 45 años haab, se han alcanzado sin duda los principios y procedimientos para preservarse en eterna juventud.

906. Contrario al sentir común, preservarse en eterna juventud es sumamente dinámico, por eso se requieren de todas las facultades del cuerpo físico, pues la energía vital e intelectual nunca desfallecen, sino sólo por la forma.

   No obstante existe un riesgo imponderable, donde cualquier falla reducirá a la forma a su expresión de edad verdadera en cuestión de segundos y morirá irremediablemente de manera inmediata. ¡Cuidado, pues sólo serás longevo, pero nunca eterno! Habrá que esperar otra oportunidad en la siguiente reencarnación.

907. Las expresiones xsentlamlex humanas de los habitantes del Reino de la Gloria, por esta vez, han nacido a los 30 ciclos y a los 33 recibirán su primera prueba. Los que son hijos han nacido a la edad de los 16 ciclos, por ello es que deben seguir los procedimientos de interacción con el medio ambiente y conducir concientemente todos sus actos, bajo la experimentación de la forma física que les ha tocado expresar.

Ellos tienen la obligación de preservar la forma física, la que ahora los contiene en eterna juventud.

908. La mayoría de los sistemas solares, que sustentan la vida en el universo están configurados de manera similar al sistema solar actual o a un sistema binario como el Reltadib, porque la zona orbital de la vida queda a una distancia similar de los soles o a su centro de gravedad.

909. La luz, el calor y las condiciones ambientales deben conservarse en una serie de ciclos naturales de corta duración, los cuales permitan la regeneración del agua, el aire, el suelo, la contraluz, el fuego, el calor-frío, la evolución de la vida expresada en una extensa diversidad de formas sin límite alguno, hasta la concepción del pensamiento por el pensamiento mismo, propiciando la interacción de los siete sistemas fluídicos.

910. Si los fluidos son solidificados, enfriados o aislados perderán la capacidad de sustentar la vida y aunque el planeta tenga calor propio no será suficiente. La vida podrá asirse pero no proliferar.

911. Por lo anterior es que se han señalado los ciclos en términos de la duración promedio de los ciclos en la Tierra, que ha tenido durante su existencia, dentro de sus dos épocas cosmológicas.

912. El platillo quedó vacío. Solo el esqueleto del salmón resaltaba sobre aquella inigualable obra de arte. Los platos fueron retirados volando por el aire, tal como habían llegado y al momento, otro platillo más pequeño, fue puesto sobre la mesa. Un delicioso flan, suave y terso como ninguno, profusamente bañado en un dulce acaramelado. Tres cerezas rojas se distribuían alrededor y un racimo de pizcas de zarzamoras se vertían sobre el montículo, para combinar magistralmente el agrio y dulce de los frutos con el caramelo.

913. Cuchearon un trozo de aquel delicioso postre y paladearon una y otra vez, revoloteándolo en la boca, hasta que su sabor y energía se impregnaba. Otra sopa y nuevamente, hasta que fue consumido.

Algunos lamieron el plato para recoger la miel acaramelada y todo rastro de jugo. La satisfacción era total.

914. Permanecieron reflexivos aún, mientras la sinfonía continuaba, sincronizando con sus acordes el estado de plena satisfacción de los comensales. Algunos, todavía tenían entre sus manos la copa de vino tinto y a pausas daban sorbos, sumiéndose en un profundo estado de conciencia, logrando estimular la mejor de las interacciones entre energías.

El sorbo se bucheaba en la boca, para en cada sorbo encontrar la perfección de la uva y recibir de la tierra del planeta Pridxim la fuerza pura de la vida.

915. Ahora, se iniciaba el verdadero proceso de alimentación, al reducirse los alimentos en nutrientes activos, que mediante el proceso de digestión y circulación deberá llegar a todas y a cada una de las células. Sin esta parte del proceso la exaltación y veneración al comer no tendría sentido.

Ahora, se debe poner en marcha el mecanismo del sistema digestivo, lo que con tanta euforia de intercambio de energías se ha venido preparando y estimulando. La sabiduría de la naturaleza siempre toma los caminos correctos, porque el sentido real del comer no es el alimentarse sino el de nutrirse.

916. El verdadero secreto para alcanzar el estatus de una juventud cíclica eterna está en la nutrición de todas y cada una

de las células que integran la majestuosidad del cuerpo, por lo que la acción de la conciencia toma su verdadero valor en este nivel.

Aquí reside el factor de conciencia colectiva de todas las células, que emergen como una individualidad en la expresión conjunta del cuerpo que sustentan. La salud celular, la absoluta independencia de los vicios y la nula influencia de la negatividad de los complejos en cada una de ellas es crucial para alcanzar y mantener la preservación de la forma física en eterna juventud.

917. En un estado de conciencia colectivo, los **otros** pueden morir, pero el **tú** nunca muere, por lo tanto el **yo** tampoco. Esta propiedad es sumamente importante porque provee un mecanismo de purificación y renovación, donde los procesos de purificación y renovación son esenciales para la extensión de las formas de la vida.

Estas expresiones de extensión vital se manifiestan en el universo de manera fehaciente para nuestra capacidad intelectual, en la evolución de las especies en un planeta con vida.

918. La sinfonía Ivodaredi plañía sus últimos acordes. La satisfacción total se expresaba inéditamente en los rostros de todos los comensales. Por primera vez, se veían los unos a los otros y se encontraban matizados por distintos sentimientos, pero explayando siempre una profunda armonía. Sonreían con sinceridad y en plenitud de una felicidad que traspasaba su propio ego. Terminó la sinfonía.

Se levantaron de las sillas y de pie, en profunda reverencia dieron gracias al Padre por los manjares recibidos.

Cuarta Narración

Donde se celebra el primer baile. Se instaura la primera autoridad. Se da nombre a los animales y plantas de los planetas vivos. Donde se describen las reacciones y funciones de las necesidades físicas de las expresiones xsentlamlex de los seres del Reino de la Gloria. El primer acto sexual... Anécdotas y otros acontecimientos.

La danza para la vivificación del agua

919. Un redoble de 28 tambores provenientes de la cima y sima de la pirámide sacudió la plaza Ooruhjso. Las mesas se reacomodaron para unir a las familias en cada una. Una pista de baile emergió de la tierra y se configuró en un escenario, donde el sol benévolo se reflejaba sobre la superficie tersa y transparente. En realidad la gran pista era un cenote de agua líquida pero firme, que emergía del fondo de la tierra hasta quedar al nivel del terreno y en su superficie se podía posar sin riesgo de hundirse o tropezar siquiera. Las mesas rodeaban al gran cenote distribuidas simétricamente y en cada una de ellas aparecía el nombre de la familia que la debía ocupar.

920. En todos los patios se hacían los preparativos para el gran baile y cada uno deberá representar un rito, danza, marcha, bailable o folklore que identifique la majestuosidad del planeta sustentador de la vida.

921. Los tambores se escuchaban cada vez más cercas, pero su redoble no se perturbaba. Al patio Reltadib llegó uno de los ancianos y de su tambor extrajo un primer violín, un segundo violín, un violonchelo, una tambora, una tarola, una trompeta, un saxofón, una gaita, una arpa, una marimba, una guitarra, un guitarrón, un contrabajo, una vihuela, un flautín, un oboe, un clarinete, una tuba, acordeones, un piano, un órgano

tubular, maracas, cascabeles, panderos, sonajas, armónicas, bongos, otros tambores y se los entregó uno a cada uno de los presentes, hasta los que alcanzaron.

Luego continuó su viaje al compás del redoble de los tambores, para repartir sus instrumentos en los demás patios de su respectivo estadio.

922. En el patio Reltadib el gran sol continuaba su ascenso y un aire puro y tibio envolvía al ambiente, lo que animaba a cualquiera a participar sin más titubeos en el gran baile.

923. Alguien saltó a la pista primero. Su vestimenta era graciosa y singular. Llevaba un taparrabo atado a la cintura. Dos cortas túnicas caían sobre sus muslos. Una cubría la parte delantera y la otra apenas cubría sus nalgas. En los costados estaban desnudos y solo se veía el cíngulo que ataba las túnicas a la cintura. Su torso y espalda estaban semidesnudas apenas cubiertos hombros y cuello hasta la altura del pecho con un pectoral finamente bordado en hilos de oro, almantelex y pkist, resaltando los códices esculpidos con tanta elegancia, pues cada uno de los colores significaba un entrelace codificado que descifraba las claves de la historia de una civilización futura.

924. Los pies descalzos, pero sobre los tobillos y hasta media pierna un zarcillo de cascabeles, se engarzaba en cada pierna. A cada paso cada uno de los cascabeles redoblaba en chasquidos sonoros, que marcaban sin más prisa la pisada, el andar o correr de los pies. Con su vestimenta se veía aquel cuerpo libre para realizar todos los movimientos de la danza, por más difíciles que éstos fueran.

925. Sobre su cabeza una banda color oro ceñía su frente y dividía su cabellera en dos, dejando en plena libertad a la mitad inferior y sujetando firme la mitad superior. Su rostro enjuto, pero sereno y determinado, hacía del joven un glorioso guerrero. La fuerza de su voluntad se hinchaba en sus músculos atléticos. La nobleza se develaba en sus ojos color café y no había nada que ocultara su gentileza, pues en sus manos, aunque estuvieran empuñadas se percibía la calidez de la amistad y el genio sensible de su arte, aún inexplorado.

926. Alguien empezó a tañer un tambor, luego alguien mas otro y así hasta formar un coro de tambores. Otros danzantes saltaron a la pista, igualmente ataviados, con sus pectorales bordados y esculpidos los códices de otras civilizaciones futuras. Luego todos los dioses varones estuvieron sobre la pista y cada uno llevando sobre sus hombros la historia de igual número de civilizaciones distintas, que habrán de poblar los planetas: Deuferusm, Ubunum, Drofughusnun, Intedba, Rohosem, Dua, Ofged, Swefd, Kefges, Mayygy, Jbnbtu, Wifhjhg, Bryxzat, Hokjnbse, Goppnkyw, Tyus y Vrhitsed pertenecientes, entre otros; al mismo grupo local de planetas vivientes.

927. En los demás patios se preparaba el baile de igual manera y se nombraban a los planetas vivientes, de cuyas civilizaciones los códices relataban su historia. Estos planetas deberán pertenecer a un grupo local de planetas vivos de entidades xsentlamlex semejantes, así que no necesariamente deben encontrarse entre los límites físicos de una galaxia o grupo de galaxias, sino dentro de un plano universal que cataloga a las diferentes especies vivas inteligentes.

928. Al redoble de los tambores, llegó hasta el valle un viento leve, que soplaba sobre los rostros y ondulaba las cabelleras suavemente, haciendo un ambiente más agradable aún. La pista se llenó de danzantes y empezaron a trazar círculos, moviéndose al compás del ritmo sacro de los tambores.

Cada vez, el ritmo se hacía más solemne hasta que trece tambores pautaban simultáneamente, tocando acompasadamente su nota, su tiempo y su ritmo, que al mezclarse invitaba a los danzantes a seguirlo y así, cada uno se identificó con un ritmo específico, hasta que se integraron trece grupos de danzantes, cada uno obedeciendo a su tambor, pero que en conjunto hacía de la danza una mezcla colorida de pasos, que a pesar de ser distintos se sincronizaban en la totalidad, dando la majestuosidad al rito.

929. Los cascabeles redoblaban al compás de las pisadas y era tanta la diversidad en los tiempos y el ritmo, que su sonoridad plañía como una infinidad de gotas de agua al caer en un

precipicio para formar una cascada o la algarabía del agua al correr entre las piedras del río. Así, tambores y cascabeles elevaban su sonido cual si fuera una fiesta del mar, cayendo en magnánima avalancha sobre la hierba, el río, las montañas y los cuerpos.

930. Todas las diosas formaron un círculo alrededor de la pista y observaban atentas la danza. Luego, al poco tiempo de haberse iniciado, palmearon sus manos y levantaron su propio ritmo, que daba contrastes de silencio y chasquidos entre los tambores y los aplausos.

931. La danza cada vez subía en intensidad y como si fueran expertos danzantes, se inspiraban redoblando los tambores los pasos y las palmas. Luego formaron dos círculos compuestos cada uno por 117 danzantes que avanzaban sincronizados en el mismo sentido. De pronto, una de las columnas marchó en sentido contrario, creando una ilusión óptica de encuentros y desencuentros, pues luego la segunda columna también cambiaba de dirección y se alineaba, para luego cambiar nuevamente, así en una determinada cantidad de ciclos.

932. El círculo exterior formado por las diosas, hasta ese momento expectantes, también empezó a desplazarse en un sentido y luego en sentido contrario, al ritmo de sus palmas y sincronizadas por los tambores. Luego formaron un segundo círculo, que de igual forma giraba en un sentido y en otro.

933. Los dos círculos formados por los dioses y que estaban al interior de la pista, luego formaron tres círculos compuestos cada uno por 78 danzantes.

Ello permitía un mayor espacio entre cada danzante.

Luego avanzaban los dos círculos externos en un mismo sentido y el central en sentido contrario. Cambiaban de dirección y luego los dos interiores en uno solo y el externo contrario, para después los dos externos y el interior contrario, hasta que en una de las secuencias los tres giraban en el mismo sentido y también en el opuesto.

934. Se amplió el espacio entre cada uno de los tres círculos. De pronto un danzante del círculo tercero brincó al círculo segundo, al mismo tiempo que el danzante del círculo segundo desplazado brincaba al círculo primero y ocupaba el lugar de otro danzante del primero que brincaba al segundo, donde había el hueco de otro danzante del segundo que había brincado al tercer círculo, ocupando el espacio libre. En cuanto el espacio libre fue ocupado otro danzante brincó al segundo círculo y se repitió la secuencia con tal sincronía, que se veía como si el círculo completo se desplazara diagonalmente sobre el otro círculo, pero sin desaparecer.

935. Todos los danzantes en un momento dado fueron parte de cada uno de los círculos y luego la secuencia continuó desarrollándose con asombrosa precisión y fue más espectacular cuando se combinaron los movimientos de desplazamiento y giro, ya que en el desplazamiento de un danzante que iba en un círculo en una dirección determinada y que al brincar al otro, éste iba en sentido contrario debería en el inter espacio del brinco quedar alineado al tal sentido, de lo contrario sería arrollado por todos los danzantes.

936. Mientras tanto los círculos de las diosas también desarrollaban la misma clase de movimientos. Igualmente precisos, pero había cierto aire de elegancia y sensualidad. La danza de los dioses llegaba a la rutina de los movimientos circulares en un sentido y otro de cada uno. Los dos círculos de la danza de las diosas. poco a poco se fueron acercando peligrosamente a los danzantes y en movimientos preciosos de pronto se integraron a la danza, formando el segundo y el cuarto anillo.

937. De los trece tamborileiros, siete eran diosas y seis dioses, más un dios director que marcaba el ritmo y los tiempos con su batuta dorada, posado sobre un tronco de árbol hueco.
El retumbar de los tambores no tenía paralelo, pues era tan precisa la sincronía que causaba maravilla. Sin duda, la inspiración fluía del paradisíaco valle Yusdhnin, que así lo habían nombrado, donde por ventura se había construido la villa Edripaaosen. Sobre el horizonte noreste se iban formando un

enigmático cúmulo de nubes y el viento fresco las atraía cada vez sobre el gran valle.

938. Luego los cinco círculos iniciaron la secuencia de giros en un sentido y otro. Primero los cinco en un solo sentido, luego los dos extremos en sentido contrario, en seguida el tercero contrario y el quinto restablecido. Luego el segundo y el cuarto contrarios y el primero restablecido. Luego el tercero restablecido y quinto vuelto a cambiar de giro, hasta que todos iban en el mismo sentido, pero contrario al que habían iniciado.

939. Como un rito que llegaba a su clímax, los tambores intensificaban su marcha y sin perder los ritmos formaron un círculo, avanzando alternadamente en un sentido y otro. Luego, de manera precisa se fueron intercalando entre los danzantes de los cinco círculos interiores, hasta que los traspasaron y quedaron formados al centro, constituyendo el sexto círculo interior.

940. Del centro brotó una fuente de agua cristalina. Se levantó poco a poco un pico pequeño, como volcán en erupción, con su cráter diminuto por donde eructaba el agua.

El agua, como lava se escurría por las laderas del volcán y se hundía en una grieta, que se había abierto al mismo tiempo que se levantaba. La fuente marcaba el centro de la pista de manera precisa y daba el espacio suficiente para que los tamborileiros danzaran al compás de sus tambores y desde ahí guiaran a todos los danzantes a la siguiente etapa del rito.

941. La danza era tan reconfortante, que para entonces el sol casi llegaba al cenit y no se sentía el cansancio. Los cuerpos sudaban copiosamente y a pesar de ellos no desfallecían, ni menguaban la intensidad de sus pisadas. El sonido de los cascabeles era total, pero rítmico y aunque intenso, relajaba el espíritu.

942. Los cinco círculos empezaron a girar en secuencia, según correspondía. Lugo en una espectacular acrobacia uno a uno intercambiaban posiciones entre círculos, desplazándose en cascada, pero sin perder miembro alguno. La sincronía era tal, que no había error alguno y aunque un círculo fuese en sentido contrario a los adyacentes, siempre se ocupaba el espacio vacío y en el sentido correcto.

943. Como un rayo centellante se pudo apreciar el desplazamiento de un danzante del primer círculo alcanzar el segundo, al mismo tiempo que el danzante del segundo brincaba al tercero, que justo a tiempo brincaba al cuarto, donde éste había saltado al quinto círculo y el del quinto desplazado en ese momento brincaba al cuarto, el del cuarto al tercero, el tercero al segundo y por último el segundo al primero. Todos en un ángulo de desplazamiento tal, como el de una parábola dibujada por el movimiento de un cuerpo en caía libre, lo que no detenía el avance del los círculos.

Para ese entonces ya se había iniciado la secuencia de otra interacción, por lo que se veían dos desplazamientos y antes de que terminara el segundo, se inició otro, luego otro en precisa secuencia y sincronía, tal que al poco tiempo se observaban trece desplazamientos simultáneos entre los círculos, sin que éstos se desvanecieran. Se podían ver los movimientos en zig zag, al mismo tiempo que los movimientos circulares en ambos sentidos de uno u otro círculo, lo que impregnaba de un mágico colorido al rito de la danza.

944. El sol benevolente se encumbraba al cenit del cielo azul y en ese punto preciso lo alcanzó una gran nube y lo cubrió. Prácticamente la mitad del firmamento se encontraba cubierta por la majestuosa nube. Mientras tanto, la danza continuaba desarrollándose con gran intensidad.

945. El círculo de los tamborileiros también se movía en un sentido y luego en el otro. En un momento dado, uno de ellos se desplazaba en sentido contrario a todos.

Trazando pasos laterales, permitía el paso del tamborileiro que se acercaba, luego zigzagueaba para cruzar al otro lado e irse intercalando en el círculo. Otros mas lo siguieron y de manera intercalada unos y otros avanzaban entrecruzados en sentidos opuestos, pero sin estropear la marcha.

Así, hasta que siete tamborileiros danzaban en un sentido y los otros siete en sentido contrario. Sus ciclos en zig zag eran mas lentos, porque el tambor les impedía realizar movimientos rápidos, pero se repetían con precisión cada 52 tiempos base, que se marcaba para los demás círculos.

946. La danza debía desarrollarse en lo sucesivo bajo este esquema, hasta que se diera una señal. En ese momento deberá de cesar y parar de súbito. Mientras tanto deberá seguir sin distracción alguna, porque cualquier falla de alguno de los danzantes o del ritmo de los tambores causaría una hecatombe indescriptible.

947. De pronto un enceguecedor resplandor rasgó el viento y como bola de fuego se estrelló sobre el pico norte de la montaña de dos picos, que se veía sombreada por la colosal nube que cubría el valle. A los 79 segundos retumbó sobre el valle un estruendo, profundo y ronco, que opacó un poco la algarabía de los tambores, pero que de alguna manera se armonizó en ellos, pues luego se fue desvaneciendo poco a poco al compás de los mismos. La danza debía continuar.

948. Sobre el valle soplaba un viento proveniente del noroeste, cada vez más intenso, pero fresco, puro y profusamente perfumado a un olor de tierra húmeda, intercalado a veces con el aroma de las flores, el estiércol y la madera seca.

949. Otro colosal resplandor, alumbró brevemente la gran pista y algunos pudieron observar de reojo que el rayo fluía descendiendo y ascendiendo instantáneamente, en ambos sentido entre el pico sur de la montaña de dos picos y la gran nube, dejando una estela luminosa en zig zag, que se apagaba en el instante. A los 79 segundos después se volvió a escuchar el gran trueno, que provenía de la montaña y se expandía sobre el valle y más allá, anunciando a su paso una de las más preciadas fiestas de la naturaleza. No obstante el ritual de la danza continuaba sin trastabilleo alguno.

950. Los movimientos de la gran danza, continuaban realizándose con precisión matemática. Uno a uno los danzantes se

movían y se intercalaban, sin importar si era dios o diosa. Para ese entonces, en todos los círculos había una mezcla de dioses y diosas, por lo que ya no se podía categorizar a los unos o a los otros. Los ciclos se sucedían uno tras otro. Los tambores retumbaban con mayor énfasis, precisando el ritmo, la intensidad y los contratiempos, lo que impelía de renovadas energías a cada uno de los danzantes. Después de todo nadie había quedado excluido y participaban con gran alegría.

951. Como si fuera un complejo engranaje, se podía ver como uno a uno los danzantes se intercalaban en los círculos y el avance sincronizado. Sin importar la dirección de los círculos, se podían apreciar los movimientos de cada uno de los danzantes con toda claridad, de tal manera que se podía contabilizar los ciclos uno a uno, los eventos uno a uno, el estado de energía de cada uno de los danzantes, su pensamiento, su voluntad, su acción y reacción.

952. Hasta el momento han pasado 719,999 eventos y 1,999 ciclos en el gran rito de la danza. Con el siguiente evento se cumplirán 720,000 y se completará un ciclo más, alcanzando los 2,000 ciclos. Los trece danzantes habían iniciado su intercalación entre los círculos, pero ya no salió nadie desde el primer círculo, uno a uno fue desplazando a otro y ese otro a otro, hasta que se fueron llenado los espacios vacíos del primer círculo.

953. En un gran esfuerzo la diosa Gaem, hija de Jedvid y AftamiQuc de la familia Voltoyog, en su recorrido, brincaba del quinto círculo al cuarto, luego del cuarto al tercero, después del tercero al segundo. Los círculos segundo y primero se movían en sentidos opuestos, lo que hacía más difícil su integración al primer círculo. Este acto lo debería de realizar en el siguiente redoble de tambores, por lo que respiró profundo y se levantó en un salto espectacular, pero no tomó el impulso de giro sobre sí misma, para quedar alineada al sentido que llevaba la columna de danzantes del primer círculo...

954. ...Calló de pie, pero de frente al dios Kydnis, hijo de Yedim y Tzamnim, quien súbitamente se detuvo... En el preciso instante que esto sucedía, una luz fulminante y enceguecedora entraba y salía de la fuente y rasgaba el aire, trazando su acostumbrado camino zigzagueante hasta fundirse entre la colosal nube, al mismo tiempo que un trueno ensordecedor opacaba cualquier grito de asombro. La danza cesaba al instante y ello fue hecho así.

955. ... Finalizaba la gran danza, porque la señal sincronizada se había dado. Una tan palpable y poderosa como el rayo descargando su energía entre la fuente de agua y la nube, la otra porque en los seis círculos se completaban los ciclos precisos, en donde cada uno tenía exactamente la misma cantidad de dioses y diosas. Es decir; se habían formado las parejas precisas de géneros opuestos, lo que le daba un gran significado al rito de la danza.

956. Los tambores también enmudecieron. Un silencio sepulcral se diluyó sobre el ambiente de la gran pista. Ensordecidos por el razgamiento del rayo y el tañer de los tambores no se adaptaban todavía a lo que el silencio les alertaba, pero; poco a poco se fueron percatando a medida que se acostumbraban al silencio.

957. Una cascada de agua en gotas diminutas cayendo sobre la jungla, como enjambre de abejas excitadas se hacia cada vez más sonoro. Una brisa suave traía el viento y se untó en sus rostros sudorosos, fluyendo abundante sobre la barbilla, cayendo hasta el pectoral y las piernas enzarcilladas con los cascabeles, hasta los pies, de ahí hasta la tierra suave y tersa de la pista.

958. Todos estaban perplejos, nadie se movía de su lugar. Todos respiraban excitados inhalando grandes cantidades de aire. Sorpresivamente un rayo fulminante descendió, casi al mismo tiempo que salió de la fuente y se encumbró hacia la nube con rapidez increíble, tal que al mismo instante en que aparecía se desaparecía, dejando enceguecidos a los aturdidos dioses, pero más cruel sería su poder que al mismo tiempo un ensordecedor estruendo convulsionaba el espacio en una onda de choque, sumiéndolos por completo en su asombro, pero aún no se desvanecía el colosal trueno, cuando una cascada de lluvia se avalanchó sobre sus hombros. En un instante quedaron completamente empapados y en su desolaz desconcierto levantaban las manos para tratar de aprisionar la lluvia entre sus dedos, pero no era posible.

959. Después de un momento se dieron cuenta que llovía, que el agua caía a cantaros, y era tan fresca y recia, que las gotas sacudían su cabellera, el pectoral y las grandes túnicas de las diosas se adherían a su cuerpo, resaltando sus formas sensuales.

960. El sol había sido ocultado por la gran nube y solo una leve penumbra esclarecía el gran valle, resaltando la silueta urbana de la villa.

961. Todos alzaban los brazos al cielo para recibir la lluvia y también el rostro vuelto hacia ella, con los ojos semiabiertos la veían y sentían caer como saetas sobre sus cuerpos. Bendijeron a la lluvia y en un sentimiento colectivo de agradecimiento dieron gracias al Padre Creador y Formador del universo por tan hermoso regalo.

962. Tan repentino como los anteriores, el quinto rayo de la gran tormenta y el tercero que emergía desde la fuente, deslumbró en un singular fulgor, al mismo tiempo que se sentía una fuerza electrizante que ionizaba el aire de cuando menos 81 adritas a la redonda, levantándose como un portentoso hongo, que al unísono convergía sobre la cúspide de la fuente.

963. El viento ionizado alcanzó una gran velocidad y cruzó la pista de baile dejando una estela sonora de efecto doppler, que silbaba intensa como una cuerda afinada hasta la 3ra., octava, capaz de desarticular cualquier estructura sólida. Era como si se recolectara una gran carga electrostática y se amalgamara en un diminuto espacio, que se habría camino por donde

encontraba la menor resistencia, para acerarse con mayor fuerza a otra gran carga que tiraba de ella desde la nube.

964. El movimiento a la velocidad de la luz de la gran bola de energía equilibraba su descomunal fuerza restituyéndola en una intensa vibración, que sacudía a todas las moléculas del aire y de cuanto se interponía en su fluido.

Este precioso proceso de acción y reacción daba como resoltado un gran estruendo, potente y ensordecedor, que dejaba sin aliento a todos los presentes. El gran trueno penetró sus cuerpos y cimbró a cada una de sus células y poco a poco se fue perdiendo en el extenso valle.

965. De la fuente, cuando emergió el rayo una intensa flama brotó también y una parte del agua se ionizó y fragmentó las moléculas de la tierra y parte de ellas también subieron hasta la nube y se esparcieron a lo largo y ancho de su inmensidad.

Con el tiempo, a medida que la nube se desintegre caerán como la lluvia en alguna otra parte del valle o del continente.

966. Todos los presentes comprendieron el significado y prorrumpieron en aplausos. Algunos brincaban.

Rompieron la formación de la danza y se abrazaban los unos a los otros, felices de haber llevado a buen término el rito de la vivificación del agua.

967. La lluvia, el fuego, el fulgurante rayo y el trueno serán símbolos de gran valor para cualquier futura civilización.

En ello la esencia del agua, vivificante será fuente y sustento de la vida en su expresión física xsentlamlex.

También estaban contentos por haber comprobado que habían cumplido con todos los requisitos para constituirse en dignos comensales de la Gran Celebración, pues se encontraban integrados exactamente en parejas y el número de familias impar.

968. Los dioses más jóvenes corrían por toda la pista completamente empapados, pero llenos de júbilo.

La tormenta se intensificaba y el agua fluía entre la maleza y gran parte empapaba la tierra vegetal de la jungla. Luego se formaban arroyuelos que desembocaban en el río, el cual aumentaba su caudal teñido del color de la tierra.

El viaje de regreso al planeta Rohosem

969. Los dioses y diosas, que estaban asignados a la colonia del planeta Rohosem se despidieron de los demás y se dispusieron a iniciar el viaje de regreso.

La forma de viajar entre ambos planetas usaba la tecnología más avanzada, de tal manera que facilitaba la comunicación y traslado de elementos materiales entre los dos planetas.

970. El eje gravitacional del sistema Reltadib, se ondulaba bajo la presencia de cada uno de sus planetas y cuerpos cósmicos. Este arreglo singular permitía seguir rutas de acreción, que permitía alcanzar altas velocidades y reducir el tiempo del viaje hasta en 1/ 6,561 avos.

El otro sistema consistía en utilizar fuerza motriz propia y un poco los campos gravitacionales extendidos. El tiempo del viaje dependía del poder de la fuerza propulsora y de la intercalación entre las fuerzas gravitacionales del sistema, por lo que en algunos casos se debía esperar hasta obtener las mejores condiciones en la alineación entre los cuerpos cósmicos y el tejido gravitacional para alcanzar los impulsos y ganar cierta velocidad.

971. La villa Edripaaosen fundada en el gran valle Yusdhnin estaba perfectamente alineada al eje del sistema Reltadib y coincidía con el centro de la colonia Prusedest del planeta Rohosem, que se asentaba en una extensa meseta que se alzaba a 3,357 adritas sobre el nivel del mar Yhusderess a los 16° de latitud norte del planeta. Ello facilitaba la intercomunicación entre ambos planetas.

972. Para viajar en su expresión física a tan altas velocidades se debía construir un escudo de energía, capaz de preservar las condiciones ambientales y llevar en su interior a los viajeros. La cápsula se formaba con la interacción de la conciencia colectiva de cada uno de los viajeros.

973. Tendidos sobre el pasto, formaron una estrella de dieciséis vértices. La cabeza formaba un círculo central interior. Con las manos tomadas formaban una cadena central a la altura de las caderas y las piernas extendidas cuan largas y abiertas en su máximo compás, unían sus pies con sus pies, formando 16 puntas exocósmicas, y 16 puntas endocósmicas, siendo éstas las más relevantes pues ahí se generaba el poder energético más denso de cada uno de los viajeros. El vórtice del chakra base se conjugaba en toda su magnificencia para constituir el escudo energético y encapsularlo como uno solo. Así, en la unidad podía levitar sin problema alguno e interactuar con los campos de energía y materia. La unidad se cubría con una luz intensa y como una bola de fuego se podía desplazar en cualquier dirección y altura.

974. Con los vórtices de los chakras del corazón y el chakra coronario completaban la estructuración de la insigne nave y se reforzaba con los tres anillos energéticos que daba forma y seguridad a la cápsula viajera.

975. Entre mayor fuese el número de viajeros mayor era la cápsula escudada con la energía preservadora del medio ambiente interior. De preferencia se unían dos o tres familias, pero si el caso lo requería se podría constituir una cápsula nodriza, portadora de una colonia o incluso de un pueblo entero.

976. Pero también había la opción para constituirse en un viajero solitario, por lo que su escudo energético dependía sólo de su capacidad de concentración para conducir adecuadamente la energía interna, a la vez que debía aprovechar las energías benignas externas del fluido transportador.

977. Para ello, el viajero se sentaba sobre la hierba, cruzando las piernas y apoyando sus manos, con las palmas de las manos puestas suavemente la derecha sobre la izquierda, entre los vórtices del chakra base y el sacro. La cabeza inclinada, apoyando el mentón sobre el tórax, se mantenía en profunda reflexión por el tiempo necesario, hasta que se generaba el escudo de energía envolvente, cual bola de fuego intenso y radiante. Una vez alcanzada esta etapa, probaba su capacidad de levitar y desplazarse a gran velocidad en cualquier dirección y altura.

978. La tormenta continuaba con todo su poder. Una vez que aminoró un poco, los huéspedes del planeta Rohosem se dispusieron a iniciar el viaje de regreso. Se organizaron en seis cápsulas de dieciséis viajeros cada una, más siete cápsulas de viajeros solitarios. Bajo la lluvia se tendieron en círculo, con la cabeza formando un círculo interior, tomados de las manos extendidas hasta la altura de sus caderas y junto el pie al pie del compañero, en la posición de lo más abierto posible. Se unieron en su conciencia colectiva y forjaron su escudo impenetrable. En pocos momentos se levantó suavemente desde el pasto mojado y ascendieron, profusamente iluminados. Viraron en círculo por tres veces sobre el valle en señal de despedida, traspasaron la nube y se esfumaron en un abrir y cerrar de ojos... Habían entrado al eje gravitacional ondulante del sistema Reltadib.

979. Los habitantes del patio Reltadib de la villa Edripaaosen, caminaron bajo la lluvia, paso a paso, sin prisa alguna, disfrutando concientemente la suavidad y frescura del agua forjada en gotas balísticas. Así continuaron pausadamente hasta sus respectivas casas.

980. Al momento en que estos entraban a sus casas, los huéspedes del planeta Rohosem también descendían sobre la gran meseta, donde se asentaba la magnífica villa Prusedest, todavía empapados con el agua de la lluvia del planeta Intedba.

981. Se posaron sobre el jardín central de la gran villa y desescudaron la cápsula y uno a uno se fue levantando, sacudiéndose el agua de sus vestimentas y del pelo de su exuberante cabellera. El sol Merohna, para ese instante se encontraba sobre el cenit del cielo del planeta y era el sol benevolente, ya

que la relación entre ambos se encontraba en su posición más alejada. Contrario al planeta Intedba, donde el sol Madgiodioper era el sol del segundo medio ciclo.

982. Así como los habitantes del planeta Intedba, ellos también debían retirarse, caminando pausadamente bajo los rayos del sol benevolente a sus respectivas casas, porque debían descansar un poco.

La expresión física de la vida en sus diferentes manifestaciones era demasiada densa por lo que ello obligaba a progremar ciclos de actividad y descanso.

983. El medio ambiente del planeta Rohosem era similar al del planeta Intedba, sólo que su proceso geológico todavía se encontraba en plena actividad. No obstante, la humedad, el calor y la luz solar eran profusamente creativos y habían germinado en sus grandes extensiones de tierra exuberantes selvas, junglas pantanosas, tundras y trazos desérticos sobre el ecuador del planeta.

984. Había tres océanos mayores, que cubrían el 36% de la superficie y cuatro más pequeños, dos de ellos interiores en la masa continental. En total se cubría apenas el 43% de la superficie y el continente era uno solo, pues no estaba separado por ningún océano y se podía cirunvolucionar a través de su superficie sólida.

985. La meseta donde se asentaba la villa Prusedest tenia inigualables condiciones ambientales. La gran meseta formaba parte de un complejo geológico, donde el mayor de los volcanes del planeta Rohosem, por su gran actividad había alcanzado la altura más prominente, que superaba en tres veces la altura de la montaña mayor del planeta Intedba. Sobre sus flancos norte y sur se había formado un gran cañón, bordeados por una cadena montañosa, que se extendía hasta ambos polos. Esta formación le daba un singular aspecto a la superficie y servía de referencia para cartografiar correctamente cualquier lugar del planeta. Hacía los flancos del Oriente y el Poniente se había desplazado la lava y formado en ambos costados dos exten-

sos altiplanos. Un río caudaloso serpenteaba por la gran meseta y al final se precipitaba en una espectacular cascada de 3,357 adritas de altura para desembocar entre los enhiestos acantilados sobre el mar Yhusderess. La villa Prusedest se encontraba a 32 RecterSeab adritas de los acantilados, a las márgenes del río Videffyd, que así lo habían nombrado y a 72.9 RecterSeab adritas de la gran montaña Errtaganm. La gran montaña se alzaba imponente sobre cualquiera y se podía apreciar desde la curvatura más extrema de la superficie del planeta, a tal grado que se visualizaba su encumbrado pico sobre el horizonte, aún cuando las nubes cubrían el primer tercio de su descomunal envergadura.

986. La atmósfera era menos densa que la del planeta Intedba, pero respirable y contenía una proporción en oxigeno, que sobre la superficie a nivel del océano alcanzaba hasta el 18%. El vapor de agua era abundante, ya que su evaporación requería de menor temperatura, por la baja presión atmosférica y los ciclos del agua se desarrollaban con facilidad. Su fuerza gravitacional también era menor, lo que requería de un menor esfuerzo para la realización de cualquier actividad física.

987. En esencia, las condiciones ambientales forjadoras del clima y la posible sustentación de la vida son características propias de cada planeta y si éste tiene la capacidad de preservar; desde su formación, tales condiciones será un candidato ideal para ser colonizado. Pero en todos los casos, el equilibrio de los sistemas ambientales es sumamente delicado y cualquier desviación, por un exceso de actividad geológica interna o externa, podrá romper el equilibrio y desviarse hacia una catástrofe, que borrará tales condiciones y sólo si la actividad iónica y magnética del sistema es lo suficientemente capaz, podría reestablecerlas después de un largo periodo de ajustes y modulación del nuevo clima. La garantía para la sustentación plena de la vida no será en todo momento válida, por lo que tendrá que adaptarse y armarse con nuevos mecanismos de supervivencia.

988. En el planeta Rohosem, por su débil fuerza gravitacional, perdía en el espacio hasta el 0.003% su vapor de agua, antes de que se condensara y se precipitara sobre la superficie. Su débil campo magnético dejaba grandes huecos de atmósfera, donde se permeaba directa la radiación solar, generándose esas manchas desérticas. En la atmósfera superior había una tenue capa de partículas finas de hidróxidos de hierro y nitratos de cobre, que poco podían hacer para detener la radiación ultravioleta.

989. No obstante, en el otro extremo se desarrollaba una gran actividad volcánica y tres de los volcanes exhalaban grandes cantidades de vapor de agua, oxígeno, hidrógeno, nitrógeno, ozono, cenizas, bióxido de carbono, nitratos y sulfitos. El ozono era expelido con gran fuerza de tal manera que alcanzaba mucha altura. Era como si se hubieran descubierto minas encapsuladas de oxígeno, que habían permanecido ocultas por millones de años en las entrañas del planeta y donde habían iniciado el proceso de estructuración de las moléculas de ozono. Esto reforzaba las condiciones ambientales del planeta y lo catalogaban dentro de los planetas vivos.

Un nuevo ciclo O'kuinn

990. Las 28 trompetas sonaron con gran fuerza, desde la pirámide llegando a los rincones más apartados de la gran plaza Ooruhjso. Era la primera llamada para iniciar las actividades del nuevo ciclo. La plaza entera se despertó y en cada patio se alzó la algarabía de las voces, las risas y los cantos. Nadie prestaba atención a la pereza y en un santiamén todos estaban listos y ansiosos de iniciar las acciones. Cada patio estaba fascinado por lo que le había tocado experimentar y aunque no en todos se había manifestado la expresión xsentlamlex humana, pero si la sensación física de la vida.

991. En el patio Nusdes-Is del estadio •⸺ Isludieracuzd, séptimo estadio del campus Gharo Zurcludosirda, por ejemplo; se manifestaba la vida en la expresión física xsentlamlex sghuiding, que se desarrollaba en el planeta Mukju del sistema solar Cbinteg, perteneciente a la joven galaxia Lwuxubytm. Debido a que la sustentación ambiental para la vida se estructuraba como una gruesa capa nubosa entre los 43,000 y los 61,000 adritas de la superficie del planeta, los seres eran expresiones físicas aladas de gran presencia, hermosas y hábiles. Las nubes eran el campo fértil y tenían la textura suficiente para sustentarlos en el reposo absoluto, si así lo deseaban; a los nuevos habitantes, así como para permear la luz y percibir la majestuosidad del paisaje. No obstante los frutos más codiciados se encontraban en la profundidad del gran océano gaseoso, hasta donde podían descender por breves instantes y remontarse luego a la atmósfera benigna, donde se había construido la inigualable y bien aventurada villa Indsumi.

992. Caso contrario, la expresión física de la vida en el patio número cincuenta del estadio Seab Nebilam, patio Rhotl-Na, que se asentaba en el planeta Vasgjkyv, del sistema solar

Khrosrg, perteneciente a la más pequeña de las galaxias del universo, pero de inigualable armonía, llamada Dudbclib se desarrollaba con toda plenitud en profundas cavernas, amplias y extensas, por donde pasaban ríos de agua cristalina.

993. Las cavernas fueron cavadas durante la formación geológica del planeta, ya que la superficie fue sepultada bajo kilómetros de espesor de cenizas volcánicas, lo que permitió una fácil erosión por las corrientes de agua y lava. En su interior se habían formado incluso extensos valles subterráneos, con bóvedas muy altas y los ríos fluían caudalosos hasta brotar a la mitad de algún acantilado y continuar su marcha hacia el océano.

En los valles subterráneos brotaba la vegetación alimentada por humedad corpuscular y la luz solar entraba a las cavernas por el reflejo en los acantilados, que de manera precisa se habían formado a las entradas y sus paneles eran tan simétricos y bien orientados, que durante la mayor parte del día, como espejos; el sol radiaba hasta la profundidad del valle cavernal, proporcionando luz y un calor benigno, quien a su vez hacía fluir una corriente de aire fresco, que purificaba los grandes túneles y redes cavernarias del complejo.

Profundos y anchos pozos de aireación y luz, perfectamente distribuidos intercomunicaban entre sí a la más extensa red de ríos y cavernas, de tal manera que se podía viajar entre ellos y vivir plácidamente, protegido de los intensos rayos solares.

994. La superficie del planeta era inhóspito, carente de protección para la radiación solar que impelía con gran fuerza. Así, que la forma xsentlamlex Xunkidistu se asentó en los valles subterráneos y forjó su belleza y habilidad en cuatro extremidades, que usaba al desplazarse con gran velocidad y dos cuando su andar era más pausado o deseaban manipular objetos, danzar, realizar actos de limpieza corporal o reflexionar.

995. Aún así, los frutos más exóticos crecían en los acantilados de los pozos o precipicios de las montañas, donde mitad

del día recibían la radiación solar y durante la otra mitad se guarecían bajo la sombra de las montañas.

996. En otros patios se manifestaba la vida en expresiones xsentlamlex tan singulares, que permitían por ejemplo la plenitud de sus acciones y pensamientos en medio de un ambiente totalmente líquido, pues su civilización se asentaba sobre el lecho marino de un océano exuberante, cuya diversidad florecía de acuerdo a la profundidad a la que se encontraba.

La luz solar se esparcía soberbia y radiante permeando la gran columna de agua. Las montañas, valles y hondonadas del lecho marino configuraban el paraíso mismo, tal que sin paralelo alguno, se recreaba la más escéptica de las fantasías.

997. Sus extremidades aletadas facilitaban su traslación y cualquier movimiento artístico y acrobático que deseaban realizar. Además su cuerpo hidrodinámico, atlético, alegre y armónico con su medio ambiente, garantizaba el éxito de su gestación y renombre.

998. Las 28 trompetas retumbaron por todos los rincones de la plaza magna, anunciando la segunda llamada. La mayoría de los patios prácticamente estaban ya dispuestos y los huéspedes ansiosos esperaban las indicaciones para iniciar las actividades del segundo día de la gran celebración, de acuerdo a los ciclos naturales de sus respectivos planetas.

999. En el patio Reltadib, la gran tormenta había cesado y la colosal nube se había desvanecido por completo. En el planeta Intedba, el sol Madgiodioper casi llegaba al ocaso, tocando el luminoso borde de su disco de fuego, sobre la montaña del gran pico. Mientras que por el oriente se intensificaba un resplandor color dorado cada vez, anunciando el alba del sol Merohna. La montaña de doble pico resaltaba su majestuosidad contra el trasfondo profusamente iluminado del cielo.

1000. Una diminuta gota del sol Merohna, pareciera que se posaba sobre la hondonada de la montaña de los dos picos, al mismo tiempo que la montaña de un pico pareciera que se hendía en el sol Madgiodioper dispuesto a acuchillarlo y partirlo en dos.

En ese preciso momento, las 28 trompetas redoblaron sus entrañas y en acordes pautados anunciaron con toda pompa y regocijo la tercera llamada.

1001. Todos los huéspedes salieron de sus casas y se dirigieron al jardín central de la gran villa. El dios Ugia y su familia. La familia Voltoyog, de nuestro insigne amigo Jedvid y su adorable esposa AftamiQuc, con su hijo e hija estaban profundamente ensimismados observando el nuevo amanecer del sol Merohna.

Yedim y Tzamnim, sus hijos Piver, Hort, Beff, Arwaf, Ursad y Emsord e hijas Oghy, Resma, Jirse, Ñida y Tokkgie, igualmente y así todos y cada uno de los invitados.

1002. Mientras tanto en el planeta Rohosem, el sol Merohna era el que se ocultaba al ras de la gran meseta. Pareciera como si cayera en el precipicio del gran acantilado de 3,357 adritas de altura. Tal espectáculo daba la sensación de estar parado frente al sol y en un momento quedar al alcance de la mano y ser de la misma estatura.

1003. Pero el sol Madgiodioper resplandecía tras la colosal montaña Errtaganm, quien opacaba su esplendor y sólo una leve luminosidad la envolvía resaltando un poco su gran basamento, difumándose entre las nubes perennes, para continuar resaltándola por arriba de los 9 RecterSeab adritas, hasta los 25 RecterSeab adritas de su altura total, donde el pico agudo como una aguja permanecía incólume, pues a esa altura no había fuerza erosiva alguna que lo demoliera. Así, el amanecer en la villa Prusedest del planeta Rohosem era retrazado por la gran montaña, aunque sobre los horizontes la ocultación y el amanecer de ambos soles ocurría con precisión astronómica.

1004. El dios Parciee y su honorable familia, el dios Kusderes, los dioses Jestuseni, Likader, Hobustir, Gyind y sus familias, así como todos los demás, se reunieron en el jardín central de la villa y ensimismados observaban atentos el ocaso del sol Merohna. Su gran disco de fuego, se fue desplomando por el gran acantilado, mientras el firmamento del planeta se teñía de un rojo carmesí, que poco a poco se iba desvaneciendo, cambiando en mil tonalidades a medida que se dirigía la vista hacia el cenit del firmamento.

1005. Por último una gota de sol resbaló por el acantilado, pero su resplandor se avivó. Por un momento pareció que se desprendían halos de luz intensa, como llamas lameantes de gran fuerza. Al tiempo, el magnánimo resplandor se fue opacando poco a poco y una sensación de penumbra parecía anunciar la oscuridad profunda, pero no. Por el oriente se intensificó un nuevo resplandor, que brotaba a raudales por los costados de la montaña, haciendo visible hasta los detalles más sutiles, agigantando su ya de por si natural majestuosidad, que infringía un gran respeto a cualquiera.

No obstante; sobre la meseta se cernía una escalofriante penumbra, pero llena de esperanza, porque se sabía, que tarde o temprano el sol emergería por sobre el encumbrado pico de la colosal montaña Errtaganm.

1006. De la pirámide descendieron 28 jóvenes alados, con trompeta en mano y una mochila de estudiante a la espalda. A cada patio que llegaban anunciaban su presencia y de su mochila sacaban lápices y cuadernos con hojas blancas, que repartían entre todos y cada uno de los huéspedes.

1007. En el patio Reltadib, los habitantes todavía estaban embelesados por el ocaso y amanecer de los soles, cuando un ensordecedor estruendo como de 52 trompetas resonando como truenos los sacó de su éxtasis. Al momento apareció entre ellos un joven alado, descargó su mochila de estudiante y empezó a repartir tres hojas de papel blancas por cada uno de los presentes, también les entregó una tabla del mismo tamaño con broche pisa papel y un lápiz.

Nuevamente, se llevó la trompeta a los labios y al unísono con los demás jóvenes alados de los otros patios, anunciaron que todos los huéspedes del estadio •• Rrapuzage tenían ya sus respectivas hojas y lápices.

1008. Al instante el mismo anciano de actitud juvenil, que les dio la bienvenida tras el portón de ingreso al túnel del estadio, se apareció entre ellos y desplegó ante sus ojos siete libros de significativos glifos, que anteriormente ya habían leído con suma atención, pues se encontraban profusamente tallados en la colosal puerta.

Los libros pertenecían a la segunda sección donde están tallados 243 libros de gran interés común. En ellos se describen los diferentes medios ambientes y las condiciones que prevalecen en ellos, sus leyes y la forma como deberán de integrarse con sabiduría en los diferentes medios ambientales, a los que se habrán de enfrentar durante los ciclos del tiempo del no tiempo.

1009. Los siete libros daban indicaciones precisas respecto a las características, principios y universalidades del medio ambiente del sistema Reltadib y de los 51 patios restantes, previniendo el posible intercambio cultural, social o tecnológico con otros patios del estadio. Lo mismo sucedía en la villa Prusedest del planeta Rohosem.

1010. Todos leyeron de nuevo con suma atención. Después de un momento el anciano cerró los libros y desapareció en su presencia.

1011. Al momento todos quedaron vestidos con ropa corta, ligera y fresca, pero a prueba contra rasgaduras. Los pies fueron calzados con zapatos fuertes, cerrados hasta las espinilleras, pero cómodos y medianamente ligeros. La cabeza se cubrió con un sombrero tejido de paja, no muy ancho, pero que alcanzaba a proteger la mitad de los hombros. Recibieron también una alforja llena con agua pura y cristalina para beber. Algunos se procuraron báculos de otate y a los más jóvenes se les entregó una espada forjada en acero piskjhde maleable, pero muy resistente, que utilizarán para desfoliar el camino al internarse en la selva densa.

1012. Permanecían aún asombrados por el colorido de sus vestimentas, cuando sobre la cúspide de la pirámide Ounfirt apareció la figura del Padre Creador y Formador del universo, alzó los brazos y extendidos los abrazó a todos y de su palabra proclamó el consejo y el aliento que todos escucharon, sin que hubiera fanfarria alguna o estruendo de voces.

En silencio, así sin más, todos escucharon las palabras del Padre, que en su pensamiento les decía: *"Dosaam siom. Syeho pideelsiaac. Dails amlapoc yrscdebiru ussaneeia nelrfaaom q'renav ynterncoar alyusa opirpa. Adrmornbe olsaslo liaanesm, gesun tirseouci, mornbar alssla noptla, olsslo elgarsu, yalssla oscas, qeraapu odcaun olsslo niconneem yjigarerau leine basleno leda arcenoic. Dapreden idaso soog toptaran varalliam, rocnedperm opirpa urfasom ylmesonaaime leqau, inamten caavit. Nestain dniseecussedsa yrlacahes cupirlm estrenim. Q'eresav ostteado suestipod aarp elsorerv unetaslo nesom posereda. Ssosrepiorud!!!. Nadleeat!!!"*. Luego los bendijo.

1013. En sus expresiones físicas xsentlamlex actuales, percibieron los mismos sentimientos, cuando se encontraban en el gran salón de la pirámide, pues debían meditar un poco más porque ahora sí, su plan de acción deberá llevarse a cabo. Cada uno de los habitantes de los patios lo habían comprendido y sólo debían permanecer unos instantes más, bajo los frondosos árboles en el jardín, para luego iniciar la marcha de exploración, donde deberán alcanzar grandes conocimientos y experimentarán en carne propia las leyes físicas del medio ambiente.

Estos breves momentos que se les pedía, aunque nadie se los dijo eran sumamente importantes, pues la hora de autoevaluarse había llegado. Enfrentarse ante sí mismos y hacer un proyecto de vida, para los siete ciclos del tiempo del no tiempo, debía dar sus primeros pasos ahora.

1014. A partir de este momento, ya no serán vestidos automáticamente, sino cada uno lo hará y abrochará su botonera, ceñirá su cintura, forjará su vestimenta y tejerá sus sandalias. Aseará su casa, bañará su cuerpo e interpretará los signos de la naturaleza. Sólo el alimento se hará como se ha prometido, a excepción de cuando se deba practicar uno de los 52 principios elementales universales, que involucre lecciones de escasez, guerra y deseos, acciones, espejos, imprecaciones, o por castigos de soberbia, gula o despilfarro.

1015. Los habitantes del patio Reltadib, sobre todo los asentados en la villa Edripaaosen del planeta Intedba permanecían profundamente ensimismados en una indescriptible actitud meditativa, que los mantenía absortos, fuera de su mundo... El sol Madgiodioper destellaba con todo su poder cerca ya del cenit, pues se habían interiorizado tanto en su meditación, que el sol Merohna, ya se había ocultado y el amanecer del sol Madgiodioper, hacía mucho tiempo que había ocurrido.

Todo hubiera continuado igual, sino es porque el dios Potpoc tuvo que rasgar el viento con su voz, entonando un canto ululador, sin ton ni son.

Primeros balbuceos de un lenguaje legendario

1016. El desagradable lamento del dios Potpoc los sacó de súbito de su meditación profunda. Un sonido sumamente extraño, que nunca antes habían escuchado, a través de su oído físico, no obstante en su pensamiento y cerebro se traducía en signos familiares.

Se gestaba el nacimiento total real, el alumbramiento al mundo físico de uno de los lenguajes más excelsos. Con el oído atento, debía surgir la voz para exaltar su presencia y desde entonces, donde hay oídos atentos, habrá palabras y signos dispuestos para el que quiera escuchar.

Ahora, sus pensamientos se expresaban en sonidos que brotaban de sus bocas. Inmediatamente se dieron cuenta, que a partir de ese momento sería la forma de comunicarse entre sí. Sus pensamientos sí eran fluidos y precisos, pero la expresión se complicaba un poco, hasta en tanto no se pusieran de acuerdo en formar un lenguaje que precisaba ser hablado.

1017. Se miraban unos a otros, tratando de intuir los pensamientos del otro, pero no. No sabían como expresar su idea, su sentimiento, su asombro, ni su desconsuelo. Mudos, revoloteando sus pensamientos en sus propios pensamientos, se sintieron desvalidos, incompletos y los embargó gran humildad.

De pronto, el mismo dios Potpoc prorrumpió en sonoras carcajadas al ver el rostro afligido de todos sus compañeros. Le sigùió el dios Jedvid, al escuchar y ver la desvergonzada carcajada de su compañero, luego el dios Ugia, luego el dios Tzamnim y así uno a uno, hasta que todos reían a carcajadas. Contagiados por tanta hilaridad, no hubo dios ni diosa que se resistiera.

1018. Por largos momentos reían y reían, llegando a la histeria incontrolable, pues era la primera vez que se escuchaban, la primera vez que se veían con la única expresión sin saber más de lo que pasaba por el pensamiento del compañero. No obstante era una risa saludable, una expresión sin igual. Se veían reír los unos a los otros y entre más reían, se reían de sí mismos.

1019. Sin duda, el que las primeras expresiones lingüísticas de la nueva civilización, de todos y cada uno de sus protagonistas, se manifestara en risas y carcajadas tenia un gran significado.

1020. Embelesados con su ataque de risa, no se habían dado cuenta de lo que sucedía en el firmamento, hasta que un viento helado les abrazó los cuerpos. Instintivamente frotaron sus manos sobre los brazos y percibieron una oscuridad que se avecinaba. Las sonoras carcajadas enmudecieron de súbito y las miradas se dirigieron hacia el firmamento donde una mano señalaba con su dedo índice, que miraran. El sol Madgiodioper era devorado...

1021. En ese momento el hoyo negro Reltadib se interponía en el plano orbital, entre el sol Madgiodioper y el planeta, por lo que los habitantes de Intedba podían presenciar uno de los espectáculos astronómicos más fascinantes que jamás han existido. Al iniciar el fenómeno, a medida que el hoyo negro se cruzaba lentamente e interfería con los rayos solares, éstos quedaban atrapados y como si fueran un río de luz se iban vertiendo poco a poco en el hoyo. El sol parecía que era engullido por el hoyo negro y se deshacía en pedazos. Era como si un horno de fundición de acero se vertiera sobre un molde insaciable.

1022. Todos alzaban los brazos hacia el sol. Su expresión muda no decía nada, sólo se levantaba llena de asombro e instintivamente clamaban piedad y consuelo. Por primera vez un miedo cimbraba y oleaba su energía por sus cuerpos y algunos sintieron ganas de defecar, pero tampoco entendían esa nueva sensación. En su pensamiento razonaban un poco más tranquilamente, pero se apoderaba de ellos un gran temor, que los hacia reaccionar como cualquiera de las criaturas del monte y de la selva.

Los animales del campo se escurrían en sus madrigueras, los lobos aullaban, los pájaros trinaban, los cuervos graznaban. Cada uno de ellos expresaba su admiración y temor, según su voz, según su natural expresión.

1023. Ñida, hija de Yedim y Tzamnim, empezó a llorar. Se abrazó a su madre y sus sollozos se escucharon por primera vez. Otras diosas princesas también empezaron a sollozar y todo el grupo se reunió y se abrazaron. Percibieron la presencia del Padre Formador y Creador entre ellos, pero no lo veían. Sabían que estaba con ellos, porque una gran oleada de energía armonizó sus instintos asustados.

1024. Poco a poco sintieron alivio a su temor y por primera vez, se dieron cuenta que estaban inmersos en los siete fluidos reales, entre los cuales debería interactuar su expresión física humana. Habían descendido hasta la forma y desde aquí se levantaría todo el razonamiento, todas las conjeturas, reacciones, sensaciones y respuestas a los estímulos del medio ambiente.

No obstante, el cuerpo se constituía en una excepcional maquinaria, implementada con miles de millones de sensores y de extraordinarios procesos inteligentes capaces de reaccionar oportunamente a cualquier amenaza que tratara de dañarlo.

1025. Hasta el ciclo anterior, aunque ya tenían la forma física humana, habían interactuado desde su encumbrado estatus energético y las sensaciones que habían experimentado eran apenas la introducción, necesarias para que comprendieran lo extremo de la forma de la vida y no eran nada comparadas con las que les espera en los siguientes ciclos. Mas reconfortados, se dispusieron a disfrutar el eclipse del sol Madgiodioper.

1026. El sol desaparecía del firmamento y la última gota de luz, se vio que se desprendía presurosa. Se podía ver y admirar la velocidad a la que viajaba, hasta sucumbir completamente en el hoyo, que aunque diminuto no lo satisfacía nada. Al momento en que la gota de luz desapareció en el hoyo, éste era rodeado por un anillo de luz intensa. Un anillo de luz fascinante, amplificando hasta en seiscientos sesenta y seis veces más el mismo sol. El anillo mostraba el paraje más maravilloso y fascinante del disco de acreción del hoyo negro. El agujero negro quedaba al descubierto y se podía ver todo su poder, su monstruosidad oculta. El firmamento se iluminaba con la luz del anillo en un espectáculo sin igual de luces difusas algunas, tuenes y otras realmente intensas. La luz, se veía que llegaba en oleadas hasta el borde del planeta. Era como si las ondas gravitacionales tuvieran luz propia y se pudieran ver, pues, realmente se veían como un oleaje maravilloso en la intimidad de un mar cósmico inmenso.

1027. Exclamaciones de admiración se escuchaban sin cesar al ver el gran disco de acreción. Los dioses jóvenes eran los más inquietos y señalaban cuantas cosas les llamaba la atención, tanto de lo que veían en el firmamento, como de lo que escuchaban de la selva.

1028. Balbuceaban las primeras palabras sonoras, cuyo significado podríamos traducir como: -Luuz... soommbraaa... roojoo... oondaa... grrraavitaaacioonaal... sool... ooojo... frío... viiieentoo... griiitoo... llaallanntooo... auaa.. auuulliiidoo... caaantooo... siilbiidooo... miiiraaad... seeentiiir... nnooo coorras... oobbssseeerrvaaa... maaraviillooso... ¿queee paasaará?... ¿dóndee estaaará?... noo tee vaayas... vuelve... hermoso... sin igual... río...-

¡Grandioso!, si comprendemos lo que estos balbuceos significan sin duda reflejará nuestra grandeza intelectual puesta a prueba, emergiendo triunfante, porque debemos de saber que todo tiene un círculo y lo mismo que abre – cierra, lo mismo que empieza – acaba, lo mismo que significa – lo descalifica.

Maravilloso, siendo así; esto es fácil de entender. Pero no!, lo importante es interpretar lo que hay dentro del círculo, desde el punto donde se abre, que es el mismo punto que lo cierra, desde el origen y el fin, que son el mismo punto. Esto es lo que debemos comprender...

Por eso las palabras se componen de fonemas... Pero, primero fue el pensamiento, la idea, la imagen, la idea y el pensamiento...

Luego el fonema, la expresión oral del pensamiento, pero se unieron los fonemas y se expresó la palabra... Luego se juntaron las palabras y se expresaron las ideas, las imágenes y el pensamiento más nítidamente... Al unirse las palabras para expresar ideas vino el lenguaje... y del lenguaje la civilización... por eso una palabra contiene mas palabras, porque contiene fonemas y basta reordenarlas para tener nuevas expresiones del pensamiento...

1029. De pronto, en un parpadeo desapareció todo. El anillo, el sol y el agujero negro desaparecieron súbitamente. Por un breve instante todo era oscuridad absoluta. Por un instante el planeta sentó un escalofrío y un temor insoslayable se apoderaba de todos los seres vivos. Los huéspedes del planeta Intedba estaban atónitos, boquiabiertos y vibrando en cada parte de su ser con un dejo de temor, que difícilmente podían ocultar.

El Padre Formador y Creador del universo, había acudido a la cita, porque le fascinaba sentir el frío helado y mirar las entrañas de la oscuridad. Realmente disfrutaba intensamente cada paso, cada instante y todos los detalles del eclipse del sol Madgiodioper.

1030. Apenas se habían alegrado por el gran espectáculo del descomunal disco de acreción, cuando de la nada desapareció de su vista. El viento helado se hizo más hiriente, tal que les cercenaba hasta los huesos. Un grito de horror se escuchó. La nostalgia los embargó de nuevo y se abrazaron sumidos en la oscuridad.

Algunos cayeron de rodillas e imploraban misericordia, pues sentían en su cuerpo un gran temor. Sus ojos estaban oscuros, no veían nada. Ello les causó temor y algunos tentaleaban extendiendo y manoteando los brazos hacia todos lados, pero los ojos fueron dilatando las pupilas y poco a poco pudieron mirar las siluetas en la oscuridad.

1031. Alguien volteó la vista al firmamento y pudo observar uno de los espectáculos más maravillosos traído por la inmensa oscuridad y gritó -¡Mirad amigos!!!. ¡Qué maravilla!!!-.

1032. La oscuridad absoluta traía consigo otro gran espectáculo, tal que a los habitantes del planeta en un santiamén los dejo nuevamente boquiabiertos y completamente extasiados. El firmamento se poblaba con un número incalculable de estrellas, caminos de polvo interestelar y galaxias girando majestuosas en lo más profundo del espacio. Se observaba el halo tenue iluminado del centro de la propia galaxia Rroseñedaam. Era un espectáculo maravilloso que sólo se podía observar en breves segundos, pero que valía la pena. Los 729 segundos, que el Padre Formador y Creador del universo, y cualquiera con la mínima capacidad de asombro, más podrían disfrutar. Este breve momento dejaba en claro, que el sistema Reltadib no era el único en el universo. No estaban solos, sino que había una infinidad de mundos más allá de este paradisíaco paraje, igualmente hermosos y misteriosos.

1033. No salían de su estupor, cuando ya estaban inmersos en un nuevo estado de gozo y alegría. Todo tan rápido, que no tenían tiempo de asimilar con precisión lo que estaba pasando. Empezaban a cargar con la torpeza de la forma, con la pesadez de la materia y aunque ya estaban más tranquilos, la infinidad de señales y estímulos, activando al unísono a todos sus sentidos, dificultaba la poca práctica racional del cerebro. Con el tiempo esta dificultad se irá superando.

1034. El conocimiento universal estaba inmerso en sus esencias como simiente, pero se requiere grabarlo en los sistemas fluídicos de la forma y forjar su fuente memorial, para que la verdad fluya y refluya hacia y desde la expresión instantánea y capacitar de procesos racionales al pensamiento transformado.

1035. Apenas se habían sumergido en el embeleso de la oscuridad, cuando de pronto apareció un destello fulgurante del centro del hoyo negro y se volvía a formar el anillo de luz intensa. Era como si el hoyo indigesto vomitara toda la luz. Vomitara al sol que se había engullido. Pero no era eso, sino que el sol cruzaba por el otro lado la interferencia del agujero negro.

Un rayo de luz intensa se desprendió como saeta del anillo de luz que iluminaba el disco de acreción del hoyo negro y se miraba su velocidad que avanzaba presuroso hacia el sol. Ahora el río de luz corría en sentido inverso y el molde insaciable vomitaba y vomitaba, seguramente enfermo de bulimia.

1036. Cada sentimiento, cada expresión de admiración, de sorpresa o desaliento les obligaba a balbucear nuevas palabras. Todos miraban, pero también escuchaban atentos todo lo que se decía, todos los ruidos que provenían de la selva, del río y de las montañas. Guardaban en su memoria el sonido armonioso de las voces y al objeto que se había señalado para nombrarlo.

1037. El espectáculo era tan maravilloso, que pareciera que se reconstruía el sol en pedazos, tal como fue aniquilado en el primer paso. Al final; el sol Madgiodioper emergía esplendoroso y bien librado.

1038. El Padre Formador y Creador del universo, los bendijo y se despidió de ellos al concluir el eclipse solar. No lo vieron pero percibieron, que se iba. Se fue; pero les legó un lenguaje, que podrían hablar con fluidez, gesticular y escribir con claridad y precisión mediante el cual se comunicarán entre sí, sin problema alguno, bajo su expresión xsentlamlex humana a partir de hoy y en adelante.

Así, la civilización de la expresión física humana en el planeta Intedba aprendió su lenguaje tan sólo y durante el transcurso de un eclipse, lo que sin duda; los adelantaba y ponía en ventaja sobre las demás. Iniciar la aventura de la gestación de una civilización con la señal cosmológica de un eclipse sin igual, como el del sistema Reltadib era un hecho trascendente, tal que las futuras culturas quedarán marcadas y la realidad superará los mitos.

1039. Esto se relata así, por así decirlo, porque en el fondo tiene gran significado.

1040. Mientras tanto las condiciones climáticas del planeta Intedba se reestablecían poco a poco. El sol Madgiodioper, prácticamente se encontraba al cenit del firmamento y sus rayos benignos calentaban la tierra. Los animales del campo salieron de sus madrigueras y las aves, volvían a surcar el aire en busca de su alimento.

1041. Los habitantes dialogaban entre sí. Se organizaron en familias y decidieron, en primer lugar excursionar al río. Alguien, con papel y lápiz en mano escribió todo lo que había sucedido, lo que había escuchado, hasta de las expresiones, gesticulaciones que había observado durante el eclipse en cada uno de sus compañeros.

1042. Era el primer lenguaje verdaderamente inteligente que se hablaba y escribía en el planeta Intedba o Tierra. Era un lenguaje hermoso, poético. Mejor que ninguno, del que se tengan registros, sólo superado por el lenguaje ceremonial del mismo Padre Formador y Creador.

Ni el sánscrito, copto, egipcio, celta, griego o latín se pueden igualar, mucho menos los lenguajes modernos como el Inglés, Francés, Alemán, Ruso, Japonés, Náhuatl, Español o el Esperanto.

De ello nos han llegado algunas referencias, que apenas si dan un leve esbozo de la gran riqueza del lenguaje, por lo que prácticamente lo tenemos que describir, como hasta ahora y traducir las pocas palabras de las que se nos ha permitido dar noticia.

1043. Completamente reconfortados, comentaban entre sí camino al río; sus miedos y temores, su asombro y conjeturas sobre lo grandioso del eclipse total del sol Madgiodioper.

Ahora, podían expresar mediante el lenguaje cual era el objetivo de la excursión. Después de todo, el grado intelectual de su esencia no había cambiado, sino que solo se entorpecía un poco porque debía utilizar medios físicos para comunicarse. Total, mientras el pensamiento revoloteara en el pensamiento mismo, no había problema, pues se comportaba con la misma lucidez y fluidez que en el medio esencial.

La primera excursión

1044. Llegaron al río. Pararon su andar, pues el río se interponía majestuoso. Llevaba una gran corriente, que se ensanchaba por 25 adritas en sus riveras más estrechas y hasta 72 adritas en las riveras anchas.

Contemplaron por unos instantes su imponente torrente de agua y vieron que aunque tranquilo, se percibía su gran fuerza en las corrientes del fondo. Un poco más aguas abajo, la corriente se desbordaba presurosa entre rápidos, para volver luego al remanso y al fluir tranquilo.

1045. El dios Ofhul hijo de Potpoc y la diosa Klujib, no soportó la curiosidad... Se inclinó para coger el agua entre sus manos. La sintió suave, pero escurridiza. Ahuecó sus palmas, se mojó el rostro, el cabello y embelezado por tanta suavidad, se acercó más a la orilla, pero en un descuido cayó dentro de la corriente. Se zambulló por completo en un abrir y cerrar de ojos. Salió manoteando a la superficie pero a 8 adritas de donde había caído. Luego se volvió a hundir arrastrado por la corriente.

La diosa Klujib percibió instintivamente el peligro de su hijo y fue la primera en alertar a su esposo. El dios Potpoc apenas si se dio cuenta de lo que pasaba y sus hermanos Vift y Plusnaman, sus hermanas Jamsarda y Sigfha, permanecían completamente ajenos, ensimismados cada uno en sus sensaciones y pensamientos nuevos, lo mismo que las demás familias.

1046. El dios Potpoc corrió por el margen del río, tratando de alcanzar a su hijo, quien era llevado por la corriente, sobresaliendo apenas, cuando en su desesperación manoteaba más fuerte y podía emerger a la superficie. Para ese entonces ya se encontraba a la mitad de la corriente, donde no había manera de asirse a ninguna rama de árbol o piedra. Tras Potpoc corrían todos los demás, luego que se dieron cuenta de lo que sucedía.

1047. Ofhul se esforzaba por mantenerse a flote y nadar a contra corriente, pero sus fuerzas se desvanecían y cada vez, que el torbellino de la corriente lo sumergía, sentía que se le acababa el aliento. No podía respirar. Afortunadamente lo entendió y contenía la respiración, aunque no por mucho tiempo. Poco a poco, se sentía menos angustiado y ello le permitió alternar los periodos de inmersión y los pocos que se podía mantener a flote.

Luego entendió que el braceo apropiado en dirección y fuerza, podrían llevarlo a la orilla, pero la fuerza de la corriente era mayor, así que poco podía lograr si lo hacia en contra, pero si lo hacía a favor, el esfuerzo se reducía enormemente. Para ese entonces ya se encontraba como a 927 adritas del lugar de donde había caído.

1048. Vift y Sigfha al darse cuenta de lo que sucedía, corrieron por el margen, junto a su padre y al ver que su hermano era tragado por las aguas, se lanzaron al río en su desesperación por alcanzarlo, pero su sorpresa fue mayúscula al verse atrapados por las corrientes y sumergidos a su vez dentro de aquella agua turbulenta.

Exclamaron gritos ahogados solicitando auxilio. Inmediatamente Potpoc se lanzó al agua también, seguido de Plusnaman, Jamsarda y su esposa Klujib. Todos estaban desconcertados y manoteaban para mantenerse a flote. Al ver esto, se lanzó también Ugia y Tzamnim, para tratar de auxiliar a los demás, pero también ellos eran engullidos por la corriente, que trataba de mantenerlos inmersos, pero su desesperado manoteo los sacaba momentáneamente a flote, para luego volverlos a zambullir. Tras Ugia y Tzamnim trataron de caminar sobre las aguas sus esposas, sus hijos e hijas y al poco tiempo todos los habitantes de la villa, luchaban contra la corriente, que los arrastraba irremediablemente hacia los rápidos.

Por el margen del río sólo permanecían serenos y caminando sin prisa, el dios Suerfder y su esposa Jusbfij.

1049. Sus deseos de auxiliar, se habían convertido al instante en gritos de angustia y esperanzados en ser auxiliados. De pronto no entendían contra lo que estaban luchando, ya que por debajo del agua les resultaba difícil respirar y sostenerse, pues su cuerpo se hundía con facilidad. No había superficie firme dentro del río, ni parte sólida consistente de la que se pudieran asir. Algunos atragantaban grandes cantidades de agua y tosían sin parar, pero en cuanto se volvían a zambullir se atragantaban de nuevo.

1050. Ofhul para ese entonces ya había comprendido lo que debía hacer para mantenerse a flote y tratar de salir a la orilla. Nadó a favor de la corriente, pero en diagonal y en poco tiempo alcanzó el margen opuesto. Cansado se arrastró fuera del alcance de la corriente y se recostó a la orilla, sobre la hierba. Permaneció unos instantes recostado, tratando de asimilar lo que había sucedido y absorto en sus meditaciones, no se había dado cuenta que sus hermanos Vift y Sighfa, eran arrastrados por la corriente, ratos sumergidos y otros flotando aferrados a su instinto de supervivencia. Como un eco perceptible apenas, pero distinto al rumor de la corriente del río, escuchó un grito de auxilio. Se levantó de súbito y escudriñó la superficie del río, tratando de encontrar a quien había gritado, pero no vio nada. De pronto una mano extendida emergió de la superficie del agua, a la mitad del gran cause, pero lejos; aguas abajo de donde él se encontraba y se volvió a hundir. Sin titubear Ofhul se lanzó al agua y nadó con gran ímpetu, afortunadamente era a favor de la corriente, lo que le permitió avanzar más rápido.

1051. Entre su braceo alcanzó a ver de nuevo que a escasas cuatro adritas, la mano se alzaba sobre el agua y luego desaparecía. Se sumergió y nado por debajo del agua y vio, que el cuerpo de Sighfa completamente desvanecido se hundía hasta el fondo del río. Llegó hasta ella, la sacó a la superficie, pero no veía reacción vital alguna. La tomó de la cabellera y la arrastró hasta la orilla. La recostó en la hierba, pero su cuerpo permanecía inerte.

Empezó a tocar su cuerpo suave y vio que en algunas partes se hundían las manos más que en otras. Se vio así mismo y sintió por donde iba el aire que respiraba y así lo hizo. Activó cada uno de las partes del cuerpo por donde fluía el aire. Volteó de costado el cuerpo de Sighfa y una gran bocanada de agua salió por su boca. Con el agua desalojada de sus pulmones pudo entrar el aire y se convulsionó. Lugo salió el aire y entró mas aire a sus pulmones, repitiéndose el ciclo. En poco tiempo recuperó el conocimiento, las fuerzas y al momento se puso de pie. Le dijo a su hermano, que Vift también se encontraba en el río y que había sido arrastrado igual que ella, pero que probablemente él ya se encontraba muy lejos de ahí.

1052. Apenas habían hecho el intento de correr por el margen, cuando escucharon muchas voces clamando auxilio, que en ese momento eran arrastrados por la corriente frente a ellos. Se quedaron atónitos por un instante. No podían creer lo que veían. Prácticamente todos los habitantes de la villa se habían lanzado al río y ahora eran arrastrados por la corriente inmisericorde. Algunos se mantenían más tiempo a flote, pero otros se hundían irremediablemente.

Ofhul le explicó a Sighfa lo que debía hacer y se lanzaron al río. A los que lograban mantenerse a flote les dijeron como deberían luchar contra la corriente y auxiliar a sus compañeros. Luego nadaron para auxiliar a los que sin fuerzas se hundían, pero fue demasiado tarde.

1053. En ese momento una fuerza superior los jaló y los hundió, pero la misma corriente los vomitó con furia y en cuanto emergían, otra los arrastraba con mayor velocidad, cayendo en otro precipicio. Habían llegado a la zona de los rápidos del río. El gran cause se dividía en una infinidad de corrientes pequeñas, que bordeaban grandes piedras que se interponían. Se formaban cascadas pequeñas, remansos, remolinos y gargantas, por donde el agua se desplazaba a gran velocidad.

Imposible nadar, menos mantenerse en pie. Lo único posible de hacer era dejarse llevar por la corriente, hasta donde la zona de rápidos terminaba.

1054. La zona de rápidos tenia aproximadamente 2.8 Km., de longitud; equivalente a 3.00 recterseab adritas y la corriente se precipitaba hacia unos remansos, que formaba un gran estero que internaba sus brazos en la selva por varios kilómetros hacia ambas márgenes. El cause del río se ensanchaba más aún, pero su corriente era menos fuerte. Sobre el horizonte se perdía envuelto en una espesa niebla, que se levantaba por encima de la selva.

1055. Maltrechos y agotados, la mayoría resistió y llegó hasta los remansos de corrientes de aguas más tranquilas. Ofhul les enseñó la forma como deberían de nadar y les dio indicaciones para salir hacia la orilla del margen izquierdo del río. Algunos se tendieron sobre la hierba completamente exhaustos.

1056. Sighfa empezó a buscar a su padre entre los presentes, pero no lo encontró. Tampoco se encontraban su madre ni sus hermanos Plusnaman y Jamsarda. Igres y Piver hijos mayores de Ugia y Tzamnim respectivamente, también buscaban a sus padres, pero no se encontraban entre los rescatados. Encontraron solo a sus hermanos y la diosa Klujib, pero no a los demás. Una gran angustia se apoderó de ellos. Empezaron a llamarlos, dirigiendo sus gritos hacia el cause imponente.

1057. Se reunieron en torno a Ofhul y decidieron buscarlos sobre el cause del río, seguros de que se deberían de encontrar aguas abajo. Caminaron por el margen corriente abajo, pero la selva les impedía avanzar. Sin pensarlo mas, se zambulleron en el río y se dejaron llevar por la corriente, llegaron casi a la mitad del cause y desde ahí escudriñaban la superficie de la corriente, los márgenes y de vez en cuando se hundían, buscándolos hasta el fondo. En esta parte el lecho del río era más profundo, lo que dificultaba la búsqueda.

1058. Otros nadaban al filo de ambas márgenes, escudriñando cada recoveco. De pronto Beff, hermano de Piver, hijo de Tzamnim, vió que algo sigiloso se hundía en el agua desde la orilla. Nadó hacia allá, pensando que era alguien exhausto arrastrado por la corriente, pero en un instante se encontró ante un animal que jamás había visto.

Su instinto de supervivencia repelió el instinto cazador del animal, pero solamente esquivándolo por escasos centímetros. La enorme cola le alcanzó a asestar un golpe que lo sofocó por unos instantes. El animal se dio la vuelta y se enfiló hacia Beff. De reojo Beff observó que el gran animal se le venía encima. Sin pensarlo aceleró el braceo para alcanzar la orilla, antes de que el enorme animal lo atragantara. Seguramente en tierra firme; él tendría más ventajas que dentro del agua, pensaba. Pero la orilla estaba lejana todavía y no obstante; era la única vía de escape. La pericia del animal en el agua era abrumadora y en un instante tenía a Beff a su alcance. Beff desfallecía en su intento por alcanzar la orilla y asombrado vió que las enormes fauces del animal se abrieron y le pareció que por lo menos la mitad de su cuerpo sería engullido.

1059. Percibiendo la amenaza inevitable, tuvo la sensación de la muerte, una sensación que cimbraba todo su cuerpo de pies a cabeza. Una sensación extraña, inconsolable, como si algo se desprendiera de su cuerpo, justo antes de la expiración y desde afuera presenciara su propia muerte. Algo que tenia la capacidad de ver, que aunque conciente de su identidad, se conservaba impasible y burlonamente atestiguara el desgarramiento del cuerpo, hasta quedar inerte y reducirse al polvo, mismo de lo que fue formado.

1060. Resignado, pero como último recurso de su instinto de conservación, dejó de bracear para hundirse y se encorvó sobre sí mismo, justo al momento en que el animal cerraba sus fauces, pero era demasiado tarde. Se sintió dentro de las fauces y tocó las partes blandas de su enorme boca. El animal se retorcía, pero algo más fuerte lo volvía a su posición. Las fauces no se habían cerrado completamente y permanecían abiertas. Beff se dio cuenta de ello y escapó saliendo por las comisuras de la gran boca. Salió a la superficie del agua y vio que el animal había asestado su descomunal mordida sobre un gran tronco de árbol, que arrastrado por la corriente, justo en el momento se interponía frente a él. Sus afilados dientes habían quedado clavados en la madera y luchaba por deshacerse del tronco. Reanimado, continuó nadando hacia la orilla, porque en cualquier momento el animal quedaría libre, pero no tenía fuerzas. Se desvaneció por completo y se hundió llevado por la corriente.

1061. Piver, Igres, Xibvri, Gaem y Resma se dieron cuenta de lo que sucedía con Beff y se habían acercado, pero impávidos no sabían qué hacer. Sólo cuando vieron que Beff escapaba de las fauces del monstruo, nadaron hasta él, justo en el momento en que se desvanecía. Lo sacaron hasta la orilla. Lo recostaron sobre la hierba y desconsolados lo veían inerte. Piver recordó lo que le había comentado Ofhul e inmediatamente lo acomodó para que expulsara el agua de los pulmones. Le contrajo las partes del estómago y el tórax para que se bombeara el aire a los pulmones. Después de varios intentos Beff reaccionó. Todos se alegraron y aplaudieron entusiasmados.

1062. La alegría se tornó de inmediato en gran tristeza, pues todavía no tenían noticias de los desaparecidos. Ni señal alguna de Ugia, Tzamnim, Plusnaman, Vift ni de Jamsarda y Potpoc. Se sintieron desconsolados e impotentes. El tiempo era vital, algo que nunca antes habían percibido con tanta claridad. Beff se levantó, urgiendo al grupo que debían continuar la búsqueda. Resma caminó por la orilla un poco más adelante, separándose del grupo, para cerciorarse de que al entrar al río no fueran atacados nuevamente por el monstruo, pero vio que continuaba luchando contra el tronco, arrastrado por la corriente aguas abajo, a mas de 200 adritas de donde se encontraban. Suspiró con alivio.

Regresaba a donde se encontraba el grupo, cuando de entre la maleza escuchó un gemido, perceptible apenas. Buscó entre las anchas hojas y lo tupido de la hierba, pero no vio nada. Se agachó para quedar por debajo de las hojas y escudriñar al ras del suelo, pero tampoco pudo observar algo. No obstante percibía algo en su sensibilidad instintiva. Avanzó mas adelante, siempre al filo del margen del río, abriéndose paso difícilmente entre la maleza. En eso la alcanzó Piver y le dijo que regresara, pero ella le comentó del gemido que había escuchado y que su intuición la impulsaba a seguir adelante. Piver desenvainó su espada y abrió camino facilitando el paso entre la maleza.

Caminaron como 63 adritas adelante. Al desmalezar un gran helecho y al asestar el siguiente golpe de la espada para devastar una hoja ancha, recostado sobre el suelo se encontraba el dios Tzamnim, con ambas piernas prácticamente desgarradas, completamente desahuciado y a punto de perder el conocimiento. Resma inmediatamente lo abrazó, levantó su espalda y colocó la cabeza en su regazo. Piver rasgo sus vestiduras, armó unos hilachos y le ciñó ambas piernas, por arriba de las rodillas. Armó un torniquete y apretó las ligaduras hasta que se detuvo el torrente sanguíneo.

1063. Los alcanzaron los demás. Xibvri e Igres, desenvainaron sus espadas y cortaron dos palos delgados, pero largos, buscaron plantas guias y lianas y reunieron algunas de ellas. Armaron una parihuela, tejida con las lianas. Recostaron sobe la parihuela a Tzamnim, le dieron agua a tomar. Tzamnim se encontraba semiinconsciente y no podía pronunciar palabra alguna, pero con el índice de su mano izquierda señalaba al gran río y un ademán leve de su mano indicaba la dirección hacia aguas abajo.

Bajo un gran presentimiento Igres, se lanzó al río y nadó frenéticamente hacía donde señalaba la mano de Tzamnim. Entre Piver y Xibvri lo levantaron, tomando ambos palos, cada uno en los extremos de la parihuela y el herido al centro, ayudados por una faja bien forjada de fibras de lianas que terciaban sobre sus hombros e iniciaron el camino de regreso a la villa. Resma había tomado la espada de Piver y abría el camino entre la densa selva. La corriente los había arrastrado a más de 18 recterseab adritas del camino entre el río y la villa, por lo que el regreso no sería tan fácil. Beff y Gaem, siguieron a Igres.

1064. El sol Madgiodioper prácticamente llegaba al ocaso. De la selva provenía un sinnúmero de cantos, graznidos y aullidos, que no cesaban en su algarabía. De vez en cuando se escuchaban gritos eufóricos y desafiantes, de una interminable fiesta, pues la vida no para, ni la detiene el clamor de un gemido, sino que se integra a ella, como parte de la dinámica de su esplendorosa manifestación.

1065. Ofhul, Sighfa, Hort, Arwaf, Ursad y la diosa AftamiQuc, formaban el segundo grupo de rescate, mientras que Emorsd, Oghy, Jirse, Ñida, Tokkgie y el dios Jedvid, integraban el tercer grupo. El grupo de Ofhul buscaba entre las ensenadas del margen opuesto. A las entradas de éstas se formaban remolinos de corrientes que trazaban bucles, impredecibles tal que si alguien caía en ellos, era arrastrado al fondo del río y emergía con fuerza sobre un remanso, que se disipaban a lo largo de la rivera. Ursad seguía una onda que veía sobre la superficie del agua, tratando de alcanzar la salida del río por el brazo de una ensenada, cuando cayó sin darse cuenta en un remolino. Antes de que reaccionara fue succionado hacia el fondo y arrastrado sin piedad por debajo del agua, pero asido a un hilo de aire, que borbolló en un santiamén a 45 adritas de donde había sido atrapado. El remanso oleaba hacia la orilla y cualquier cuerpo navegando a la deriva sería arrojado a la pequeña playa.

1066. La playa estaba oculta, separada del gran cause por un terraplén angosto pero prolífero en vegetación, que bifurcaba la corriente formando un riachuelo con aguas menos caudalosas. El remolino cruzaba un pasadizo formado por debajo del lecho del río y la terraza, para emerger en el lecho del riachuelo, haciendo el efecto sifón, pues el nivel del riachuelo estaba un poco más abajo que el del río.

1067. Ursad todavía no salía de su asombro, cuando su cuerpo fue arrojado sobre la playa. Y peor aún cuando todavía no asimilaba lo sucedido, su cabeza había golpeado contra los pies del dios Potpoc. El dios Potpoc estaba inconciente tirado cual largo era bocabajo sobre la playa. Ursad se levantó como un resorte y corrió despavorido por la playa, inexplicablemente asustado. Ni siquiera observó lo que veía. Tanto era su miedo, que cruzó el riachuelo y el angosto terraplén, corriendo de arriba abajo haciendo grandes aspavientos y gritando, por la rivera del río.

1068. Sus compañeros lo vieron y nadaron hacia donde se encontraba para auxiliarlo. AftamiQuc llegó primero hasta Ursad y le preguntaba que había pasado, al tiempo que también llegaban Ofhul y Sigfha. "Un colosal dragón me tragó y me vomitó por la cola" decía desconsolado. "También tragó a un monstruo y lo vomitó en la playa", decía señalando la ensenada al otro lado del terraplén. Sigfha corrió hacia la playa, sintiendo una gran angustia. En su corazón se dibujaba una visión presentida. AftamiQuc abrazó a Ursad y lo consoló, logrando sacarlo de su histeria.

1069. Tras Sigfha corrió Ofhul. Como rayos cruzaron el terraplén y el riachuelo, llegando sin parar hasta donde se encontraba el cuerpo desvanecido de su padre. Afortunadamente, como había quedado bocabajo había desalojado el agua de los pulmones y respiraba. Pero un golpe en la cabeza lo mantenía inconciente. Ofhul se inclinó y lo volvió boca arriba. En la frente se le veía una gran herida que todavía sangraba y una protuberancia hinchada. Sigfha tomaba agua en las palmas ahuecadas de sus manos y le lavaba la arena de la herida y del rostro. Potpoc reaccionó y abrió los ojos. Sonrió al ver a sus hijos, al mismo tiempo que exhalaba un quejido.

1070. Después de un momento, el dios Potpoc se reincorporó. Abrazó a sus hijos y aunque ileso de las demás partes de su cuerpo un gran dolor de cabeza le nublaba la vista. No obstante se sentía con fuerzas para reincorporarse a la búsqueda de los demás, ya que le comentaron que solo Tzamnim y él habían sido encontrados. Todos los compañeros del grupo se alegraron al verlo y desde la ribera saludaron al otro grupo que exploraba las ensenadas del río en el margen opuesto.

1071. Igres nadaba a toda prisa, ayudado por la corriente. Tras él sin poder darle alcance iban Beff y Gaem. Al rescate se sumaba Ofhul y el recién rescatado Potpoc, aunque iban muy atrás. Ahora, todos eran expertos nadadores y navegantes de las corrientes de un cause turbulento y traicionero como el de este río. Realmente no sabían porque nadaban a toda prisa rumbo aguas abajo, pero el presentimiento jalaba a Igres y ellos debían seguirlo, para que por lo menos no se perdiera otro miembro. En tramos alternados Ofhul nadaba bajo el agua, en el corazón de la gran corriente del río lo que le daba ventaja sobre los demás. Luego salía a la superficie para jalar aire y volvía a zambullirse. Alcanzó a Beff y Gaem, continuó sin detenerse. Igres les llevaba buena delantera. Al final parecía que el río desaparecía, tragado por un gran barranco.

1072. Se podía ver que se levantaba una colosal nube condensada, que desprendía incesante una brisa refrescante y un tronido ensordecedor retumbaba como truenos de tormenta. El ruido crecía cada vez en intensidad. La corriente era imparable.

Igres vió delante de él a un gran tronco, que era arrastrado por la corriente y abrazado de él estaba alguien, ajeno al peligro que se avecinaba. Nadó con más ímpetu, llegando al límite de sus fuerzas.

Alcanzó al tronco y se abrazó a él. Delante de él estaba el cuerpo de Plusnaman completamente extenuado e inconciente, pero afortunadamente había llegado hasta ahí y se montó a horcajadas, lo que le permitió mantener el equilibrio o la otra posibilidad es que alguien lo hubiera colocado.

1073. Pensando en esa opción buscó con ansia inquietante en las cercanías del gran cause. Efectivamente a escasas cuatro adritas, sobre el mismo tronco se encontraba el cuerpo del dios Ugia, en la misma postura que Plusnaman e igualmente inconciente. En eso llegó Ofhul, jalando grandes bocanadas de aire y visiblemente exhausto. La velocidad de la corriente aumentaba y la gran caída del río se encontraba a menos de 540 adritas. Igres se alegró. Durante breves segundos quedaron impávidos, pero tranquilos aferrados al tronco que avanzaba sin más, llevado por la corriente... Por un momento se aislaron del entorno, abatidos por el cansancio; cuando la brisa empezó a caer como lluvia sobre ellos, lo que los alertó y sobresaltados Igres llegó hasta a Ugia, su padre y lo jaló separándolo del tronco, para arrastrarlo hacia la orilla. Lo mismo hizo Ofhul con su hermano Plusnaman. Se dieron cuenta que se encontraban a menos de 180 adritas de la imponente cascada, donde se hundía el río entero y se precipitaba cuan ancho era en una espectacular hondonada, que alcanzaba en su parte más soberbia hasta una profundidad de 162 adritas.

1074. Era una lucha desesperada, pues la orilla todavía estaba lejana y la corriente aumentaba su fuerza a medida que se acercaba a la colosal cascada. Igres hacía esfuerzos sobrehumanos para imponerse al torrente. En una mano sostenía el brazo de su padre, tratando de mantenerlo a flote el mayor tiempo posible y con la otra remaba para jalarse y avanzar hacia la orilla, pero el empuje era leve y la orilla se veía inalcanzable. Ofhul por su parte había colocado a Plusnaman de espaldas sobre su espalda, quedando sujeto al entre cruzar sus brazos. Aunque no tenía la plena libertad para bracear, con el pataleo de sus piernas imprimía mayor fuerza y lograba avanzar un poco más hacia la orilla.

1075. Profundamente preocupado Igres se esforzaba cada vez con mayor angustia lo que desgastaba sus fuerzas, pero sacaba nuevas energías, quien sabe de donde y nadaba con mas ahínco. Gaem llegó hasta ellos y se alineó, empujándolos con gran fuerza. Avanzaban pero ya no había mucha oportunidad de alcanzar la orilla, pues la imponente cascada caía a sus pies. Igres sintió el vértigo de su caída hacia un vacío insostenible. La bruma impedía ver el fondo y después de un largo rato, sintió que no llegaba al fondo y caía. Tenía la sensación de una caída interminable, casi ahogado en la bruma sin fondo.

1076. El empujón de Gaem los había lanzado, en el último instante sobre una roca al filo de la gran cascada, donde la corriente apenas alcanzaba a desbordar y sobre su lomo perdía toda la fuerza, pero a sus costados fluía caudaloso en su espectacular caída. Ugia había quedado detrás de Igres y Gaem detrás de Ugia, fuertemente asida a la piedra pues la mitad de su cuerpo era jalada por la descomunal fuerza de la caída de agua. Igres había quedado con la cabeza y la mitad del tórax fuera de la roca, con el rostro hacia abajo, por lo que veía la imponente cascada y sentía el vértigo de su propia caída. Igres instintivamente buscó el brazo de su padre, volvió el rostro para atrás y percibió como si el agua del río se le viniera encima. Miró a su padre tras él. Se dio cuenta que estaban sobre una roca al borde del precipicio de la descomunal cascada. Por el momento a salvo, pero al parecer irescatables. Gaem estaba a punto de soltarse cuando Igres le tendió la mano. El peso lo desbalanceó y estuvo a punto de salir despedido, junto con Gaem y caer al vacío irremediablemente, pero se asió fuerte a una saliente de la roca y jaló sin ceder a Gaem, hasta que pudo encaramarse sobre la roca, donde la fuerza de la corriente se neutralizaba.

1077. Se encaramaron seguros sobre la roca, mientras asimilaban lo que estaba pasando. Gaem volvió boca arriba a Ugia para revisarlo. Tomó el pulso de su corazón. Lo sintió débil pero rítmico. Su respiración era perceptible apenas, pero pausada. Lo colocaron de costado. Le iban a dar masaje cuando observaron una gran herida sobre su costado. Inmediatamente la revisaron, aunque no era muy grave, de alguna manera el golpe lo había sofocado. Luego observaron que sobre la base del cráneo había un hilo de sangre. Ahí también había recibido un golpe, del que no podían precisar la gravedad. Exploraron su entorno y quedaron pasmados. Sus vidas pendían de un hilo sumamente frágil, cualquier descuido o movimiento los arrojaría al abismo. Se quedaron estupefactos y paralizados hasta en lo más profundo de su instinto de conservación. No había nada que pudieran hacer. Sólo esperar.

1078. Ofhul nadaba bajo la corriente con gran destreza, sumergido lo suficiente para que Plusnaman mantuviera la cabeza sobre la superficie del agua. Luego salía brevemente para jalar aire y se volvía a sumergir. Se esforzaba por trazar su diagonal, lo más perpendicular posible al margen del río e incluso en ocasiones, nadando a contracorriente. No obstante la fuerza de la corriente lo arrastraba sin piedad y presentía que la invencible cascada los tragaría irremediablemente. La orilla estaba a escasas siete adritas, pero el precipicio solamente a tres, por lo que cualquier esfuerzo, por sobrehumano que éste fuera no sería suficiente para escapar. No obstante tenía que realizar su último esfuerzo y se impulsó con todo su aliento, cuando sintió sobre su cuello una como cuerda que instintivamente cogió con ambas manos y la bajó hasta su pecho, lo que le permitía tensar mas los brazos y sujetar así con mas fuerza los brazos de su hermano.

1079. Sintió el vértigo del vacío y vió como desbordaba por el lomo de la corriente de agua, que se precipitaba al abismo, cuando en su caída algo de súbito lo detuvo. La liana se había enredado entre sus brazos y cuello. El impacto le había desgarrado la piel de los brazos, pero aún así, por instinto se afianzó más firmemente. Quedaron suspendidos en el aire entre la cortina de agua y la pared cavernosa del precipicio, pero lejos de cualquier apoyo. El espectáculo podría ser maravilloso, pero para él era aterrador. La bruma en el fondo no dejaba ver el abismo real de la colosal cascada. La gran cortina de agua aislaba el ruido ensordecedor del agua cuando caía sobre el fondo del abismo, por lo que se percibía una sola voz descomunal, que ensordecía a todas las demás, haciendo más angustiosa su situación. Se desangraba...

1080. De pronto Plusnaman se removió inquieto sobre la espalda de su hermano, exclamando un grito de horror, que aún así; retumbó ahogadamente a lo largo de la cortina de la cascada, haciendo eco en las cavernas de las paredes del precipicio. Ofhul lo tranquilizó y le explicó que debían buscar la manera de salir de ahí. Por el momento no debía moverse porque lastimaba las heridas de sus brazos. Quedaron quietos, suspendidos a escasas nueve adritas de la cima; donde el impulso del cause formaba una parábola cristalina de agua, que a pocas adritas caía en picada. Las manos de Ofhul se deslizaban poco a poco por la liana húmeda, por la que escurría un hilo de agua.

1081. Plusnaman sugirió que intercambiaran de posición, pues él podría resistir más tiempo. Enredó sus brazos en las lianas, sujetándola firmemente con ambas manos, al mismo tiempo que entrecruzados con los brazos de Ofhul no había riesgo de que se soltara. Se afianzó con fuerza justo en el momento en que Ofhul llegaba al límite de sus fuerzas, dando varios giros. Descendieron media adrita más al recibir Plusnaman el impacto del peso de ambos cuerpos. Afortunadamente la liana tenía un cuarto más de cola. Ofhul quedaba ahora frente a la cortina de la cascada y Plusnaman frente a las paredes del precipicio.

1082. De pronto se sintieron sin peso. Desconcertados se vieron cayendo por el espacio, pero luego suspendidos, cuando la liana se atoró de nuevo en algo allá arriba. Un repentino tirón rasgó la piel de los brazos de Plusnaman, recorriéndole las manos a escasos centímetros de la cola de la liana. Esperaron un momento. Al parecer la liana había quedado bien sujeta en el otro extremo.

Plusnaman se empezó a balancear para hacer un movimiento pendular. Sobre la pared vertical del precipicio había un pequeño recoveco un poco mas abajo de donde se encontraban suspendidos. A cada impulso el movimiento pendular aumentaba, pero no era suficiente para alcanzar el hueco. Debía ser de mayor amplitud, sino corrían el riesgo de caer al fondo del abismo. Ofhul también contraía y extendía las piernas para ganar impulso. Así uno a uno se fue incrementando el movimiento pendular, hasta que Ofhul en su ciclo quedó sumergido en la caída de agua, que estuvo a punto de desprenderlo de la espalda de su hermano, pero aguantaron y en su vaivén la misma cascada les imprimió un gran impulso. Al alcanzar su máxima amplitud Plusnaman se soltó de la liana saliendo impelidos con gran velocidad, cayendo justo en el recoveco de la pared.

1083. Se agazaparon cuanto pudieron, sin tener la plena seguridad de donde habían caído. Aflojaron sus brazos y sintieron la liberación de sus espaldas. Poco a poco se fueron incorporando, levantando la cabeza para escudriñar lo que había a su alrededor. Luego se incorporaron lentamente y recularon al instante al sentir el vértigo del abismo bajo sus pies. Quedaron sentados mirando la imponente cortina de agua que se precipitaba incesante hacia el abismo. Se miraron uno al otro totalmente enmudecidos. Ahora estaban ocultos e insalvables. Era cosa de encontrar por ellos mismos una salida, porque nadie podría rescatarles...

1084. Beff sintió el tirón cuando Ofhul tomó la liana y no la pudo sostener. La liana rodó entre la maleza. Corrió tras ella pero no vió donde quedó atorada. Potpoc llegó hasta él y empezaron a buscarla, aunque sobre la superficie de la corriente de agua ya no se veían los cuerpos de Ofhul ni Plusnaman. Se acercaron a la orilla y llegaron hasta el filo de la cascada. Se quedaron atónitos, profundamente asombrados de la magnificencia. El río entero se vertía en una descomunal caída, tan profunda que no se le veía límite. Una inmensa nube de agua subía desde el fondo y cubría la majestuosidad de la inmensa tinaja que se formaba en su caída. Mas adelante se veía un serpenteante acantilado, hundido en la selva, resguardando ambos lados, como si fuera un descomunal canal, perdiéndose en la lejanía, matizado por la inmensa selva, por donde continuaba el cause del río. La montaña de un solo pico se veía al fondo, hacia el costado sur del gran cañón.

1085. También llegaron hasta ellos Sighfa, Hort, Arwaf, Ursad y la diosa AftamiQuc, y un poco después Emorsd, Oghy, Jirse, Ñida, Tokkgie y el dios Jedvid. Todos quedaron profundamente impresionados, tanto que se olvidaron por un momento de porqué habían llegado hasta allí. De pronto cayeron en la cuenta; el dios Potpoc y Jedvid, empezaron a escudriñar concienzudamente la orilla y corriente, con la esperanza de encontrar algo, aunque si algo aparecía en ese punto sería imposible habilitar alguna maniobra de rescate.

1086. Beff encontró la liana que había lanzado a Ofhul y a Plusnaman, la jaló con determinación, percibiendo alguna esperanza de que todavía se encontraran asidos a ella, pero no. La jaló sin resistencia alguna hasta el extremo. Sintió un gran pesar. No los pudo salvar... se acercó al filo de la imponente cascada y exhaló un grito desgarrador. -¡Noooooooo!. ¡Noooooooo!-. Y se acuclilló sobre sí mismo, sollozando y vertiendo lágrimas inconsolables, que inmediatamente eran borradas por la pertinaz brisa. Sighfa se acercó a él y lo consoló.

1087. Jedvid tomó la liana y la inspeccionó. Hacia la mitad se veía que estuvo a punto de reventar y en el extremo se veían trazos de piel fuertemente adherida, prácticamente fundida en la corteza de la liana. Jedvid sintió gran pesar... no habían llegado a tiempo.

1088. Desconsolados, sintiéndose impotentes ante la magnificencia de la cascada y la colosal fuerza del río, Igres y Gaem cavilaban en sus pensamientos si era mejor lanzarse al abismo para emerger bajo una corriente más benigna, aunque ello los separaría por mucho de la villa y corrían el riesgo de perderse o ser atacados por algún animal feroz de los que habían podido observar o esperar la llegada de alguien poderoso, que secara el cause del río o los levantara por los aires y llevara hasta un lugar más seguro y así cavilando las más increíbles fantasías, el dios Ugia reaccionó y trató de levantarse, pero la herida en el costado lo contuvo, exhalando un gemido, sacando de su embeleso a Igres y a Gaem. Lo mantuvieron recostado, la misma posición que ellos guardaban. Le explicaron lo que pasaba y que por el momento no podían hacer nada... sería cosa de pensar y esperar. El dios Ugia los miró de reojo sin entender a que se referían. Se incorporó al momento que trastabillaba, resbalando sobre la roca, cayendo a un costado. El reflejo instantáneo de Gaem lo alcanzó a sujetar por la camisa, dando el tiempo justo para que Igres lo tomara del antebrazo. Sin perder tiempo lo jaló con fuerza, pues prolongar el esfuerzo a la larga se minimizaba y no tenía intensiones de jugar a las vencidas con la corriente. Hasta entonces Ugia se dio cuenta de lo que sucedía y se aferró él mismo a la piedra, hasta quedar montado a horcajadas sobre ella. Vio a Igres y se alegró, le tendió la mano. Vio a Gaem y se entristeció, no obstante le obsequió una sonrisa y posó la mano sobre sus hombros.

1089. Pasmado hasta en lo más profundo de su ser, el dios Ugia observaba detenidamente todo lo que le rodeaba. Sin duda evaluaba la situación de riesgo, pero por encima de todo estaba inmensamente maravillado con la excelsa y sin igual belleza de la naturaleza. Si alguien disfrutaba ese momento era él. Estaba seguro que alguien los había puesto ahí, con toda la intención de que disfrutaran intensamente el poder de la naturaleza y qué lugar mejor debía ser, sino desde el interior mismo de los acontecimientos. La posición era envidiable, pues se podía palpar la majestuosidad de la gravedad, embellecida con la agilidad del agua, narrada con las voces naturales del aire maleable, permeable y adsorbente hasta del grito mismo de la vida. La luz entraba en escena...

1090. En ese momento, el sol Madgiodioper se posaba sobre el horizonte, tras la lejanía tocando el ápice de la inmensa selva, sobre el costado norte de la gran montaña de un pico. La bola de fuego se dibujó precisa tras la majestuosa nube atomizada de brisa. El disco solar de un rojo carmesí intenso se opacaba magistralmente tras la nube y la misma brisa se tornó roja y se veía la caída de las gotas también rojas, como lenguas de fuego, como si el sol hubiera sido deshecho por el agua y se desmoronara asustado por los truenos de su colosal caída. Lluvia en gotas de luz roja, de sangre roja, de gotas de vida roja, hundiéndose pausadamente en el espacio. La mitad del disco solar se perdía en el horizonte y la lluvia de gotas rojas se aterciopelaba, ganando toda la luz de sus miradas.

1091. Tras la brisa, el disco solar se podía observar con precisión y mirar fijamente, tal que se percibía la fuerza del giro del planeta. La última gota del sol, lejos de languidecer la luz, delineó con mayor claridad todo el horizonte y entre la brisa se extendió como una sábana etérea, difumándola impecablemente con todos las matices del gran rojo, que en ese momento se proyectaba sobre el fondo del firmamento. El resplandor del sol que se alejaba se fue desvaneciendo... para luego, aunque extasiados volver a la realidad.

1092. Una ligera oscuridad se cernió sobre la gran cascada, solo hasta que el resplandor del amanecer del sol Merohna asomó por encima de la selva e iluminó la nebular brisa y se posicionó en ella. A medida que la brisa se fue inundando de la luz aquella, en Ugia, Igres y Gaem crecía un asombro que los dejaba profundamente maravillados, tal que perdieron el temor y la angustia de estar atrapados al filo de la cascada y se lamentaban de encontrarse casi en la orilla y no al centro... Un espectacular arco iris se levantaba ante sus ojos. Un hermoso arco iris delineado con toda magnificencia, nitidez e intensidad, tal que los colores de la luz, daban la sensación de ser sólidos como un camino por el que se pudiera transitar. El inmenso arco iris realzaba la majestuosidad de la cascada, enmarcándola magistralmente. Trazado con pinceladas de absoluta precisión, uniendo los extremos a todo lo ancho de la colosal cascada, como si fuera un gran puente.

1093. Se miraron los unos a los otros e inclinaron los rostros. Sin duda la expresión humana los hacía ínfimamente pequeños. Tan era así, que ni siquiera, alguien percibía su presencia en medio de la enorme cascada. Sus fuerzas eran tan insignificantes, que fueron arrastrados cual paja, llevados por la corriente a la deriva como juguetes.

1094. Ugia pidió a Igres que le dejara ver la profundidad del abismo. Intercambiaron posiciones. Se colocó boca abajo sobre la roca y se empujó hasta la mitad del cuerpo. Horrorizado sintió el vértigo del vacío, no obstante disfrutaba el que se le erizara la piel y las nauseas flagelaran su estómago. Nuevamente, un sentimiento de profunda admiración por lo que veía se apoderó de él y agradecía al Padre Formador y Creador del universo por la gran experiencia, que ahora se grababa en la materia y desde ahí se fortalecía la esencia, para no caer en la desventura de sentirse nula, pero sobre todo para no obscurecerse en la soberbia de creerse superior y ajena a todo lo que existe en el universo.

1095. Gran lección...

1096. ...Y continuaban atrapados... en sus pensamientos... en su expresión física xsentlamlex humana... sobre la roca... con el agua cayendo bajo sus pies... el arco iris sustentando la luz hasta el interior de las diminutas gotas y el ensordecedor rugido del río vertiéndose al abismo, que no permitía la presencia de otras voces, porque acaparaba la atención de todos los oídos.

1097. Sobre la ribera, Beff, Potpoc, Sighfa, Hort, Arwaf, Ursad, Oghy, Jirse, Ñida, AftamiQuc, Emorsd, Tokkgie y el dios Jedvid, habían presenciado emocionados la ocultación del sol Madgiodioper y boquiabiertos, ahora veían como se iba formando, la majestuosidad de un arco iris y como descendían sus extremos lentamente, a medida que se levantaba el sol Merohna sobre la selva y sus rayos penetraban la brisa. Atentos y sin menospreciar detalle, veían como el arco iris iba creciendo, interponiéndose magistralmente a todo lo ancho de la cascada, hasta que los rayos resplandecieron sobre la superficie del cause, al filo donde el agua se precipitaba al abismo. Desde la perspectiva de la ribera uno de los extremos del arco iris se posaba justamente sobre una roca.

1098. Inmediatamente todos los vieron. Sobre la roca estaban tres cuerpos agazapados. No había duda, eran gente de los suyos y estaban ahí cautivos e imposibilitados de levantarse. Impelidos por su instinto gritaban, manoteaban, silbaban, pero los que yacían sobre la piedra no los escuchaban y permanecían inmutables. Imposible, cualquier grito era imperceptible.

1099. Potpoc esbozó una leve sonrisa. Sintió que la mueca se le quedaba pegada en el rostro y se rió de sí mismo. Se imaginó burlándose de sí, aunque no había nada gracioso en él, eso mismo le causaba una gran hilaridad y empezó a reír a carcajadas. Sus compañeros lo observaban profundamente extrañados. Potpoc miró la magnificencia de la cascada y la majestuosidad del arco iris, prorrumpiendo en sonoras carcajadas. Miró a sus compañeros y los miró tan serios y extrañados, que apunto estuvo de quedarse estupefacto, pero fue peor y se retorció de regocijo. Se revolcaba en el suelo, desbordado en carcajadas, tan fuertes y sonoras, que su frecuencia rasgó el ruido ensordecedor de la cascada.

1100. El eco de las carcajadas de Potpoc llegó hasta Ugia. Levantó la vista, para buscar al amigo, pues las carcajadas le resultaban familiares. Miró a todas partes, hacia la ribera, al fondo de la cascada, a la cima del arco iris, a la superficie del cause antes de caer en picada, pero sólo escuchaba las carcajadas.

Luego miró que uno de los extremos del arco iris, desde su perspectiva se suspendía a nivel de la selva, en dirección al borde de la ribera, donde se pronunciaba la curvatura, alejando la orilla al triple, respecto a las escasas 18 adritas aguas arriba de donde habían quedado atorados.

1101. Por debajo observó a un grupo de personas. Se alegró sobremanera y señaló con su mano para que Igres y Gaem los vieran. Alzaron las manos. Los de la ribera también la alzaron y ambos grupos se dieron cuenta que por fin se habían encontrado, los de la ribera aplaudieron y gritaban: -*Jusvedis Odeeeesss!!!*- Levantaron en hombros a Potpoc y hacían círculos con él, pero no cesaba de reír. Lo dejaron caer al suelo.

1102. Ñida se colocó frente a él y le anunció con voz dulce en palabras de su propio lenguaje: -*Sunus nuso nus. Ugia defesis tomscum teisdi. Ihimestus!!!*-. Potpoc enmudeció y se alegró.

1103. Para entonces Jedvid y los demás planeaban la forma como debían rescatarlos. Se alinearon a su posición y el tramo entre ambas posiciones era más de 52 adritas. Pero hacia aguas arriba la ribera se internaba sobre el cause, llegando a una distancia en diagonal de 27 adritas entre la ribera y la peña, que formaba un ángulo de 16º, así que desde ahí lanzarían una liana, con el extremo del lado suyo amarrada al tronco de un gran árbol y jalando entre todos, la persona sería arrastrado a contra corriente sin problema alguno. Hort, Emorsd, Arwaf y Jirse armaron la liana, asegurándose de todos los detalles.

1104. Lanzaron la liana para el primer intento, pero quedó muy lejos. La corriente la orillaba inmediatamente. Luego analizaron la conveniencia de que alguien se amarrara a la liana y pudiera guiarla hasta la roca, pero era muy riesgoso. Si caía abruptamente sobre la roca podría desalojar a alguien, porque no había espacio. Lanzaron la liana nuevamente, pero fue inútil, la corriente la orillaba. Había otra roca atrás, pero más lejana casi cercana al centro de la corriente y de cualquier manera formaba un ángulo entre ella y la roca del precipicio. Tokkgie vio una roca detrás, justo en dirección de la corriente donde se encontraba Ugia, Igres y Gaem, pero estaba sumergida en el agua, sobresaliendo apenas cuando la corriente oleaba en su avance. De cualquier manera, alguien se podría posar sobre ella, sin tener que luchar con la fuerza de la corriente.

1105. Para alcanzar la piedra sumergida en el río, debían nadar desde una posición aguas arriba y amarrados a una liana, de tal manera que pudieran dirigir su avance. Primero se lanzó Beff. Una vez que estuvo instalado en la piedra, se lanzó Emorsd, llevando con él la liana que iban a lanzar a los compañeros al filo de la cascada. Una vez instalados lanzaron la liana y Gaem la alcanzó sin problema.

Convinieron que ella sería la primera en ser rescatada. Se amarró a la cintura, entrecruzando entre ambas piernas la liana, la anudó y se afianzó fuertemente con las manos. La liana ya había sido amarrada al tronco de un árbol en la ribera, para asegurar que no se les escapara. Jalaron parejo y poco a poco fue sacada hasta la orilla. La fuerza de la corriente era tal que en un momento dado sentían que les ganaba, pero se coordinaron para tirar sin aflojar, hasta que Gaem fue tomada en brazos por AftamiQuc. La abrazaron y se alegraron tanto, que no cesaban en echarse porras.

1106. Emorsd, regresó por la liana y más confiado la llevó hasta Beff, que se había quedado en la piedra. Lanzaron la liana e Igres la alcanzó con facilidad. Se la pasó a su padre, pero la rechazó, ordenándole que él se amarrara. Igres se amarró y con el mismo entusiasmo fue arrastrado a contracorriente hasta la orilla y recibido con gran algarabía. Emorsd ya había regresado y estaba esperando la liana para llevarla hasta Beff, quien se quedó sobre la piedra sumergida en el agua.

1107. Beff la lanzó visiblemente contento y triunfal, pero una oleada lo desbalanceó y cayó a la corriente, cuando casi soltaba la liana, pero se aferró a ella y fue arrastrado con violencia por la corriente, llevándolo casi al filo de la cascada, pero como estaba asido a la liana, lo rejoló contra la orilla. Los del árbol no se habían dado cuenta, hasta que vieron que la liana se desplazaba con rapidez entre la maleza. Inmediatamente la cogieron y jalaron con fuerza, pero después de un forcejeo la resistencia que percibían se esfumó, haciéndoles recular, cayendo unos sobre los otros. Beff apareció ante ellos, emergiendo como un fantasma entre la maleza, con el rostro completamente cubierto de lodo. Todavía tirados en el suelo y al notar su gran asombro, Beff soltó una gran carcajada. Sin decir palabra, tomó la liana y se zambulló en el río. Le entregó la liana a Emorsd, quien ya se encontraba encaramado en la piedra. Emorsd la lanzó y Ugia la recibió sin problema alguno.

1108. Ugia se quedó pensativo un momento. Se amarró asegurándose en todo, pero había dejado un tramo suelto, tal que si se arrojaba iba a descender, por debajo de la cascada unas adritas mas, aunque al tirón había el riesgo de que la cuerda se rompiera. Sin duda era la única oportunidad que tenía de ver todo el esplendor de la magnánima cascada desde una posición envidiable. Pensaba que iba quedar colgando justo donde la caída deshilaba a la gran corriente y podría percibir el fondo del abismo, pero sobre todo la grandeza. La grandeza que no se concibe y califica por el tamaño, la monstruosidad o el temor que infringe, sino por la sumisión serena a las leyes de su propia naturaleza.

1109. Levantó la mano en señal de que estaba listo, pero antes de que jalaran se dejó caer sobre la impetuosa corriente que bajaba a gran velocidad a un costado de la roca. En un instante cayó recibiendo toda la fuerza de la caída del agua en su rostro, al momento en que se detenía en un fuerte tirón, al que se le sumaba todo el peso y velocidad de la gran caída. La liana resbaló en el fondo del lecho y lo jaló un poco hacia la pared del precipicio, librándose de la caída de agua. Quedó suspendido entre la colosal cortina de agua y las paredes verticales del precipicio. Sintió un gran temor y asombro al mismo tiempo, pero en un segundo admiró el secreto interior de la cascada.

La cascada en todo lo ancho se precipitaba al abismo de manera espectacular y por su parte interior el espectáculo era indescriptible. Libre de una densa bruma, sobre todo en la parte superior, se alcanzaba a percibir una nube en el fondo, formada por el gran impacto, que podría decirse era la superficie del lago donde caía, pero no estaba seguro. Sin duda no todos los secretos serían revelados tan fácilmente.

1110. Arriba sintieron un fuerte tirón, arrastrando consigo a los que estaban bien sujetos. Luego se afianzaron y de la misma forma que en los casos anteriores, jalaban con fuerza y ritmo. Sintieron un peso mayor que en los anteriores y les costaba trabajo moverlo. Ugia vio que le elevaban poco a poco, pero llegó hasta donde el agua se separaba del precipicio y para emerger debería atravesar la corriente, que en ese punto descargaba todo su poder sobre el abismo. Se quedó atorado, sumergido en el chorro.

Arriba por más fuerte que jalaban no veían que avanzaran. Se les unió Beff y Emorsd, que en ese momento regresaban y ni así movían la carga. Se detuvieron un poco, porque si jalaban con más fuerza corrían el riesgo de que se rompiera la liana.

Ugia inmerso en el chorro de agua, sentía que se ahogaba. Pataleó desesperado, a punto de la asfixia, sus pies se apoyaron en la roca en la parte vertical. Entre el agua vió que un poco más a su izquierda el chorro de agua se desvanecía. Se apoyó para llegar hasta ahí y con el jalón de la cuerda, escaló a la cima, llegando a posarse sobre la roca, en el mismo lugar del que se había arrojado.

1111. Una vez satisfecha su curiosidad, esperó a que la liana estuviera tensa y se arrojó al río, pero esta vez le fue ganando a la corriente y poco a poco veía que la orilla se acercaba. Fue recibido con gran euforia por todos. Lo abrazaban, lo apapachaban y bailaban en rededor suyo. De pronto, la alegría se tornó en tristeza. No estaban todos. Beff se entristeció sobremanera y les contó que Ofhul y Plusnaman habían caído en la colosal cascada por su culpa. Les mostró la piel adherida a la liana que les había arrojado y que no pudo sujetar... Lloró desconsolado y sollozando se acercó al precipicio, con la esperanza de verlos en el fondo o en alguna parte, al otro lado de los acantilados del gran cañón.

1112. Cuando el sol Madgiodioper se ocultó, la oscuridad en el recoveco del precipicio casi fue total. Ofhul y Plusnaman se abrazaron y permanecieron silenciosos por largo rato. El silencio y la imponente oscuridad los hacía más perceptibles a cuando se movía, aleteaba o caminaba. Después, una claridad difusa, traspasaba la cortina de agua y se fue intensificando poco a poco. Dedujeron que se trataba del ciclo de la ocultación y del amanecer de los soles.

Al momento en que se reestableció la luz, sintieron a la espalda el soplo de un viento cálido y húmedo, del que no habían sentido antes desde que habían caído ahí. Voltearon la cabeza hacia atrás y percibieron un pequeño hoyo que se perdía en el fondo. Instintivamente se adentraron en él, acuclillados primero, luego gateando uno detrás del otro porque se reducía. El viento soplaba y acariciaba el rostro de Plusnaman, quien era el que iba adelante. De pronto cayeron sobre una madriguera. El túnel se ensanchaba un poco, pero no tanto. Plusnaman cayó encima de un nido de cachorros, que gruñían buscando amamantarse y lo succionaban de las piernas y de cuanto tenían contacto. Se sacudía desesperado. Seguramente la madre había salido a buscar alimento. Vio la continuación del hoyo y lo siguió. Ofhul gateaba tras él. Debían salir antes de que la madre regresara a la madriguera y los encontrara en el interior, atrapados e indefensos.

1113. Resignados iniciaron el camino de regreso. Potpoc se veía triste y cabizbajo, pero con fuerza y reanimaba a Beff. Llevaban un gran pesar, tal que ya ni siguiera volvieron la vista para observar la magnificencia del arco iris, que se movía con ellos para conservar el ángulo de incidencia de la refracción de su luz.

Beff se rezagó del grupo, pues se resistía a perderlos. Con su pesar a cuestas caminaba cabizbajo y lentamente, cuando de repente se apostó frente a él un animal feroz. Beff retrocedió instintivamente. El animal lo veía fijamente, mostrándole su voraz dentadura, donde sobresalían dos colmillos afilados como sable. Parecía inamovible del camino y decidido a atacarlo. Beff le sonrió, pero el animal rugió, entendiendo que era la señal del combate y se lanzó contra Beff, cayéndole encima. Beff instintivamente lo abrazó y por un momento sintió las fauces del animal sobre su cuello, pero rodó con él, lo volteó boca arriba, montándosele encima y sujetando sus patas delanteras contra el suelo y neutralizando sus patas traseras con sus piernas fuertemente flexionadas. Parecía que en esa posición Beff lo mantenía controlado, aunque habían quedado cara a cara. El animal lanzaba feroces mordidas, que casi le arrancaban la nariz. Esto lograba que Beff aflojara un poco la fuerza de sujeción de las patas traseras del animal. Beff la miró a los ojos. Eran unos ojos azules de gran profundidad, hermosos como podrían ser los ojos de la mujer más bella del universo. No había rencor, ni malicia, ni odio en su mirada...

1114. De la jungla llegaron corriendo Plusnaman y Ofhul, atraídos por el fragor de la batalla entre Beff y el animal. Pero el animal miró en los ojos de Beff también azules, la ausencia de todo rencor, malicia y odio. La ferocidad se desvaneció y detuvo el forcejeo. Beff comprendió y la soltó. La noble loba se levantó, se sacudió las hojas secas y corrió, para meterse en su madriguera, de donde hacía escasos segundo habían salido Plusnaman y Ofhul.

1115. Beff se quedó sentado y pensativo sobre lo que acababa de suceder y todavía no hilaba razonamiento alguno, cuando escuchó tras de sí unos aplausos. Como un resorte se puso de pie al ver a Ofhul y a Plusnaman. Se abrazaron lo tres, hombro con hombro y brincaban con gran regocijo. Beff corrió por el camino que habían marcado los que iban adelante y en un santiamén los alcanzó, gritando y retozando como potrillo desbocado. Tras él igualmente iban Ofhul y Plusnaman, por lo que la caravana en cuanto escuchó la algarabía volteó, quedando atónitos al ver a los tres jóvenes. Los recibieron con aplausos, besos y abrazos. Potpoc los recibió con los brazos abiertos y llorando de alegría los besó en la frente.

Más adelante se encontraba su madre, la diosa Klujib, buscando a Vift, por lo que apresuraron el paso, tan veloz como la jungla se los permitía.

1116. Cuando llegaron a los rápidos del río aguas arriba, la diosa Klujib, Yedim y el dios Suerfder preparaban maniobras para un rescate. Tzamnim, Piver, Xibvri y Sigfha ya se habían reunido con ellos, así como todos los demás habitantes de la villa. Vift había quedado encaramado en una piedra, a mitad de la corriente del río y a menos de un recterseab adritas del final de la zona de rápidos. Ya había salido de su desmayo y recuperado se mantenía de pie, señalando el mejor camino para llegar hasta él. La diosa Klujib ya había logrado pocisionarse en una

Rafael Nucero

piedra a pocas triadas de la orilla, pero no servía de gran ayuda.

1117. Al ver que regresaban todos, se regocijaron sobre manera. Inmediatamente se unieron al rescate, pero los rápidos eran difíciles y no había forma de controlarse estando en ellos. Estudiaron detenidamente la situación y después de deliberar concienzudamente todos los riesgos, decidieron que la mejor forma de rescatar a Vift era que él mismo se dejara arrastrar por los rápidos, hasta las aguas mansas. Ahí lo esperarían, prácticamente todos. A la diosa Klujib le alcanzaron una liana y la jalaron hasta la orilla sin problema.

1118. Le hicieron señas a Vift para que se lanzara al agua y se dejara arrastrar por la corriente y así lo hizo. Al poco tiempo ya estaba en brazos de Igres.

Lo sacaron a la orilla y lo abrazaron y brincaron con gran júbilo. Potpoc y Klujib se abrazaban, sonriendo con gran satisfacción y agradecimiento. El sol Merohna empezaba a declinar.

1119. Regocijados como uno solo, emprendieron el regreso a la villa. Sus cuerpos estaban cansados y hambrientos, pero sus alegrías no cabían en ellos y afloraban, borrando todo vestigio de cansancio. Todavía no asimilaban la lección...

1120. Cuando llegaron a la villa, el sol declinaba cerca del ocaso. Desde que salieron de la villa hasta su regreso, habían transcurrido ½ ciclo del Snederiao y ¾ del ciclo Snudoliaiom, para un total de 0.625 partes del ciclo completo O'kuinn. En meditación profunda habían transcurrido el ciclo completo del Snudoliaiom y casi ½ ciclo del Snederiao.

Con el atardecer del sol Merohna se completarían dos ciclos O'kuinn, desde que habían tomado sus primeros alimentos, razón por lo que sentían un hambre feroz, pero así estaba dispuesto. Los alimentos se tomarán cada dos ciclos O'kuinn, equivalente a 54 horas de nuestro tiempo actual.

Segundo Banquete y elección de la autoridad máxima de los patios

1121. Las mesas ya estaban dispuestas, profusamente adornadas con arreglo de flores vivas sembradas en macetones. Las mesas cubiertas con manteles largos blancos bordados en oro. Las sillas de respaldo alto, acojinadas, con terciopelo fino color dorado. Palanganas de porcelana llenas de frutos se distribuían a cada adrita a lo largo de la mesa.

Pasaban por un lado y se detuvieron por un instante, con toda la intención de robar los frutos y calmar su hambre, pero Suerfder los hizo desistir de sus negras intenciones, pues todavía no había llegado la hora. Antes, tenían que ir a sus casas, para arreglarse y disponerse mentalmente para poder asistir al banquete.

1122. Pensaron que todo sería rápido, que como antes; en cosa de segundos iban a estar listos. Acostumbrados a los milagros, no se dieron cuenta que por sí mismos debían de bañarse y mudarse de ropa. Incluso tenían que seleccionar que ponerse. Aunque en sus casas cada familia tenía un guardarropa repleto, ni idea de que usar. Algunos, medio intentaron favorecerse combinando camisones para dormir con botas de charro. La hora del banquete se acercaba y no se permitiría retraso alguno.

1123. Se escucharon las fanfarrias de la primera llamada.

1124. En la villa Prusedest del planeta Rohosem, todo marchaba con normalidad. Su regreso del río Videffyd, había ocurrido sin novedad y pudieron llegar hasta los acantilados y desde ahí observaron extasiados la inmensidad del océano Yhusderess. Para la siguiente excursión han planeado ir a la gran montaña Errtaganm y escalarla hasta donde les sea posible. Habían tomado nota y registrado los nombres de todos los lugares, las plantas y los animales que descubrieron durante el viaje. Sabían como vestirse, asearse y habían experimentado la sensación de defecar, lo que hicieron en unos retretes diseñados especialmente para no contaminar y permitir la biodegradación natural de las heces y del material arrojado con ellas, el cual también debía cumplir con los requisitos de higiene y auto degradación.

Aunque la villa no estaba muy poblada, la disposición de sus desperdicios debía realizarse bajo las más estrictas normas de higiene y aislamiento biodegradable, hasta que el desecho quedara química, eléctrica y físicamente neutralizado. Solamente hasta entonces podría integrarse al medio ambiente, siempre en su beneficio y nunca en contra.

1125. Pero, en la villa Edripaaosen asentada en el selvático valle Yusdhnin, sus habitantes no habían registrado dato, ni nombre alguno y mas aún, otros no atinaban como mudarse de ropa, ni habían experimentado, de modo consiente la sensación de defecar, pues la mayoría lo hizo sin darse cuenta, en los momentos de mayor angustia, cuando eran arrastrados por la corriente del río, al que todavía no le ponían nombre. El gran esfuerzo los había dejado exhaustos y por el momento no cabía en sus mentes otra cosa que no fuera comida.

1126. Se escucharon las fanfarrias de la segunda llamada.

1127. Salieron de sus casas, se dirigieron al jardín donde estaban dispuestas las mesas, se sentaron y esperaban pacientemente, sin decir palabra. Sólo se miraban los unos a los otros, esperando el ejemplo de algún atrevido que osara tomar una fruta y atragantársela, pero nadie se atrevía. Por el contrario, sin remediarlo el hambre aumentaba desmesuradamente.

1128. Al poco rato llegó el dios Suerfder y su esposa Jusbfij elegantemente vestidos. Se quedaron de pie observando, profundamente desconcertados a todos y a cada uno de los que se encontraban sentados. Su vestimenta era ciertamente colorida, pero fuera de toda elegancia, algunos si acaso medios peinados y otros con la misma ropa de la excursión, ya seca pero con trazas de lodo. No dijeron palabra alguna. Tomaron su lugar y se sentaron. Luego llegaron los demás habitantes de la villa, igualmente ataviados con gran elegancia.

1129. Estos últimos segundos parecían eternos. Por fin sonaron las fanfarrias de la tercera llamada. Todo mundo se puso de pie y cada uno bendijo sus alimentos. Pero Oh! desventura, iniciaba apenas el protocolo de la ocultación y del amanecer de los soles, por lo que tuvieron que permanecer de pie y dar testimonio de lo que sucedía.

Maravillare del fenómeno del ciclo insigne del planeta Intedba, padeciendo una devastadora hambre iba a ser una experiencia muy ingrata, pero se tenía que cumplir.

1130. El disco del sol Merohna se posaba sobre la montaña de un pico, ligeramente desviado de su centro hacia el norte, mientras que el sol Madgiodioper emergía un poco cargado al segundo pico de la montaña de dos picos. Suerfder, Ugia, Tzamnim, Jedvid y Potpoc se dieron cuenta, pero la mayoría no.

1131. Permanecían de pie frente a las mesas. Furtivamente Ugia extendió la mano y tomó una manzana de la bandeja cercana a él. Piver lo vió y también tomó una. De reojo los veía Resma y siguiendo el ejemplo, despistadamente tomó una. Jedvid no se resistió y también tomó una. Ofhul no lo dudó un segundo y tomó una. Tzamnim tosió y al mismo tiempo que Potpoc tomaron una cada uno.

La escondían en sus manos, percibiendo su dureza e imaginando el color de su piel roja y la dulzura de su pulpa. Se les hacía agua la boca y atragantaban sorbos de saliva. Como quien pretende toser, se llevaron la mano a la boca y le propinaron una colosal mordida. Todos se voltearon a ver, pero nadie dijo algo. Pausadamente empezaron a masticar el trozo de manzana, mirando en rededor suyo; cuidando que nadie los viera, pero para su sorpresa, todos estaban masticando una manzana, excepto el dios Suerfder y su esposa Jusbfij, quienes estaban embelesados con la ocultación del sol Merohna, ajenos completamente a lo que sucedía frente a ellos.

1132. La energía vital de la manzana sacudió y alertó las células de los cuerpos. Su perfume se impregnó al instante. En la boca se licuó un exquisito jugo, amalgamado por el torrente de saliva que sudaban las glándulas salivales.

El sabor trasgredió todas las membranas, llegó hasta la última célula y las neuronas cerebrales saboreaban un manjar. El espectáculo del ocaso del sol Merohna resaltó su magnificencia. Con la manzana en el estómago todo parecía fantástico y realmente asombraba a los huéspedes. Apreciaban detalles nuevos y sus sentidos experimentaban y exploraban nuevas sensaciones. Sin duda, el atardecer de cada ciclo siempre será distinto, por lo que nunca será una rutina, porque cuando eso suceda y tu capacidad de asombro sea nula, el que ha perdido eres tú. Era la manzana más inspiradora que alguna vez habían comido.

1133. Para la diosa AftamiQuc la manzana personificaba al sol que se ocultaba o el sol a la manzana, ambos cumplían un ciclo de aparente final, pero el sol que amanecía volvía la luz a lo que se oscurecía, así nada muere sino que despliega su energía para continuar la vida.

1134. El sol benévolo se posesionó en su trono de la montaña de dos picos. Los comensales se sentaron a la mesa y empezaron a comer a manos llenas, con gran entusiasmo y alegría, tal que se dibujaba en sus ojos y la gesticulación de las comisuras de sus labios, que no paraban de masticar.

Del pensamiento y por la acción del pensamiento hacían llegar hasta ellos los más suculentos platillos. Daba gusto ver tanta voracidad desenfrenada, pero plena de placer, porque aunque sentían el hambre hasta los hombros, olían, palpaban, miraban con detenimiento la textura y color de los alimentos. Luego, sólo bajo una gran reverencia y profunda reflexión los comían. Cada vez descubrían nuevas e impensables experiencias.

1135. Plenamente satisfechos, se levantaron y dieron gracias al Padre Formador y Creador y bendijeron a los cocineros, chefs y ecónomos que con tanto esmero habían preparado los alimentos. El mágico jardín se convirtió ahora en un verde campo empastado, con un círculo de trece adritas de diámetro al centro. El círculo se hundió en la tierra y se formaron nueve círculos concéntricos más a desnivel, tal que podían quedar cómodamente sentados, pero sobre todo reunidos para verse y escucharse los unos a los otros. Cuatro escaleras distribuidas simétricamente descendían hasta el círculo inferior.

1136. Se acomodaron sin que nadie lo dijera y esperaron. Reflexionaban... pasaba el tiempo... mientras ellos reflexionaban. Como nadie decía algo, ellos continuaban reflexionando... Algo había quedado pendiente, por lo que sin duda demoraba su avance o a lo mejor se habían adelantado, respecto a los demás patios por eso esperaban.

Quien sabe, a lo mejor. Pero en su reflexión fueron hilando cada uno de los acontecimientos del ciclo anterior. Vieron sus errores al no prestar atención a su nueva naturaleza y confiados en su poder, se lanzaron al río; cuando ni el más estúpido de los animales lo hace, si no es su medio.

No reconocieron ni el más leve signo de su instinto, porque como seres inteligentes se creyeron superiores a las fuerzas de la naturaleza, pero Ohj sorpresa. No reconocieron ni la más leve señal de su pequeñez, pues su soberbia los empujó a la gloria de los héroes. Pero lo peor es que con todo y eso, se sintieron como verdaderos héroes, con la certidumbre de ser inteligentes y la ostentación de ser superiores, pero Ohj sorpresa...

1137. Pero... en la reflexión fueron hilando los acontecimientos y se dieron cuenta que sí usaron los valores más encumbrados de su nueva naturaleza, empezando por la curiosidad, que los llevó a una aventura y sumergió su naturaleza en las pruebas más severas. Luego, el sentido de solidaridad los unió como pueblo. El sentimiento de unidad familiar los hizo aclamar y luchar por el padre, por el hermano, pero sobre todo percibieron la generosidad de la vida asida a la forma material y como recorría físicamente todas sus fibras, asombrándolas a veces, atemorizándolas en otras, cimbrando todas sus células al hacerlas vibrar y manifestarse en la suave mueca de su risa o el desconcertante estruendo de sus carcajadas, configurándose en los espasmos discordes pero sublimes de su alegría, tal que no cabía y se desbordaba por los poros...

1138. También vieron la vida en otra forma y como su esencia la trascendió, tal que su mirada fija no expresaba odio ni malicia y fue capaz de vencer el instinto, del instinto mismo...

1139. ...Iban hilando los acontecimientos, pero sobre todo las señales que se grababan en la memoria, ahora sujeta a la materia, magistralmente anidada en la materia y con ella capaz de recorrer la historia, porque a partir de ahora, el pasado no se borra, sino dispuesta queda para aflorar en cualquier momento en el presente. Este hecho es uno de los de mayor significado para cualquier ser humano y sobre todo para cualquier civilización que se precie de ser auténtica y merecedora de tal título.

Pero el más importante de todos es el que alcanza la supremacía logóstica, donde se establece la relación íntima e indiferenciada entre la naturaleza material y la propia naturaleza de la esencia.

1140. Por los siglos de los siglos, se ha establecido y se establecerá un gran dilema entre las grandes culturas del planeta Intedba, pasadas, presentes y futuras, que de hecho fue resuelto desde el principio mismo de la creación y formación del universo, que por alguna razón se perdió en los tiempos y que falló debido sobre todo a la fragilidad del pensamiento humano, fácil de manipular y sojuzgar, por alguien, que tenga un poco de talento y esté sediento de poder, complacencia o explotación...

Iban hilando los acontecimientos y se dieron cuenta que la esencia de su ser, ahora tenía forma física y que estaba profundamente inmersa en ella, que mientras la forma física prevaleciera debía estar ahí con ella, para percibir todos las señales y mensajes de su entorno. Que... sólo puede existir la esencia y el cuerpo físico es su medio de expresión. Su elevada alcurnia estaba atada sin más al cuerpo, pero no por ello sería inferior, pues se ennoblecía manteniendo la vitalidad en la materia, donde el movimiento, la reacción bioquímica, el impulso bioeléctrico, la dirección de la palabra para desfogar el lenguaje o el sigilo del razonamiento serían sus deberes más encomiables, pero su elevada alcurnia se extasiaba en la manipulación de la vida misma, impregnando de radiación a la materia para fertilizarla y florecer en ella el amor y con ello el aliento para la gestación.

1141. ...Sin duda, mantener la vida en la materia no es cosa fácil y dotarla de virtudes peor aún, pero cuando es solo el medio para la manifestación de la esencia, será el desarrollo de la esencia misma. Así, que debe quedar claro: La esencia no se puede manifestar en un universo físico sin un cuerpo con amplias facultades de supervivencia. Sin esencia no hay cuerpo. Cuando la esencia está en el cuerpo, la esencia y cuerpo es uno. No existe división o separación alguna, porque cuando eso sucede, el cuerpo sencillamente continúa siendo materia pura e inerte.

1142. Así, que debe quedar claro: El dolor lo sufre la esencia y no la materia. La que llora, gime y se angustia es la esencia, pero también cuando goza, ríe, se alegra o se estremece en el orgasmo es la esencia.

El que teje la estrategia de una guerra, una traición o una mentira es la esencia, pero también si escudriña los secretos de la caridad al prójimo, la belleza, la verdad científica, si el que también ordena la materia y las fuerzas de la naturaleza, para inventar tecnología sana o mala, si también se aplica con armonía y sabiduría al entorno que la sustenta es la esencia.

1143. La materia no puede morir porque siempre ha estado inerte y la esencia tampoco puede morir porque es por siempre viva para toda la eternidad.

1144. Técnicamente nadie asesina a nadie... porque no se nos ha dado la capacidad para quitar la vida. Filosóficamente nadie muere, porque la muerte no hiere a la vida ni con el pétalo de una rosa, antes se renueva en la forma y por la forma evoluciona hacia el más sublime de los objetivos: Conservarse en la forma en el ciclo de eterna juventud.

1145. Si buscas el pensamiento intangible pálpalo en todo tu ser. Si buscas el universo encuéntralo en tu ser. Si quieres ver el infinito, la eternidad o la mirada triste de tu esencia, mírala en el interior de tu ser, pero no en la profundidad física, sino en el abismo de tus ojos.

1146. ...Iban hilando el sentido de los acontecimientos y cada vez descubrían grandes verdades y se decían: -La conciencia de tu individualidad te lo da tu esencia, así como la conciencia de tu colectividad, no sólo por tus semejantes sino más por los diferentes, que habitan el mismo lugar y espacio que tú. La conciencia colectiva de todos los que habitan el mismo universo que tú y se sujetan a sus leyes, cumplen sus deberes, cuidan sus códigos genéticos y trascienden para permitir la continuación de la mecánica celeste, la mecánica bioquímica, biofísica y bioenergética de las esencias-.

1147. -...El pensamiento, el lenguaje, las ideas, el raciocinio, la esperanza, la fe, las intenciones, los deseos y las acciones son de la esencia. De la materia es la pantomima solo, porque aún el viento helado lo siente la esencia y se estremece en la hipotermia o el chasquido del fuego. La esencia cuida en todo momento a todas y a cada una de las células del cuerpo y les da vida, organización, funciones precisas y las mantiene activas, porque por ellas vibra ella misma-.
-Tan responsable y cuidadosa es de su encomienda, que las ha dotado con el sistema productivo más eficiente para reconstruir al momento cualquier herida o para procesar el compuesto bioquímico, químico, físico o energético más complejo que demande la situación de emergencia. Trabaja sin descanso cada milisegundo de todo el día y noche, de todos los años y los siglos, sin pedir remuneración alguna a cambio. Su respuesta es inmediata, sin excusas ni pretextos para no atender lo que se le solicita. Llega de inmediato al lugar de los hechos y se pone a trabajar con determinación y sabiduría. Su mayor satisfacción es mantener a su cuerpo física y psicológicamente sano. Todo lo hace con entusiasmo y nunca desmaya por muy severa que sea la lesión, porque esa es la actitud que la mantiene viva y no le importa la vulnerabilidad de la materia-.

-La prueba es palpable: Todas sus heridas han sido sanadas, los tejidos han sido restaurados y no hay cicatriz ni dolor alguno-.

1148. ....Hilaban el desarrollo de los acontecimientos y sin duda una cosa era clara e importante tal, que se debía resaltar: No se debe separar el espíritu, el alma, el prana o como se le nombre, de la esencia... No se debe separar del cuerpo, cuando está ahí, porque el cuerpo es la presencia misma de la esencia y se manifiesta ahí, a pesar de sus defectos y virtudes. Si la separas se perderá la visión cosmológica y el sentido verdadero de la creación y formación del universo.

1149. ...Ensimismados en sus reflexiones, cabildeando cada idea, continuaban serenos e inamovibles en sus asientos. Cuando al centro del círculo llegó el anciano de actitud juvenil y les solicitó que se prepararan para salir de viaje. Debían de acudir a una reunión cívica a la villa Prusedest del planeta Rohosem, para elegir a la Autoridad máxima, que los guiará durante un periodo no determinado aún, en las siguientes actividades y acontecimientos para los primeros tiempos de los siete ciclos del tiempo del no tiempo. Dicho lo que dijo desapareció.

1150. Los habitantes de la villa inmediatamente se organizaron y decidieron constituirse en tres naves. La mayor estará integrada por 262 personas, la segunda en tamaño por 97 y la más pequeña por 19 personas.
    La formación de la nave se constituirá a partir del centro, donde se colocará una persona como el eje de la estructura energética de la nave. El siguiente círculo deberá constituirse por tres personas separadas en un ángulo de 120° perfectamente simétricas. Los siguientes círculos deberán cumplir la progresión de 6, 9, 15, 24, 39, 63 y 102 miembros, formando sus respectivos ángulos y simetría. La nave mediana se formaba igual sólo que su progresión llegaría hasta el 39 y la menor al 9. Los círculos de energía que propulsarán y resguardarán la integridad de la nave serán 9 para la mayor, 7 para la mediana

y 4 para la menor. De esta manera viajarán todos los habitantes de la villa sin ningún problema.

1151. Ugia estará al mando de la nave mayor, Tzamnim de la mediana y Potpoc de la pequeña. Navegarán de acuerdo a las leyes del eje gravitacional ondulante del sistema Reltadib.

1152. El sol Merohna recorría apenas el primer cuarto de su trayectoria celestial. Grandes nubarrones se formaban en el horizonte, tras la montaña de los dos picos.

1153. Inmediatamente, cada miembro se colocó en su lugar y entraron en profunda meditación. Concentraron su energía, que fluía por sus chakras y en poco tiempo, se forjó un impresionante escudo energético, que solidificó el espacio y resguardó los cuerpos para que pudieran viajar a velocidades inimaginables, tal que incluso podían viajar a la velocidad de la luz o más si la distancia del viaje lo ameritaba. La nave mayor se veía imponente, aún así levitó y se desplazó solemnemente sobre la villa y partió para internarse en el hilo conductor del eje gravitacional ondulante del sistema Reltadib.

1154. En un parpadeo apenas si vieron la majestuosidad del planeta Intedba flotando en el espacio y a los dos soles maravillosos. Vieron que a gran velocidad se alejaban de uno y se acercaban al otro y apenas lo disfrutaban cuando descendieron sobre el planeta Rohosem, guiados por el sendero del eje gravitacional.

Salieron del eje y quedaron a merced de las condiciones ambientales del planeta. Sobre los planetas la velocidad de las naves debe ser baja y maniobrable, así que ahora debían buscar la pista para arohosemtar. La gran montaña era el faro. Colosal, extraordinariamente majestuosa no había riesgo de extraviarse. Desde gran altura se apreciaba su magnificencia, no había otra igual y si las hubiera no llamarían la atención y el asombro de nadie, porque la montaña Errtaganm minimizaba a cualquiera.

Motivados por su gran altivez, rodearon más de una vez su majestuoso pico. Vieron las nubes muy al fondo sobre la base de su gran macizo y el gran cañón que se extendía en ambos lados hasta los polos. Luego siguieron el cause del río hasta que divisaron la diminuta, apenas perceptible paradisíaca villa de Prusedest.

Arohosemtaron en el gran jardín. Una a una; las tres naves fueron desescudando la estructura interactuada de sus energías y se levantaron los ocupantes. Todos los habitantes de la villa los estaban esperando.

1155. El dios Parciee les dio la más cordial de las bienvenidas. Los recién llegados, se despabilaron un poco y saludaron a cada uno de los habitantes del planeta Rohosem con una reverencia. Inmediatamente todos caminaron rumbo a un pequeño auditorio, que se levantaba al costado norte del jardín central de la villa.

1156. Ocuparon sus asientos y sobre el escenario apareció el anciano de actitud juvenil. Se sentó al frente de una mesa. A los costados de la mesa y a la vista de todos se encontraban dos urnas de material transparente. Sobre sus asientos se encontraba una papeleta en blanco del tamaño de un trozo de papel, no mayor que la palma de las manos. También había una pluma con tinta indeleble.

1157. Todo mundo sabía de lo que se trataba y no se requería de alocuciones, ni discursos. Todos los jefes de familia eran potencialmente elegibles. Cada uno ejercería un voto, anotando el nombre de su nominado en la papeleta. Luego la doblaría en tres partes y la depositaría en la urna de su preferencia en la presencia de todos.

Solo hasta que uno haya depositado su voto, otro se levantará y llevará a depositar el suyo. Así, hasta que todos lo hayan hecho. Luego se procederá a realizar el conteo de los votos por tres de los presentes, mostrando el voto al auditorio y confirmándolo el anciano. Los votos se sumarán al nominado de acuerdo a los que hayan recibido, no importa si sólo ha sido un voto. El nominado con mayor número de votos será el elegido y en el acto investido con los atributos del padre guía del pueblo.

1158. Se les solicitó un momento de silencio. El voto deberá ser perfectamente razonado, libre de prejuicios o preferencias, sin más intereses que el bien de la comunidad. Quien reciba la mayoría de votos, se congratulará sobremanera, porque es un puesto de honor, no para recibirlo sino para glorificar a su pueblo... Es un puesto de servicio, no para recibirlo sino para ejecutarlo en beneficio de los demás.

1159. El anciano timbró un triduo de campanillas que estaba al alcance de su mano derecha, señalando que era tiempo de emitir su voto. Cada quien tomó su trazo de papel y escribió el nombre de su nominado. Luego uno a uno fue hasta las urnas y lo depositó en la presencia de todos.

1160. Cuando todos hubieron depositado su voto. El anciano nombró a tres personas al azar y los invitó a realizar el conteo de los votos. Extrajeron uno a uno y nombraban en voz alta al nominado: -Suerfder uno... Tzamnim uno... Jestuseni uno... Suerfder uno... Suerfder uno... Parciee uno... Suerfder uno... Ugia uno... Parciee uno... Jedvid uno... Suerfder uno...-. Se formaban las papeletas en grupo del mismo nominado y así hasta que todos fueron conmutados. Luego se contó el acum.- lado de cada nominado, revisando escrupulosamente que no hubiera confusión o equivocación tanto en la emisión del voto como en el grupo de papeletas en que se había colocado.

1161. El conteo de los votos arrojó el siguiente resultado: 123 votos para Ugia. Tzamnim 42 votos, Jestuseni 18 votos, Suerfder 255 votos, Jedvid 10 votos, Parciee 28 votos y Likader 6 votos. Sin objeción alguna, Suerfder era el elegido. Bajó hasta el escenario y se apostó frente al anciano.

Para ese entonces el escenario se había convertido en un gran salón, donde al fondo se erguía un trono magnánimo, como de los reyes antiguos pero mejor, profusamente adornado con estelas de material acrisolado más fino que el oro. Un tapete aterciopelado por las estrellas se extendía hasta el pie y sentado en el trono se encontraba la presencia misma del Padre Formador y Creador del universo. El anciano guió al dios Suerfder hasta el trono. El Padre se levantó del trono, sonrió a su llegada y lo recibió en sus brazos. Todos se pusieron de pie y saludaron, inclinando ligeramente la cabeza.

1162. El Padre extendió sus brazos y posó ambas manos sobre la cabeza de Suerfder, levemente inclinada. Luego lo bendijo. Le entregó un báculo dorado de luz sólida, que resplandecía por encima de cualquier objeto luminoso. Suerfder se posicionó a la derecha del Padre y se volvió de frente. El Padre extendió los brazos hacia los asistentes y les habló en su lenguaje. No como otras veces, sino haciendo vibrar las moléculas del aire del planeta Rohosem, tal como ellos lo hacían por lo que se deleitaban con su voz. Sus palabras resonaban en el auditorio de manera clara, precisa, armoniosas, tal que no había nada que agregar al buen decir, pues se expresaba con todos sus atributos.

1163. *"Bastus sustuden. Jedesuve lomedo sumane yhus gidrise pacbun. Alowid cumse huhd sojlou xinfed tushgo munusum prerepi fidznabus jome".* Volteando hacia Suerfder le dijo en voz alta para que todos escuchasen. *"Unesnus gañeren opojivti noedengafer humadoresyu costasdamsa vesqnaxi musedsu. Nuasen ofederiscua tabriudefo saludmasshug joscnme disutadier ivbed iocois camted zamgoh sustesu. Fiwjhab guamadel mememsem sunabod sabederyu. Gimnbdewi oderdedun suañeronu cridolñe sudenab janmivsu.* Parecía que Suerfder recibía la más severa de las advertencias. Luego se volvió a los asistentes y los bendijo.

1164. Suerfder regresó por la alfombra aterciopelada de estrellas, llevando su báculo en la mano derecha y llegó hasta el borde del escenario. Volvió la cabeza hacía atrás y el gran Padre le hizo un ademán con las palmas de las manos extendidas y hacia el frente. Un ademán de "adelante". Un ademán solemne de "a caminar" y se sentó en su trono.

1165. Suerfder se quedó de pie observando el rostro de cada uno de sus compañeros y pudo apreciar la complacencia y la alegría en sus miradas. Ahora, él sería el guía. Todos los presentes prorrumpieron en un caluroso aplauso. El anciano de actitud juvenil se sentó donde antes se había sentado. Suerfder quedaba frente a su gente. Solicitó a los presentes que se sentaran. Levantó el báculo y les dijo estas palabras: -¡Alegraos amigos!!!-. Bajó el báculo. -Hoy se ha establecido por primera vez, la autoridad en los confines del sistema Reltadib. He sido honrado con el voto de su confianza y grande es mi responsabilidad. Guiarlos por el camino del éxito total es mi encomienda más preciada. Soy débil pero la fortaleza me viene de ustedes. Soy ignorante, pero la sabiduría y el consejo me vienen del Padre. Así que debo ser valiente. La autoridad me viene del Padre a través de ustedes y por ustedes es que se debe traducir en actos de servicio. La verdadera autoridad no se monta en los hombros del pueblo, sino camina junto a él. No explota, ni vive en la abundancia, el placer y el derroche a costa del hambre de su pueblo. ¡Ay del gobierno que pulule en la abundancia, sojuzgando la dignidad de su pueblo!. ¡Será destruido sin piedad y aborrecido en la ignominia!. Así se nos ha dicho, así se nos ha advertido-. Dijo dirigiendo un ademán con su mano izquierda hacia donde se encontraba la presencia del Padre Creador y Formador. Luego continuó: -Las fuerzas del poder pueden ser traicioneras y la flaqueza de la expresión física escudarse en ellas, pero el pueblo no debe permitir la desviación del objetivo primordial de su gobierno, que en todo momento debe ser el guía inquebrantable, que lo conduzca hacia el éxito total, hecho realidad en los acontecimientos cotidianos y al alcance de todos y de cada uno de los miembros de su pueblo. Sólo así, la autoridad tiene sentido, tiene validez y podrá ser reconocida por el Padre Creador y Formador del universo. Amigos, sean dignos de ejercer sus derechos, para que yo sea pródigo en cumplir mis deberes. Esta relación nos debe unir y no poner uno frente al otro. Uno en un nicho y al otro en otro, separados, distintos. No!. La relación gobierno – pueblo es inseparable, tal que el uno es para los otros, como los otros para el uno. Lo recordaré siempre: La autoridad me viene del Padre a través de ustedes. ¡Seamos dignos!-.

1166. Extraño, pero era el primer discurso político de todos los tiempos. Suerfder hablaba como si tuviera la visión de las civilizaciones futuras, donde seguramente se habría desviado el propósito fundamental de la instauración de la autoridad y percibía el dolor del pueblo por manos del despotismo de sus propios gobernantes.

1167. Fue un discurso sencillo, con frases nobles de gran significado. El báculo era el símbolo más emblemático. Era una vara forjada en luz sólida.

La luz simboliza la sabiduría que es inquebrantable, pero benigna, que aún en los momentos de gran lucidez y bonanza resplandecerá por sobre todas las cosas, cuando más en tiempos de incertidumbre y oscuridad. La luz como la sabiduría son guías, que en toda circunstancia se mantienen ecuánimes.

1168. Otro hecho sin precedentes era la asistencia del mismo Padre Creador y Formador del universo, que en persona entregó el báculo de la autoridad a quien fue elegido, para ser el guía. Sus palabras serán gravadas por siempre y confirman la legitimidad del poder, que debe ejercer el elegido. Pero si no lo hiciere, las advertencias son severas. Y si sí lo hiciere la gloria será para su pueblo, porque el pueblo trascenderá en la historia y él solo será su orgullo. Así fue dicho para que lo entendiéramos, porque no ha sido traducida, ni literalmente siquiera; palabra alguna.

1169. El Padre Creador y Formador se puso de pie, extendió su bendición sobre todos los presentes y desapareció. El anciano de actitud juvenil, se acercó a Suerfder, le colocó el brazo sobre el hombro, le dio unas palmadas en señal de felicitaciones y congratulación, se despidió de todos y desapareció. Suerfder quedó solo en el escenario, pero hacia él llegaron todos, lo abrazaron y lo felicitaron.

1170. El báculo llamaba la atención. Su luz era tibia y se podía tocar, se podía sentir su solidez, pero a la vez ligero, maleable, mágico, pero irrompible. Si se deseaba podía ser caliente extremo, capaz de fundir el material más denso del universo o doblegar el orgullo más soberbio. Era una vara de luz sólida del tamaño de la persona que la portaba. No debía ser ni más grande, ni menos pequeña, sino justa, porque su grandeza es un símbolo y no la grandeza misma. A lo largo tenía esculpido de manera precisa una serie de signos, similares a glifos de encomiables trazos, que daba gusto admirarlos por el simple hecho de hacerlo, no importaba si se conociera el código de su encumbrado significado o no, pero estaban tan finamente tallados, que se debía declarar como una obra de arte de valor invaluable. En el extremo superior, por arriba de la empuñadura, remataba en un tallado especial. Dos glifos representaban a los planetas Intedba y Rohosem, enzarcillados en los lados opuestos a diferente nivel, pero por debajo del diamante, unidos por un hilo ondulado fino y dorado, que se desprendía de una perla negra incrustada al centro del gran diamante tonalizado en colores varios, sobresaliendo el rojo intenso del rubí, con un agujero gravitacional al centro, por donde se podía ver el otro lado, amplificado exponencialmente, como si fuera el cristalino de una gran lente.

1171. El báculo será el símbolo de todos los atributos del buen gobierno y de aquí en adelante será la consigna a seguir a través de todas las generaciones futuras.

1172. Salieron del auditorio plenamente satisfechos y reanimados. Suerfder salió delante portando su báculo. El sol Merohna resplandecía casi al centro del singular firmamento del planeta Rohosem. Merohna, aquí era el sol benevolente.
Parciee expresó sus felicitaciones a Suerfder y le informó de las actividades que habían realizado en el ciclo anterior. En lo sucesivo, Suerfder estará en continuo contacto con ellos e iniciarán los trabajos para edificar una gran civilización en ambos planetas, cimentada más por sus valores esenciales, que se expresarán en progreso y bienestar para sus pueblos y en obras que darán cuenta de su sabiduría. Pero, al igual que todos los patios de la plaza Ooruhjso, trabajarán en cumplimiento de lo que se tenga que expresar, para enseñanza de las futuras generaciones.

1173. Los habitantes de la villa Prusedest ofrecieron a sus invitados un refrigerio con las más exquisitas frutas del planeta. Algunas eran similares a las de Intedba, pero otras si les eran completamente desconocidas. Platicaron con gran euforia y contaron sus experiencias sobre el río y la cascada, a los que incluso reconocieron que no les habían dado nombre, ni a la montaña de dos picos, mucho menos a la de uno, mientras que en Rohosem, los accidentes rohosemgráficos más sobresalientes ya tenían nombre.

1174. Sobre la base, del primer cuerpo de la gran pirámide Ounfirt se colocó la insigne orquesta sinfónica del Reino de la Gloria y empezó a tocar acompasados ritmos de vals. El jardín se convirtió en una escultural pista de baile.

Todos los patios de todos los estadios habían elegido a sus guías y era motivo para celebrar, un hecho tan trascendental con un baile de gala y efectivamente, todos los dioses y diosas de la villa Prusedest estaban elegantemente vestidos, mientras que los de la villa Edripaaosen, sólo algunos y la mayoría todavía vestía los atuendos de la excursión del ciclo anterior. Sintieron un poco de pena, pero de reojo se burlaban entre sí.

1175. Iniciaba el baile el dios Suerfder y su esposa Jusbfij, quienes afortunadamente se habían ataviado con sus mejores galas. Les siguieron todos los demás, excepto los apenados, pero después de dos valses el dios Ugia solicitó la venia de su esposa para bailar el vals de la Princesa Admedesus que en ese momento empezaba. Un poco desarrapados, pero ese era el vals que habían bailado en su boda, así que no se lo podían perder.

Llegaron a la pista y como la primera vez que lo bailaron sintieron la solemnidad y todos sus movimientos los hacían con precisión y gracia. Embargados en su regocijo no les importaba las miradas furtivas de todos los demás.

Terminó el vals y ellos quedaron el centro de la pista. Todos aplaudieron con beneplácito. La diosa Xapyoram sintió que el rubor se le subía a la cara, pero no hubo tiempo de correr. Al momento se iniciaba el vals Rukmusum, uno de los preferidos de su juventud por lo que posó su mano sobre el hombro de Ugia y continuaron bailando.

1176. Luego, otros más se sumaron al baile y no había pasado la quinta melodía cuando ya todos bailaban sin pena alguna, disfrutando la gran fiesta. La rigidez de la solemnidad había desaparecido, porque lo importante era disfrutar en y por la alegría interior, sin importar el vestido y el protocolo. Además, como tal debería ser una festividad del pueblo y para el pueblo, sin las apariencias de la pompa.

1177. Los dioses y diosas jóvenes ya fuera de una villa u otra se formaban en parejas. El baile continuaba en todo su apogeo y como estaba previsto cada uno tenía su pareja, por lo que nadie se quedó sin bailar y disfrutar con alegría, la magna celebración de uno de los acontecimientos más trascendentales, que marcaba el inicio de la organización política y para toda la historia, de ésta y las futuras civilizaciones. Este acontecimiento será recordado por siempre y registrado en los libros, estelas y monumentos de las villas.

1178. Después de un prologado tiempo la fiesta terminó. Los habitantes de la villa Edripaaosen se despidieron de los de la villa Prusedest, quedando todos complacidos y renovados los ánimos para continuar las actividades que vendrán. Por lo pronto se disponían a descansar un poco. Los Edripaaosenos se organizaban para integrar las naves de regreso. Se organizaron de la misma forma como habían llegado y los mandos supremos estarán en las mismas manos que las naves anteriores.

1179. La imponente nave mayor levantó su vuelo, dio tres giros alrededor de la villa en señal de despedida y voló a gran velocidad por encima de la montaña Errtaganm, sobre la cual entró al hilo del eje gravitacional ondulado del sistema Reltadib. Tras ella entraron las demás naves. En un abrir y cerrar de ojos vieron ante sus ojos al planeta Intedba, brillante de un azul zafiro iluminado por ambos soles, pero resaltando su silueta sobre el fondo de un firmamento oscuro. En el siguiente suspiro ya habían entrado en el medio ambiente del planeta, llegando por el lado de la montaña de un pico. Vieron un hermoso lago al pie de la montaña, donde desembocaba el gran río, serpenteante después del cañón y a la distancia se veía la bruma de la cascada. Sobrevolaron por encima de la cascada y se deleitaron en su majestuosidad y hasta entonces se dieron cuenta de sus colosales dimensiones. Llegaron a la villa y realizaron las maniobras de aintedbartar. Descendieron sobre el jardín, desescudaron sus energías para desintegrar la estructura sólida de las naves. Se levantaron y se fueron a sus hogares, para descansar un poco y estar listos para la siguiente actividad.

1180. En la villa Prusedest los habitantes también se refugiaban en sus hogares. El sol Merohna descendía sobre el ocaso, aunque todavía se encontraba a un cuarto de su trayectoria. Los ciclos Snederiao y Snudoliaiom en Rohosem son un poco menor que el de Intedba, aunque el diámetro es menor, su giro es más lento y alcanza hasta 22 horas de nuestro tiempo actual, así que el ciclo completo O'kuinn será de 44 Horas. Mientras tanto, en Intedba el sol Madgiodioper estaba como a 60° del horizonte, antes de alcanzar la plenitud de su ocaso. Por lo tanto, en ambas villas era tiempo de descansar y así se hizo.

El descubrimiento del sexo en la expresión Xsentlamlex humana y otros sentimientos

1181. El sol Madgiodioper alumbraba tenuemente, cubierto parcialmente por nubarrones, que se elevaban a gran altura, sobre el horizonte del ocaso. Bajo un cielo nublado el aire soplaba suave, ligero y fresco. El perfume de las flores del campo penetraba en todos los hogares, llevado por el viento. Los habitantes de la villa Edripaaosen se refugiaron cada cual en sus respectivas residencias y se dispusieron a dormir.

1182. El ciclo había estado lleno de una intensa actividad. La resistencia del cuerpo estaba al límite y casi, casi podría quedar exhausto bajo el quicio de una puerta o en el reposet mecedor de la sala.

1183. En el hogar de la familia Histar, todo mundo se encontraba exhausto y dispuesto a tirarse en cualquier lugar para dormir. Pero el dios Ugia no atinaba a desabrocharse los botones del pantalón corto de explorador, además no se había alcanzado a bañar antes del banquete y menos al partir rumbo al planeta Rohosem. Tenía duras escamas de lodo, que cubrían sus piernas y antebrazos. La diosa Xapyoram le suplicaba que se fuera a bañar, que no podía tirarse a dormir así.

Sin mucho aliento el dios Ugia aceptó que se bañaba, pero que no atinaba como deshacerse de aquella vestimenta. Los hijos ya se encontraban en sus respectivas recámaras y muy probablemente algunos de ellos profundamente dormidos. No obstante se atrevió a llamar a Igres. Igres no contestó. Luego fue a la recámara de Hdostor y tampoco le respondió. Desanimado, pero sin flaquear llamó a la puerta de la recámara de Mwasgio y un poco somnoliento salió. Ugia le explicó su problema y Mwasgio le indicó que había que sacarlo por el ojal, tan sencillo fue que sintió gran pena, pero aún así fue corriendo fascinado como un niño que recién descubre una proeza. Llegó hasta Xapyoram mostrándole lo fácil que era. Ambos rieron a carcajadas. Y pensar que por eso no se había bañado antes de asistir al banquete, pues su soberbia no le permitió que alguien advirtiera que no sabía mudarse de ropa. Se había quedado callado y prefirió presentarse así, lo que para su buena ventura; lo mismo les había sucedido a otros. Rieron a carcajadas.

1184. Cuando la diosa Xapyoram reía se percibía una calidez sensual en su rostro y la misma sonoridad de sus carcajadas imitaban la música más sublime del universo. El dios Ugia no la había escuchado antes, con tanta atención como lo hacía ahora. Se movía con gracia, resaltando la belleza de su figura. Alta, delgada, pero bien proporcionada. Su cuello principesco y perfecto, se enaltecía con la proporción más perfecta de su cabeza, donde una abundante cabellera caía hasta media espalda, formando rizos dorados. Su cabellera peinada hacia atrás, era fijada por una diadema dorada, entrelazada por dos juegos de perlas, que se hilaban sobre su contorno, resaltando su amplia frente. Su rostro de rasgos finos colocaba en la simetría perfecta sus ojos verdes del color de la esmeralda, el más hermoso que ninguno otro color verde, de mirada intensa y profunda. Posados serenos y compasivos, advertían de su gran calidad y se podía apreciar su determinación para hacer el bien, para llenarlos de su exquisita sensibilidad de mujer y madre. Su mirada siempre expresaba la profundidad de su esencia. No se había perdido nada, sino todo estaba ahí. Toda su sabiduría, su amor y su valor. Su boca pequeña de labios delgados, pero bien definidos enmarcaban la encarnación del pensamiento en la palabra. Su nariz pequeña y afilada daba la proporción precisa para enmarcar el más bello de los rostros, rebosante de emociones, pero circunstancialmente siempre sereno.

1185. Ugia estaba sorprendido. Realmente no había observado con detenimiento la nueva expresión xsentlamlex humana de su amada esposa. Genial. La expresión física era tan perfecta que no le pedía nada a la expresión esencial. Sin duda en cada parte de su cuerpo se habrían esculpido todos los atributos y la sin igual belleza de su ser de vida. Sin duda al tocarla, estaría sintiendo la misma energía de la parte de su ser de luz, sólo que ahora se difundía en el interior de la materia.

Todo esto pensaba, mientras la veía. Mientras más la veía, más la admiraba y se acrecentaba su amor eterno. La ventaja de la materia es que cuanto más piensas en ello, la sensación se incrementa y se establece un vaivén de ciclos, que se intensifican, se serenan y luego vuelven a subir de intensidad...

1186. La diosa Xapyoram se veía en un gran espejo y se desalineaba el pelo. Lo soltó y lo aireaba introduciendo sus dedos entre la cabellera. Ella veía a Ugia reflejado en el mismo espejo, que de todas maneras forcejeaba con la botonera de su camisa, hasta que uno a uno los desabrochó. Se quitó la camisa y en pantalones cortos se retiró del cuarto para ir a la regadera del baño.

1187. La diosa se vistió con un ropón ligero, semitransparente a través del cual se apreciaba y resaltaba su seductora sensualidad, que fluía a flor de piel, tal que no había manera de resistir para percibir y admirar la esbeltez de su cuerpo.

1188. Ugia entró al baño y abrió el grifo, pero en su pensamiento llevaba la imagen sensual y hermosa de su esposa. Sentía una gran necesidad de verla, de estar con ella, de acariciarla. Cosa que nunca antes había sentido con tanta intensidad, incluso ni cuando sus esencias estaban expresadas en un ser de luz, donde la manifestación del amor era uno de los intercambios de energía más intensos. Pero ésto se sentía más fuerte, más intenso, casi, casi llegando a la obsesión. Por este deseo alcanzable, parecía que el placer podría llegar hasta el éxtasis. No había duda. Todo esto razonaba el dios Ugia y se bañó lo más de prisa que pudo. Se colocó una bata dorada, terciada solamente y levemente ceñida, prácticamente sueltos los amarres y corrió apresurado hasta la recámara.

1189. Entró agitado y visiblemente emocionado. Se detuvo frente a la cama de la diosa Xapyoram y se quedó impávido. La diosa estaba profundamente dormida, recostada sobre su cama, con el ropón puesto, pero trasluciendo su hermoso cuerpo, que yacía tendido cuan largo era, apreciándose con todo detalle su seductora sensualidad. Ugia, siempre respetuoso y como todo un caballero, inclinó la cabeza en señal de resignación, pero luego la volvió a levantar y posó su desconsolada mirada sobre ella, por lo menos para mirarla y admirarla hasta que él quisiera. Así permaneció por largo rato, hasta que el jabón le picó en el cuero cabelludo. Tanta era su emoción por estar junto a su amada esposa, que no se dio cuanta, que había olvidado lavarse la cabeza.

1190. Regresó a la regadera. Se lavó el pelo y se fue a recostar a su cama. Las horas pasaban y él daba de vueltas en la cama, hasta que vencido por el cansancio se durmió. Apenas sintió que se había dormido cuando sonaron las fanfarrias de la plaza magna, anunciando que era momento de levantarse. Ugia se medio incorporó pero se dejó caer de nuevo sobre la cama.

1191. Las 28 trompetas resonaron con gran fuerza en toda la plaza Ooruhjso anunciando la tercera llamada y el momento de iniciar el siguiente ciclo corto del tiempo del primer tiempo del no tiempo, para que todos se levantaran y acudieran al lugar de su nueva actividad.

1192. Todos se levantaron y acudieron sin pereza alguna al centro del jardín de la villa. Suerfder los esperaba con su báculo en la mano derecha, paciente y con su mirada serena, veía como uno a uno iban llegando. Se acomodaron y en poco tiempo ya estaban todos listos, excepto la familia Histar de quien faltaba el padre. Los demás miembros de la familia Histar se miraban entre sí, sumamente extrañados.

Suerfder también se extrañó mucho, porque no había recibido informe alguno de que estuviera enfermo o en comisión alguna que le impidiera asistir. Le preguntó a la diosa Xapyoram donde se encontraba Ugia y ella no supo contestar, pues cada quien había dormido en su recámara y nadie apuraba a nadie, porque cada uno sabía lo que tenía que hacer. Xapyoram se preocupó por su esposo y corrió hasta la casa para buscarlo. "Seguramente no ha podido mudarse de ropa", pensó.

1193. Llegó corriendo. Tras ella sus tres hijos y entraron directo a la recámara de Ugia. Ugia estaba profundamente dormido como tronco, roncando solazmente. Tras la familia Histar llegaron otros, algunos preocupados y otros muertos de curiosidad. En un momento, la recámara de Ugia estaba llena de gente. El sueño era tan profundo, que no se despertaba ante los ruegos de Xapyoram, antes se le escuchaban balbuceos de amor y pasión, hasta que Igres lo sacudió de los hombros.

1194. Como resorte se incorporó de un salto y extrañado, preguntaba que pasaba. Igres le dijo que esperaban su presencia en el gran jardín para iniciar las actividades del nuevo ciclo, que se apurara. Todos quedaron sorprendidos, pero a la vez sintieron un gran alivio, porque no estaba enfermo y solamente se había quedado dormido.

1195. El sol Madgiodioper se había ocultado y sobre la montaña de dos picos el sol Merohna ya se había posicionado en ella. Regresaron al jardín. Mwasgio ayudó a su padre a vestirse y corrieron al jardín, donde Suerfder daba las instrucciones para las siguientes actividades. Todos lo miraban de reojo. Tzamnim lo miraba y una risa burlesca afloraba de sus labios, pero sin malicia. Potpoc de plano ni lo disimulaba, Jedvid también lo miraba y se reía. Los dioses y diosas jóvenes también lo veían, pero no se reían a la vista de él, sino disimuladamente porque le profesaban un gran cariño y respeto. Xapyoram le tomó la mano y trató de consolarlo ante tanto embate. El sintió su mano de piel tersa y tibia. La tomó y la apretó suavemente contra las suyas.

Ahora, no le importaba lo que pensaran sus compañeros, porque sentía una gran fortaleza.

1196. Se habían organizado dos grupos, que realizarán actividades separadas. Un grupo estaba conformado por todas las diosas madres e hijas y el otro por los dioses padres e hijos. El grupo de las diosas realizaría una excursión a las colinas cercanas, para tomar nota y dar nombre de todo lo que vean. Atenderán principalmente las plantas, flores y animales pequeños los que clasificarán según su especie. Se guiarán por su desarrollada sensibilidad maternal.

El grupo de los dioses excursionará por la densa selva, hasta el pie de la montaña de dos picos. Ascenderán hasta la hondonada donde se separan y tomarán nota de cuanto vean a su paso y darán nombre a los animales salvajes, que viven en el agua, sobre la tierra y vuelan por los aires. Darán nombre a las plantas, a las que dan frutos, a las que no y según crezcan. Darán nombre a los lugares, pasadizos, encrucijadas, ríos y montañas. Darán nombre y estudiarán los ciclos astronómicos que rigen el movimiento del sistema Reltadib. Debían llevar consigo las hojas y lápices que les habían proporcionado en el ciclo anterior.

1197. Las excursiones de exploración tienen la finalidad de conocer a fondo el medio ambiente sobre el que se sustentan, para alcanzar tres objetivos fundamentales:

    a) Objetivo número Uno: Acoplarse e integrarse con sabiduría al medio ambiente.

    b) Objetivo número Dos: Percibir los cambios catastróficos futuros, de origen natural para prever su propia supervivencia, adaptándose a los nuevos cambios.

    c) Objetivo número Tres: Comprender el propósito de su estancia. Comprender el porqué se está aquí, el porqué hoy. Aquí, en este lugar y no en otro. Ahora en este momento y no en otro.

1198. Una vez que estuvo preparado todo, cada grupo tomó su camino.

Ugia soltó la mano de Xapyoram y la miró alejarse, dentro del grupo sintiendo gran pesar. No obstante la observó con gran ternura, hasta que se perdió al ascender sobre la colina más cercana, la misma colina donde habían caído cuando llegaron al salir por la puerta anular del camino celeste del Laberinto de la Rosa.

El grupo de los dioses ya había partido y solo él se quedó de pie, observando al maravilloso cuerpo de su amada esposa, que contrastaba contra el campo florido de la colina. Ugia volvió la cabeza, no estaba ya ninguno de sus compañeros y comprendió que se había retrazado. Corrió regocijado con gran agilidad y destreza, acotando el camino. Alcanzó a sus compañeros y se integró al grupo.

1199. Caminaron abriéndose paso entre la densa selva, señalando todo lo que les llamaba la atención. Anotaban, observaban con sensibilidad y detenimiento científico, clasificaban... Podían percibir el mecanismo que movía el crecimiento y desarrollo de las plantas. Todo estaba expuesto tan clara y sencillamente, como cuando admiraron las salas de exposición de la gran plaza Ooruhjso, sólo que ahora estaban inmersos dentro del mismo medio ambiente, sensando con sus propios medios físicos toda la belleza de la creación.

1200. Llegaron al pie de la gran montaña y se alzó espectacular frente a sus ojos. Para alcanzar los picos, había que caminar entre cañadas y pequeños valles, que se empinaban cada vez más. Escalaron sin demora, impelidos por una gran emoción. Subían por la ladera de una cañada, les esperaba un recoveco rocoso sobre un cerro y luego encontraban un valle. Lo cruzaban y ascendían por otra ladera, que llegaba hasta otro descanso rumbo a la cumbre de la gran montaña. Encontraron el nacimiento del río y se sumergieron en él sin temor alguno. Era un charco de agua cristalina, apacible y sereno, nada que ver con la torrencial corriente del río aguas abajo.

1201. Desde la montaña se veía un hermoso panorama. Sobre el valle se apreciaba el cause del río y muy apenas el caserío de la villa. Hacia el norte y sur se distinguía con mejor detalle las dos cordilleras que circundaban el gran valle hasta la otra montaña de un solo pico. Continuaron su camino. El sol Merohna había alcanzado ya su punto más alto y declinaba. La cuesta era más pesada y el andar lento, por lo que a cada momento reposaban por breves instantes, para recuperar las fuerzas.
Para alcanzar la cumbre de la gran hondonada entre los dos picos, se requería escalar una escarpada pared de roca maciza, con pocos salientes y ya cerca de la cumbre sobresalía de la verticalidad de la pared, teniendo que escalarla al estilo araña. Otra opción era rodear la montaña e ir ascendiendo en espiral. Probablemente sobre el lado opuesto, el acceso sea menos

difícil. Rodearon la montaña, pero tenían que entrar a una cañada, salir y nuevamente entrar a otra. Avanzaron sobre una ladera de la gran montaña, que no presentaba tantas cañadas, desde el fondo se veía que llegaba hasta la cima. Subieron por el lomo de la ladera. Cuando se dieron cuenta ya habían alcanzado la mitad de la altura del pico, pero la pared del pico del lado interior caía verticalmente, así que regresaron, para buscar un atajo, que los llevara a la hondonada entre los dos picos. El camino era cada vez más difícil y riesgoso. Estuvieron largas horas buscando e intentando por varios senderos, pero remataban al filo del despeñadero. Potpoc vio a mitad de la peña una saliente, que formaba como un pasadizo y casi llegaba hasta la base de la hondonada, le faltarían unas tres adritas para llegar. Desde ahí sería más fácil brincar, pensaron.

1202. Tomaron el pasadizo, pero tenían que ir caminando a gatas y en otros tramos arrastrándose de panza, porque no había espacio para caminar de pie. El cuerpo iba prácticamente en la orilla del precipicio. Suerfder iba a la cabeza, le seguía Tzamnim, luego Ugia y todos los demás, de uno en uno. Llegaron al final del pasadizo y no veían como ascender las escasas tres adritas que les faltaban, para alcanzar la sima de la hondonada. Como a una adrita al frente se veía una raíz, de un majestuoso árbol, de los que echan sus raíces entre las peñas. No llevaban consigo ninguna liana, ninguna cuerda o vara que les sirviera de soporte para llegar hasta la raíz. Buscaron alternativas, pero sólo llevaban consigo sus alforjas, donde tomaban agua. Vift sugirió unir varias correas de sus alforjas y formar un lazo más largo, lo cual les pereció bueno y así lo hicieron.

El primero en pasar debería ser el dios Suerfder. Lazó una saliente de la raíz, se aseguró de que estuviera firme y se colgó de la cuerda. Rodó sobre el acantilado, quedando suspendido por la cuerda. Sin mirar hacia abajo, fue braceando y avanzó poco a poco, hasta que alcanzó la raíz. Se afianzó con fuerza. Hizo un nudo más seguro, abrazando la raíz con la cuerda, luego se la lanzó a Tzamnim y él se abrazó a la raíz con los brazos y las piernas para irse empujando y ascender hasta el tronco del árbol. Tzamnim hizo lo mismo y así cada uno, hasta que todos alcanzaron la sima de la hondonada de la montaña, desde donde se erguían sus dos picos.

1203. Una vez en la sima de la hondonada, se maravillaron del gran paisaje que se alzaba ante ellos. Los dos picos se elevaban majestuosos hacia el cielo, como dos brazos extendidos, señalando la profundidad del universo.

Si miraban hacia abajo, sobre el horizonte se veía un campo fértil, verde, pleno de vida, que se extendía hasta donde alcanzaba la vista. El otro lado de la montaña había un valle más pequeño y a poca distancia se alzaba una cadena montañosa que cruzaba de norte a sur, con grandes montañas también y detrás de esa, otra más lejana, donde se veía un pico muy alto de color blanco. Entre las montañas se veían valles y cañadas, por donde fluían ríos. En algunos se alcanzaban a ver pequeñas cascadas. Era un paisaje paradisíaco desde todos los ángulos que se le observara.

1204. Pero el paisaje más hermoso estaba junto a ellos y ni siquiera lo habían visto. La hondonada hacia un descenso suave sobre una ladera en la que crecía un bosque denso de pinos. El bosque bordeaba en todo su perímetro un lago pequeño pero profundo, que estaba al centro de la montaña. El agua cristalina permitía observar el fondo de color verde esmeralda, que se iba tornando bajo diferentes tonalidades hacia un azul profundo, a medida que llegaba al centro del lago. De vez en cuando grandes burbujas de gas emergían de la profundidad del lago. El agua estaba un poco caliente, pero sin exhalar vapores. La ribera del lago estaba bordeado por una pequeña playa, sobre la que oleaban pequeñas ondas de agua, sólo levantadas por el leve viento, pero había rastros de que llegaban más lejos, seguramente cuando los vientos eran más fuertes.

1205. Corrieron cuesta abajo entre los pinos, llegaron hasta la playa. Embelesados con la singular belleza y serenidad del lago, permanecieron un momento observando todos los detalles. Miraron el reflejo de los dos picos en el espejo de agua, que como dos agujas parecían clavarse en la profundidad del lago. Recorrieron su playa pues no tenía más de 423 adritas de diámetro. Exploraron el otro lado de la hondonada y vieron que se levantaba también sobre un profundo precipicio, inaccesible como el que habían escalado. Luego se reunieron y se sentaron en la playa.

1206. Suerfder les solicitó que sacaran sus notas y dieran nombre a todo lo que habían visto, a todo lo que fuera digno de ser nombrado para que al nombrarlo sea horrado y reconocido como parte importante del universo y dar cumplimiento a uno de los deseos del Padre Formador y Creador. Así, fueron dando nombre a las plantas, a los animales en todas sus variedades, a los lugares y todo lo que debiera nombrarse, no importaba su grandeza, ni su pequeñez, porque con el solo hecho de existir su estatus era de gran valor.

1207. Al asno, por su sencillez y nobleza lo nombraron Uku, al caballo: Lodem, al búho: Kilt, al oso Nacui, al lobo Xumpin, al sapo: Prixtum, al mosquito: Zodnuq, a la avispa: Qimpe, al león: Zkarr, al jaguar: Tzienht, al conejo: Domt, al venado: Adriomd, a la serpiente: Kanha, al águila: Axjuhom al coyote: Du'Utiu, al zanate: Chocoy'd, al gallo: Rhuzqin, a la vaca: Minpuntl, al chapulín: Dunerd, al zopilote o cuervo: Om'Hoh, a la araña: Tikoni, al cocodrilo: Budhlum, a la paloma: Judinn, a la guacamaya: Vidust, al quetzal: Uzalt, al zorrillo: Yiro, a la abeja: Magintm, a la hormiga: Gimus, al gusano: Sunged, al gato montés: Lac'c, la lista era interminable...

1208. Luego nombraron a las plantas, con sus flores y frutos. Al manzano lo nombraron: Hessim, a su flor: Shsim y a su delicioso fruto: Misseh, al pino: Ujur y a su semilla Juu, al zapote: Tutul y a su fruto: Zudessfa, al naranjo: Lecdob y a su fruto: Imsedis, al guayabo: Bewfdu y a su fruto: Udwebf, al limón: Saxiux y a su fruto: Kondesx, a la planta de maíz le nombraron: Cana'v y a su fruto si era de color amarillo: v'Canahal y si de color blanco era: v'Zaquihal, al árbol de la anona: Caaveex y a su fruto también, a la planta del tejocote: Qinonm, lo mismo que a su fruto. Extensa e interminable era la lista...

1209. Luego nombraron los lugares y las cosas, aunque simples o complejas, pequeñas o espectaculares si tenían su nombre permitiría establecer el orden para alcanzar la armonía. Al río grande y caudaloso lo nombraron: Deyeridav, a la colosal cascada: Asienerarohm, a la roca que los salvó: Valdsarodav, a la montaña de un pico: Ujumedsius, a la montaña de dos picos: Ludzuxius, a las ensenadas del río: Kimsadan, al lago de la montaña Ludzuxuis: Orshjus, al agua la nombraron: Viulf'ha. Nombraron todas las cosas de su hogar, las de la villa y dieron nombre a los ciclos del tiempo, según sus estimaciones y dijeron que el universo sería el de más grande nombre, solo por debajo del mismo Creador y Formador y lo nombraron: Hunnab'Ahau'uaha, al planeta; para ellos su nombre sería: D'uUleu'us, aunque en el Reino de la Gloria se le siguiera conociendo como Intedba. El derecho de renombrar al planeta Rohosem lo tenían los habitantes de la villa Prusedest. Al cuarto ciclo del tiempo del planeta lo nombraron: Icnucolh y al quinto ciclo formado por 20 ciclos del cuarto tiempo: Vactannuuee... El primero ya tenía nombre, así como el segundo y el tercero: Snudoliaiom, Snederiao y O'kuinn, respectivamente. La progresión se podría repetir indefinidamente, pero había secuencias en las que coincidía el inicio de todos los ciclos simultáneamente, base que tomaron para definir las épocas cósmicas.

1210. Nombraron a los números para contar y vieron que era bueno decir que había tres iguales; pero con atributos distintos. Que la esencia de la naturaleza deberá estar inscrita en ellos, pero como cada uno la representa, en toda cantidad deberán estar presentes los atributos de los tres. Esta combinación daba una base unitaria numérica de nueve dígitos, pero por el arreglo de las cantidades de mayor denominación se regían como si fueran una base superior de siete. Su orden es posicional y por tanto potenciada. Sus nombres serán: Hun, Hal y Kun.

1211. Así fueron registrando y nombrando cada cosa, lugar, planta y animal. Ningún nombre original ha llegado hasta nuestros días, sólo preservadas las raíces de unas cuantas palabras, que por tradición oral se perdieron en el tiempo, pero mal escritas, porque se escribieron como se escuchaban al contar la leyenda de los más remotos acontecimientos. Las civilizaciones antes del colapso del sistema Reltadib, quedaron sepultadas en las profundidades de la corteza del planeta D'uUleu'us, por eso no hay evidencia alguna, ni vestigio de sus majestuosos monumentos, ni de su escritura a la vez científica y poética, mucho menos de sus refinadas costumbres, ni de su encumbrada sociedad con el más alto sentido de conciencia colectiva. Sus habitantes tenían la capacidad tecnológica para emigrar a otros sistemas solares, dentro o más allá de la propia galaxia, donde se habían formado planetas con los atributos más excelsos para sustentar la vida.

1212. La narración de la historia fascinante de estas civilizaciones apenas comienza...

1213. La tarea parecía que se cumplía, pero en realidad había todavía mucho que explorar, por lo tanto carecía de nombre y definición. Faltaba escudriñar las profundidades de la forma y ver lo que hay detrás en su interior y más allá. Una de las exploraciones que más les interesaba era la auscultación de su propia forma física o cuerpo. Saber de todos los mecanismos que movía la vida en su expresión visible e imaginaria será toda una odisea. Por lo pronto, habían dado el primer paso de un andar, que los llevaría a realizar grandes hazañas.

1214. Se disponían a regresar a la villa, pero apenas se levantaron y habían llegado al borde del desfiladero, cuando sobre ambos horizontes se ocultaban y amanecían ambos soles. Desde su perspectiva el sol Merohna se posaba sobre el horizonte como a 12° al norte de la montaña Ujumedsius, pero al mismo tiempo sobre el filo del acantilado, enmarcado por la hondonada de la montaña Ludzuxius. El disco solar pareciera que se posaba junto a ellos, descendiendo sobre las copas de los pinos, que se proyectaban al nivel del desfiladero. Si lo observaban desde el lago, el horizonte lejano se perdía y resaltaba el horizonte cercano de la hondonada, dando la ilusión óptica de que el sol se ocultaba tras la montaña. Corrieron hacia el lago y extasiados no dejaron detalle de la ocultación del sol Merohna. El lago recibía los últimos rayos del sol Merohna, al mismo tiempo que los primeros rayos del sol Madgiodioper. El amanecer era igualmente espectacular. Los dos picos enmarcaban con precisión a ambos soles, dejando un tajo de cielo cortado por el que ascendía y descendía la ruta de los soles, tal que pareciera un camino preestablecido, del eje giratorio del sistema.

Complacidos y seguros de que en cada lugar las experiencias de los fenómenos naturales como la ocultación y el amanecer de los soles son únicas y distintas, se dispusieron a descender de la montaña.

1215. El descenso, lejos de ser fácil; tenía el doble de riesgo y las rutas eran menos visibles y por lo mismo difíciles de determinar. Suerfder descendió por la raíz, pero no había forma de saltar al resquicio, aunque la soga estaba amarrada, no servía de mucho en ese lado. Subió de nuevo. Por el resquicio no había nada que se viera firme. Decidieron descender directo al resquicio, amarrados y sostenidos por ellos mismos. Para probar colgaron a uno de los dioses jóvenes, el de menor peso, que era Huses. Bajaron ciento cuarenta y cinco de ellos sin problema, luego veinte con un poco de problema, luego los siguientes diez con más problema y los últimos siete era muy riesgoso su descenso, pues seis ya no lo podrían mantener fijos con seguridad. La cuerda no era muy extensa y el tronco del árbol más cercano estaba a más de diez adritas. Suerfder estaba en el grupo y sería el último en escalar.

El precipicio del acantilado se veía abismal.

1216. Buscaban algo que les ayudara a sujetar, pero los árboles eran solo pinos y la hierba pequeña. Caminaban en el claro antes de internarse en el bosque cuando un Domt salió corriendo de entre unas piedras, corría saltando a toda velocidad hacía la base del pico sur de la montaña. Potpoc lo siguió con la vista, pero ya sobre el fondo casi al llegar a su madriguera, una Axjuhom lo levantó con sus garras, sin tocar el suelo y ascendió su magistral vuelo. Subió a las alturas, con su presa bajo sus alas, chirrió su grito de victoria, retumbando entre los dos picos y a la mitad del pico norte se encaramó en una cueva. "Espectacular, grandioso" dijo para sus adentros y continuó con su búsqueda, pero sin dejar de pensar en lo que acababa de ver. Intrigado volvió la vista para ver si aparecía el

Axjuhom y en efecto, de pie extendía sus alas tratando de arropar a su presa, pero era sólo para desgarrarla con su afilado pico.

Por analogía volvió la mirada para la montaña del lado sur buscando una cueva y para su sorpresa había una casi a la misma altura, entonces escudriñó con más atención toda la pared del acantilado y vio otras cuevas pequeñas más abajo y puso toda su atención sobre la base y encontró otra cueva casi oculta por la maleza y una piedra grande que estaba colocada a la entrada cubriéndola parcialmente. "Agsujeseee!!!", exclamó llamando a sus compañeros y señalando con su mano la cueva.

1217. Como uno solo, todos corrieron hacia la cueva. Entraron presurosos y emocionados, estimulados por un gran presentimiento. Era amplia y parecía que se alargaba mucho más allá. Caminaron por ella y seguía mostrándose amplia, pero húmeda. En algunas partes el techo se alzaba más alto y la luz se oscurecía. Caminaron más adelante y el resplandor de la entrada se desvaneció por completo, pero se sentía amplia y segura. Siguieron caminando, pero la cueva no estaba obstruida, no se veía que terminara, caminaron hasta que sobre el fondo vieron un resplandor leve. Siguieron hasta la luz y encontraron la salida al otro lado de la montaña. Se abrazaron y elevaron los brazos al cielo en señal de agradecimiento.

1218. No obstante tuvieron que regresar para avisarles a los compañeros que ya habían encontrado la salida, que ellos continuaran por el pasadizo y que se encontrarían sobre el lomo de la montaña al otro lado.

1219. A las pocas horas se reunieron y continuaron el camino de regreso a la villa. Ugia era el más entusiasmado por el regreso y ahora iba en la delantera. Estaba ansioso de encontrarse con su esposa, admirarla, verla y si fuera posible estar con ella. Aceleró el paso y se alejó del grupo por un buen tramo. De pronto se le ocurrió una genial idea: Lanzarse al río y nadando a favor de la corriente, seguramente llegaría en la mitad del tiempo. No lo pensó dos veces y caminó en dirección para encontrarse con el cause del río. El sol Madgiodioper casi

llegaba al cenit, la expedición llegaría casi a la ocultación por
lo impenetrable de la selva y él antes del último cuarto del ciclo Snederiao.

1220. Llegó a la villa y buscó por todas partes donde pudieran encontrarse las diosas, pero no había nadie. Fue a su casa,
entró y revisó en la planta baja, donde se encontraba la sala,
uno de los baños con una pequeña pileta para hidromasaje. Salió al andador que daba a los jardines y a una pequeña pista de
caminar, que rodeaba la casa. Regresó a la sala y subió por
una de las escaleras que se abrían en abanico inverso para llegar a la segunda planta. Recorrió la estancia y rodeó por el pa-
sillo que bordea las columnas de la gran cúpula. Entró a cada
una de las recámaras y no encontró nada. Salió de la casa y pasaba por el jardín central de la villa, cuando se encontró con
Igres, Piver, Jedvid, Beff y Komjud, que también habían hecho
lo mismo que él. Se sorprendió al verlos y ellos de verlo a él. –
Padre...- le dijo Igres. -Un presentimiento me hizo apresurar el
paso- Contestó sin darle tiempo de mas... -Pero, ¿está bien mi
madre?-. Preguntó Igres, suponiendo que era por ella. -Sí, creo
que sí- Contestó sin saber que. -Nosotros apresuramos el paso,
porque deseamos estar con nuestras novias- Explicó Piver. -Y
yo porque me muero por estar con mi esposa-. Añadió el dios
Jedvid.. Ugia le sonrió, pero sintió gran pena. No tenía que
ocultar su amor, ni sus deseos por Xapyoram su esposa. –Soli-
citamos autorización de Suerfder para adelantarnos-. Terminó
diciendo Jedvid. Ugia se sonrojó de vergüenza. -Al parecer todavía se encuentran en las colinas. En los hogares no están-,
dijo Ugia para sentirse mejor. -Vamos con ellas-. Apuró Beff. Y
juntos marcharon rumbo a las colinas.

1221. Cuando las diosas los vieron llegar se alegraron. El
grupo estaba distribuido en nueve colinas, así que estaban separadas, algunas a una distancia considerable, pero de una colina se veían las otras ocho colinas y donde se parara, se podían observar las otras ocho, así que de alguna manera todo estaba bajo control. En cada colina se habían asignado 21 diosas.
Llegaron y Jedvid preguntó por la diosa AftamiQuc. Le dijeron
que andaba en la séptima colina. Piver preguntó por Sigfha, le
dijeron que se encontraba en la colina número cinco. Igres pre-

guntó por Jirse, quien andaba en la colina cuatro. Beff, preguntó por Gaem y le dijeron que andaba en la colina en la que se encontraba parado sólo, que cerca del bosque de los cedros. Komjud preguntó por Defenim y ella se encontraba en la colina número dos. Ugia no se atrevió a preguntar, pero extendía su vista por todas las colinas. Alguien le dijo que la diosa Xapyoram se encontraba en la colina nuevo. "Pero, ¿cuál es la nueve, la uno o la siete?" Se preguntaba a sí mismo.

1222. Llegó hasta la parte más alta. Observó detenidamente y se percató de que las colinas estaban distribuidas en un arreglo de 1, 3 y 5, las cinco formaban un pentágono regular exacto. Así, la nueve o era la colina central o la colina que formaba el pico del pentágono, opuesto a la base. Si la colina nueve era la que formaba el ángulo opuesto a la base, sería sobre la que estaba parado, pero luego razonó más detenidamente y vió que cualquier ángulo del pentágono queda opuesto a un lado que se podría definir como la base. Así, que su razonamiento no era válido. Lo mejor era preguntar, pensó. Pero ya no había nadie a su alrededor. Se sentó cabizbajo. De pronto se sintió reanimado, se puso de pie y descendió de la colina, subió a la siguiente, la cruzó y llegó a la colina central. La subió hasta la cima y gritó "Xapyoraaaam". Las 21 diosas se incorporaron y miraron a lo alto de la colina. La diosa Xapyoram subió corriendo y Ugia salió a su encuentro con los brazos abiertos. La encontró a media colina, la abrazó. La tomó por la cintura y la levantó en brazos por encima de sus hombros y le dio vueltas y vueltas, hasta que calló al suelo con ella y se fueron rodando cuesta abajo, pero fuertemente abrazados.

1223. En la última vuelta, Ugia quedó sobre Xapyoram, mirándole a los ojos. En ese momento sintieron una gran ternura y en la profundidad de su mirada descubrían lo mucho que se amaban. Permanecieron en silencio, mirándose y leyendo las sensaciones de sus cuerpos, que se relajaban placenteramente y dejaban fluir una energía poderosa, que mantenía la armonía en sus miradas.

No era preciso decir algo, porque la algarabía interna lo decía todo. Tomados de las manos, apretujados los brazos sobre

los pechos, el aliento de sus respiración cada vez era más intenso, pero sus miradas serenas, fijas una sobre la otra se decían y decían muchas cosas que las palabras no sabían expresar. Xapyoram cerró los ojos y Ugia también. Se empezaron a
mirar en su imaginación y en esa visión la intensidad del gozo
aumentó por mil. Ugia poco a poco acercó su rostro al de ella y
suavemente posó sus labios en los de Xapyoram, quien ya los
esperaba deteniendo el aliento, pero semiabiertos. Se fundieron en uno solo... labios, aliento e imaginación. La suavidad
del beso se desbordó para presionar con más fuerza. En ese
momento una corriente de energía recorrió los cuerpos de pies
a cabeza y sincronizó ambas energías. El beso se prolongó y cada vez desprendía olas de energía pura, de energía sublime.
Ugia colocó sus manos por debajo de la cabeza de ella y le
brindó descanso. El beso fue más intenso y apasionado. Ugia
levantó un poco su cabeza y despegó sus labios de los de ella.
Abrieron los ojos, se miraron con gran ternura, los volvieron a
cerrar y se fundieron en otro beso de arrebatada pasión.

1224. Estaban recostados sobre un campo lleno de flores
amarillas, rosas, rojas y guindas, que cubrían todo el casquete
superior de la colina. El bosque se encontraba más abajo y al
fondo, algunos recovecos de la selva. Las diosas andaban por el
bosque, recolectando las últimas muestras de plantas, animales e insectos. Como de los insectos eran enjambres incontables, eso las tendría por mucho entretenidas. La hierba los cubría un poco y el perfume de las flores los envolvían por completo. Embelesados con su pasión, manteniendo los ojos cerrados, Ugia colocó su mano sobre la espalda de ella y poco a poco
iba recorriendo su esbelto cuerpo. Extendió la mano y sintió
sus caderas suaves y firmes, por encima de su túnica. Ella percibía la caricia de su esposo y sentía el calor de su mano sobre
su piel y como todos los sensores de su cuerpo se extasiaban
con sus caricias. Luego Ugia empezó a desabrochar los botones
de su jimif, algo que antes le había costado tanto trabajo, ahora lo hacia con gran habilidad. Descubrió sus hombros, luego le
fe bajando el jimif y se mostraron sus senos hermosos, perfectos, suaves y consistentes. Sintió su piel tersa, húmeda, perfu-
mada. Ella misma levantó la cintura, apoyándose sobre su es-

palda para bajarse la túnica y dejar ver sus caderas y su vientre acrisolado a la perfección.

1225. Ugia destrabó la túnica y poco a poco fue descubriendo las piernas más hermosas, torneadas, suaves como toda su piel. Las sandalias fueron desprendidas de sus pies y cayeron más abajo. Ugia la acarició toda de pies a cabeza con gran sutileza, suave y pausadamente, sintiendo cada rose, cada parte de su cuerpo, energizado hasta el límite, para desbordar. Ugia se quitó la kuesderef y su esposa le acarició sus hombros, su espalda y pecho con gran ternura. Era una comunión simbiótica, no había de que uno sí y el otro no. Ambos llenaban sus pasiones y disfrutaban sin la malicia del pecado. Luego se desabrochó el husfder, las sandalias fueron desalojadas de la escena y quedó completamente desnudo. Xapyoram pudo admirar su cuerpo atlético, juvenil de piel un poco más ruda, pero suave y húmeda, recorrió su cuerpo con sus manos y lo atrajo para que quedara recostado sobre ella. Se miraron de nuevo a los ojos y nuevamente encontraban un gran atractivo entre sí, pero había el interés, como de encontrar la explicación de un enigma. Por lo pronto esto los embargaba de pasión. Luego cerraron sus ojos y se besaron, a cada apretón de labios, se desbordaba una energía placentera. Poco a poco creció en intensidad. Ugia y Xapyoram, no aguantaron más. Ella abrió sus piernas y él se acomodó para consumar la pasión, que para este momento estaba a punto de desbordar. Al introducir poco a poco el shamim erecto en su cundulux, un río de gran gozo subió por sus cuerpos. Un río que incrementaba su fuerza a medida que se expoliaba en el vaivén del acto sexual. Sus respuestas de amor era gemir con pasión. Ugia la besaba y la penetraba, besaba sus senos, su cuello, sus oídos, mejillas y nuevamente los labios, cada vez con mayor pasión y ella lo recibía sin resistencia alguna, más bien expuesta y complaciente, porque también era su acto de amor. El torrente iba en aumento y por su turbulencia no habría fuerza alguna que detuviera su inminente desbordamiento. Pero el cataclismo iba ser mayor porque además eran dos torrentes opuestos, que fluían impetuosos, con toda la energía acelerada. La integración del uno en el otro de sus sacros recintos germinadores, en su vaivén aumentaba y el gemir, alcanzaba el latir de los corazones, que trabajaban a un ritmo desacostumbrado, peor que si estuvieran al borde del precipicio. Las sensaciones más increíbles se explayaban sin rezago alguno en todo los rincones de los cuerpos y su parte más íntima, seductora y profana, se extasiaba en el más libido de los encuentros. Xapyoram, acarició el rostro de Ugia, lo acercó a ella y cerrando los ojos, lo besaba con desbordada pasión y así, mordiendo sus labios y clavando sus uñas sobre la espalda de él, mientras la penetraba una, una y otra vez, hasta el momento en que exhalaron un gemidos de indomable placer. Ugia penetró hasta el fondo y detuvo su movimiento, justo ahí eyaculando su semen, al mismo tiempo que ella contraía sus músculos internos, para exprimir sus líquidos represados, sobreviniendo un incontrolable orgasmo, que desbordaba por una, una y otra vez, cimbrando en cada vez, íntegramente la expresión física de aquellos esbeltos y bienaventurados cuerpos.

1226. Se había consumado el primer acto sexual de la expresión física xsentlamlex humana en el insigne planeta D'uUleu'us y quizá en el universo.

1227. Se quedaron uno abrazado del otro, exhaustos pero sintiendo una gran placidez y serenidad. Se miraron a los ojos, fijamente y se profesaron una gran ternura, aunque todavía no asimilaban lo que había sucedido. Vagamente recordaban, que el acto de amor, que realizaban cuando eran seres de luz, no era tan intenso, como lo es en esta nueva expresión, que ahora vivían. Ugia se recostó a un lado, boca arriba, junto a Xapyoram, ambos desnudos tendidos sobre la hierba y mirando la profundidad del cielo azul.

1228. -Anhelaba con todo mi ser este momento, amada mía- Dijo pausadamente Ugia. -No sé como, ni porqué... Pero sentí desde el ciclo anterior, cuando dormías una profunda ternura y mi ser no cesaba de anhelarte. Grande son los designios de nuestro Padre, que nos ha impregnado con los atributos del amor supremo, para disfrutarlos con intensidad, como en ninguna otra forma anterior de nuestra esencia... Pero deberá tener su precio-. Continuaba diciendo. -Yo también, ansiaba estar contigo, amado mío-. Respondió ella. -Desde el ciclo anterior, que te quedaste de pie ante mi cama, realmente no dormía, sólo que no me atreví a seducirte. Luego me sentí mal cuando al la conjunción de los ciclos de la ocultación y el amanecer te quedaste dormido. Prometí no hacernos sufrir más-. Concluyó. Una gran paz reinaba en sus corazones. Su acto de amor fue realizado en completa armonía ante ellos mismos y ante la naturaleza.

1229. El sol Madgiodioper se ocultaba. Las diosas subían por la colina saliendo del bosque, su algarabía llenaba el silencio con gracia. Algunas entonaban un canto alegre y melodioso. Ugia y Xapyoram se vistieron apresuradamente. Se pusieron de pie. Se emparejaron con el grupo y caminaron de regreso a la villa. Por el camino Ugia cortó varias flores y forjó un gran ramillete y haciendo una cortés genuflexión se lo entregó a su amada esposa. Ella lo recibió, correspondiendo a los halagos de su esposo.

1230. Las actividades cada vez eran más interesantes y todos los habitantes de la villa estaban entusiasmados. Cada ciclo, insaciables descubrían nuevas experiencias.
Ya habían estudiado y profundizado en la anatomía de su expresión humana. Una expresión sin igual, con una capacidad ilimitada para percibir sensaciones desde los hechos visibles, hasta los no. Con una capacidad de asombro, que lo impulsaba renovadamente a continuar explorando tanto lo cercano, como lo lejano. Armada con uno de los cuerpos más perfectos que se hayan creado. Un cuerpo versátil, ágil, pero resistente.
Construido en sí mismo como el mejor laboratorio natural del universo. Así, que con esta herramienta cualquier proeza por difícil que se proponga, no lo es tanto y cualquiera se aventura a probar el valor más encumbrado de su esencia.

Un mensaje inesperado

1231. En las villas, la vida fluía en completa armonía, cuando a la mitad del ciclo Snudoliaiom, del último ciclo O'kuinn, previo a la finalización del primer ciclo Icnucolh, las fanfarrias de las 28 trompetas, desde la gran pirámide Ounfirt, resonaron por todos los rincones de la magna plaza Ooruhjso. Era la primera llamada.

1232. Todos los huéspedes de los estadios deberán acudir a la gran explanada de la plaza, para celebrar una de las actividades de mayor regocijo.

1233. Deberán internarse en los senderos del Laberinto de la Rosa y salir por las puertas de regreso a las calzadas y llegar hasta la explanada de la gran pirámide Ounfirt.

1234. Era la primera vez que regresaban a la gran plaza y no se imaginaban si se iban a encontrar mostrando cada quien la expresión física xsentlamlex, que les ha tocado vivir en cada uno de sus patios o retornen a su expresión de seres de luz. Nadie lo sabía. Este reencuentro levantaba muchas expectativas y encontradas emociones.

1235. En la villa Edripaaosen y Prusedest, recibieron la noticia con gran entusiasmo. Suspendieron sus actividades y se reunieron en el jardín central. Los habitantes del planeta Rohosem llegaron en el acto. Suerfder les comunicó la noticia y la forma como deberán de entrar y salir del laberinto. Resonó la segunda llamada.

1236. La familia Histar del dios Ugia, estaban reunidos y atentos, todos juntos: Su esposa Xapyoram y sus tres insignes hijos: Igres, Hdostor y Mwasgio. Sólo que en el vientre de la diosa Xapyoram se gestaba la formación maravillosa de un nuevo ser.

1237. Aún no lo veían y ya le manifestaban un gran cariño. Será el primer nacimiento de la forma humana en el universo y de su ser se prodigarán todas la generaciones futuras. Será una niña hermosa y recorrerá su vida como una princesa.

Será la Reina Madre de los hombres verdaderos, que serán amamantados desde el vientre de sus madres y se formarán desde niños en el arte de la vida.

El Hombre ha sido concebido en el recinto sagrado de la Madre primigenia, como hasta el día de hoy sucede. Así entonces, el primer ser que se concibió fue la Mujer y de su regazo, vinieron las generaciones futuras, contrario a lo que nos dice "el libro común", que por conveniencia y con gran pesar de nuestros hombres sabios, así se tuvo que decir, para no contravenir la disposición de los frailes de la nueva doctrina y se pudiera escribir, aunque fuera traducido al nuevo idioma, pero relatar cuando menos un bosquejo con verdades encubiertas, aunque fuera así; porque valía la pena, para quienes pudiesen leerlas e interpretarlas correctamente en los tiempos futuros, antes de que el libro de hojas plegadizas *"ilbal re go vuh "*, quedara en el total olvido.

1238. Pero hoy es tiempo de decir tal como ocurrió y ha sido del conocimiento, de nuestros amados ancestros, por las generaciones de tanto tiempo, mucho antes de que vinieran los hombres blancos, que no ha sido su culpa, porque igual; fueron engañados, pues su tradición se perdió en la oscuridad del tiempo.

Nada queda fuera de contexto, por el contrario; se resalta la expresión creadora en la manifestación más hermosa de la parte femenina del Padre Creador y Formador del Universo.

1239. Recordaron su travesía cuando llegaron al planeta Intedba. Deberán acudir al mismo sitio, porque ahí es donde se encuentra la puerta anular que les corresponde.

Todas las familias deberán hacer lo mismo, pero dentro de los senderos caminarán en grupo.

Resonó la tercera llamada...
Acudieron inmediatamente a su cita.

1240. En el majestuoso jardín de la villa Edripaaosen, desplegaron una gran manta, con una leyenda escrita en su elocuente lenguaje que decía:

Humsudus Nussun Ha'pojn...

cuya idea podría traducirse como:

"Regresaremos..."

Índice

Primera Narración

Segunda Narración

Tercera Narración

Cuarta Narración